Thanks to Korean super heroes
for selecting this book.
Best regards,

할머니가
미안하다고
전해달랬어요

미안하다고 **할머니가**
전해달랬어요

FREDRIK
BACKMAN

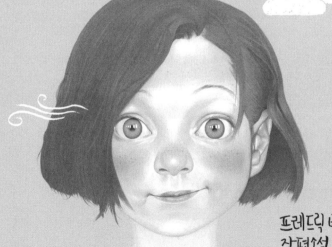

프레드릭 배크만
장편소설·····

이은선 옮김

다산
책방

아파트 입주민들

엘사: 조금 있으면 여덟 살이 되는 일곱 살. 그리핀도르 목도리를 두르고 빨간 사인펜을 주머니에 넣고 다닌다. 누가 맞춤법을 틀리면 사인펜으로 고쳐준다. 사람들은 나이에 비해 조금 성숙하다고 하지만 사실 "어마무지하게 짜증나게 군다"는 뜻이라는 걸 안다.

할머니: 조금 있으면 일흔여덟이 되는, 일흔일곱의 노인. 괴팍한 성미에 입이 거칠어 동네 사람들이 다 안다. 손녀 일이라면 병원에서 탈출할 정도로 극성맞다.

울리카: 엘사의 엄마이자 할머니의 딸. 할머니와는 정반대의 성격. 병원 경영자. 완벽주의자. 휴대전화가 몸의 일부라도 되는 듯 손에서 놓지 않는다. 얼마 전 예오리와 재혼해 반쪽이를 임신 중.

워스: 할머니와 엘사가 '우리 친구'라고 부르는 개. 덩치가 크고 털이 까맣다. 다임 초콜릿을 좋아한다. 단백질 바는 글쎄.

예오리: 엄마의 '파트너'. 바쁜 엄마 대신 집안일을 도맡는다. 요리와 조깅을 좋아하고 레깅스에 반바지를 꼭 겹쳐 입는다. 할머니는 예오리를 찐따라고 부른다.

알프: 베테랑 택시 기사. '유벤투스'라고 적혀 있는 컵에 진한 커피를 담아 벌컥벌컥 마신다. 입이 우라지게 거칠다.

브릿마리: (곧 있으면 차지권자 협의회가 될) 입주민 협의회의 공지 담당. 십자말풀이 퀴즈를 좋아한다. 아파트 입주민들의 일거수일투족을 사사건건 감시한다.

켄트: 입주민 협의회장. 사업가. 브릿마리의 남편. 이상한 말장난을 좋아한다. 사람들이 말장난에 호응을 안 해주면 호응해줄 때까지 더 큰 목소리로 말한다.

마우드: 세상에서 가장 친절한 사람. 비스킷을 '꿈'이라고 부른다. 평화주의자.

레나르트: 세상에서 두 번째로 친절한 사람. 마우드의 남편. 입에 커피가 마를 일이 없다.

까만 치마를 입고 다니는 여자: 이어폰을 끼고 누군가와 항상 통화를 한다. 일주일에 몇 번씩 주정뱅이로 변해서 계단 난간을 두드리며 이상한 노래를 부른다.

무슨 증후군을 앓는 아이: 엘사보다 한 살 어린 남자아이. 말하는 걸 본 사람은 한 명도 없다. 걸어다닐 때 항상 춤을 춘다.

아이 엄마: 무슨 증후군을 앓는 아이의 엄마. 걸어다닐 때 항상 주머니 속 물건을 흘린다.

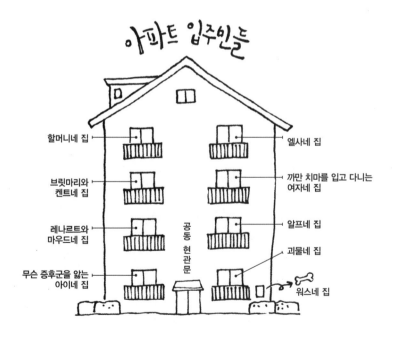

차 례

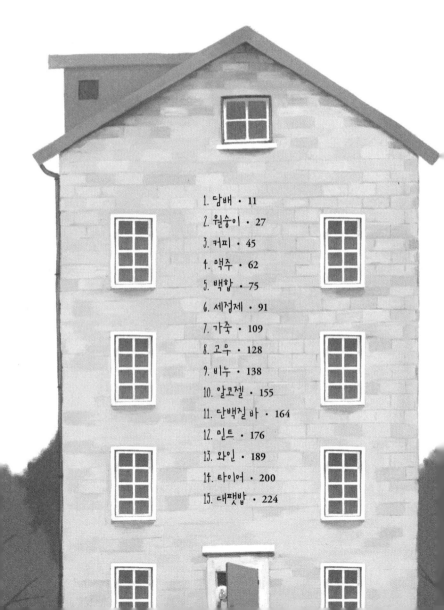

원숭이와 개구리에게
만 가지 이야기의 영원을 위하여

1
담배

세상의 모든 일곱 살짜리에겐 슈퍼 히어로가 있어야 한다. 그래야 한다.

거기에 동의하지 않는 사람은 정신과에서 검사를 받아봐야 한다.

아무튼 할머니 말로는 그렇다.

엘사는 지금 일곱 살이고 조금 있으면 여덟 살이 된다. 엘사는 자기가 일곱 살로 지내는 데 별로 재주가 없다는 걸 안다. 자기가 특이하다는 걸 안다. 교장선생님은 "또래들과 좀 더 잘 어울리려면 튀지 말아야 된다"고 한다. 다른 어른들은 엘사를 "나이에 비해 아주 성숙하다"고 평가한다. 엘사는 이 말이 "나이에 비해 어마무지하게 짜증나게 군다"는 뜻이라는 걸 안다. '데자뷰'를 잘못 발음하거나 '네가'라고 해야 할 때 '너가'라고 해서 엘사에게 지적을 당할 때만 그런 소리를 하니 말이다. 잘난 척하는 인간들이 그런 실수를 하기 마련인데 대개 나이에 비해 성숙하네 어쩌네 하면서 엘사네 부모님을 보고 억지웃음을 짓는다. 엘사가 정신적으로 무슨 문제라도 있는 것처럼, 일곱 살이라고 전부 다 멍청하지만은 않다는 것을 보여준 엘사를 보고 무안해지기라도 한 것처럼. 엘사에게 할머니 말고는 친구가 없는 이유도 그 때문이다. 학교의 다른 일곱 살들은 죄다 일곱 살답게 멍청한데 엘사는 다르기 때문이다.

할머니는 그 머저리들이 어떻게 생각하든 신경 쓸 것 없다고 한다. 잘난 사람들은 전부 다 다르지 않냐고, 슈퍼 히어로들을 보라고 한다. 너도나도 가지고 있지 않으니 슈퍼 파워가 특별한 것이다.

할머니는 일흔일곱 살이고 조금 있으면 일흔여덟 살이 된다. 할머니도 일흔일곱 살로 지내는 데 별로 재주가 없다. 얼굴이 꼭 젖은 신발 속에 구겨 넣은 신문지처럼 쭈글쭈글해서 나이가 많다는 걸 한눈에 알 수 있는데 할머니더러 나이에 비해 성숙하다고 뭐라고 하는 사람은 없다. 가끔 사람들이 아주 걱정스러운 표정이나 아주 화가 난 표정을 지으며 엘사의 엄마에게 "참 정정하시네요"라고 하면 엄마는 한숨을 쉬며 얼마를 드리면 되겠느냐고 묻는다. 할머니가 병원에서 담배를 피우는 바람에 화재 경보가 울릴 때도, 경비원들이 담배를 끄라고 하면 할머니가 "왜 요즘은 너 나 할 것 없이 정치적으로 우라지게 옳아야 하느냐!"고 고래고래 소리를 지르기 시작할 때도 엄마는 비슷한 반응을 보인다. 할머니가 브릿마리와 켄트네 집 발코니 바로 아래에다 눈사람을 만들고 지붕에서 떨어진 사람처럼 보이게 어른 옷을 입혔을 때도. 초인종이라는 초인종은 전부 다 눌러대며 하나님과 예수님과 천국을 운운하는 안경 낀 멀끔한 남자들에게 할머니가 가운을 풀어헤치고 발코니에 서서 페인트 총을 쏘았을 때도. 그때 브릿마리는 할머니가 페인트 총으로 그 남자들을 쏜 게 더 곤혹스러운지 가운 안에 아무것도 입지 않은 게 더 곤혹스러운지 결정을 내릴 수 없었지만, 만전을 기하는 차원에서 양쪽 다 경찰에 신고했다.

아무래도 남들 눈에는 그럴 때 할머니가 나이에 비해 정정해 보이는 모양이다.

사람들은 할머니더러 미쳤다고도 하지만 사실 할머니는 천재다. 천재인 동시에 조금 엉뚱해서 그렇게 보이는 거다. 할머니는 소싯적 의사로 일하면서 상도 여러 번 받았고, 신문과 잡지에 소개도 여러 번 됐고, 남들은 빠져나오지 못해서 안달하는 끔찍한 현장들을 찾아가기도 했다. 전 세계 각지에서 사람들을 살리고 악의 무리와 싸웠다. 슈퍼 히어로처럼.

하지만 어느 날 누군가가 할머니는 사람들을 살리러 다니기엔 나이가 너무 많다고 결정해버렸다. 나이가 너무 많아서라기보다 너무 비정상적이라서 그런 게 아닐까 심히 의심스럽기는 하다. 아무튼 할머니는 그 누군가를 '사회'라고 지칭하면서 요즘은 모든 게 정치적으로 우라지게 옳아야 해서 더 이상 사람들에게 메스를 들이댈 수 없는 거라고 했다. 사실 사회가 하는 일이란 수술실에서 담배를 피우면 안 된다며 개호들갑을 떠는 것인데 그런 환경에서 누가 일할 수 있겠냐는 거다.

그래서 요즘 할머니는 브릿마리와 엄마를 돌아버리게 하며 주로 집에서 지낸다. 브릿마리는 할머니네 집 바로 아래층에 산다. 엘사네 엄마가 할머니 옆집에 살기 때문에 브릿마리는 엄마의 바로 아래층에 사는 것이기도 하다. 그리고 엘사는 엄마랑 같이 살고 있으니까 엘사 역시 할머니 옆집에 산다. 2주에 한 번씩 아빠와 리세트네 집에 가서 자고 올 때만 빼고. 그리고 예오리는 엄마랑 같이 살고 있으니까 예오리도 당연히 할머니네 옆집에 산다. 얘길 하다보니 좀 복잡해졌네.

아무튼 다시 본론으로 돌아가자면 사람들을 구하고 사람들을 미치게 하는 게 할머니의 초능력이다. 그래서 살짝 기능 장애가 있는 슈퍼 히어로다. 엘사는 위키피디아에서 '기능 장애'라는 단어를 찾아봐서 그게 무슨 뜻인지 안다. 할머니 세대 사람들은 위키피디아를 '백과사전인데 컴퓨터로 보는 거!'라고 부른다. 엘사는 백과사전을 '위키피디아인데 아날로그식'이라고 부른다. 엘사가 위키피디아와 백과사전 둘 다 찾아봤을 때 '기능 장애'는 제 기능을 하지 못하는 것이라고 했다. 그게 바로 엘사가 할머니를 좋아하는 이유이기도 하다.

하지만 오늘은 아닐 수도 있겠다. 벌써 새벽 한 시 반이고 엘사는 피곤해서 정말이지 다시 침대에 눕고 싶다. 그런데 할머니가 경찰에게 똥을 던지고 있으니 다시 잠들긴 글렀다.

사태가 좀 복잡하다.

엘사는 직사각형 모양의 조그만 방 안을 두리번거리며 자기 머리를 삼키려는 사람처럼 입을 쩍 벌리고 무심하게 하품을 한다.

"그러게 담을 넘지 말라고 했잖아요." 엘사는 손목시계를 확인하며 중얼거린다.

할머니는 아무 대꾸도 하지 않는다. 엘사는 그리핀도르* 목도리를 풀어서 무릎 위에 올려놓는다. 엘사는 7년 전(거의 8년이 다 되어간다) 복싱 데이**에 태어났다. 독일 과학자들의 기록에 따르면 그날은 마그네타***가 지구로 방출한 감마선 수치가

---

* 해리 포터 시리즈에서 해리와 친구들이 속한 기숙사 이름.
** 크리스마스 뒤에 오는 첫 평일. 영국 등지에서는 공휴일이다.
*** 매우 강력한 자기장을 보유한 중성자별.

최고였다. 솔직히 엘사는 마그네타가 뭔지 모르지만 그건 일종의 중성자별이다. 고품격 문학을 가까이 하지 않는 팔푼이들이 '어린이용'으로 치부하는 〈트랜스포머〉에서 악당으로 나오는 메가트론과 이름이 비슷하다. 사실 트랜스포머는 로봇이지만 학문적으로 해석하면 그들도 슈퍼 히어로에 속한다. 엘사는 〈트랜스포머〉와 중성자별에 대한 관심이 하늘을 찌르는데, '감마선이 방출'되면 할머니가 엘사의 아이폰에 환타를 쏟는 바람에 토스터기에 넣어 말리려고 했을 때와 비슷한 현상이 나타날지 모른다고 생각한다. 할머니는 엘사가 그런 날에 태어났기 때문에 특별한 거라고 한다. 그리고 특별해지는 건 남들과 달라질 수 있는 가장 좋은 방법이라고 한다.

할머니는 조그만 담뱃가루 덩이를 나무 테이블 위에 흩뿌려놓고 부스럭거리며 종이로 마느라 여념이 없다.

"그러게 담을 넘지 말라고 하지 않았느냐고요!"

할머니는 콧방귀를 뀌고는 커도 너무 큰 외투 주머니에 손을 넣고 라이터를 찾느라 뒤적인다. 이 사태를 별로 심각하게 생각하지 않는 눈치다. 할머니는 대개 뭐든 심각하게 생각하지 않기 때문이다. 담배를 피우고 싶은데 라이터를 찾지 못하는 거 말고는.

할머니가 명랑한 목소리로 말한다. "나 원 참, 그 코딱지만한 담벼락 가지고 웬 난리냐! 흥분할 일도 아니구먼."

"할머니가 나더러 '나 원 참'이라니. 경찰한테 똥을 던진 사람은 할머니잖아요."

"호들갑 좀 그만 떨어. 그러니까 꼭 네 엄마 같다. 라이터 있니?"

"저 일곱 살이에요!"

"언제까지 그걸 핑계라고 댈래?"

"아마도 여덟 살이 될 때까지요?"

할머니는 "물어보지도 못하냐?"가 아닐까 싶은 말을 중얼거리며 계속 주머니를 뒤적인다.

"여기서는 담배 못 피울걸요?" 엘사는 그리핀도르 목도리의 길게 찢어진 부분을 더듬으며 흥분을 가라앉힌 목소리로 알려준다.

"못 피우긴 왜 못 피우냐? 창문만 열면 되지."

엘사는 미심쩍어하는 눈빛으로 창문을 쳐다본다.

"아마 열리지 않는 문일 거예요."

"어째서?"

"쇠창살로 막혀 있어서요."

할머니는 못마땅하다는 듯 창문을 노려보고는 엘사에게로 시선을 옮긴다.

"그러니까 이제는 경찰서에서도 담배를 못 피운다는 거로군. 맙소사. 무슨 『1984』 같네."

엘사는 다시 하품을 한다. "할머니 전화기 좀 써도 돼요?"

"뭐하게?"

"뭐 좀 확인할 게 있어서요."

"어디서?"

"온라인에서요."

"너는 그 온라인인가 뭔가 하는 거에 시간을 너무 많이 투자하더라."

"시간을 너무 많이 쓰는 거겠죠."

"응?"

"그러니까 요즘은 '투자'라는 단어를 그런 식으로 쓰지 않는다고요. 『해리 포터와 마법사의 돌』을 읽는 데 두 시간 투자했어.' 이러겠어요?"

할머니는 말없이 눈을 부라리고 손녀에게 전화기를 준다. "생각을 너무 많이 해서 머리가 터져버렸다는 여자애 얘기 못 들었니?"

느릿느릿 방 안으로 들어온 경찰은 아주, 아주 피곤해 보인다.

"변호사한테 연락하게 해줘요." 할머니가 경찰을 보자마자 말한다.

"저는 엄마한테 연락할래요!" 엘사도 곧바로 말한다.

"나 먼저 변호사한테 연락할란다!" 할머니가 고집을 부린다.

경찰은 두 사람 맞은편에 앉아서 낮게 쌓인 서류 더미를 만지작거린다.

"어머니가 지금 오고 계신다." 경찰은 엘사를 보고 이렇게 말하며 한숨을 쉰다.

할머니는 할머니들만 낼 수 있는 소리로 씩씩거린다.

"걔한테 왜 연락했어요? 미쳤어요?" 경찰이 막 엘사를 숲 속으로 데려가서 늑대들에게 맡기겠다고 말하기라도 한 것처럼 펄쩍 뛴다. "길길이 날뛸 텐데!"

"아이의 법적 후견인에게 연락할 의무가 있으니까요." 경찰은 침착하게 설명한다.

"나도 아이의 법적 후견인이에요! 나는 이 아이의 할머니라고요!" 할머니는 씩씩대며 의자에서 살짝 엉덩이를 들더니 불을 붙이지 않은 담배를 위협조로 흔든다.

"지금 새벽 한 시 반입니다. 아이를 돌볼 사람이 필요하지 않겠습니까?"

"그래요, 나! 내가 돌보고 있잖아요!" 할머니는 흥분해서 따발총처럼 쏟아낸다.

경찰은 애써 상냥하게 취조실 안을 가리킨다.

"그래서 지금까지 잘 돌보신 것 같습니까?"

할머니는 살짝 언짢아한다.

"그게…… 댁이 날 쫓아오기 전까지는 아무 문제 없었어요."

"동물원에 무단 침입하셨어요."

"그냥 코딱지만 한 담벼락 하나—"

"'코딱지만 한' 절도라는 건 없습니다."

할머니는 어깨를 으쓱하고는, 너무 질질 끄는 거 아니냐는 듯 테이블을 손으로 쓸어내린다. 경찰은 할머니 손에 들린 담배를 알아채고는 설마 하는 눈빛으로 쳐다본다.

"아우, 왜 이러시나! 여기서 담배 피워도 되죠, 그렇죠?"

경찰은 단호하게 고개를 젓는다. 할머니는 몸을 앞으로 내밀고 경찰의 눈을 똑바로 쳐다보며 미소를 짓는다.

"한 번만 봐주면 안 되겠수? 이 늙은이를 생각해서."

엘사는 할머니의 옆구리를 살짝 찌르고 암호로 바꿔서 얘기한다. 할머니와 엘사에겐 둘만의 암호가 있다. 할머니가 말하길 할머니와 손주들은 그래야 한다고, 그게 정해진 법이라고, 아니, 법으로 그렇게 정해야 된다고 한다.

"그만해요, 할머니. 경찰한테 치근대는 건 불법이에요."

"누가 그러디?"

"우선 경찰들이 그러죠!"

"경찰은 시민들을 위해서 봉사해야 하는 거 아니냐?" 할머니는 나지막이 식식댄다. "내가 세금도 내는구먼."

경찰은 한밤중에 경찰서에서 암호로 옥신각신하는 일곱 살짜리와 일흔일곱 살짜리를 보았을 때 지음 직한 표정을 짓는다. 할머니는 다시 한 번 담배를 가리키며 고혹적으로 속눈썹을 바르르 떨어봤지만 경찰이 고개를 젓자 의자에 등을 기대고 암호가 아닌 보통 말로 소리를 지른다.

"정치적인 올바름, 그게 문제야! 요즘 이 빌어먹을 나라에 사는 흡연자들한테는 그게 아파르트헤이트*보다 더 나쁘다니까!"

"그거 철자가 어떻게 돼요?" 엘사가 묻는다.

"뭐가?" 할머니는 세금을 내는데도 온 세상이 자기한테서 등을 돌릴 때 사람들이 그러듯 한숨을 쉰다.

"그 아파르타이트 어쩌고 하는 거요." 엘사가 말했다.

"에이피피에이알티이제이디." 할머니가 철자를 읊는다.

엘사는 당장 할머니의 휴대전화로 인터넷 검색을 한다. 몇 번을 고쳐 입력한다. 할머니는 예전부터 철자라면 젬병이었다. 한편 경찰은 두 사람을 석방하기로 결정했지만 할머니는 나중에 다시 와서 절도와 '기타 범법 행위'에 대해서 해명해야 한다고 말한다.

"무슨 범법 행위요?"

"첫째로 불법 운전이 있죠."

"불법이라니 그게 무슨 소리예요? 그거 내 차예요! 내 차를 운전하는데도 허락을 받아야 하는 거유?"

"아니죠." 경찰은 진득하게 대답한다. "그래도 면허증이 있어

---

* Apartheid. 남아프리카공화국의 극단적 인종차별정책.

야 합니다."

할머니는 격분해서 팔을 내젓는다. 그러고는 빅 브러더 같은 세상 어쩌고 하며 또다시 야단법석을 떨기 시작하려는데 엘사가 탁 하고 테이블 위에 휴대전화를 내려놓는다.

"아파르트헤이트하곤 아무 상관 없잖아요!!! 담배 못 피우는 거랑 아파르트헤이트는 서로 완전 다르잖아요. 비슷하지도 않잖아요!"

할머니는 졌다는 듯이 손사래를 친다.

"내 말은 그러니까…… 그거랑 거의 비슷하다고—"

"안 비슷해요!"

"나 원 참, 그런 걸 비유라고—"

"순 거지 깽깽이 같은 비유네!"

"네가 어떻게 알아?"

"위키피디아가 그렇다잖아요!"

할머니는 백기를 들고 경찰을 돌아본다. "댁의 애들도 이렇게 말이 많아요?" 경찰은 그 질문을 불편하게 여기는 눈치다.

"저희는…… 혼자서 아무거나 인터넷으로 검색하도록 내버려두지 않아서……."

할머니는 '그것 봐라!' 하는 의미인지 엘사 쪽으로 팔을 내민다. 엘사는 잠자코 고개를 저으며 단단히 팔짱을 낀다.

"할머니, 그냥 경찰한테 똥 던져서 미안하다고 해요. 그럼 우리 집에 갈 수 있어요." 엘사는 그놈의 아파르트헤이트 때문에 아직도 분명히 화가 났지만, 암호로 이렇게 쿵쿵거린다.

"미안." 할머니가 암호로 말한다.

"내가 아니라 경찰한테 해야죠. 바보."

"여기 있는 파시스트들한테는 절대 사과 안 한다. 나는 세금을 낸다고. 그리고 바보는 *너야.*" 할머니는 토라진다.

"사돈 남 말 하시네요."

두 사람은 똑같이 팔짱을 끼고 아주 보란듯이 서로를 외면한다. 할머니가 경찰을 턱으로 가리키며 보통 말로 얘기한다.

"버릇없는 내 손녀딸한테 이런 식으로 나오면 집까지 걸어가는 수가 있다고 전해줄래요?"

"할머니한테 나는 엄마랑 집에 갈 거라고, 할머니나 걸어가라고 전해주세요!" 엘사는 말이 떨어지기 무섭게 대꾸한다.

"내 손녀딸한테―"

경찰은 아무 말 없이 자리에서 일어나더니 밖으로 나가서 문을 닫는다. 꼭 다른 데 가서 큼지막하고 푹신푹신한 쿠션에 고개를 묻고 힘껏 고함을 지르려는 사람 같다.

"잘하는 짓이다." 할머니가 말한다.

"할머니야말로 잘하는 짓이네요!"

결국 광선을 뿜어낼 듯한 초록색 눈동자를 지닌 체격 좋은 여경이 대신 들어온다. 여경은 경찰서에서 할머니를 만난 게 처음은 아니라는 듯 할머니를 아는 사람들이 보통 짓는 그 지친 미소를 지으며 이렇게 말한다. "이제 그만하세요. 저희는 진짜 범죄자들에게 신경 써야 하지 않겠어요?"

할머니는 중얼거린다. "댁들이 이러지 않으면 되겠구먼."

잠시 후 둘에게 집에 가도 좋다는 허락이 떨어진다.

엘사는 인도에 서서 엄마를 기다리며 목도리의 찢어진 부분을 더듬는다. 그리핀도르의 상징이 찢어져버렸다. 울지 않으려고 젖 먹던 힘까지 쥐어짜보지만 별 소용이 없다.

"에이, 왜 그러냐. 엄마가 꿰매주면 되잖아." 할머니가 어깨를 살짝 치며 괜히 명랑한 목소리로 말한다.

엘사는 여전히 걱정스러운 눈빛으로 할머니를 올려다본다.

"그리고 저기…… 내가 담을 넘어서 원숭이한테 가려는 걸 네가 말리다가 목도리가 찢어졌다고 하자."

엘사는 고개를 끄덕이고 다시 목도리를 더듬는다. 목도리는 할머니가 담을 넘으려고 했을 때 찢어진 게 아니다. 학교에서 엘사를 미워하는 상급생 셋이 엘사를 때리고 목도리를 찢어서 변기에 던져버렸다. 엘사가 뭐에 홀려서 교내 식당 밖으로 나갔는지 모를 일이다. 그 애들이 비웃는 소리가 지금도 머릿속에서 메아리처럼 울리고 있다. 할머니는 손녀의 눈빛을 알아차리고 그쪽으로 몸을 숙이며 암호로 속삭인다.

"나중에 너희 학교의 그 찌질이들을 미아마스로 끌고 가서 사자들한테 던져주자!"

엘사는 손등으로 눈물을 훔치고 희미하게 웃어 보인다.

"나 바보 아니에요, 할머니." 그러면서 속삭인다. "학교에서 있었던 일 잊어버리게 하려고 할머니가 오늘 밤 그런 짓을 벌였다는 거 다 알아요."

할머니는 자갈을 툭 차더니 헛기침한다.

"오늘이 목도리 때문에 기억에 남는 날이 되면 쓰나. 그래서 할머니가 동물원에 무단 침입한 날로 기억하게 하려고—"

"그리고 병원에서 도망친 날이기도 하고요." 엘사가 씩 웃으며 말한다.

"그리고 병원에서 도망친 날이기도 하지."

"그리고 경찰한테 똥을 던진 날이기도 하고요."

"사실 흙이었어! 아니, 대부분 흙이었지."

"기억을 조작하는 건 엄청난 초능력이라고 봐요."

할머니는 어깨를 으쓱한다.

"나쁜 게 사라지지 않을 것 같으면 좋은 걸로 덮어버려야지."

"말도 안 돼."

"나도 알아."

"고마워요, 할머니." 이렇게 말하며 엘사는 할머니의 팔에 머리를 기댄다.

할머니는 그저 고개를 끄덕이며 속삭인다. "우리는 미아마스 왕국의 기사잖니. 걸맞게 행동해야지."

세상의 모든 일곱 살짜리에겐 슈퍼 히어로가 있어야 한다.

거기에 동의하지 않는 사람은 정신과에서 검사를 받아봐야 한다.

2
원숭이

할머니와 엘사를 데리러 엄마가 경찰서로 왔다. 화가 머리끝까지 난 상태임을 한눈에 알 수 있었지만, 엄마는 모든 면에서 할머니와 정반대이기 때문에 냉정하고 침착하며 언성을 높이는 법이 없었다. 엘사는 안전띠를 매자마자 잠이 들었다. 고속도로에 진입할 무렵엔 이미 미아마스를 헤매고 있었다.

미아마스는 엘사와 할머니만 아는 비밀 왕국으로 깰락말락 나라에 있는 여섯 개 왕국 가운데 하나다. 어렸을 때 엘사는 엄마와 아빠가 이혼한 직후에 무서워서 한동안 쉽게 잠에 들지 못했다. 그 무렵 자다가 죽은 아이들 이야기를 인터넷에서 읽었기 때문이었다. 할머니는 이야기를 지어내는 데 도사다. 그래서 아빠가 집을 떠난 후로 모두들 속상하고 지쳤을 때 엘사는 매일 밤마다 현관문을 열고 맨발로 층계참을 총총히 지나 할머니네 집으로 건너갔고, 할머니와 함께 시간이 지날수록 점점 커지는 옷장 속으로 기어 들어가서 눈을 반쯤 감고 그곳으로 떠났다.

눈을 반만 감는 건 깰락말락나라에 갈 때 꼭 눈을 다 감을 필요가 없기 때문이다. 그게 핵심이다. 잠이 들락 말락 하기만 하면 된다. 눈이 스르르 감기는 마지막 그 순간, 이성과 본능의 경계선 위로 안개가 몰려오는 그 순간이 깰락말락나라로 출발하는 순간이다. 깰락말락나라에 가려면 구름 동물을 타고 가야 한다. 그 방법밖에 없다. 할머니네 집 발코니로 들어온 구름 동물들이 할머니와 엘사를 태우고 높이, 높이, 높이 날면 깰락말락나라에 사는 근사한 친구들을 전부 다 만날 수 있다. 앙팡, 리그레터, 노벤, 워스, 눈천사, 왕자, 공주 그리고 기사. 구름 동물들은 울프하트와 다른 괴물들이 사는 시커멓고 끝없는 숲 위로 높이 날아올랐다가 눈이 부시도록 환한 빛과 기분 좋은 바람을 가르며 미아마스 왕국의 성문을 향해 직활강한다.

미아마스에서 보내는 시간이 너무 많아서 할머니가 조금 이상해졌는지, 아니면 할머니가 거기서 보내는 시간이 너무 많아서 미아마스가 조금 이상해졌는지 그건 알 수 없다. 아무튼 할머니의 놀랍고 황당하고 신기한 이야기들이 다 여기서 생겨난다.

할머니는 그 왕국이 까마득한 옛날부터, 최소한 만 가지 이야기가 생겨나기 전부터 미아마스라고 불렸다고 하지만, 엘사는 그게 할머니가 지어낸 말이라는 걸 안다. 어릴 때 엘사가 '파자마' 발음이 안 돼서 '미아마'라고 했었기 때문이다. 물론 할머니는 지어낸 이야기가 한 개도 없다고, 깰락말락나라에 있는 미아마스와 나머지 다섯 개의 왕국이 진짜 있을 뿐 아니라 "전부 경제 전문가에다가 유당 없는 우유를 마시며 옳은 짓거리만 하는" 우리가 사는 지금 이 세상보다 훨씬 더 현실적이라고 주장한다. 할머니는 현실 세계를 살아가는 데 별 재주가 없다. 규칙이 너무 많기 때문이다. 할머니는 모노폴리 게임을 할 때 속임수를 쓰고, 르노 승용차로 버스 전용 차로를 달리며, 이케아에 가면 노란색 쇼핑백을 슬쩍하고, 공항에서 수하물을 찾을 땐 안전선 밖으로 나와 서 있지 않는다. 볼일을 볼 땐 화장실 문을 닫지 않는다.

하지만 세상 어느 누구보다 재미있는 이야기를 들려주기 때문에 엘사는 할머니의 적잖은 결점을 용서할 수 있다.

할머니의 말에 따르면 그럴듯한 이야기들은 전부 다 미아마스에서 생겨난다. 깰락말락나라의 나머지 다섯 개 왕국은 다른 일을 하느라 바쁘다. 미레바스 왕국에서는 꿈을 지키고, 미플로리스 왕국에서는 슬픔을 저장하며, 미모바스 왕국에서는 음악을 만들고, 미아우다카스 왕국에서는 용기를 만든다. 미바탈로스 왕국에서는 '끝없는 전쟁'에서 무시무시한 그림자들과 맞서 싸운 용맹한 전사들을 양성했다.

하지만 할머니와 엘사는 이야기꾼이 가장 귀한 직업으로 꼽히는 미아마스 왕국을 가장 좋아한다. 거기선 상상력이 돈이다. 물건을 살 때도 돈 대신 재미있는 이야기를 들려준다. 미아마스에서는 도서관이 '은행'이고 모든 이야기가 천금의 가치를 지닌다. 할머니는 매일 밤마다 수백 크로나씩 쓴다. 이야기는 용, 트롤, 왕, 여왕, 마녀들과 어둠으로 가득하다. 상상 속 세계엔 끔찍한 적이 있어야 하기 때문인데, 깰락말락나라의 적은 그림자들이다. 그림자들은 상상력을 짓밟으려 한다. 그림자들을 이야기할 때 빼놓을 수 없는 인물이 바로 울프하트다. 울프하트는 '끝없는 전쟁'에서 그림자들을 무찔렀다. 엘사가 난생처음 알게 된 제일 멋진 슈퍼 히어로가 울프하트다.

엘사는 미아마스에서 기사 작위를 받았다. 그래서 칼을 들고 구름 동물을 타고 다닌다. 매일 밤마다 할머니가 엘사를 미아마스에 데려갔기 때문에 그 이후로는 단 한 번도 잠드는 걸 무서워한 적이 없다. 미아마스에서는 여자아이라는 이유로 기사가 될 수 없다고 말하는 사람이 없고, 산들은 하늘에 가서 닿으며, 모닥불은 꺼지는 법이 없고, 그리핀도르 목도리를 찢으려고 하는 사람도 없다.

두말하면 잔소리지만 할머니의 주장에 따르면 미아마스에서는 아무도 화장실에서 문을 닫지 않는다고 한다. 문호개방정책이 깰락말락나라 전역에서 모든 상황에 거의 강제적으로 적용된다고 한다. 하지만 엘사는 그게 또 다른 버전의 진실일 거라고 믿어 의심치 않는다. 할머니는 거짓말을 그렇게 부른다. '또 다른 버전의 진실'이라고.

역시나 다음 날 아침에 엘사가 할머니의 병실 의자에서 눈을 떠보니 할머니가 화장실 문을 열어놓고 볼일을 보면서 병실 문 앞에 선 엄마에게 또 다른 버전의 진실을 이야기하고 있다. 그런데 잘 먹히지 않는다. 사실 어젯밤에 할머니는 병원에서 탈출했고 엘사는 엄마와 예오리가 자는 틈에 살금살금 아파트에서 빠져나와 둘이 같이 르노를 타고 동물원으로 갔고 할머니는 동물원 담을 넘었다. 이제 와 생각해보니 일곱 살짜리를 데리고 한밤중에 벌이기엔 좀 무책임한 짓이었다고 엘사는 자기 혼자 조용히 시인한다.

할머니는 아직까지도 그야말로 원숭이 비슷한 냄새를 살짝 풍기는 옷을 벗어서 바닥에 쌓아놓고 원숭이 우리 옆 담벼락을 넘으려는데 경비원이 고함을 지르길래 '치명적인 강간범'일지도 모르겠다는 생각이 들어서 경비원과 경찰에게 오물을 던지기 시작한 거라고 주장하고 있다. 엄마는 아주 차분하게 고개를 저으며 전부 다 할머니가 지어낸 얘기라고 한다. 할머니는 지어냈다는 말을 좋아하지 않기 때문에 엄마에게 '현실을 살짝 수정했다'는, 덜 경멸적인 표현을 써달라고 한다. 엄마는 못마 땅한 기색이 역력하지만 그래도 화는 내지 않는다. 엄마는 모든 면에서 할머니와 정반대이기 때문이다.

"엄마가 지금까지 저지른 짓 중에서 최악이었어요." 엄마가 화장실에 대고 딱 잘라서 말한다.

"사랑하는 딸아, 나는 그게 아주아주 얼토당토않은 비난이라고 생각한다." 할머니가 화장실 안에서 무심하게 대꾸한다.

엄마는 할머니가 지금까지 저지른 사건들을 하나씩 따박따박 짚는다. 할머니는 엄마더러 유머 감각이 없기 때문에 그렇게 화를 내는 거라고 한다. 그러자 엄마는 할머니더러 무책임한 어린애 같은 짓은 이제 그만하라고 한다. 그러자 할머니는 "너, 해적들이 자기 차를 어디다 주차하는지 아니?" 하고 묻는다. 엄마가 아무 대답도 하지 않자 할머니는 화장실 안에서 "주차아아아아아장!"이라고 외친다. 엄마는 잠자코 한숨을 쉬고 관자놀이를 문지르며 화장실 문을 닫는다. 그러자 할머니는 불같이 화를 낸다. 꽉 막힌 데서 볼일 보는 것을 좋아하지 않기 때문이다.

할머니는 지금 2주째 입원 중이지만 거의 날마다 병원을 빠져나온다. 그런 다음 엘사네 학교로 가 엘사와 함께 아이스크림을 먹거나 엄마가 없는 집에 들어가서 층계참에 비누 거품으로 활주로를 만든다. 아니면 동물원에 무단 침입한다. 기본적으로 하고 싶은 일은 뭐든 한다. 하지만 할머니는 이걸 제대로 된 '탈출'이라고 생각하지 않는다. 모름지기 탈출이라고 하면 기본적으로 모험적인 요소가 있어야 하기 때문이다. 용이나 함정, 하다못해 벽이나 그런대로 널따란 해자나 기타 등등이라도. 엄마와 병원 직원들은 그렇게 생각하지 않겠지만 말이다.

간호사가 들어오더니 엄마에게 시간 좀 내달라고 넌지시 말한다. 간호사가 종이를 내밀자 엄마는 그 위에 뭔가를 적어서 돌려주고, 간호사는 종이를 들고 나간다. 할머니가 입원한 뒤로 담당 간호사가 여덟 번 바뀌었다. 그 가운데 여섯 번은 할머니가 이의를 제기해서, 두 번은 간호사가 이의를 제기해서 바뀌었는데, 두 번 중에 한 번은 할머니가 남자 간호사더러 "엉덩이가 예쁘다"고 한 게 화근이었다. 할머니는 그 간호사가 아니라 간호사의 엉덩이를 칭찬한 건데 왜 그렇게 난리 법석이냐고 우겼다. 엄마는 엘사에게 헤드폰을 끼라고 했지만, 그래도 '성희롱'과 '나무랄 데 없이 근사한 엉덩이의 진가를 인정하는 것'이 어떻게 다른지를 놓고 둘이서 옥신각신하는 소리가 다 들렸다.

엄마와 할머니는 자주 옥신각신한다. 엘사가 기억하는 한 아주 먼 옛날부터 그랬다. 모든 것을 놓고 말이다. 할머니가 기능 장애가 있는 슈퍼 히어로라면 엄마는 기능이 아주 정상적인 슈퍼 히어로다. 엘사는 엄마와 할머니의 관계가 〈엑스맨〉에 나오는 사이클롭스와 울버린의 관계와 비슷하다고 생각하는데, 그런 생각이 들 때마다 그게 무슨 말인지 알아듣는 사람이 옆에 있었으면 하는 심정이다. 엘사 주변의 사람들은 고품격 문학작품을 많이 읽지 않아서 〈엑스맨〉 만화책이 그 범주에 속한다는 걸 이해하지 못한다. 엘사는 그런 교양 없는 인간들에게 엑스맨은 분명 슈퍼 히어로고 무엇보다 돌연변이라서 다른 슈퍼 히어로들이 나오는 작품들과는 문학적으로 차별성을 지니고 있다고 아주 천천히 설명해준다. 아무튼 너무 깊게 들어가지 말고 요점만 간단히 정리하자면 할머니와 엄마의 초능력은 정반대다. 모든 슈퍼 히어로를 통틀어서 엘사가 제일 좋아하는 스파이더맨에게도 벤치조차 기어 올라가지 못하는 초능력을 지닌 꽈당맨이라는 적수가 있지 않았는가. 물론 할머니와 엄마는 좋은 쪽으로 서로 적수지만.

기본적으로 엄마는 질서 정연하고 할머니는 뒤죽박죽이다. 엘사는 예전에 '혼돈은 신의 이웃이다'*라는 구절을 읽은 적이 있는데 엄마는 혼돈이 신의 근처로 이사 갔다면 그건 할머니네 옆집에 살다가 도저히 안 되겠어서 간 거라고 했다.

---

* 19세기 스웨덴 시인 에리크 요한 스탕넬리우스가 쓴 시의 일부분.

엄마는 모든 일을 파일로 정리하고 달력에 적어놓는 사람이라 누굴 만나기로 약속이 잡혀 있으면 15분 전에 휴대전화에서 종소리가 난다. 할머니는 기억해야 하는 일이 있으면 바로 벽에 적어놓는다. 집뿐 아니라 어디에 있건 벽에 적는다. 그걸 기억하려면 메모를 적어둔 그 벽을 찾아가야 하기 때문에 완벽한 시스템이라고 할 수는 없다. 엘사가 이 점을 지적하자 할머니는 분개하며 "네 엄마가 그 코딱지만 한 전화기를 잃어버릴 가능성이 더 크겠냐, 아니면 내가 부엌 벽을 잃어버릴 가능성이 더 크겠냐!"라고 했다. 하지만 그 말을 듣고 엘사가 엄마는 뭘 잃어버린 적이 없다고 하자 할머니는 눈을 부라리며 한숨을 쉬었다. "그래, 그래. 네 엄마는 예외지. 그건…… 그러니까…… 완벽하지 않은 사람들한테만 적용되는 거야."

완벽한 것, 그게 엄마의 초능력이다. 엄마는 할머니처럼 재미있진 않지만 엘사의 그리핀도르 목도리가 어디 있는지 항상 알고 있다. "네 엄마가 못 찾아야 진짜 없어진 거야." 목도리를 두르는 엘사의 귀에 대고 엄마는 종종 이렇게 속삭인다.

엘사의 엄마는 보스다. "회사에서만 그런 게 아니라 일상생활에서도 그렇지." 할머니는 이렇게 말하면서 콧방귀를 뀐다. 엄마는 같이 가는 사람이라기보다 뒤를 따라가야 하는 사람이다. 반면에 엘사의 할머니는 뒤를 따라가기보다 피해야 할 타입이고 평생 목도리를 찾는 일 따위 한 번도 해본 적이 없다.

할머니는 보스를 좋아하지 않는데, 그런 성격이 이 병원에선 특히 문제가 된다. 엄마가 이 병원의 보스라서 보스 기질이 한층 강화되기 때문이다.

"제발 너무 오버하지 마라, 울리카!" 할머니가 화장실 안에서 외치는 순간 다른 간호사가 들어오고, 엄마는 또 종이에 뭐라고 끼적이며 번호를 말한다. 엄마가 간호사를 보며 침착하게 미소를 짓자 간호사도 억지 미소로 화답한다. 그러다 한참 동안 화장실 안이 잠잠하자 엄마가 문득 불안한 표정을 짓는다. 할머니 주변이 너무 오랫동안 조용하면 누구든 불안해하는 법이다. 엄마는 쿵쿵거리더니 화장실 문을 연다. 할머니는 편안하게 책상다리를 하고 알몸으로 변기에 앉아 있다. 할머니가 엄마에게 연기가 모락모락 나는 담배를 흔든다.

"얘, 프라이버시 좀 지켜줄래?"

엄마는 다시 관자놀이를 문지르고 심호흡을 한 다음 배 위에다 손을 얹는다. 할머니는 열심히 고개를 끄덕이며 엄마의 볼록한 배를 향해 담배를 흔든다.

"스트레스가 새로 태어날 손주한테 안 좋은 거 알지? 너는 이제 홀몸이 아니라는 걸 명심해라!"

"그걸 잊어버린 쪽은 내가 아니라 딴 사람 아니에요?" 엄마가 퉁명스럽게 대꾸한다.

"투셰이."* 할머니는 중얼거리며 담배를 깊게 한 모금 빤다. (투셰이는 엘사가 뜻은 몰라도 어감으로 이해하는 단어다.)

"그게 엘사는 물론이고 아기한테 얼마나 해로운지 생각 안 해봤어요?" 엄마가 담배를 가리키며 묻는다.

"웬 호들갑이야! 고릿적부터 다들 담배를 피웠어도 건강한 애기들이 잘만 태어났구먼. 인류는 너희 세대가 등장해서 '나 잘났소' 하기 몇천 년 전부터 알레르기 테스트나 그 비슷한 헛소리 없이도 잘 살아왔어. 동굴에서 살던 시절에 매머드 가죽을 세탁기에 넣고 90도 코스로 돌리고 그랬을 것 같으냐?"

"그때도 담배가 있었어요?" 엘사가 묻는다.

할머니는 "시비 걸지 마"라고 한다. 엄마는 배 위에 손을 얹는다. 반쪽이가 발로 차서 그러는 건지, 반쪽이의 귀를 막으려고 그러는 건지 모르겠다. 반쪽이의 엄마는 엘사의 엄마이기도 하지만 반쪽이의 아빠는 예오리니까 엘사에게는 반쪽이가 반쪽짜리 동생이다. 태어나면 그렇게 된다는 거다. 반쪽짜리 동생이라고 해서 반쪽으로 태어나는 건 아니라고, 나중에 멀쩡한 어른으로 자랄 거라고들 했다. 엘사는 며칠 동안 혼란스러워한 다음에야 그 반쪽과 이 반쪽의 차이를 이해할 수 있었다. "너는 그렇게 똑똑한 애가 가끔 멍청할 때가 있더라?" 엘사가 물었을

---

* '인정한다, 내가 졌다'는 뜻의 프랑스어.

때 할머니는 불쑥 이렇게 내뱉었다. 그 뒤로 두 사람은 세 시간 가까이 말다툼을 벌였다. 거의 신기록에 가까웠다.

"그냥 원숭이 보여주고 싶어서 데리고 간 거야, 울리카." 할머니는 담배를 세면대에 비벼 끄며 중얼거린다.

"나 이럴 기운 없어요……." 엄마는 포기했다는 듯이 대꾸했지만, 침착하기 그지없는 얼굴로 복도로 나가서 숫자로 뒤덮인 종이에 서명을 한다.

할머니는 엘사에게 원숭이를 보여주려고 그랬던 게 아니다. 간밤에 두 사람은 통화를 하다가 서서 자는 원숭이가 있는지 없는지 여부를 놓고 옥신각신했다. 위키피디아를 비롯해 모든 곳에서 있다고 했으니 물론 틀린 쪽은 할머니였다. 그러고 나서 엘사가 학교에서 있었던 일과 목도리에 대해 이야기하자 할머니가 동물원에 가자고 했고, 그래서 엘사가 잠든 엄마와 예오리를 두고 집에서 몰래 빠져나온 거였다.

엄마는 휴대전화에 얼굴을 묻은 채 복도 저쪽으로 사라지고, 엘사는 모노폴리를 할 생각에 할머니의 침대로 기어 올라간다. 할머니는 모노폴리를 하면 은행에서 돈을 훔치고, 엘사가 그걸 눈치채면 말을 은근슬쩍 다른 데로 옮긴다. 잠시 후에 엄마가 피곤한 얼굴로 다시 와서 엘사에게 할머니가 쉴 수 있도록 집에 가자고 한다. 엘사는 아주, 아주, 아주 오랫동안 할머니를 끌어안는다.

"언제 퇴원해요?" 엘사가 묻는다.

"아마 내일!" 할머니는 명랑한 목소리로 외친다.

할머니는 늘 그렇게 대답한다. 할머니는 엘사의 눈에 들어간 머리카락을 떼어내다 말고, 엄마가 다시 복도로 사라진 새 갑자기 아주 심각한 표정을 지으며 암호로 이야기한다. "너한테 맡길 아주 중요한 임무가 있어."

엘사는 고개를 끄덕인다. 할머니는 임무를 부여할 때 항상 깰락말락나라 사람들만 알아듣는 암호를 쓴다. 엘사는 항상 임무를 완수한다. 미아마스의 기사라면 그래야 한다. 담배 심부름과 고기 굽기만 예외다. 그 두 가지는 속이 울렁거려서 못 한다. 기사마다 원칙이 있지 않겠는가.

할머니는 침대 옆으로 손을 뻗어서 바닥에 놓인 비닐봉지를 집는다. 안에 담배나 고기는 없다. 단것들뿐이다.

"우리 친구한테 초콜릿을 갖다줘."

엘사는 몇 초 지난 다음에야 우리 친구가 누굴 일컫는 말인지 이해하고, 놀란 눈으로 할머니를 빤히 쳐다본다.

"할머니 미친 거 아니에요? 내가 죽었으면 좋겠어요?"

할머니는 눈을 부라린다.

"웬 호들갑이야. 설마 미아마스의 기사가 겁이 나서 모험을 포기하겠다고 하는 건 아니겠지?"

엘사는 화가 나서 할머니를 노려본다.

"그런 식으로 할머니를 위협하다니 정말 어른스럽네."

"할머니가 '어른스럽다'고 하다니 정말 어른스럽네요."

엘사는 비닐봉지를 낚아챈다. 조그맣고 쭈글쭈글한 다임 초콜릿이 가득 들어 있다. 할머니가 말한다. "껍질을 일일이 벗겨서 줘야 해. 안 그러면 짜증 낼 거야."

엘사는 뚱한 얼굴로 봉지 안을 들여다본다.

"하지만 걔는 날 모를 텐데……."

할머니가 콧방귀를 뀌는데 소리가 어찌나 큰지 꼭 코를 푸는 것 같다.

"알지 왜 몰라! 아이고, 할머니가 미안하다면서 안부 전해달래, 이러면 돼."

엘사는 눈썹을 치켜세운다.

"뭐가 미안한데요?"

"한동안 달달이 못 챙겨줘서." 할머니는 그게 세상에서 가장 당연한 일인 양 이렇게 대답한다.

엘사는 봉지 안을 다시 들여다본다.

"하나뿐인 손녀한테 이런 일을 맡기다니 무책임하네요, 할머니. 정신 나간 짓이라고요. 아마 날 죽이려고 할 거예요."

"호들갑 떨 것 없다니까."

"할머니야말로 호들갑 좀 그만 떨어요!"

할머니가 씩 웃는다. 엘사도 따라서 씩 웃는 수밖에 없다. 할머니가 목소리를 낮춘다.

"우리 친구한테 초콜릿 주는 거 몰래 해야 된다. 브릿마리 모르게. 내일 저녁에 아파트 사람들이 입주자 회의에 참석할 때까지 기다렸다가 살금살금 접근해."

엘사는 고개를 끄덕이지만 우리 친구가 무서운 건 여전하고 일곱 살짜리에게 그렇게 위험한 임무를 맡기다니 아주 무책임한 짓이라는 생각도 여전하다. 하지만 할머니는 언제나 그러듯 엘사의 손을 꽉 잡아준다. 누가 그래주면 무서운 마음이 가시기 마련이다. 둘은 다시 서로를 끌어안는다.

"또 만나자, 미아마스의 자랑스러운 기사야." 할머니가 엘사의 귀에 대고 속삭인다.

할머니는 절대 "안녕"이라고 하지 않고 항상 "또 만나자"라고 한다.

엘사가 병실 문 앞에서 재킷을 입는데 엄마와 할머니가 '치료'를 운운하는 소리가 들린다. 잠시 후 엄마가 엘사에게 헤드폰을 끼라고 한다. 엘사는 엄마가 시키는 대로 한다. 엘사는 작년 크리스마스 때 받고 싶은 선물 목록에 헤드폰을 넣으면서 엄마와 할머니가 비용을 분담해야 한다고 못을 박았다. 그래야 공평하기 때문이었다.

엄마와 할머니가 말다툼을 시작할 때마다 엘사는 볼륨을 높이고 두 사람이 무성영화에 출연한 배우라고 상상한다. 엘사는 배경음악을 직접 선택하면 살기 쉬워진다는 걸 아주 어렸을 때 터득한 아이다.

엘사가 귀를 막기 직전에 할머니가 경찰서에 세워놓은 르노를 언제 가지러 갈 수 있느냐고 묻는다. 르노는 할머니 차다. 할머니 말로는 포커를 쳐서 땄다고 한다. 르노는 상표명이지만 엘사는 어렸을 때, 그러니까 똑같은 상표의 다른 차도 많다는 걸 알기 전에 그 차가 르노라고 배웠다. 그래서 지금도 이름처럼 그냥 르노라고 부른다.

게다가 아주 걸맞은 이름인 것이, 할머니의 르노는 낡아서 녹이 슨 프랑스제 자동차고 기어를 바꾸면 프랑스 할아버지가 기침을 하듯 요란한 소리가 난다. 할머니가 담배를 피우고 케밥을 먹으면서 운전할 때, 무릎으로 운전대를 붙들고 있다가 클러치를 밟으면서 "바꿔!"라고 외칠 때마다 엘사가 기어를 바꾸기 때문에 잘 안다.

엘사는 그 시절이 그리워진다.

엄마는 할머니에게 르노를 가지러 가지 못한다고 말한다. 할머니가 자기 차라고 항의하자 엄마는 면허증 없이 운전하는 건 불법이라고 한다. 그러자 할머니는 엄마를 '아가씨'라고 부르면서 자기는 여섯 개 왕국의 면허증을 소지하고 있다고 대꾸한다. 엄마가 차분한 말투로 그 여섯 개 왕국 중에 현재 어느 왕국의 국민이냐고 묻자 할머니는 토라지고, 그 틈에 간호사가 피를 뽑아 간다.

엘사는 엘리베이터 옆에서 기다린다. 자기 팔에 꽂히는 것이든 할머니 팔에 꽂히는 것이든 주사라면 질색이다. 엘사는 의자에 앉아서 아이패드로 『해리 포터와 불사조 기사단』을 읽는다. 이번이 스무 번째쯤 된다. 해리 포터 시리즈 중에서 제일 안 좋아하는 작품이다. 그래서 스무 번밖에 안 읽었다.

엄마가 데리러 와서 차를 세워둔 곳으로 내려가려는 찰나, 그리핀도르 목도리를 할머니의 병실 문 밖에 두고 왔다는 게 생각난다. 엘사는 되돌아간다.

할머니는 문을 등지고 침대 가에 앉아서 통화를 하고 있다. 다음번에 문병 올 때 어떤 맥주를 사오면 되는지 알려주는 걸로 볼 때 변호사와 통화하는 거다. 변호사는 큼지막한 백과사전 안에다가 맥주를 몰래 숨겨서 들고 온다. 할머니는 '자료 조사'할 게 있어서 백과사전이 필요하다고 말하지만 사실 백과사전 안에 맥주병 모양으로 구멍이 뚫려 있다. 엘사가 문고리에 걸어놓은 목도리를 집으면서 할머니를 부르려는 찰나, 수화기에 대고 울먹이며 얘기하는 할머니의 목소리가 들린다.

"걔는 내 손녀야, 마르셀. 그 조그만 아이에게 하늘의 축복이 깃들길. 그렇게 착하고 똑똑한 아이는 본 적이 없어. 걔한테 맡겨야 해. 제대로 결정을 내릴 수 있는 사람은 걔밖에 없어."

잠시 정적이 이어진다. 그러고 나서 할머니가 단호한 어조로 말을 잇는다.

"아직 어린애라는 건 나도 알아, 마르셀! 하지만 다른 머저리들을 전부 다 합쳐도 걔를 못 따라간다니까! 그리고 이건 내 유언장이고 자네는 내 변호사잖아. 내가 시키는 대로 해."

엘사는 문 앞에 서서 숨을 참는다. 그러다 할머니가 "아직은 얘기하고 싶지 않으니까 그렇지! 모든 일곱 살짜리에겐 슈퍼 히어로가 있어야 하니까!"라고 했을 때 눈물로 축축해진 그리핀도르 목도리를 들고 천천히 걸음을 옮긴다.

엘사의 귀에 들린 할머니의 마지막 말은 이거다. "모든 일곱 살짜리에겐 슈퍼 히어로가 있어야 하니까 내가 살날이 얼마 안 남았다고 알리고 싶지 않은 거야, 마르셀. 암 같은 거 걸리면 슈퍼 히어로가 아니잖아."

3
커피

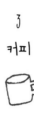

할머니네 집에는 특별한 게 있다. 바로 절대 잊을 수 없는 냄새다.

아파트 건물 자체는 대체로 평범하다. 4층짜리에 도합 아홉 가구가 있는데 모든 구역에서 할머니 냄새(그리고 레나르트 덕분에 커피 냄새)가 난다. 공동 세탁실에는 '모두의 행복을 위하여'라는 제목의 생활 수칙 안내문이 붙어 있고 '행복'이라는 단어에 밑줄이 두 줄 그어져 있다. 아파트에는 그 밖에도 통 고쳐질 줄을 모르는 엘리베이터가 있고, 앞마당에 분리 수거된 쓰레기가 있고, 주정뱅이도 있고, 아주 큼지막한 짐승 비슷한 녀석도 있고, 두말하면 잔소리지만 할머니도 있다.

할머니는 엄마, 엘사, 그리고 예오리가 사는 맨 꼭대기 층 집의 앞집에 산다. 할머니네 집은 엄마네 집과 똑같이 생겼는데 훨씬 더 지저분하다는 것만 다르다. 할머니네 집은 할머니를 닮았고 엄마네 집은 엄마를 닮아서 그렇다.

예오리는 엄마와의 동거 생활이 녹록치만은 않다. 왜냐하면 앞집에 할머니가 살기 때문이다. 예오리는 수염을 길렀고 손바닥만 한 모자를 쓰고 다니며 조깅에 집착하는데, 조깅을 할 땐 꼭 레깅스 위에 반바지를 입는다. 요리를 할 땐 영어를 써서 조리법을 읽을 때 '훈제 돼지고기'라고 하지 않고 꼭 '큐어드 포크'라고 한다. 할머니는 예오리를 절대 '예오리'라고 부르지 않고 늘 '찐따'라고 부른다. 그럴 때마다 엄마는 노발대발하지만 엘사는 할머니가 왜 그러는지 안다. 무슨 일이 있어도 할머니는 엘사의 편이라는 걸 알리기 위해서다. 손주의 부모가 이혼해서 각자 새로운 파트너를 만나고 반쪽짜리 동생이 생긴다는 소식을 느닷없이 알리면 할머니는 그래야 하기 때문이다. 엄마의 짜증 폭발은, 할머니의 입장에서 보면 순전히 보너스다.

엄마와 예오리는 반쪽이가 딸인지 아들인지 간단하게 알 수 있는데도 알아보려고 하지 않는다. 특히 예오리는 보안 유지를 생명처럼 여기기 때문에 "아이를 한쪽 성에 가두고 싶지 않다"며 반쪽이를 그냥 '우리 아이'라고 부른다. 엘사는 처음에 그 소리를 들었을 때 예오리가 말한 '성'이 기사가 사는 그런 성인

줄 알았다. 덕분에 당사자들 모두가 아주 혼란스러운 오후를
보냈다.

엄마와 예오리는 반쪽이의 이름을 '엘비르' 아니면 '엘비라'
로 정해놓았다. 엘사가 이 소식을 전했을 때 할머니는 빤히 쳐
다보며 물었다.

"엘비─르?"

"엘비라를 남자식으로 바꾼 게 그거래요."

"그래도 그렇지, 엘비르라고? 나중에 반지를 주면서 모르도
르에 가서 던지고 돌아오라고 할 생각인가보지?"(엄마가 엘사
에게 〈반지의 제왕〉을 보면 안 된다고 분명하게 못을 박자 할머니는
그 이유 하나만으로 엘사와 함께 반지의 제왕 시리즈를 전부 다 봤
는데 그러고 난 직후에 벌어진 사건이었다.)

물론 엘사도 알다시피 할머니는 반쪽이를 싫어하지 않는다.
사실 예오리도 싫어하지 않는다. 할머니라서 그냥 그렇게 말하
는 거다. 전에 엘사가 할머니한테 예오리가 정말 싫다고, 심지
어 반쪽이까지 싫을 때도 있다고 얘기한 적이 있었다. 그렇게
끔찍한 소리를 듣고도 내 편을 들어주는 사람을 어떻게 사랑하
지 않을 수 있을까.

할머니네 집 아래층에는 브릿마리와 켄트가 산다. 둘 다 뭘
사는 걸 좋아하고 켄트는 특히 뭐가 얼마인지 얘기하는 걸 좋
아한다. 켄트는 사업을 하기 때문에, 아니 모르는 사람들에게

농담이랍시고 떠드는 것처럼 '켄텁'을 하기 때문에 집에 잘 안 붙어 있다. 또 사람들이 자기 농담을 듣고 바로 웃지 않으면 더 큰 목소리로 다시 한 번 말한다. 사람들 귀에 문제가 있기라도 한 듯 말이다.

브릿마리는 거의 항상 집에 붙어 있는 걸 보면 사업을 하지 않는 모양이다. 할머니는 그 여자를 가리켜 '내 인생에서 영원히 눈엣가시일 풀타임 잔소리꾼'이라고 한다. 늘 이상한 맛이 나는 초콜릿을 입안에 넣은 사람 같은 표정을 짓고 있는 그 여자가 바로 세탁실에 '모두의 행복을 위하여' 어쩌고를 붙인 주인공이다. 이 건물에서 유일하게 세탁기와 건조기를 갖춘 집에 살면서도 브릿마리는 모두의 행복을 아주 중요하게 생각한다. 한번은 예오리가 빨래를 끝마쳤을 때 브릿마리가 찾아와서 엄마에게 잠깐 얘기 좀 하자고 한 적이 있다. 그 여자는 건조기 필터에 걸린 파란색 공처럼 생긴 조그만 보풀 뭉치를 들고 와서 갓 부화한 병아리라도 되는 양 엄마에게 내밀며 이렇게 말했다. "빨래하고 나서 이걸 깜빡하고 안 챙겼나봐, 울리카!" 예오리가 우리 집 빨래 담당은 자기라고 하자 브릿마리가 예오리를 보며 미소를 지었는데 그다지 진심에서 우러난 미소는 아니었다. 브릿마리는 "아주 신식이네"라고 하고는 엄마에게 상냥한 미소를 지어 보이곤 보풀 뭉치를 건네며 말했다. "우리 차지권*자 조합에서는 모두의 행복을 위해서 빨래를 하고 나면 건조기 필터를 깨끗하게 청소하거든, 울리카!"

아직 차지권자 조합이 설립된 건 아니다. 하지만 브릿마리가 애써 강조한 바에 따르면 조만간 설립될 거라고 한다. 자기랑 켄트가 반드시 관철하고 말 거라고 한다. 브릿마리가 이끄는 차지권자 조합에서는 규칙 준수가 아주 중요한 항목이 될 것이다. 그 여자가 할머니의 원수인 것도 그 때문이다. 엘사는 '원수'가 무슨 뜻인지 안다. 고품격 문학작품을 가까이 하다보면 알 수밖에 없다.

브릿마리와 켄트네 앞집에는 까만 치마를 입고 다니는 여자가 산다. 그 여자는 아침 일찍, 그리고 밤늦게 공동 현관문과 자기 집 현관문 사이를 종종걸음으로 오갈 때 빼고는 얼굴 볼 일이 거의 없다. 그 여자는 항상 주름 하나 없이 다린 까만 치마에 하이힐을 신고, 귀에 걸린 하얀색 줄에 대고 고함을 지른다. 인사를 하는 법도, 웃는 법도 없다. 할머니는 그 여자의 치마가 너무 완벽하게 다려졌다며 "네가 만약 그 여자 몸에 걸쳐진 옷이면 어디 구겨질까봐 벌벌 떨어야 할 거야"라고 한다.

브릿마리와 켄트네 집 아래층에는 레나르트와 마우드가 산다. 레나르트는 날마다 커피를 못해도 스무 잔씩 마시고 퍼컬

---

* 남의 토지를 빌려서 사용하는 지상권과 임차권을 아우르는 용어.

레이터가 켜져 있을 때면 항상 의기양양한 표정을 짓는다. 레나르트는 세상에서 두 번째로 착한 사람이고 마우드의 남편이다. 마우드는 세상에서 제일 착한 사람이고 늘 방금 전에 비스킷을 구웠다고 한다. 그들과 함께 사는 사만타는 늘 잠만 잔다. 사만타는 비숑프리제종의 개지만 레나르트와 마우드는 사람 대하듯이 사만타에게 말을 건다. 사만타 앞에서 커피를 마실 때면 '커피'가 아니라 '어른들이 마시는 거'라고 한다. 할머니는 두 사람더러 머리가 좀 모자라다고 하지만 엘사가 보기에는 착한 사람들이다. 그들은 항상 꿈과 포옹과 함께한다. 꿈은 비스킷을 지칭하는 단어고 포옹은 그냥 포옹이다.

레나르트와 마우드네 앞집에는 알프가 산다. 알프는 택시 운전사고 다혈질이며 항상 가죽 재킷을 입고 다닌다. 발을 질질 끌며 걸어서 신발 밑창이 납지처럼 얇다. 할머니 말로는 우라질 은하계를 통틀어서 무게중심이 가장 낮은 사람이란다.

레나르트와 마우드네 아래층에는 무슨 증후군을 앓는 남자아이와 아이 엄마가 산다. 무슨 증후군을 앓는 아이는 엘사보다 1년하고 몇 주 어린데 절대 말을 하지 않는다. 아이 엄마는 시시때때로 뭘 잃어버린다. 이런저런 물건들이 주머니에서 비처럼 쏟아져 나오는 모양이다. 사기꾼이 경찰에게 몸수색을 당하는데 주머니에서 나온 물건이 쌓인 더미가 결국에는 주머니보다 더 커지는 만화 속 장면처럼 말이다. 아이와 엄마 모두 눈빛이 선해서 심지어 할머니조차 두 사람을 싫어하지 않는 눈치다. 아이는 계속 춤을 춘다. 춤으로 하루하루를 연명한다.

그들의 옆집, 절대 옴짝달싹도 않는 엘리베이터 저편에는 괴물이 산다. 엘사는 그 사람의 본명을 모른다. 괴물이라고 부르는 이유는 다들 그 사람을 무서워하기 때문이다. 심지어 세상에 무서운 게 없는 엘사의 엄마도 그 집 앞을 지날 일이 있으면 엘사의 등을 살짝 떠민다. 괴물은 낮 동안에는 집 밖으로 나오지 않기 때문에 아무도 얼굴을 본 적이 없는데, 켄트는 항상 이렇게 말한다. "그런 인간들은 풀어놓으면 안 되는데! 정부가 안이하게 대처해서 그렇다니까. 이 우라질 나라에서는 아무도 감옥에 안 가고 정신과 상담만 받아!" 브릿마리는 그 괴물 때문에 "다른 약물 중독자들이 건물로 유입된다"며 건물주에게 괴물을 퇴거시켜달라는 편지를 보낸 적도 있다. 엘사는 그게 무슨 뜻인지 모르겠고, 브릿마리도 과연 그게 무슨 뜻인지 알고나 썼을까 싶다. 할머니에게 물어봤지만 할머니는 잠시 동안 아무 대꾸도 않다가 "세상에는 그냥 내버려둬야 하는 일도 있는 거야"라고 했다. 깨락말락나라의 끝없는 전쟁에서 그림자들과 싸웠던 할머니가, 만 가지 이야기의 영원 속에서 창조된 온갖 끔찍한 괴물들과 상대했던 할머니가 그런 말을 했다.

깨락말락나라에서는 시간의 단위가 영원이다. 깨락말락나라에는 시계가 없기 때문에 기분에 따라 시간을 잰다. 영원처럼 느껴지면 '작은 영원'이라고 한다. 영원이 스무 개 쌓인 것처럼 느껴지면 '완전 영원'이라고 한다. 완전 영원보다 더 길게 느껴지는 건 이야기의 영원뿐이다. 완전 영원이 영원히 이어지는 게 바로 이야기다. 그리고 이 세상에 존재하는 가장 긴 영원은 만 가지 이야기의 영원이다. 깰락말락나라에서는 그게 가장 큰 숫자다.

아무튼 다시 본론으로 돌아가자면 이 모든 사람이 사는 건물 1층에 회의실이 있고, 거기서 한 달에 한 번씩 입주민 회의가 열린다. 여타의 입주민 회의보다 좀 더 자주 열리는 셈인데, 이곳은 임대아파트고 여기 사는 모든 입주민이 '민주적인 절차'에 따라서 건물주를 상대로 아파트 매입 의사를 관철하는 게 브릿마리와 켄트의 바람이기 때문에 그렇다. 그러려면 입주민 회의가 반드시 필요하다. 아파트를 매입하고 싶어 하는 사람은 그 둘 말곤 아무도 없다. 그러니까 민주적인 절차를 운운하는 켄트와 브릿마리가 가장 싫어하는 게 민주주의라고 보면 된다.

게다가 회의가 얼마나 지루한지 모른다. 처음엔 지난 회의 때 뭐에 대해서 옥신각신했는지를 놓고 옥신각신한 다음, 의제를 살펴보고 다음 회의 날짜를 놓고 옥신각신하다보면 회의가 끝난다. 하지만 엘사는 오늘도 회의에 참석한다. 옥신각신이 언제 시작되는지 알아야 아무도 모르게 빠져나갈 수 있기 때문이다.

엘사는 일찌감치 회의실로 내려간다. 켄트는 항상 늦기 때문에 아직 오지 않았다. 알프는 항상 딱 제시간에 오기 때문에 아직 오지 않았다. 하지만 마우드와 레나르트는 커다란 테이블에 앉아 있고, 브릿마리와 엄마는 찬방에서 커피에 대해 의논 중이다. 사만타는 바닥에서 자고 있다. 마우드가 엘사를 향해 큼지막한 통에 든 꿈을 내민다. 레나르트는 옆에 앉아서 커피가 나오길 기다린다. 그러는 동안 들고 온 보온병을 홀짝인다. 새 커피를 기다리는 동안 다른 커피를 대기시켜놓는 게 레나르트에게는 아주 중요한 일이다.

브릿마리는 찬방 싱크대 앞에서 불만의 표현으로 깍지 낀 손을 배 위에다 올려놓고 신경질적으로 엄마를 쳐다본다. 엄마는 커피를 끓이고 있는데, 브릿마리는 켄트가 올 때까지 기다려야 한다고 생각하기 때문에 초조해하는 거다. 브릿마리는 항상 켄트를 기다려야 한다고 생각하지만 엄마는 주도권을 잡는 거라면 모를까 기다리는 건 별로 좋아하지 않는다. 브릿마리가 엄마를 보며 상냥하게 미소를 짓는다.

"커피 잘 돼가, 울리카?"

"네, 그럼요." 엄마가 무뚝뚝하게 대답한다.

"켄트가 올 때까지 기다리는 게 좋지 않겠어?"

"켄트가 없어도 커피 끓이는 것 정도는 할 수 있지 않아요?" 엄마는 명랑하게 되묻는다.

브릿마리는 다시 깍지 낀 손을 배 위에다 올려놓는다. 그러고는 미소를 짓는다.

"뭐, 그렇지, 좋을 대로 해, 울리카. 늘 그런 식이잖아."

엄마는 세 자리 수까지 숫자를 세는 듯한 표정으로 계속 원두 가루를 숟가락으로 재서 넣는다.

"커피 가지고 뭘 그래요, 브릿마리."

브릿마리는 알겠다는 뜻에서 고개를 끄덕이고, 치맛자락에서 보이지 않는 먼지를 털어낸다. 브릿마리의 치맛자락에는 항상 자기 눈에만 보이는 반드시 털어내야만 하는 먼지가 묻어 있다.

"켄트가 커피를 맛있게 잘 끓이거든. 켄트가 끓이면 다들 맛있다고 해."

마우드는 걱정스러운 표정으로 테이블에 앉아 있다. 갈등을 싫어하기 때문이다. 마우드가 비스킷을 산더미처럼 굽는 이유도 바로 그 때문이다. 비스킷이 있으면 갈등을 빚기가 훨씬 힘들어지니까.

"엘사랑 둘이 같이 오니까 보기 좋네. 우리 모두 다…… 보기 좋다고 생각해."

엄마는 짜증을 참으며 "으으음" 한다. 그러면서 원두 가루를 조금 더 떠서 넣는다. 브릿마리는 먼지를 조금 더 털어낸다.

"워낙 일 욕심이 많아서 엘사랑 놀아줄 시간 내기도 힘들 텐데 와줘서 고맙게 생각해."

그 말에 엄마는 브릿마리의 얼굴 위에다 원두 가루를 뿌리는 상상이라도 하는 것처럼 숟가락으로 원두 가루를 조금 뜬다. 실제로 뿌리더라도 감정을 자제해가며 뿌리겠지만.

브릿마리는 창가로 자리를 옮겨서 화분을 옮기며 혼잣말처럼 중얼거린다. "파트너도 참 착하지 뭐야. 집에서 살림을 도맡아주다니. 그렇게 부르는 거 맞지? 파트너. 아주 신식인 것 같아." 그러고는 다시 미소를 짓는다. 상냥하게. 그런 다음 먼지를 좀 더 털어내며 덧붙인다. "물론 뭐가 잘못됐다는 건 아니야. 그럼."

가슴팍에 택시회사 로고가 찍힌, 찍찍 소리가 나는 가죽 재킷을 입은 알프가 험상궂은 분위기를 풍기며 등장한다. 손에 석간신문을 들고 있다. 알프가 손목시계를 확인한다. 일곱 시 정각이다.

"일곱 시 됐다는데." 알프는 딱히 누구에게라고 할 것도 없이 테이블 쪽으로 툴툴거린다.

"켄트가 좀 늦어요." 브릿마리는 이렇게 말하면서 미소를 짓고 깍지 낀 손을 다시 배 위에 얹는다. "독일이랑 중요한 회의가 있어서요." 그녀의 말투는 꼭 켄트가 독일 국민을 전부 다 만나기라도 하는 것 같다.

그로부터 15분이 지나자 켄트가 재킷을 망토처럼 펄럭이면서 휴대전화에 대고 고래고래 소리를 지르며 등장한다. "야, 클라우스! 야! 위 윌 디즈커즈 잇 앳 저 미팅 인 프랑크푸르트!" 알프는 석간신문을 보다가 고개를 들고 손목시계를 두드리며 중얼거린다. "제시간에 온 우리 때문에 불편해진 건 아닌지 모르겠네." 켄트는 알프를 못 본 체하고 레나르트와 마우드를 보고는 신나게 손뼉을 치며 씩 웃는다. "자, 그럼 회의를 시작해볼까요? 여기서 애를 만들거나 그럴 건 아니잖아요?" 그러더니 잽싸게 엄마 쪽으로 고개를 돌리고 엄마의 배를 가리키며 웃는다. "이미 한 명 있으니까요!" 엄마는 웃지 않는다. 그러자 켄트는 엄마의 배를 다시 한 번 가리키며, 좀 전에는 성량이 부족했다 싶었는지 좀 더 우렁차게 똑같은 말을 반복한다. "이미 한 명 있으니까요!"

마우드가 비스킷을 낸다. 엄마가 커피를 돌린다. 켄트는 벌컥벌컥 커피를 마시다 말고 좀 진하다고 단언한다. 알프는 단숨에 한 잔 다 비우고는 "딱 좋네!" 하고 중얼거린다. 브릿마리는 새 모이만큼 마시고 잔을 손바닥에 올려놓은 채 판결을 내린다. "내 생각에는 좀 진한 것 같아요." 그러더니 엄마를 흘깃거리며 덧붙인다. "그런데 울리카는 임신을 했는데도 커피를 마시네." 그렇게 말하고는 엄마가 뭐라고 대꾸할 틈도 없이 당장 변명한다. "물론 뭐가 잘못됐다는 건 아니야. 그럼!"

그러고 나서 켄트가 개회를 선언하자 모두들 지난번 회의 때 뭐에 대해서 옥신각신했는지를 놓고 두 시간 동안 옥신각신 한다. 그 틈을 타서 엘사는 아무도 모르게 빠져나간다.

엘사는 1.5층까지 까치발로 계단을 올라간다. 괴물네 집 현관문이 보이자 아직 날이 환하다며 마음을 다잡는다. 괴물은 해가 떨어지기 전에 집 밖으로 나오는 일이 없으니까.

엘사는 괴물네 옆집 현관문으로 시선을 옮긴다. 현관문 우편물 투입구에 이름이 안 적혀 있는 그 집에 우리 친구가 산다. 엘사는 2미터 거리를 두고 서서 숨을 참는다. 너무 가까이 다가가면 그 녀석이 문을 부수고 달려나와서 목을 덥석 물려고 들지 않을까 겁이 나서다. 할머니는 그 녀석을 '우리 친구'라고 부르지만 남들은 전부 다 '사냥개'라고 부른다. 특히 브릿마리가 그렇게 부른다. 얼마나 사나울지는 잘 모르겠지만 아무튼 엘사가 지금까지 본 개들 중 가장 크다. 그 녀석이 집 안에서 짖는 소리를 들을 때면 크고 무거운 공으로 배를 얻어맞은 것처럼 숨이 턱 막힌다.

하지만 엘사가 그 녀석을 실제로 만난 건 딱 한 번뿐이다. 할머니가 병원에 입원하기 전에 할머니네 집에서였다. 엘사는 깰락말락나라에서 그림자들과 맞닥뜨린대도 그렇게 무섭지는 않을 것 같았다.

토요일이었고 할머니와 엘사는 공룡 전시회를 보러 가기로 했었다. 그날 아침에 엄마가 묻지도 않고 그리핀도르 목도리를 빨아버리는 바람에 엘사는 토사물 색하고 똑같은 초록색 목도리를 두르고 가야 했다. 엄마는 엘사가 초록색을 얼마나 싫어하는지 안다. 그 아줌마는 가끔 공감 능력이 부족할 때가 있다.

그날 우리 친구는 피라미드를 지키는 스핑크스처럼 할머니의 침대에 누워 있었다. 엘사는 거대한 까만 머리와 깊이를 알 수 없는 섬뜩한 눈을 빤히 쳐다보며 현관문 앞에 못 박힌 듯 서 있었다. 할머니는 침대 위에 그렇게 엄청난 물건이 누워 있는 게 은하계 전체를 통틀어서 가장 당연한 일이라도 되는 듯 아무렇지도 않게 부엌에서 나와 외투를 입었다.

"저거…… 뭐예요?" 엘사는 조심스럽게 물었다. 할머니는 말던 담배를 계속 말면서 무심하게 대꾸했다. "우리 친구. 건드리지만 않으면 재도 널 건드리지 않을 거야."

말이야 쉽죠, 하고 엘사는 생각했다. 저 녀석이 뭐에 흥분할지 무슨 수로 안단 말인가. 엘사는 '꼴 보기 싫은 목도리'를 하고 다닌다고 학교에서 다른 여자아이한테 맞은 적이 있다. 엘사가 저지른 잘못이 있다면 그것뿐이었는데도 말이다.

그래서 엘사는 세탁기에 들어간, 평소 하고 다니던 목도리 대신 엄마가 골라준 꼴 보기 싫은 목도리를 하고서는 토사물 같은 초록색 때문에 저 짐승이 흥분하면 어떻게 하나 걱정스러워하며 그 자리에 가만히 서 있었다. 그러다 결국 이 목도리는 자기 게 아니라 엄마 거라고, 엄마의 취향은 끔찍하다고 설명하고는 문 쪽으로 뒷걸음질 쳤다. 우리 친구는 그저 빤히 쳐다보기만 했다. 적어도 엘사가 보기엔 그랬다. 엘사가 눈이라고 생각한 게 눈이 맞다면. 녀석이 이빨을 드러냈을 땐 그게 이빨이라고 거의 확신할 수 있었다. 하지만 할머니는 "애들이 저렇게 다니까" 같은 말을 중얼거리며 우리 친구를 보고 눈을 부라렸다. 잠시 후에 할머니가 르노 열쇠를 찾아왔고, 할머니와 엘사는 공룡 전시회를 보러 출발했다. 엘사가 기억하기로 할머니는 현관문을 활짝 열어놓았다. 르노에 올라탔을 때 엘사는 할머니에게 왜 우리 친구가 할머니 집에 온 거냐고 물었다. 할머니는 "놀러 온 거야"라는 대답만 했다. 그래서 엘사는 그 개가 왜 계속 집 안에서 짖고 있는 거냐고 물었다. 할머니는 "짖는다고? 아, 브릿마리가 지나갈 때만 그래" 하고 명랑하게 대답했다. 엘사가 그 이유를 묻자 할머니는 입이 귀에 걸리도록 씩 웃으며 대답했다. "왜냐하면 그러는 걸 좋아하니까."

그 말에 엘사는 우리 친구가 누구랑 같이 사느냐고 물었고, 그 말에 할머니는 이렇게 대답했다. "어휴, 전부 다 누구랑 같이 살아야 하는 건 아니야. 예를 들어서 나도 혼자 살잖아." 엘사가 할머니는 개가 아니라서 그런 걸지 모른다고 했지만 할머니는 더 이상 아무 설명도 덧붙이지 않았다.

이제 엘사는 여기 이 층계참에 서서 다임 초콜릿 포장지를 벗기고 있다. 우편물 투입구 뚜껑을 열고 맨 첫 번째 초콜릿을 하도 잽싸게 던져 넣는 바람에 뚜껑이 닫히면서 쾅 소리가 난다. 엘사는 숨을 참고 머리통을 울리는 심장의 두근거림을 느낀다. 그러다 브릿마리가 아래층에서 입주민 회의를 하다 말고 의심스러워하기 전에 얼른 해치워야 한다는 할머니의 말을 떠올린다.

브릿마리는 우리 친구를 몸서리치도록 싫어한다. 엘사는 누가 뭐라 해도 자신은 미아마스의 기사라는 사실을 애써 되새기며 좀 더 용기를 그러모아서 다시 투입구 뚜껑을 연다.

녀석의 숨소리가 들린다. 누가 들으면 허파 속에서 돌덩이라도 굴러떨어지고 있는 줄 알겠다. 엘사의 심장은 어찌나 두근거리는지 우리 친구가 맞은편에서 진동을 느끼지 않을까 싶을 정도다.

"우리 할머니가 한동안 달달이 못 챙겨줘서 미안하다고 안부 전해달래!" 엘사는 투입구에 대고 열심히 외치며 포장지를 벗긴 초콜릿 한 움큼을 던져 넣는다.

녀석이 움직이는 소리가 들리자 엘사는 화들짝 놀라서 얼른 손을 거둔다. 몇 초 동안 정적이 흐른다. 갑자기 아그작, 하고 우리 친구가 초콜릿을 씹는 소리가 들린다.

"할머니는 암에 걸렸대." 엘사가 속삭인다.

엘사는 친구가 없어서 이런 심부름을 할 때 보통 어떤 절차를 거치는지 잘 모른다. 하지만 친구가 있다면 암에 걸렸을 때 알리고 싶을 거라는 생각이 든다. "네 안부가 궁금하고 미안하대." 엘사는 어둠 속에다 대고 속삭이며 남은 초콜릿을 떨어뜨려 넣은 뒤 투입구 뚜껑을 조심스럽게 닫는다.

엘사는 잠깐 그 자리에 서서 우리 친구네 집 현관문을 바라본다.

그런 다음 괴물이 사는 집의 현관문을 바라본다. 이쪽 문 뒤에는 맹수가 숨어 있는데 저쪽 문 뒤에는 뭐가 숨어 있을지 알고 싶지 않다.

엘사는 계단을 달려 내려가 공동 현관문 쪽으로 간다.

예오리는 아직도 빨래를 하는 중이다. 회의실에서는 다들 커피를 마시며 옥신각신하는 중이다.

여기가 평범한 아파트라서 그렇다.

대체로 평범한 아파트라서 그렇다.

맥주

밖이 영하 2도고 누군가가 베개 밑에 맥주병을 숨겨놓고 담배 냄새를 없애려고 창문을 열어놨다면 병실은 퀴퀴한 냄새가 나고 추울 수밖에 없다. 창문을 열어봐봤자 별 소용이 없다.

할머니와 엘사는 모노폴리를 하고 있다. 할머니는 엘사를 생각해서 암 얘긴 한 마디도 하지 않는다. 엘사도 할머니를 생각해서 죽는 얘긴 한 마디도 하지 않는다. 그래서 엘사의 엄마와 의사들이 복도로 나가 심각한 목소리로 나지막이 속삭일 때 엘사는 애써 아무 걱정 없는 척한다. 하지만 그것도 생각대로 잘 되진 않는다.

할머니가 비밀스럽게 씩 웃는다.

"내가 미아마스에서 용 돌보는 일을 맡게 됐을 때 어땠는지 이야기했던가?" 할머니가 암호로 묻는다.

할머니의 말에 따르면 벽에 귀가 달려 있기 때문에 병원에서는 암호를 쓰는 게 좋다고 한다. 엘사의 엄마를 보스로 둔 벽이라면 특히 그렇다.

"쳇― 당연하죠!"

할머니는 예의상 고개를 끄덕이고는 그러거나 말거나 이야기를 시작한다. 이야기를 하지 않는 법을 배운 적이 없기 때문이다. 엘사는 이야기를 듣지 않는 법을 배운 적이 없기에 귀를 기울이고 듣는다.

할머니가 없을 때 사람들이 가장 자주 하는 말이 "이번에는 정말이지 선을 넘으셨어요"라는 걸 엘사가 아는 이유도 같은 맥락이다. 브릿마리는 시도 때도 없이 그 말을 한다. 엘사는 할머니가 그래서 미아마스 왕국을 그렇게 좋아하는가보다고 생각한다. 미아마스 왕국은 끝이 없기 때문에 선을 넘을 수 없다. 그리고 텔레비전에 나와서 머리카락을 뒤로 휙 넘기며 자기들한테 "우리에게 한계란 없다"라고 하는 사람들과 다르게, 미아마스는 어디에서 시작되고 어디에서 끝나는지 아무도 모르기 때문에 정말로 한계가 없다. 주로 돌이나 회반죽으로 지은 깰락말락나라의 다른 다섯 개 왕국과는 다르게 미아마스는 오로지 상상으로만 지어서 그렇다. 그리고 미아마스의 성곽이 아무도 못 말리는 다혈질이라 어느 날 아침에 문득 '자기만의 시간'

이 필요하다며 숲 속으로 몇 킬로미터 이동할 수 있기 때문이기도 하다. 이 성곽은 바로 다음 날 이런저런 이유로 어떤 용이나 트롤에게 화가 나면(할머니의 추측에 따르면 용이나 트롤이 밤새도록 슈냅스*를 마시다가 잠결에 벽에다 실례를 해서 그런 게 아니겠느냐고 한다) 용이나 트롤을 가둬버려야겠다며 원래 있던 자리에서 반대 방향으로 두 배 이동해버리기도 한다.

　미아마스에는 깰락말락나라의 나머지 다섯 개 왕국을 전부 다 합친 것보다 더 많은 트롤과 용이 산다. 미아마스의 주력 수출 상품이 이야기이기 때문이다. 이야기에는 악당이 있어야 하니 트롤과 용은 미아마스에서 엄청난 취업률을 자랑한다. "물론 예전부터 그렇지는 않았어." 할머니는 가끔씩 곰곰이 생각에 잠긴다. "미아마스의 이야기꾼들이 용을 거의 잊고 지낸 시절도 있었거든. 특히 나이 든 이야기꾼들이 그랬지." 할머니는 일자리를 찾지 못한 떠돌이 용들이 슈냅스를 마시고 시가를 피우고 성곽과 한판 붙으며 미아마스에서 얼마나 분란을 일으켰는지 모른다고 말한다. 그래서 결국에는 미아마스 사람들이 할머니에게 현실적인 고용 창출 방안을 만들어달라고 했다는 것이다. 할머니가 이야기 말미에 용들에게 보물을 사수하는 역할을 맡기자는 아이디어를 생각해낸 것이 바로 그때였다.

---

* 알코올 성분이 강한 독주.

그 전까지는 보물을 찾아 나선 영웅들이 깊은 동굴 같은 데서 보물을 찾게 되었을 때 잠깐 들어가서 꺼내 오기만 하면 끝나기 때문에 서술상의 문제가 심각했다. 대미를 장식하는 웅장한 전투나 극적인 절정 같은 건 없었다. "보물을 찾고 나면 되도 않는 비디오게임이나 하는 게 전부였지." 할머니는 심각한 표정으로 고개를 주억거리며 말했다. 할머니는 비디오게임의 세계라면 손바닥 보듯 훤히 안다. 지난여름에 엘사에게 '월드 오브 워크래프트'라는 게임을 배워서 몇 주 동안 밤낮으로 매달려 있다가 "불안한 성향"을 보이기 시작했다며 더 이상 엘사의 방에서 자지 말라고 엄마에게 경고를 먹은 적이 있기 때문이다.

아무튼 모든 문제는 이야기꾼들이 할머니의 아이디어를 듣는 순간 하루 만에 해결됐다. "그래서 요즘은 이야기마다 끝에 용이 등장하는 거야! 내 덕분이지!" 할머니는 킬킬거린다. 평소와 똑같다.

할머니는 모든 상황에 걸맞은 미아마스 이야기를 안다. 그중 하나가 모든 슬픔을 모아두는 미플로리스 왕국의 공주 이야기다. 공주는 못생긴 마녀에게 마법의 보물을 도둑맞아서 그때부터 지금까지 마녀를 찾아다니고 있다. 그런가 하면 미플로리스 왕국의 공주를 사랑한 소군주 형제 이야기도 있다. 그 형제가 공주의 사랑을 두고 어찌나 치열하게 싸웠는지 깰락말락나라가 사실상 산산조각이 날 정도였다.

사랑하는 연인을 잃은 뒤에 저주에 걸려서 깰락말락나라의 해변을 끝없이 표류하는 바다천사 이야기도 있었다. 모든 음악이 만들어지는 미모바스 왕국에서 가장 많은 사람의 사랑을 받는, '선택된 자'라는 댄서 이야기도 있다. 그 이야기 속에서는 그림자들이 미모바스를 무너뜨리려고 선택된 자를 납치하려 하지만 구름 동물들이 그를 구해서 미아마스로 데려간다. 그림자들이 뒤쫓아오자 왕자, 공주, 기사, 전사, 트롤, 천사, 마녀 할 것 없이 깰락말락나라 여섯 개 왕국의 모든 이들이 선택된 자를 지켜주기로 했다. 그래서 끝없는 전쟁이 시작된 것이다. 전쟁은 만 가지 이야기의 영원 동안 계속되다가 숲을 박차고 나온 울프하트와 워스들이 정예군을 이끌고 마지막 전투를 치러서 그림자들을 바다 저편으로 밀어낸 후에야 끝이 났다.

두말하면 잔소리지만, 미아마스에서 태어났으면서도 다른 전사들처럼 미바탈로스에서 자란 울프하트는 그 자체만으로도 하나의 이야기로 손색이 없다. 울프하트는 전사의 심장과 이야기꾼의 영혼을 지녔고, 여섯 개 왕국 역대 최고의 천하무적 투사다. 그는 수많은 이야기의 영원 동안 어두컴컴한 숲 속 깊은 데서 지내다 깰락말락나라가 가장 필요로 하는 순간에 돌아왔다.

할머니는 엘사의 기억이 닿는 먼 옛날부터 이런 이야기들을 들려주었다. 처음에는 엘사를 재우고 할머니의 암호를 가르치기 위한 수단에 불과했고, 할머니가 충분히 비정상적인 인물이라 탄생된 것이기도 했다. 하지만 요즘 들어선 이야기의 차원들이 달라졌다. 엘사가 콕 집어서 말할 수 없는 뭔가가 생겼다.

"말리본 역 카드, 은행에 다시 갖다놔요." 엘사는 딱 잘라서 말한다.

"내가 사지 않았던가……?" 할머니는 간을 본다.

"흠, 어련하실까. 다시 갖다놔요."

"내가 무슨 히틀러랑 모노폴리 하는 것도 아니고!"

"히틀러는 모노폴리 말고 리스트*만 하려고 했을걸요?" 엘사는 중얼거린다. 할머니가 엘사를 히틀러에 비유하는 문제로 서로 다툰 뒤에 위키피디아에서 히틀러를 찾아본 적이 있기 때문에 안다.

"투셰이." 할머니는 중얼거린다.

두 사람은 1분 정도 아무 말 없이 게임만 한다. 둘이 서로 꽁하고 버틸 수 있는 시간이 보통 그 정도다.

"우리 친구한테 초콜릿 줬어?" 할머니가 묻는다.

엘사는 고개를 끄덕인다. 하지만 어떤 식으로 할머니가 암에 걸렸다는 소식을 전했는지는 밝히지 않는다. 할머니가 짜증을

---

* 세계 정복이 목적인 보드게임.

낼 것 같아서이기도 하고 그보다 더 큰 이유는 암 얘기를 하고 싶지 않아서 그렇다. 엘사는 어제 위키피디아에서 '암'을 검색 해봤다. 그러고 나서 '유언장'이 뭔지도 검색했는데 머리끝까지 화가 나서 밤새도록 잠이 오지 않았다.

"할머니랑 우리 친구는 어떻게 친구가 됐어요?" 그래서 대신 이렇게 묻는다.

할머니는 어깨를 으쓱한다. "그냥 남들처럼."

엘사는 친구가 할머니밖에 없기 때문에 '남들처럼'이 어떤 건지 모른다. 하지만 그걸 물으면 할머니가 심란해할 게 뻔하니 아무 말도 하지 않는다.

"아무튼 임무 완료예요." 엘사는 나지막이 전한다.

할머니는 얼른 고개를 끄덕이고, 감시를 당하고 있는 건 아닌지 걱정이라도 되는 것처럼 문 쪽을 살핀다. 그러고 나서 베개 밑으로 손을 집어넣는다. 병들끼리 서로 부딪쳐서 쨍그랑거리는 소리가 난다. 베갯잇에 맥주가 조금 묻자 할머니는 욕을 하더니 봉투를 꺼내서 엘사의 손에 쥐여준다.

"이것이 너의 다음 임무다, 엘사 기사여. 하지만 내일 열어봐야 해."

엘사는 미심쩍어하는 눈빛으로 봉투를 쳐다본다.

"할머니는 이메일이라고 못 들어봤어요?"

"이렇게 중요한 일을 이메일로 보내면 쓰나."

엘사는 손으로 봉투의 무게를 가늠하고는 볼록 튀어나온 봉투 밑바닥을 찌른다.

"이건 뭐예요?"

"편지하고 열쇠." 이렇게 대답하는 할머니의 표정은 심각하면서도 겁에 질린 표정이다. 둘 다 할머니가 여간해서는 드러내지 않는 감정이다. 할머니는 손을 내밀어서 엘사의 집게손가락을 잡는다. "용감한 꼬맹이 기사야, 내일 할머니가 너한테 지금까지 본 적 없을 만큼 어마어마한 보물찾기를 맡길 거야. 할 수 있겠니?"

할머니는 보물찾기라면 사족을 못 쓴다. 미아마스에서는 보물찾기가 스포츠로 간주된다. 올림픽 공식 육상경기라서 출전해 실력을 겨룰 수 있다. 하지만 미아마스에서는 올림픽 경기라고 하지 않고 투명 경기라고 한다. 참가자들이 전부 다 투명 인간이기 때문이다. 할머니에게 그 이야기를 들었을 때 엘사가 짚고 넘어갔다시피, 그런 이유로 관람은 불가능하다.

엘사도 보물찾기를 좋아하지만 할머니만큼은 아니다. 만 가지 이야기의 영원토록 어느 왕국의 어느 누구도 할머니만큼 보물찾기를 좋아할 순 없다. 할머니는 뭐든 보물찾기로 둔갑시킬 수 있다. 쇼핑을 하러 나갔다가 르노를 어디에 주차했는지 기억나지 않을 때. 우편물 속에서 청구서를 골라낸 다음 납부하는, 미치도록 따분한 일을 엘사에게 시킬 때. 체육 시간이 있는 날이라 학교 샤워실에서 상급생들이 돌돌 만 수건으로 엘사를 때릴 게 분명할 때. 할머니는 주차장을 마법의 산으로, 돌돌 만 수건을 꾀로 물리쳐야 하는 용으로 둔갑시킬 수 있다. 그리고 주인공은 항상 엘사다.

하지만 이번에는 전혀 다른 보물찾기인 듯하다.

"열쇠를 쥔 사람은 그걸로 뭘 어떻게 하면 되는지 알 수 있게 되어 있어. 엘사, 네가 성을 지켜야 한다."

할머니는 집을 항상 '성'이라고 부른다. 이전까지만 해도 엘사는 할머니가 살짝 제정신이 아니라서 그러는 거라고 생각했었다. 그런데 지금은 잘 모르겠다.

"엘사, 성을 지켜라. 가족을 지켜라. 친구들을 지켜라!" 할머니는 결연하게 반복한다.

"무슨 친구요?"

할머니는 엘사의 뺨에 손을 얹으며 미소를 짓는다.

"친구들이 너를 찾아올 거야. 내일 보물찾기를 떠나면 동화처럼 신기한 일들과 엄청난 모험이 펼쳐질 거다. 그런 데 보냈다고 할머니 미워하지 않기."

엘사는 눈을 깜빡인다. 눈이 화끈거린다.

"내가 왜 할머니를 미워하겠어요?"

할머니는 엘사의 눈꺼풀을 쓰다듬는다.

"할머니가 되면 가장 못난 모습을 손주들에게 감출 수 있는 특권이 주어진단다, 엘사. 할머니가 되기 전에는 어떤 사람이었는지 말하지 않아도 되는 거지."

"나는 할머니의 못난 모습을 아주 많이 알아요!"

할머니의 웃음보를 터뜨리려고 한 말이다. 그런데 효과가 없다. 할머니는 슬픈 목소리로 이렇게 속삭인다. "엄청난 모험과 동화처럼 신기한 일들이 펼쳐질 거야. 하지만 이 할미의 실수로 맨 마지막에 용이 등장하겠구나, 사랑하는 기사야."

엘사는 눈을 가늘게 뜨고 할머니를 쳐다본다. 처음 듣는 소리이기 때문이다. 할머니는 맨 마지막에 용이 등장하는 게 자기 덕분이라고 늘 주장해왔다. 자기 '실수'라고 한 적은 한 번도 없다. 할머니는 그 어느 때보다 작고 연약한 모습으로 엘사 앞에 앉아 있다. 전혀 슈퍼 히어로로 같지가 않다.

할머니가 엘사의 이마에 입을 맞춘다.

"내가 어떤 사람이었는지 알게 되더라도 할머니를 미워하지 않겠다고 약속해. 그리고 성을 지키겠다고. 친구들도 지키고."

엘사는 이게 다 무슨 소리인지 모르겠지만 그래도 약속한다. 그러자 할머니가 그 어느 때보다 오랫동안 엘사를 끌어안는다.

"기다리는 사람더러 편지를 전해줘. 받지 않으려고 하겠지만 이 할미가 보낸 거라고 하면 돼. 할머니가 미안하다면서 안부 전해달라 했다고."

그러고 나서는 엘사의 뺨 위로 흐른 눈물을 닦아준다. 엘사는 "사람더러"가 아니라 "사람에게"라고 해야 한다고 지적한다. 두 사람은 평소처럼 그걸 두고 옥신각신한다. 그러고 나서 모노폴리를 하고 시나몬 번을 먹고 해리 포터와 스파이더맨이 싸우면 누가 이길지에 대해 이야기한다. 물론 엘사가 생각하기엔 우라지게 한심한 토론이다. 하지만 할머니는 이런 식의 수다를 좋아한다. 스파이더맨이 해리 포터에게 박살 날 게 분명하다는 걸 알 수 있을 만큼 정신연령이 높지 않기 때문이다.

할머니는 다른 베개 밑에 넣어둔 큼지막한 종이봉투에서 시나몬 번을 몇 개 더 꺼낸다. 시나몬 번도 맥주처럼 엘사의 엄마가 보지 못하도록 숨겨놓은 게 아니라 맥주와 시나몬 번을 같이 먹는 걸 좋아하기 때문에 한데 보관하는 거다. 그 둘은 할머니가 가장 좋아하는 간식이다. 엘사도 아는 빵집 이름이 종이봉투에 적혀 있다. 할머니는 그 집이 진짜 미레바스 시나몬 번을 만들 줄 아는 유일한 빵집이라며 거기 시나몬 번만 먹는다. 사실 시나몬 번은 깰락말락나라의 전통 음식이다. 그래서 국경일에만 먹을 수 있다는 게 아주 나쁜 한 가지 단점이다. 반면에 아주 좋은 한 가지 장점이 있다면 깰락말락나라에선 매일이 국경일이라는 거다. 할머니는 보통 이럴 때 이렇게 얘기한다. "이로써 결국 모든 문제가 해결되었구나, 라고 싱크대에 똥을 누는 할머니가 말했답니다." 엘사는 그 말이 할머니가 앞으로는 싱크대 문을 열어놓고 거기를 화장실로 쓰겠다는 뜻이 아니기만을 간절히 바랄 따름이다.

"할머니 병이 낫긴 나아요?" 엘사는 대답을 듣고 싶지 않은 질문을 하는, 조금 있으면 여덟 살이 되는 아이답게 머뭇머뭇 묻는다.

"당연하지!" 할머니는 자신 있게 못을 박지만, 그 말이 거짓말이라는 건 엘사도 알고 할머니도 안다.

"약속해요." 엘사가 떼를 쓴다.

그러자 할머니는 몸을 앞으로 숙여서 엘사의 귀에 대고 암호로 속삭인다.

"약속할게, 사랑하고 또 사랑하는 기사야. 좋아질 거라고 약속할게. 전부 다 괜찮아질 거라고 약속할게."

할머니는 늘 그렇게 말한다. 좋아질 거라고. 전부 다 괜찮아질 거라고.

"그래도 내 생각엔 스파이더맨이 해리 포터의 코를 납작하게 만들 것 같은데." 할머니는 씩 웃으며 이렇게 덧붙인다. 결국 엘사도 씩 웃고 만다.

두 사람은 시나몬 번을 좀 더 먹고 모노폴리를 좀 더 한다. 그래서 계속 우울한 표정을 짓고 있기가 점점 더 힘들어진다.

해가 진다. 사위가 잠잠해진다. 엘사는 좁은 병상에 할머니와 바짝 붙어 눕는다. 그냥 눈만 감으면 구름 동물들이 데리러 와서 미아마스로 함께 떠날 수 있다.

그리고 도시 저편의 어느 아파트 건물에서는 1층에 사는 사냥개가 사전 경고도 없이 갑자기 울부짖는 바람에 자고 있던 주민들이 전부 다 화들짝 깬다. 그 어떤 동물의 원초적인 심연에서 터져 나온 울부짖음보다 더 크고 절절하다. 만 가지 이야기의 영원 동안 쌓인 슬픔과 갈망을 노래하는 듯하다. 그 개는 그렇게 몇 시간 동안, 동이 틀 때까지 밤새도록 울부짖는다.

아침 햇살이 병실에 스며들 무렵 엘사는 할머니의 품 안에서 깬다. 하지만 할머니는 아직 미아마스에 있다.

5
백합

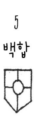

할머니가 있다는 건 아군이 있는 것과 같다. 그게 손주들의 궁극적인 특권이다. 자초지종이 어떻든 항상 내 편이 있다는 것. 내가 틀렸더라도. 사실은 내가 틀렸을 때 특히.

할머니는 검이자 방패다. 학교에서 그게 무슨 잘못이라도 되는 것처럼 엘사더러 "특이하다"고 할 때, 엘사가 멍이 든 몸으로 집에 돌아올 때, 교장선생님이 "튀지 않는 법을 배워야 한다"고 할 때. 그럴 때 할머니는 지원군이 되어 엘사가 사과하지 못하게끔 한다. 자기 탓을 하지 못하게 한다. '그러면 아이들이 너를 놀리는 게 재미없어질 테니' 애들이 그러거나 말거나 신경 쓰지 말라고 얘기하지 않는다. '그냥 자리를 피하라'고 하지도 않는다. 할머니는 그렇게 지각 없는 사람이 아니다.

그리고 현실 속에서 엘사가 외로워지면 외로워질수록 깰락말락나라의 군대는 점점 커진다. 낮에 돌돌 만 수건으로 세게 맞으면 맞을수록 밤이 되면 더 놀라운 모험이 펼쳐진다. 미아마스에서는 그 누구도 엘사에게 튀지 않는 법을 배워야 한다고 말하지 않는다. 아빠가 스페인의 어느 호텔로 데려가서 그곳이 '올 인클루시브'*라고 했을 때 엘사가 입을 떡 벌리지 않았던 이유도 그 때문이다. 할머니가 있으면 인생이 통째로 올 인클루시브가 된다.

학교 선생님들은 엘사에게 '집중력에 문제가 있다'고 한다. 하지만 그건 사실이 아니다. 엘사는 해리 포터 시리즈 전권을 거의 다 암송할 수 있다. 모든 엑스맨의 초능력이 뭔지 정확하게 소개할 수 있고, 그중에서 누가 스파이더맨과 싸우면 지고 이길지 정확하게 안다. 게다가 〈반지의 제왕〉 맨 처음에 나오는 지도를 눈 감고도 제법 괜찮게 그릴 수 있다. 할머니가 옆에 서서 종이를 홱 잡아당기며 미치도록 재미없다고, 르노를 타고 나가서 "뭐라도 좀 하자"고 하지 않는 한 그릴 수 있다. 할머니는 좀처럼 가만히 있지 못하는 성격이다. 그래도 엘사에게 미아마스와 깰락말락나라의 다른 다섯 개 왕국을 구석구석 구경시켜주었다. 심지어 끝없는 전쟁 말미에 그림자들에게 약탈당

---

* 주로 호텔, 여행사에서 쓰는 표현으로 숙박, 식사, 주류, 음료, 호텔 자체 쇼 등 모든 경비가 포함되어 있는 상품을 말한다.

해서 폐허가 된 미바탈로스도 보여주었다. 엘사는 아흔아홉 명의 눈천사들이 목숨을 바친 바닷가 바위 위에 할머니와 함께 서기도 했다. 거기서 언젠가 그림자들이 다시 들이닥칠 바다를 내다보았다. 할머니가 자기 자신보다 적을 더 잘 알아야 하는 법이라고 입버릇처럼 말했기 때문에 엘사는 그림자들에 대해서라면 모르는 게 없다.

그림자들은 원래 용이었는데 내면에 숨겨져 있던 엄청난 마성과 어둠 때문에 변해버렸다. 전보다 훨씬 위험한 존재로 말이다. 그들은 인간과 인간의 이야기를 증오한다. 하도 오랫동안 지독하게 증오해오는 바람에 결국 어둠에 삼켜져 더 이상 형체를 알아볼 수 없게 되었다. 그래서 싸워 이기기가 너무 어렵다. 벽이나 땅이나 허공 속으로 사라져버릴 수 있기 때문이다. 그림자들은 사납고 살기등등하며, 그들에게 물리면 그냥 죽지 않는다. 훨씬 더 심각하고 끔찍한 운명에 놓이게 된다. 상상력을 잃어버리는 것이다. 상상력이 상처를 통해 빠져나가서 재미없고 공허해진다. 몸이라는 껍데기밖에 남지 않을 때까지 그렇게 한 해, 한 해 시들어간다. 누구도 어떤 이야기도 기억하지 못할 때까지.

이야기가 없으면 미아마스와 깰락말락나라는 상상력 없는 죽음을 맞이한다. 가장 혐오스러운 죽음이다.

하지만 울프하트가 끝없는 전쟁에서 그림자들을 물리쳤다.

이야기가 그를 가장 필요로 했을 때 숲 속에서 뛰쳐나와 그림자들을 바다 저편으로 밀어냈다. 엘사는 언젠가 그림자들이 다시 쳐들어올 테니 할머니가 이제 와서 모든 이야기를 털어놓은 이유는 그 때문일지도 모른다고 생각한다. 손녀를 준비시키려고 말이다.

그러니까 선생님들의 판단은 틀렸다. 엘사는 집중하는 데 아무 문제가 없다. 그저 집중해야 하는 곳에 집중할 따름이다.

할머니의 주장에 따르면 머리가 둔한 사람들이 머리가 잘 돌아가는 사람들을 항상 집중력에 문제가 있다며 몰아세운다. "안 바보들은 생각을 끝내고 이미 다음 단계로 넘어갔는데 바보들은 그걸 이해하지 못해. 그래서 바보들이 늘 그렇게 안절부절못하고 공격적인 거야. 바보들은 똑똑한 여자아이를 가장 무서워하거든."

엘사가 학교에서 유독 집중하지 못한 날, 할머니네 집 특대형 침대에 함께 누워서 흑백사진이 다닥다닥 붙어 있는 천장을 올려다보다가 사진 속 사람들이 춤추기 시작할 때까지 눈을 감고 기다릴 때면 할머니가 종종 하는 말이다. 엘사는 사진 속의 그들이 누군지 모르고 할머니는 그냥 할머니의 '스타'라고 한다. 가로등 불빛이 블라인드 틈으로 들어오면 밤하늘의 별처럼 반짝이기 때문이다. 저쪽에는 제복을 입은 남자들이 서 있고 의사 가운을 입은 남자들이 있는가 하면 거의 알몸인 남자도 몇 명 있다. 키 큰 남자, 웃는 남자, 콧수염을 기른 남자, 모자를 쓴 건장한 남자들이 전부 다 할머니 옆에 서 있는데 방금 전에 할머니에게 야한 농담이라도 들은 듯한 표정이다. 카메라를 쳐다보는 사람은 단 한 명도 없고 다들 할머니에게서 시선을 떼지 못한다.

할머니는 젊다. 예쁘다. 그리고 죽지 않는다. 뭐라고 적혀 있는지 엘사는 읽을 수 없는 글자들이 쓰인 도로 표지판 옆에서 소총을 든 남자들 틈에 섞여 사막의 천막 앞에 서 있다. 사진 속 어디든 아이들이 있다. 어떤 아이들은 머리에 붕대를 감고 있고 어떤 아이들은 몸에 호스를 꽂은 채 병상에 누워 있는데, 그중 한 명은 팔이 한쪽밖에 없고 다른 쪽 팔이 있어야 할 곳이 뭉툭하게 잘렸다. 그런데 개중에 환자 같지 않은 아이가 한 명 있다. 그 애는 맨발로 백 킬로미터도 달릴 수 있을 것처럼 보인다. 나이는 엘사와 비슷하고 숱 많은 머리칼은 그 안에 열쇠를 빠뜨리면 찾지 못할 만큼 정신없이 뒤엉켜 있는데, 방금 전에 누가 숨겨놓은 폭죽과 아이스크림을 찾은 듯한 눈빛이다. 눈동자가 동그랗고 까맣고 커서 흰자가 칠판 위에 놓인 분필 같다. 엘사는 그 애가 누군지 모르지만 '늑대소년'이라고 부른다. 엘사 눈에는 그렇게 보인다.

엘사는 예전부터 할머니에게 늑대소년에 대해서 물어볼 작정이었다. 하지만 물어봐야겠다는 생각이 드는 순간 눈꺼풀이 감기고, 정신을 차려보면 할머니와 나란히 구름 동물을 타고 깰락말락나라 상공을 날아서 미아마스 성문에 착륙한 상태다.

그러다 어느 날 아침 이후로 아침이 사라져버린다.

엘사는 커다란 유리창 앞에 놓인 벤치에 앉아 있다. 너무 추워서 이가 딱딱 부딪친다. 엄마는 건물 안에서 고래 소리를 내는 여자와 이야기 중이다. 아무튼 엘사가 상상하기로는 고래가 그런 소리를 내지 않을까 싶다. 솔직히 고래를 본 적이 없어서 잘 모르겠지만, 그 여자 목소리는 할머니가 축음기로 로봇을 만들려다 실패한 이후에 거기서 나던 소리와 비슷하다. 애초부터 어떤 로봇을 만들려고 했는지는 살짝 불분명하지만, 할머니의 의도가 뭐였건 간에 결과물이 썩 훌륭하지는 않았다. 그리고 그때부터 음반을 틀려고 하면 축음기에서 고래 소리 같은 게 났다. 엘사는 그날 오후에 엘피판과 시디에 대해 다 배웠다. 노인들의 여가 시간이 아주 많아 보이는 이유가 뭔지 깨달은 것도 그때였다. 스포티파이*가 등장하기 이전에는 음반을 갈아끼우는 데 여가 시간을 거의 다 할애했을 테니 말이다.

엘사는 코트 옷깃을 여미고 그리핀도르 목도리로 턱을 감쌌다. 간밤에 첫눈이 내렸다. 마지못해 내리듯 천천히 내렸다. 이

---

* 스웨덴의 음악 스트리밍 서비스.

제는 눈천사를 만들 수 있을 만큼 높이 쌓였다. 엘사는 눈천사 만들기를 좋아한다.

미아마스에서는 1년 내내 눈천사를 볼 수 있다. 하지만 할머니가 잊을 만하면 일깨워주다시피 눈천사들은 딱히 예의 바른 편이 아니다. 상당히 거만하고 저 잘난 맛에 살며 식당에서 외식을 할 때도 서비스가 어쩌니 저쩌니 끊임없이 구시렁거린다. "와인 향 좀 맡아보겠다, 어쩐다 저쩐다 하면서 온갖 추태를 부리지." 할머니는 코웃음을 쳤다.

엘사는 발을 뻗어 신발로 눈송이를 받는다. 건물 밖 벤치에 앉아서 엄마를 기다리는 건 싫지만 그보다 싫은 게 하나 있다면 건물 안에 앉아서 엄마를 기다리는 거다.

집에 가고 싶다. 할머니와 함께. 이제는 집 전체가 할머니를 그리워하는 것 같다. 그 안에 사는 사람들이 아니라 건물 자체가 그리워하는 것 같다. 벽들이 삐걱거리고 끽끽 소리를 낸다. 우리 친구는 이틀째 밤새도록 울부짖고 있다.

브릿마리가 켄트를 앞세워서 우리 친구가 사는 집의 초인종을 눌렀지만 아무도 응답이 없었다. 그저 초인종 소리를 듣고 우리 친구가 귀청 떨어지게 짖는 바람에 켄트가 비틀거리다 벽에 부딪쳤을 뿐이다. 그래서 브릿마리가 경찰을 불렀다. 그녀는 아주 오래전부터 우리 친구라면 질색해했다. 몇 달 전에도 "그 끔찍한 사냥개를 쫓아내라"고 집주인에게 요구하겠다며 청원서를 들고 다니면서 서명을 받아 갔다.

"우리 차지권자 조합 규정상 개는 안 돼요. 안전이 걸린 문제잖아요. 아이들한테 얼마나 위험한데요. 아이들을 *생각해야* 하지 않겠어요?" 브릿마리는 아이들을 걱정하는 사람처럼 모두에게 이렇게 설명했지만, 사실 이 건물에 아이라고 해봐야 엘사와 무슨 증후군을 앓는 남자아이뿐이고, 엘사는 브릿마리가 자신의 안전을 엄청나게 걱정할 리 없다고 장담할 수 있다.

무슨 증후군을 앓는 남자아이는 그 끔찍한 개의 바로 앞집에 살지만, 아이의 엄마는 사냥개 때문에 자기 애가 괴로워하기보다 오히려 그 반대일 거라고 브릿마리에게 태평하게 말했다. 그 소식을 들었을 때 할머니는 깔깔대고 웃었지만, 엘사는 브릿마리가 어린애 입주 금지 조항을 만들려고 하지는 않을까 걱정스러워졌다.

엘사는 벤치에서 폴짝 내려와 눈밭을 터벅터벅 걸으며 발을 덥힌다. 고래 여자가 근무하는 건물의 커다란 유리창 옆에는 슈퍼마켓이 있는데 거기 '갈은 쇠고기 49.90'이라고 적힌 안내판이 나붙어 있다. 엘사는 참으려고 애를 쓴다. 엄마도 늘 참으라고 하지 않았던가. 하지만 결국에는 재킷 주머니에서 빨간색 사인펜을 꺼내 '갈은' 위에 줄을 긋고 '간'이라고 고쳐 쓴다.

엘사는 결과물을 보고 살짝 고개를 끄덕인다. 그런 다음 사인펜을 주머니에 넣고 다시 벤치에 앉는다. 벤치에 머리를 기대 눈을 감고 얼굴 위로 내려앉는 작고 차가운 눈송이를 느낀다. 담배 냄새가 콧구멍을 간질이자 엘사는 착각이겠거니 생각한다. 처음에는 목젖을 긁는 그 매캐한 냄새가 기분 좋게 다가오고, 왠지 모르게 따뜻하고 포근하게 느껴진다. 하지만 잠시 후에 다른 뭔가가 느껴진다. 뭔가가 갈비뼈를 두드린다. 위험신호 같은 것이.

엘사로부터 멀찌감치, 한 남자가 고층 건물이 드리운 그림자 속에 서 있다. 어떻게 생겼는지는 잘 모르겠지만 남자의 손가락 사이에 빨갛게 이글거리는 담뱃불이 있다는 것과 체형이 비쩍 말랐다는 것은 확실히 알아볼 수 있다. 그 남자는 몸에 굴곡이라곤 없는 사람 같다. 남자는 엘사를 보지 못한 듯 살짝 고개를 돌리고 있다.

엘사는 왜 그렇게 겁이 나는지 이유를 모르겠지만 문득 정신을 차리고 보니 무기가 없는지 벤치 주변을 더듬고 있다. 현실 세계에서는 그런 적이 한 번도 없었는데 아주 이상한 일이다. 현실 세계에서 엘사가 본능적으로 보이는 첫 번째 반응은 도망치기다. 미아마스에서나 위험을 감지한 기사처럼 칼을 향해 손을 뻗는다. 그런데 여기엔 칼이 없다.

다시 고개를 들었을 때 남자는 여전히 엘사에게서 고개를 돌리고 있었지만 엘사 쪽으로 움직인 게 분명하다. 그리고 건물에서 멀어졌는데 여전히 그림자 안이다. 건물이 아니라 그 남자가 드리운 그림자라도 되는 것처럼. 엘사는 눈을 감았다 다시 뜬다. 이번에는 남자가 자기 쪽으로 움직인 것 같진 않다.

자기 쪽으로 움직인 게 틀림없다는 확신이 든다.

엘사는 벤치에서 슬그머니 일어나 커다란 유리창 쪽으로 뒷걸음질 쳐서 더듬더듬 문손잡이를 찾는다. 휘청거리며 건물 안으로 들어간다. 그 자리에 선 채로 숨을 헐떡이며 애써 마음을 가라앉힌다. 문이 다정하게 '딸깍' 소리를 내며 등 뒤에서 닫힌 다음에야 엘사는 왜 담배 냄새가 포근하게 느껴졌는지 깨닫는다.

그 남자는 할머니와 같은 담배를 피운다. 엘사는 어디에 있건 그 담배 냄새를 단박에 알아차릴 수 있다. "손이 하도 작아서 이 콩알만 한 놈들을 만드는 데 제격"이라며 할머니가 담배를 말 때면 엘사에게 도와달라고 했기 때문이다.

창밖을 내다보는데 그림자들이 어디부터 시작되고 어디에서 끝나는지 더 이상 알 수 없을 지경이다. 길 건너편에 그 남자가 계속 서 있는 것 같다가도 순간, 정말로 그 남자를 보긴 한 건지 궁금해지기 시작한다.

엄마가 어깨에 손을 얹자 엘사는 겁에 질린 짐승처럼 펄쩍 뛴다. 눈을 휘둥그레 뜨고 몸을 휙 돌린 순간 다리가 풀린다. 엄마의 품에 안기자 엘사는 피곤함에 모든 감각이 마비된다. 이틀 동안 잠을 못 잤다. 엄마의 배는 찻잔을 얹어도 될 만큼

불룩하다. 예오리 말로는 자연이 이런 식으로 임신부를 배려하는 거란다.

"이제 집에 가자." 엄마가 엘사의 귀에 부드럽게 속삭인다.

엘사는 노곤함을 애써 떨치며 품 안에서 빠져나와 엄마를 빤히 쳐다본다.

"먼저 할머니랑 얘기 좀 하고요!"

엄마는 상심한 표정을 짓는다. '상심하다'로 말할 것 같으면 단어 항아리에 넣기 딱 알맞은 단어여서 엘사는 그 단어의 뜻이 뭔지 안다. (단어 항아리가 뭔지는 나중에 소개하겠다.)

"글쎄…… 아가…… 그게 과연 좋은 생각일까?" 엄마가 속삭인다.

하지만 엘사는 이미 접수처를 지나서 옆방으로 들어간다. 뒤에서 고래 여자가 고함을 지르지만 엄마가 차분한 목소리로 그냥 내버려두라고 한다.

할머니가 그 방 한가운데에서 엘사를 기다리고 있다. 엄마가 가장 좋아하는 백합 향기가 난다. 할머니는 좋아하는 꽃이 없다. 할머니네 집에서는 어떤 식물이든 스물네 시간을 버티지 못하는 데다 할머니가 가장 좋아하는 손주의 열렬한 지지 아래, 어느 꽃 하나만 예뻐하는 건 우라지게 불공평한 짓이라는 결론을 내렸기 때문이다.

엘사는 침울한 얼굴로 재킷 주머니에 손을 넣고 한쪽 옆으로 가서 선다. 바닥에 대고 시비라도 걸 듯 신발에 묻은 눈을 턴다.

"보물찾기 하기 싫어요. 바보 같은 짓이잖아요."

할머니는 대꾸가 없다. 할머니는 엘사 말이 맞다고 생각할 때 대꾸를 하지 않는다. 엘사는 신발에 묻은 눈을 좀 더 턴다.

"할머니가 바보 같아요." 엘사는 신랄하게 빈정거린다.

할머니는 그 소리에도 벌떡 일어나지 않는다. 엘사는 할머니 옆쪽에 놓인 의자에 앉아서 편지를 내밀며 속삭이듯 말한다.

"이 바보 같은 편지는 할머니가 직접 처리하세요."

우리 친구가 울부짖기 시작한 지 이틀이 지났다. 엘사가 깰락말락나라와 미아마스 왕국에 마지막으로 다녀온 지도 이틀이 지났다. 아무도 솔직하게 얘기해주지 않는다. 어른들은 그것이 위험하거나 무섭거나 불쾌한 사건처럼 느껴지지 않게 하려고 전부 다 쉬쉬하려고만 한다. 할머니가 아픈 적이 없었던 것처럼. 모든 일이 어쩌다 벌어진 사고라도 되는 것처럼. 하지만 엘사는 어른들이 거짓말을 하고 있다는 걸 안다. 할머니는 한 번도 사고로 쓰러진 적이 없었다. 사고가 할머니 때문에 쓰러졌다면 모를까.

그리고 엘사는 암이 뭔지 안다. 위키피디아에 다 나와 있다.

엘사는 반응이 있나 보려고 관 모서리를 살짝 민다. 마음속 깊은 곳에서는 할머니가 또 자기를 놀리는 것이길 바라기 때문이다. 발코니에서 떨어진 사람처럼 보이도록 눈사람에게 옷을 입혀놔서 깜빡 속아 넘어간 브릿마리가 실상을 깨닫고는 폭발해 경찰을 불렀을 때처럼. 다음 날 아침에 창밖을 내다본 브릿마리는 할머니가 어제와 똑같은 눈사람을 다시 만들어놓은 걸 발견하고는, 할머니 표현에 따르면 "뚜껑이 열려서" 눈삽을 들고 뛰쳐나왔다. 바로 그 순간 눈사람이 펄쩍 뛰면서 "와아아아아아아!!!" 하고 고함을 질렀다. 할머니가 나중에 얘기하길 눈 속에 숨어서 기다리는 몇 시간 사이에 오줌을 싸고 간 고양이가 최소 두 마리는 됐지만 "충분히 보람이 있었다!"고 했다. 브릿마리는 으레 그렇듯이 또 경찰을 불렀으나 경찰은 누굴 놀라게 하는 건 범죄가 아니라고 했다.

하지만 이번엔 할머니가 일어나지 않는다. 엘사가 주먹으로 관을 때려도 아무 반응이 없다. 엘사는 마치 잘못됐던 것들을 전부 다 바로잡을 수 있기라도 한 듯 관을 점점 더 세게 때린다. 그러다 결국 의자에서 스르르 미끄러져 내려와 바닥에 무릎을 꿇고 속삭인다.

"사람들이 할머니가 '눈을 감았다'고, '우리 곁을 떠났다'고 거짓말하는 거 알아요? 아무도 '돌아가셨다'고 하지 않아요."

엘사는 손톱 자국이 날 정도로 손을 꽉 쥔 채로 온몸을 부들부들 떤다.

"할머니가 돌아가시면 나 혼자 미아마스로 가는 길을 모르는데……."

할머니는 대꾸가 없다. 엘사는 관 아래쪽 모서리에 이마를 댄다. 그런 채로 피부에 닿는 차가운 나무와 입술 위로 흐르는 따뜻한 눈물을 느낀다. 잠시 후에 목을 쓰다듬는 엄마의 부드러운 손가락이 느껴지자 엘사는 몸을 돌려서 엄마를 끌어안고 엄마를 따라 밖으로 나간다. 다시 눈을 떠보니 엄마가 모는 기아 자동차에 앉아 있다.

엄마는 차 밖에서 눈을 맞으며 예오리와 통화 중이다. 엘사가 듣는 데서 장례식에 대해 의논하고 싶지 않은 거다. 그 정도는 엘사도 안다. 엘사는 할머니의 편지를 계속 손에 쥐고 있다. 남의 편지를 읽으면 안 된다는 건 알지만 지난 이틀 동안 이 편지를 아마 백 번쯤 읽었을 것이다. 할머니는 그런 사태를 미리 예견했는지 처음부터 끝까지 엘사가 모르는 암호로 편지를 썼다. 암호는 할머니의 사진 속 도로 표지판에 적혀 있던 희한한 글자다.

엘사는 편지를 노려본다. 할머니는 엘사에게 우리끼리 비밀이 있으면 안 된다고, 둘 다 아는 비밀만 있어야 한다고 입버릇처럼 말했다. 엘사는 지금까지하고는 비교도 안 될 만큼 엄청난 비밀을 손에 쥐고 있는데 하나도 이해할 수가 없으니 할머니의 거짓말에 분통이 터질 지경이다. 지금 할머니와 싸우면 절대 깨지지 않을 신기록이 수립될 거다.

편지를 내려다보던 엘사가 눈을 깜빡이자 여기저기에서 잉

크가 번진다. 편지에 뭐라고 적힌 건지 모르긴 해도 할머니가
아마 군데군데 철자를 잘못 썼을 거다. 할머니는 글을 쓸 때 정
신은 벌써 딴 데 가 있는 사람처럼 글자들을 그냥 종이 위에 흩
뿌려놓는다. 철자를 몰라서 그러는 게 아니라 글이나 말이 생
각의 속도를 따라잡을 수 없는 거다. 그리고 엘사하고는 다르
게 할머니는 철자를 맞게 써야 하는 이유를 모르겠다고 한다.
아무튼 자기는 전부터 과학과 숫자에 더 강했다면서. "그래도
뜻은 전달되잖아!" 엄마와 예오리와 함께 식사하던 자리에서
할머니가 건넨 비밀 쪽지에 엘사가 빨간색 사인펜으로 작대기
를 긋고 띄어쓰기를 하면 할머니는 화난 목소리로 이렇게 으르
렁거렸다.

할머니와 엘사가 이견을 보이는 몇 안 되는 것들 중 하나가
맞춤법이다. 엘사는 문자가 단순히 의사를 전달하는 도구라고
생각하지 않는다. 그보다 훨씬 중요한 무엇이라고 생각한다.

아니, 이젠 옛날이야기다. 두 사람이 이견을 보였던 것이라
고 해야겠다.

편지를 통틀어서 엘사가 읽을 수 있는 단어는 딱 한 개뿐이
다. 정상적인 글자로 적힌 딱 하나의 단어가 편지 중간에 아무
렇게나 툭 던져져 있다. 하도 은근슬쩍 파묻혀 있어서 맨 처음
읽었을 땐 엘사도 알아차리지 못했을 정도다. 엘사는 눈을 하
도 깜빡여서 더 이상 앞이 안 보일 때까지 그 단어를 읽고 또

읽는다. 엘사는 수만 가지 이유에서 실망스럽고 화가 났고, 앞으로도 그럴 이유가 만 개쯤 남은 것 같았다. 엘사도 알다시피 이건 우연의 일치가 아니기 때문이다. 할머니는 엘사가 볼 수 있도록 바로 그 자리에 바로 그 단어를 적은 것이다.

봉투에 적힌 이름은 괴물이 사는 집 투입구에 적힌 이름과 같다. 그리고 엘사가 편지에서 읽을 수 있는 유일한 단어는 '미아마스'다.

예전부터 할머니는 보물찾기라면 사족을 못 썼다.

6
세정제

빰에 생채기가 세 개 생겼다. 누가 손톱으로 할퀴기라도 한 것처럼. 다들 어쩌다 그렇게 됐는지 궁금해할 것이다. 단답형으로 대답하자면 "달리다가"이다. 엘사는 달리기를 잘한다. 늘 쫓기다보면 잘하게 된다.

오늘 아침에 엘사는 학교 수업이 한 시간 일찍 시작된다고 엄마에게 거짓말을 했다. 엄마가 그걸 가지고 나무라자 나쁜 엄마 카드를 꺼냈다. 나쁜 엄마 카드는 르노와 같다. 근사하지는 않은데 효과 만점이다. "월요일에는 수업이 일찍 시작한다고 백 번쯤 얘기했잖아요! 심지어 가정통신문까지 줬는데 내 말은 이제 듣지도 않고!"

엄마는 "내가 임신을 하더니 머리가 굳었나?" 어쩌고 중얼거리면서 죄를 지은 듯한 표정을 지었다. 엄마를 수세로 모는 가장 쉬운 방법이 있다면 바로 허를 찌르는 것이다. 예전에는 엄마의 허를 찌르는 방법을 아는 사람이 딱 두 명 있었다. 그런데 지금은 한 명뿐이다. 아직 여덟 살도 안 된 아이의 손에 맡기기에는 실로 어마어마한 능력이건만.

점심시간이 되자 엘사는 낮에 가야 브릿마리를 피할 수 있는 확률이 더 높다는 판단 아래, 버스를 타고 집으로 돌아갔다. 가는 길에 슈퍼마켓에 들러서 다임 초콜릿을 네 봉 샀다. 아파트 안은 할머니가 없는 할머니네 집처럼 고요하고 어두컴컴했으며 건물 자체가 할머니를 그리워하는 것처럼 느껴졌다. 엘사는 분리수거함을 두는 곳으로 걸어가는 브릿마리를 보고 조심스럽게 숨었다. 브릿마리는 빈손으로 가서 모든 분리수거함의 내용물을 확인한 뒤, 다음번 입주민 회의에 제기할 문제가 생길 때 늘 그러듯 입술을 오므리고는 슈퍼마켓으로 향했다. 아마 슈퍼마켓에 가서 입술을 오므린 채로 잠시 동안 돌아다닐 작정인가보다. 엘사는 아파트 안으로 살금살금 들어가서 1.5층까지 계단을 올라갔다. 그런 다음 괴물이 사는 집 앞에 서서 편지를 쥔 채 분노와 두려움으로 부들부들 떨었다. 분노는 할머니를, 두려움은 괴물을 향한 것이었다.

그로부터 얼마 지나지 않아 엘사는 이러다 발에 불이 나겠다 싶을 정도로 재빠르게 운동장을 달렸다. 그리고 지금은 붉은 생채기가 선명한 뺨을 하고는 좁다란 교장실에 앉아서, 다들 어쩌다 그렇게 됐느냐고 물을 게 분명하다고 생각하며 엄마를 기다리고 있다.

엘사는 책상 한쪽 끝에 대고 지구본을 돌린다. 교장선생님은 그걸 보면서 유난히 속을 끓이는 눈치다. 그래서 계속 돌린다.

"자." 교장선생님이 엘사의 뺨을 가리키며 운을 뗀다. "이제 어쩌다 그렇게 됐는지 얘기해줄 수 있겠니?"

엘사는 대꾸조차 하지 않는다.

할머니가 머리를 잘 썼다. 그건 엘사도 인정할 수밖에 없다. 이 한심한 보물찾기를 생각하면 아직도 미치도록 짜증이 나지만 편지에다 평범한 글자로 '미아마스'라고 쓰다니, 할머니가 머리를 잘 썼다. 엘사는 층계참에 서서 적어도 백 번의 영원이 흐를 동안 용기를 그러모은 다음 그 집 초인종을 눌렀다. 남의 편지는 읽으면 안 되지만 그래도 엘사는 그 편지를 읽을 거라고 할머니가 예상하지 않았더라면, 그래서 평범한 글자로 '미아마스'라고 쓰지 않았더라면 괴물네 집 우편물 투입구에 편지를 집어넣고 도망쳤을 거다. 하지만 괴물에게 대답을 들어야 했기에 엘사는 그 집 문 앞에 서서 초인종을 눌렀다.

미아마스는 할머니와 엘사의 것이기 때문이다. 그들 둘만의 것이다. 엘사에겐 아무 멍청이나 끌어들인 할머니를 향한 분노가 괴물에 대한 두려움보다 더 컸다.

솔직히 괴물에 대한 두려움보다 훨씬 크진 않았지만 충분히 컸다.

우리 친구가 옆집에서 계속 울부짖고 있었지만, 엘사가 괴물네 집 초인종을 눌렀을 땐 아무 일도 벌어지지 않았다. 그래서 초인종을 다시 한 번 누르고 나무문이 쪼개질 정도로 두드리다가 투입구 안을 들여다봤지만 너무 어두워서 아무것도 보이지 않았다. 움직이는 건 아무것도 없었다. 숨 쉬는 것도 없었다. 느껴지는 거라고는 톡 쏘는 세정제 냄새뿐이었다. 들이마시면 비강의 점막을 순식간에 타고 올라와서 눈동자 뒤편을 발길질하는 그 냄새뿐이었다.

하지만 괴물의 기척은 없었다. 작은 괴물조차 없었다.

엘사는 가방을 벗어서 다임 초콜릿 네 봉을 꺼낸 뒤 우리 친구네 집 투입구 안으로 전부 다 쏟아 넣었다. 잠깐, 아주 잠깐 동안 그 녀석이 집 안에서 짖다 말고 멈췄다. 엘사는 정체를 파악하기 전까지 우리 친구를 '그 녀석'이라 부르기로 마음먹었다. 브릿마리는 사냥개라고 하지만 단순한 개가 아닌 게 분명하기 때문이었다.

"그만 짖어. 계속 짖으면 브릿마리가 경찰을 부를 테고 그러면 경찰이 와서 널 죽일 거야." 엘사는 투입구에 대고 속삭였다.

그 녀석이 알아들었는지 어쨌는진 알 수 없었다. 아무튼 잠자코 초콜릿을 먹긴 했다. 다임 초콜릿 앞에선 제정신이 박힌 동물이라면 뭐든 그럴 것이다.

"괴물 만나거든 괴물한테 줄 편지가 있다고 전해줘." 엘사가 말했다.

대꾸는 없었지만 녀석이 문에 대고 킁킁거리자 따뜻한 콧김이 느껴졌다.

"우리 할머니가 미안하다면서 안부 전해달라 했다고 얘기해줘." 엘사는 속삭였다.

그런 다음 편지를 가방에 넣고 버스를 타고 학교로 돌아갔다. 버스 창밖을 내다봤을 때 또 그 남자가 보인 듯했다. 어제 엄마가 고래 여자와 이야기하는 동안 장례식장 밖에 서 있던 그 삐삐 마른 남자 같았다. 이번에는 길 건너편 그림자 속에 서 있었다. 담배 연기에 가려서 얼굴은 보이지 않았지만 서늘하고 본능적인 공포가 엘사의 늑골을 감쌌다.

잠시 후에 남자는 사라졌다.

학교로 돌아온 엘사는 그런 연유로 투명인간이 될 수 없었던 거라 생각한다. 투명인간이 되는 건 훈련으로 터득할 수 있는 초능력이고 엘사는 시시때때로 연습하지만 화가 나거나 겁이 날 때는 성공 확률이 떨어진다. 학교에 도착했을 때 엘사의 심리 상태는 양쪽 모두였다. 그림자 속에서 등장하는 남자 때문에 겁이 났고, 괴물에게 편지를 쓴 할머니 때문에 화가 났고,

괴물 때문에 화가 나는 동시에 겁이 났다. 평범한 괴물들은 고맙게도 어두컴컴한 동굴 깊숙한 데나 얼음처럼 차가운 호수 밑바닥에서 산다. 평범하고 무시무시한 괴물들은 아파트에 살면서 편지를 받지 않는다.

그리고 엘사는 월요일을 싫어한다. 학교는 월요일 아침이 늘 최악이다. 추격전을 좋아하는 아이들은 주말 내내 사냥할 사람이 없어서 얼마나 심심했을까. 사물함에 들어 있는 쪽지도 늘 월요일에 최악이다. 그래서 투명인간이 되는 초능력이 발휘되지 않았던 것일 수도 있다.

엘사는 교장선생님의 지구본을 또 만지작거리기 시작한다. 잠시 후 등 뒤에서 문이 열리는 소리가 들리자 교장선생님이 안도하는 표정으로 자리에서 일어난다.

"안녕하세요! 늦어서 죄송해요! 차가 막혀서요!" 숨을 헐떡이며 말하는 엄마의 목소리가 들리고, 목을 쓰다듬는 엄마의 손가락이 느껴진다.

엘사는 돌아보지 않는다. 목을 스치고 지나가는 엄마의 휴대전화도 느껴진다. 엄마는 사이보그이고 휴대전화가 자기 몸에 달린 부품이라도 되는 것처럼 손에서 놓질 않는다.

엘사는 좀 더 노골적으로 지구본을 만지작거린다. 교장선생님은 자리에 앉더니 몸을 앞으로 숙여서 지구본을 엘사의 손이 닿지 않는 곳으로 은근슬쩍 치우려고 한다. 그러고는 기대에 찬 눈빛으로 엄마를 돌아본다.

"엘사의 아버지가 오실 때까지 기다릴까요?"

이런 식의 학부모 면담을 할 때 교장선생님은 아빠를 상대하는 걸 선호한다. 이런 상황에서는 아빠들을 설득하기가 더 쉽기 때문이다. 엄마는 그 말을 별로 달가워하지 않는다.

"엘사의 아버지는 멀리 가서 내일에나 돌아와요."

교장선생님은 실망한 눈치다.

"두말하면 잔소리겠습니다만 저희는 공포감을 조성할 생각이 없습니다. 가뜩이나 몸도 그러신데……."

교장선생님은 턱으로 엄마의 배를 가리킨다. 엄마는 그렇게 말하는 의도가 정확히 뭐냐고 묻고 싶은 것을 꾹 참는 눈치다. 교장선생님은 헛기침을 하고, 손을 뻗는 엘사를 피해서 지구본을 자기 쪽으로 훨씬 깊이 끌어당긴다. 배 속의 아이를 생각해야 하지 않겠느냐고 엄마에게 강조하려는 것처럼 보이는데, 엄마가 화를 낼 것 같아서 불안할 때 사람들이 꺼내는 말이 바로 그거다.

"아이를 생각하셔야죠." 예전에는 그 말에서 아이가 엘사를 의미했다. 지금은 반쪽이다.

엘사는 다리를 뻗어서 발로 휴지통을 찬다. 교장선생님과 엄마의 말소리가 들리지만 귀 기울이지 않는다. 옛날 영화에서 본 권투 시합처럼 할머니가 주먹을 들고 당장이라도 들이닥쳐 주었으면 하는 생각이 마음속 깊은 곳에 아직 남아 있다. 지난번에 교장실로 불려왔을 땐 교장선생님이 엄마와 아빠만 호출했지만 그래도 할머니가 같이 왔다. 할머니는 호출해야 오는 그런 사람이 아니다.

엘사는 그때도 거기 앉아서 교장선생님의 지구본을 돌렸다. 엘사의 눈을 때려 멍들게 한 남자애도 자기 부모와 함께 한자리에 있었다. 그때 교장선생님은 엘사의 아버지를 쳐다보며 "전형적인 남학생의 장난이라고 볼 수 있는 측면이 있는데……"라고 말했다. 그 말을 한 다음엔 전형적인 여학생의 장난은 어떤 것인지, 상당히 오랜 시간을 들여서 할머니에게 설명해야 했다. 할머니가 진심으로 궁금해했기 때문이다.

교장선생님은 할머니의 흥분을 가라앉히려는 의도로 엘사의 눈을 멍들게 한 남자아이에게 "겁쟁이들이나 여자를 때리는 거야"라고 얘기했지만, 그 말을 들은 할머니는 조금도 흥분을 가라앉히지 않았다.

"겁쟁이들이나 여자를 때리는 거라니 말이 됩니까!" 할머니는 교장선생님한테 고함을 질렀다. "여자를 때리면 쓰레기가 되는 게 아니라 아무나 때리면 쓰레기가 되는 거요!" 그러자 남자애의 아버지가 자기 아들을 쓰레기에 비유했다고 화를 내며 할머니에게 막말을 하기 시작했고, 할머니는 엘사에게 "남자애들 두꺼비집을 날리는 법"을 알려줄 테니 그때가 되면 "여자애들과 싸우는 게 얼마나 우라지게 재미있는지" 알게 될 거라고 맞받아쳤다. 그러자 교장선생님이 다들 진정하시라고 했다. 그래서 다들 진정하려고 했다. 하지만 잠시 후에 교장선생님이 남자아이와 엘사에게 서로 악수하고 사과하라고 하자 할머니가 벌떡 일어나면서 물었다. "엘사는 도대체 뭣 때문에 사과해야 되는 거요?" 교장선생님은 엘사가 남자애를 '도발'했으니 일말의 책임이 있다고, 남자애는 '감정 조절'에 문제가 있는 아이라고 했다. 바로 그때 할머니가 지구본을 집어서 교장선생님에게 던지려고 했는데, 마지막 순간에 엄마가 할머니의 팔을 붙잡는 바람에 지구본이 컴퓨터에 부딪쳐서 모니터가 박살 났다. "당신이 날 도발했잖아!" 할머니는 엄마에게 잡혀 복도로 끌려 나가면서 교장선생님에게 고함을 질렀다. "나는 감정 조절을 못 하는 사람이라고!"

그래서 엘사는 사물함에 쪽지가 들어 있으면 항상 찢어버렸다. 너 얼마나 못생겼는지 아느냐는 쪽지. 보기만 해도 구역질이 난다는 쪽지. 죽여버리겠다는 쪽지. 엘사는 쪽지를 거의 보이지 않을 정도로 갈기갈기 찢어서 학교 여기저기 놓인 쓰레기통에 나누어 버렸다. 할머니가 그런 쪽지를 발견하면 죽도록 패줄 테니 쪽지를 보낸 아이들에게 선심을 쓰는 셈이었다.

엘사는 엉덩이를 살짝 들고 잽싸게 팔을 뻗어서 지구본을 한 번 더 돌린다. 교장선생님은 이제 체념에 가까운 표정을 짓는다. 엘사는 만족스러워하며 다시 자리에 앉는다.

"어머나! 엘사! 너 뺨이 왜 그래!" 엄마는 세 군데나 빨갛게 찢어진 뺨을 보고 말끝마다 느낌표를 붙여가며 이렇게 외친다.

엘사는 대답 없이 어깨만 으쓱한다. 엄마는 교장선생님을 돌아본다. 엄마의 두 눈이 이글거린다.

"우리 아이 뺨이 왜 저렇게 된 건가요?!"

교장선생님은 자리에 앉은 채로 몸을 비튼다.

"자, 자. 진정하세요. 아이를…… 아이를 생각하셔야죠."

그 말을 하면서 엘사가 아니라 엄마를 가리킨다. 엘사는 다시 다리를 뻗어서 발로 휴지통을 찬다. 엄마는 심호흡을 하고 눈을 감더니 잠시 후 결연한 표정으로 휴지통을 멀리 옮겨놓는다. 엘사는 부아가 난 얼굴로 엄마를 쳐다보고는 미끄러지지 않으려면 팔걸이를 붙잡아야 할 정도로 몸을 아주 깊숙이 의자에 묻고 다리를 뻗는다. 발끝이 휴지통 테두리에 닿을락 말락 한다. 엄마는 한숨을 쉰다. 엘사는 더 크게 한숨을 쉰다. 교장선생님은 두 사람을 쳐다보다가 책상 위에 놓인 지구본 쪽으로 시선을 옮긴다. 그러고는 지구본을 자기 쪽으로 더 끌어당긴다.

"그럼……." 마침내 엄마를 보고 미적지근하게 미소를 지으며 교장선생님이 운을 뗀다.

"지난 일주일 동안 온 가족이 힘들었어요." 엄마가 당장 말허리를 끊는데, 꼭 사과하려는 말투다.

엘사는 그게 싫다.

"저희 모두 공감합니다." 교장선생님은 공감이라는 단어의 뜻이 뭔지도 모르는 사람처럼 이야기한다. 그러고는 불안한 눈빛으로 지구본을 쳐다본다. "안타깝게도 엘사가 이 학교에서 갈등을 빚은 게 이번이 처음이 아니라서요."

"마지막도 아닐 테고요." 엘사가 중얼거린다.

"엘사!" 엄마가 쏘아붙인다.

"엄마!!!" 엘사는 느낌표를 세 개 붙여서 고함을 지른다.

엄마는 한숨을 쉰다. 엘사는 더 크게 한숨을 쉰다. 교장선생님은 헛기침을 하더니 두 손으로 지구본을 감싼 채 말한다.

"저희, 그러니까 이 학교 교직원이 사회복지사와 긴밀한 공조 관계에 있어서 드리는 말씀입니다만, 심리 상담을 받으면 엘사의 공격적인 성향을 해소하는 데 도움이 되지 않을까 생각합니다."

"심리 상담요?" 엄마는 머뭇거리며 되묻는다. "좀 극단적인 조치 아닐까요?"

교장선생님은 사과라도 하려는 것처럼, 아니면 보이지 않는 탬버린이라도 치려는 것처럼 방어적인 태세로 양손을 든다.

"뭐가 잘-못-됐-다고 생각하는 건 아닙니다! 절대 아니죠!

수많은 특수 아동들이 상담을 하면서 도움을 받거든요. 부끄러워할 일이 아닙니다!"

엘사는 발끝을 쭉 뻗어서 휴지통을 민다. "교장선생님이야말로 심리 상담을 받아보시지 그래요?"

교장선생님은 지구본을 안전하게 자기 의자 옆 바닥에 내려놓기로 결심한다. 엄마는 엘사 쪽으로 몸을 숙이고 언성을 높이지 않으려고 젖 먹던 힘까지 동원한다.

"엄마랑 교장선생님한테 널 괴롭히는 애가 누군지 말해주면 언제나처럼 이런 식으로 면담을 끝내지 않고도 갈등을 해결할 수 있도록 우리가 도와줄 수 있어."

엘사는 입술을 일자로 다물고 엄마를 올려다본다.

피는 멎었지만 뺨에 난 생채기가 여전히 네온등처럼 눈에 확 들어온다.

"고자질하면 다쳐요." 엘사는 딱 잘라서 말한다.

"엘사, 제발 협조 부탁한다." 교장선생님이 얼굴을 애써 찡그리며 말한다. 그게 교장선생님이 표현하려는 은은한 미소인가보다고 엘사는 생각한다.

"교장선생님이나 협조해주시죠!" 엘사는 미소를 지으려는 시도조차 하지 않는다.

교장선생님은 엄마를 쳐다본다.

"저희, 그러니까 이 학교 교직원과 전 갈등이 빚어지려는 조짐이 보일 때 엘사가 가끔씩이라도 자릴 피하기만 해도……."

엘사는 엄마의 대답을 기다리지도 않는다. 엄마가 자기를 옹호할 리 없기 때문이다. 그래서 바닥에 두었던 가방을 낚아채고 자리에서 일어난다.

"이제 가도 되죠? 그렇죠?"

그 말에 교장선생님은 복도로 나가 있어도 된다고 한다. 이제 안심이라는 투다. 엘사는 당당하게 걸어나가고 엄마는 자리에 남아서 사과한다. 엘사는 그게 싫다. 월요일이 끝나버리게 집에나 갔으면 좋겠다.

점심시간 전 마지막 수업 중에 과하게 상냥한 이 학교 선생님들 중 한 명이 크리스마스 방학 숙제를 내주었다. '내가 존경하는 문학작품 속 주인공'을 주제로 발표를 준비하라는 거였다. 발표 시간에는 그 사람처럼 옷을 입고 일인칭 단수 시점에서 그 사람에 대해서 이야기한다고 했다. 반 아이들은 전부 다 손을 들고 주인공을 선택해야 했다. 엘사는 해리 포터를 할 생각이었는데 다른 아이가 먼저 차지해버렸다. 그래서 자기 차례가 되었을 때 스파이더맨을 하겠다고 했다. 그러자 뒤에 앉은 남자아이 하나가 자기가 하려던 거라며 짜증을 내는 바람에 말다툼이 벌어졌다. "너는 스파이더맨 못 해!" 남자아이가 고함을 질렀다. "딱해서 어쩌나, 내가 이미 하겠다고 해비렸는데." 엘사가 대꾸했다. 그러자 남자아이가 외쳤다. "딱한 건 너야!" 그 말에 엘사는 영어로 콧방귀를 뀌었다. "슈어Sure!" 영어 단어 중에서 엘사가 가장 좋아하는 단어다. 그러자 남자아이는 "남자들만 스파이더맨이 될 수 있기 때문에" 엘사는 스파이더맨이 될 수 없다고 소리쳤다. 엘사는 그럼 네가 스파이더맨 여자친구를 하면 되겠다고 맞받아쳤다. 그러자 남자아이가 엘사를 라디에이터 쪽으로 떠밀었다. 엘사는 책으로 남자아이를 때렸다.

엘사는 지금도 그 아이가 자기한테 고마워해야 한다고 생각한다. 그때가 아니었다면 걔가 언제 또 그렇게 책과 접촉할 기회가 있었겠느냔 말이다. 하지만 선생님이 달려오더니 스파이더맨은 아무도 할 수 없다고, 스파이더맨은 영화에만 나오기 때문에 '문학작품 속 주인공'이 아니라고 했다. 그 소리에 엘사가 좀 지나치게 발끈하며 선생님은 마블 코믹스라는 것도 못 들어봤느냐고 묻자 선생님은 못 들어보았다고 했다. "그런데도 아이들을 가르칠 수 있단 말이에요?" 엘사는 수업이 끝난 뒤에도 한참 동안 자리에 남아서 선생님과 '대화'를 나누어야 했다. 말이 대화지, 실은 선생님 혼자 열심히 횡설수설하는 거였다.

밖으로 나와 보니 그 애랑 남자애 몇 명이 기다리고 있었다. 그래서 엘사는 가방이 등에 매달린 코알라 새끼처럼 달라붙을 때까지 가방 끈을 단단히 쥐고 달리기 시작했다.

남들과 다른 수많은 아이가 그렇듯 엘사도 달리기의 귀재다.

한 남자아이가 "잡아!" 하고 외치는 소리와 함께 얼음으로 덮인 아스팔트를 우다다 달리는 발소리가 들렸다. 아이들이 흥분해서 숨을 헐떡이는 소리도 들렸다. 엘사는 하도 빠르게 달려서 무릎이 갈비뼈와 부딪칠 정도였고 가방만 없었다면 담을 넘어서 길거리로 무사히 빠져나갈 수 있었을 것이다. 그런데 한 남자아이가 가방을 붙잡았다. 물론 엘사는 가방을 버리고 도망칠 수도 있었다.

하지만 할머니가 괴물에게 전해달라고 부탁한 편지가 가방 안에 들어 있었다. 그래서 맞서 싸웠다.

평소 같았으면 엄마가 상처를 보고 심란해하지 않도록 얼굴을 가렸을 거다. 하지만 얼굴과 가방 둘 다 지킬 순 없었다. 그래서 이렇게 된 거다. "되도록 꼭 싸워야 할 때만 싸워야 하지만 누가 시비를 걸면 그 자식 두꺼비집을 차버려!" 할머니는 입버릇처럼 그렇게 말했고, 엘사는 들은 대로 했다. 엘사는 폭력을 혐오하지만 연습을 많이 해서 싸움은 잘한다. 이제는 추격전을 벌이게 된 애들이 많아진 것도 그 때문이다.

이야기의 영원이 최소한 열 번쯤 지났을 때 엄마가 교장실에서 나왔고, 두 사람은 아무도 없는 운동장을 아무 말 없이 걷는다. 엘사는 가방을 끌어안고 기아 뒷자리에 올라탄다. 엄마는 기분이 안 좋아 보인다.

"엘사, 부탁인데―"

"내가 시비건 거 아니에요! 걔가 여자는 스파이더맨이 될 수 없다고 그랬어요!"

"그래. 하지만 왜 싸우니?"

"걔가 그러니까!"

"너 이제 어린애 아니잖아, 엘사. 어른 대접 해달라며. 그러니까 어린애처럼 대답하지 마. 왜 싸우니?"

엘사는 차 문에 달린 방수용 고무 패킹을 쿡쿡 찌른다.

"도망치는 것도 이제 지겨우니까요."

그러자 엄마가 뒤로 손을 뻗어서 상처를 가만히 쓰다듬으려 하지만 엘사는 고개를 홱 치워버린다.

"내가 어떻게 하면 좋을지 모르겠다." 엄마는 울음을 참으며 한숨을 쉰다.

"아무것도 하지 않아도 돼요." 엘사는 중얼거린다.

엄마는 기아 자동차를 몰고 주차장을 나선다. 엄마와 딸 사이에서만 가능한 영원한 침묵이 두 사람 사이에 흐른다.

"심리 상담을 한번 받아볼까?" 한참 만에 엄마가 운을 뗀다.

엘사는 어깨를 으쓱한다.

"왓에버Whatever." 이것이 엘사가 영어에서 두 번째로 좋아하는 단어다.

"엘사…… 아가…… 할머니가 그렇게 돼서 네가 얼마나 충격을 받았는지 알아. 죽음은 누구에게나 힘든 거라—"

"엄만 아무것도 모르면서!" 엘사가 말머리를 자르며 고무 패킹을 하도 세게 잡아당기는 바람에 놓자마자 쩍 하는 요란한 소리와 함께 고무 패킹이 차창을 때린다.

"나도 슬퍼, 엘사." 엄마가 눈물을 삼키며 말한다. "네 할머니인 동시에 내 엄마이기도 했잖니."

"엄마는 할머니 싫어했잖아요. 그러니까 말도 안 되는 소리 하지 마요."

"내가 어떻게 싫어하니. 엄만데."

"할머니랑 계속 싸웠잖아요! 그러니까 엄마는 할머니가 돌아가셔서 좋겠네!!!"

엘사는 마지막 말을 내뱉고 후회한다. 하지만 이미 엎질러진 물이다. 상상할 수 있는 한도 내에서 가장 오랜 영원 동안 침묵이 흐르고, 엘사는 가장자리가 뜯겨 나올 때까지 고무 패킹을 쿡쿡 쑤신다. 엄마는 엘사가 뭘 하는지 알지만 아무 말도 하지 않는다. 빨간불 앞에서 멈춰 서자 엄마는 손으로 눈을 가리고 체념한 투로 중얼거린다. "나도 열심히 노력하는 중이야, 엘사. 정말 열심히. 내가 집에 잘 있지도 않는 나쁜 엄마라는 건 알지만 그래도 정말 열심히……."

엘사는 아무 대꾸도 하지 않는다. 엄마는 관자놀이를 문지른다.

"아무튼 심리 상담을 받아보는 게 좋겠다."

"엄마나 받아봐요." 엘사가 말한다.

"그래. 받아봐야겠어."

"그래요. 받아봐야죠!"

"너 왜 이렇게 못되게 구니?"

"엄마는 왜 이렇게 못되게 구는데요?"

"아가. 나도 너희 할머니가 돌아가셔서 정말 슬프지만 그렇다고 우리가―"

"아니잖아요!" 그때 지금까지 거의 벌어진 적 없던 일이 벌어진다. 엄마가 이성을 잃고 소리를 지른 것이다.

"나도 슬퍼, 우라지게 슬프다고! 너 혼자 속상한 거 아니니까 그렇게 싸가지 없는 애새끼처럼 굴지 마!"

엄마와 엘사는 서로를 빤히 쳐다본다. 엄마는 손으로 입을 막는다.

"엘사…… 내가…… 그게……."

엘사는 고개를 젓고 고무 패킹을 단숨에 떼어낸다. 엘사도 알다시피 엘사의 승리다. 엄마가 이성을 잃을 때마다 엘사는 승리를 거둔다.

"됐어요. 그렇게 소리 질러봐야 좋을 게 뭐가 있겠어요." 이렇게 중얼거리고 엘사는 엄마 쪽은 쳐다도 안 보고 덧붙인다. "아이를 생각하셔야죠."

7
가죽

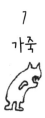

우리는 할머니가 어떤 사람인지 모르더라도 얼마든지 오랫동안 할머니를 사랑할 수 있다.

엘사는 화요일에 난생처음으로 괴물을 만난다. 화요일에는 학교생활이 괜찮아진다. 오늘은 멍이 하나밖에 안 생겼고, 축구하다 생긴 거라고 얼마든지 둘러댈 수 있다.

엘사는 아우디에 앉아 있다. 아우디는 아빠가 타는 차다. 아빠의 차는 르노와 정반대다. 보통은 아빠가 2주에 한 번씩 금요일마다 학교로 데리러 온다. 아빠네 집에 가서 리세트와 리세트가 낳은 아이들과 함께 하룻밤 자고 오는 날이 그날이기 때문이다. 원래 그날 빼고 다른 날은 할머니가 데리러 왔었는

109

데 이제는 엄마가 데리러 와야 한다. 하지만 오늘은 엄마와 예오리가 반쪽이 검진을 받으러 병원에 가서 화요일인데도 아빠가 데리러 왔다.

할머니는 늘 제시각에 와서 학교 정문 앞에 서 있었다. 아빠는 늦었고, 주차장에 아우디를 세워놓고 그 안에 앉아 있다.

"눈이 왜 그러니?" 아빠가 불안해하며 묻는다.

아빠는 리세트와 아이들을 데리고 스페인에 갔다가 오늘 아침에 돌아왔는데 선탠하는 법을 몰라서 타진 않았다.

"축구하다가요." 엘사는 이렇게 대답한다.

할머니라면 그 말에 절대 속아 넘어가지 않았을 거다.

하지만 아빠는 할머니가 아니기에 조심스럽게 고개를 끄덕이고 안전띠를 매라고 한다. 아빠는 자주 그런다. 조심스럽게 고개를 끄덕이곤 한다. 아빠는 조심스러운 사람이다. 엘사가 짐작하기에 엄마는 완벽주의자고 아빠는 원칙주의자라서, 그래서 두 사람의 결혼 생활이 잘 안 맞았던 것 같다. 완벽주의자와 원칙주의자는 서로 완전 다르다. 청소를 할 때도 엄마가 분 단위로 나눠서 청소 계획표를 짜놓으면 아빠는 두 시간 반 동안 커피 퍼컬레이터에 매달려서 물때를 없애다 시간을 다 보내는 식이었기 때문에, 엄마가 말하길 그런 사람하고는 인생 계획을 세울 수 없다고 했다. 학교 선생님들은 엘사가 집중을 못하는 게 문제라고 하는데 생각해보면 아주 이상한 일이다. 아빠의 가장 큰 문제점이 집중해서 하던 일을 중간에 끊지 못하는 건데 말이다.

"그래, 뭐하고 싶니?" 아빠가 우물쭈물 운전대에 손을 얹으며 묻는다.

아빠는 종종 그런다. 엘사에게 뭘 하고 싶으냐고 묻는다. 아빠는 하고 싶은 일이 거의 없기 때문이다. 게다가 이번 주 화요일은 돌발 상황이다. 아빠는 돌발 상황에 대처하는 재주가 별로 없다. 엘사가 2주에 한 번씩 주말에만 아빠네 집에서 자는 것도 그 때문이다. 리세트를 만나고, 리세트와 리세트가 낳은 아이들과 함께 살기 시작한 뒤로 아빠는 엘사까지 있으면 집이 너무 '복잡해진다'고 했기 때문이다. 할머니는 그 소리를 들었을 때 아빠에게 전화를 걸어서 1분 동안 적어도 열 번쯤 나치라고 퍼부었다. 아무리 할머니라도 그 정도면 나치 자주 들먹이기 신기록이었다. 할머니는 전화를 끊고 나서 엘사를 돌아보며 식식거렸다. "리세트? 무슨 이름이 그 따위냐?" 엘사도 알다시피 할머니는 괜히 그러는 거였다. 세상에 리세트를 싫어하는 사람은 없다. 리세트는 예오리와 똑같은 초능력의 보유자다. 하지만 할머니는 전쟁터에 나갈 때 데려가면 좋을 만한 사람이었고, 그래서 엘사는 할머니가 좋았다.

아빠는 엘사를 데리러 학교에 올 때 항상 늦는다. 할머니는 한 번도 늦은 적이 없었다. 엘사는 '아이러니'의 정확한 뜻을 전부터 이해하려고 노력 중인데, 다른 약속에는 절대 늦지 않는 아빠가 엘사를 데리러 올 때만 늦고, 다른 약속에는 항상 늦는 할머니가 엘사를 데리러 올 때만 절대 늦지 않는 게 아이러니 아닐까 싶다.

아빠가 다시 운전대를 만지작거린다.

"그래…… 오늘은 어디 가고 싶니?"

엘사는 놀란 표정을 짓는다. 정말로 둘이서 어디 가려는 것처럼 들려서다. 아빠는 앉은 채로 꼼지락거린다.

"네가…… 뭐라도 하고 싶지 않을까 해서."

엘사도 알다시피 예의상 하는 말이다. 아빠는 뭘 하는 걸 좋아하는 사람이 아니다. 아빠는 그런 타입이 아니다. 엘사는 아빠를 쳐다본다. 아빠는 운전대를 쳐다본다.

"그냥 집에 갔으면 좋겠는데요."

아빠는 고개를 끄덕이고 실망한 표정과 안심한 표정을 동시에 짓는다. 이 세상에서 아빠 혼자만 할 수 있는 거다. 아빠는 엘사에게 안 된다고 한 적이 한 번도 없다. 가끔은 안 된다고 해줬으면 좋겠는데도 그렇다.

"아우디 정말 좋네요." 둘이 한 마디도 하지 않고서 집까지 반쯤 갔을 때 엘사가 꺼낸 말이다.

엘사는 아우디가 꼭 무슨 고양이라도 되는 것처럼 조수석 서랍을 토닥인다. 새 차라서 부드러운 가죽 냄새가 난다. 할머니네 집에서 나는, 오래돼서 찢어진 가죽 냄새하고는 영판 다르다. 엘사는 두 냄새 다 좋아하지만 죽어서 자동차 좌석이 된 동물보다는 살아 있는 동물이 더 좋다. "아우디를 사면 내가 어떤 차를 샀는지 알 수 있지." 아빠는 고개를 끄덕이면서 이렇게 말한다. 아빠가 전에 타던 차도 아우디였다.

아빠는 자기가 어떤 물건을 샀는지 아는 걸 좋아한다. 작년에 아빠와 리세트가 사는 집 근처 슈퍼마켓에서 매대를 재배치했을 때 엘사는 아빠가 뇌졸중을 일으키지는 않았는지 확인하느라 텔레비전 광고에서 본 검사 항목을 따져봐야 했다.

집에 도착하자 아빠는 아우디에서 내려서 엘사와 함께 공동 현관문까지 걸어간다. 브릿마리가 서슬 시퍼런 난쟁이 꼬마 요정처럼 웅크린 자세로 현관문 안쪽에서 보초를 서고 있다. 엘사는 브릿마리와 마주쳐봤자 좋을 거 하나 없다고 생각한다. "국세청에서 보낸 편지 같은 위인이야." 예전에 할머니는 브릿마리를 그렇게 평했다. 아빠도 그 평에 동의하는 눈치다. 아빠와 할머니의 의견이 일치하는 몇 안 되는 대상들 중 하나가 브릿마리다. 브릿마리는 십자말 퀴즈 잡지를 들고 있다. 십자말 퀴즈를 아주 좋아하기 때문이다. 정해진 규칙이 아주 분명해서다. 하지만 반드시 연필로만 푼다. 할머니는 브릿마리로 말할 것 같으면 와인을 두 잔쯤 마셔야만 무모하고 엉뚱해질 수 있어서 십자말 퀴즈에다 잉크로 정답을 적으면 어떨까 상상할 수 있는 부류의 여자라고 입버릇처럼 말했다.

아빠가 조심스럽게 인사를 건네보지만 브릿마리는 말허리를 자른다.

"이거, 누구 건지 알아요?" 게시판 아래 계단 난간에 묶여 있는 유모차를 가리키며 한 말이다.

엘사는 그제야 유모차가 거기 있다는 걸 알아차린다. 이 아파트에 아기라고는 반쪽이밖에 없고 반쪽이라면 어디든 엄마한테 없혀 다닐 텐데 이상한 일이다. 하지만 브릿마리는 이렇게 심오하고도 철학적인 질문은 안중에도 없는 눈치다.

"공동 현관에 유모차를 두면 어떡해요! 불이라도 나면 어쩌라고!" 브릿마리가 두 손을 으스러져라 맞잡고 이렇게 소리치자 삐죽 튀어나온 십자말 퀴즈 잡지가 건드리면 부러지기라도 할 칼처럼 보인다.

"그러게요. 여기 이 공고문에도 적혀 있네요." 엘사는 고개를 열심히 끄덕이며 유모차 바로 위에 붙은 공고문을 가리킨다. 거기엔 깔끔한 서체로 이렇게 적혀 있다. 유모차를 이곳에 보관하지 말 것. 화재의 위험이 있음.

"내 말이!" 브릿마리는 언성을 살짝 높이면서 그래도 여전히 상냥한 말투로 이렇게 대답한다.

"이해가 안 되는군요." 아빠는 정말 이해가 안 되는 것처럼 이렇게 말한다.

"네가 이 공고문을 붙였나 궁금해하던 중이야! 내가 궁금해하던 건 그거라고!" 브릿마리는 이렇게 말하면서 사안의 중대성을 강조하려는 듯 살짝 앞으로 한 걸음 나왔다가 아주 살짝 뒤로 한 걸음 물러난다.

"공고문에 무슨 문제라도 있나요?" 엘사가 묻는다.

"아니지, 물론 아니야. 하지만 먼저 다른 입주민들에게 양해를 구하지도 않고 이런 식으로 떡하니 붙여버리는 건 우리 차지권자 조합의 일반적인 관례가 아니거든!"

"하지만 차지권자 조합은 아직 없잖아요, 안 그래요?" 엘사가 묻는다.

"그렇지. 하지만 조만간 생길 예정이야! 그때까지는 내가 협의회의 공지 담당이고. 협의회의 공지 담당자에게 통보도 없이 공고문을 게시하다니 이건 일반적인 관례라고 볼 수 없지!"

개 짖는 소리가 브릿마리의 말허리를 자른다. 어찌나 소리가 큰지 공동 현관문에 달린 유리판이 흔들릴 정도다.

세 사람은 일제히 움찔한다. 엘사는 어제 엄마가 예오리에게 하는 말을 들었다. 우리 친구를 진정시켜달라고 브릿마리가 경찰에 신고했다는 이야기 말이다. 이제야 우리 친구는 브릿마리의 목소리를 들은 모양인데, 그녀의 목소리가 들리면 할머니처럼 한시도 입을 다물고 있지 못한다. 브릿마리는 저 개를 어떻게 좀 해야 한다며 난리법석을 떨기 시작한다. 아빠는 불편한 기색만 보일 뿐 아무 대꾸도 하지 않는다. "아줌마한테 얘기하려고 했는데 아줌마가 집에 없었던 거 아닐까요?" 엘사가 벽에 붙은 공고문을 가리키며 묻는다. 일시적이기는 해도 작전 성공이다. 우리 친구에 대해서 노발대발하던 브릿마리가 다시 그 공고문에 대해서 노발대발하기 시작한다. 그녀에게 가장 중요한 건 노발대발할 거리가 끊이지 않는 것이다. 엘사는 공고문을 붙이고 싶으면 이웃 주민들에게 먼저 알려야 한다고, 이웃 주민들에게 알려야 하지 않겠느냐고, 브릿마리에게 얘기할까 살짝 고민한다. 이를테면 공고문을 붙이겠다는 내용의 공고문을 붙인다든지 하는 식으로 말이다.

1.5층 위에서 개가 다시 짖기 시작한다. 브릿마리는 입술을 오므린다.

"경찰한테 연락했어요. 연락했다고요! 하지만 아니나 다를까, 아무 조치도 취할 수 없대요! 주인이 나타나는지 내일까지 기다려보래요!"

아빠는 아무 대꾸 않고, 브릿마리는 아빠의 침묵을 자기 생각을 더 듣고 싶다는 신호로 해석한다.

"켄트가 저 집 초인종을 수십 번 눌렀는데 집에 아무도 없는 거 있죠? 저 맹수 혼자 살기라도 하는 것처럼! 믿어져요?"

엘사는 숨을 참지만 개 짖는 소리가 더 이상 들리지 않는다. 우리 친구가 드디어 정신을 차리기라도 한 걸까?

아빠의 뒤에서 공동 현관문이 열리고 까만 치마를 입고 다니는 여자가 들어온다. 그 여자는 또각또각 하이힐 소리를 내고 걸으면서 귀에 달린 하얀색 줄에 대고 시끄럽게 떠든다.

"안녕하세요!" 엘사는 브릿마리의 주의를 다른 데로 분산시키려고 인사를 건넨다.

"안녕하세요." 아빠는 예의상 인사를 건넨다.

"이런, 이런. 안녕하세요." 브릿마리는 그 여자가 공고문을 붙인 용의자라도 되는 양 이렇게 중얼거린다. 여자는 대꾸도 하지 않는다. 짜증 난다는 눈빛으로 세 사람을 쳐다보고는 하얀색 줄에 대고 더 시끄럽게 떠들며 계단 위로 사라진다.

그 여자가 사라지자 한참 동안 어색한 침묵이 흐른다. 아빠는 어색한 침묵을 처리하는 데 재주가 없다.

"헬베티카네요." 긴장감에 한바탕 헛기침을 해가며 아빠가 간신히 꺼낸 말이다.

"네?" 브릿마리는 되묻고 입술을 좀 더 뾰족하게 오므린다.

"헬베티카. 그러니까 서체요." 아빠가 벽에 붙은 공고문을 턱으로 가리키며 겁먹은 투로 대답한다.

"좋은…… 서체예요."

아빠는 서체 같은 걸 중요하게 생각한다. 한번은 엘사네 학교에서 학부모 간담회가 열렸는데 아빠가 회사에 일이 생겨서 참석하지 못하게 됐다고 거의 막판에야 연락하자, 엄마가 복수의 일환으로 학교 자선 바자회 홍보 포스터를 만드는 자원봉사자 명단에 아빠의 이름을 적은 적이 있었다. 아빠는 그 소식을 접했을 때 무척 자신 없어 했고 포스터에 쓸 서체를 정하는 데 3주가 걸렸다. 아빠가 포스터를 학교로 들고 왔을 때 엘사네 선생님은 붙이지 않으려고 했다. 자선 바자회가 이미 끝났기 때문이었는데, 아빠는 그게 무슨 상관인지 이해를 못 하는 눈치였다.

지금 헬베티카 서체가 무슨 상관인지 영문을 몰라 하는 브릿마리와 살짝 닮은 구석이 있다고 할까.

아빠는 바닥을 내려다보며 다시 한 번 헛기침을 하고는 묻는다.

"열쇠…… 있니?"

엘사는 고개를 끄덕인다. 두 사람은 잠깐 포옹을 한다. 아빠는 안심한 얼굴로 문 밖으로 사라지고, 엘사는 브릿마리가 또다시 말을 걸기 전에 잽싸게 계단을 달려 올라간다. 그러고는 우리 친구네 집 앞에서 잠깐 걸음을 멈추고 브릿마리가 보고 있지 않는지 어깨 뒤편으로 흘끗 확인한 다음 우편물 투입구 뚜껑을 열고 조그맣게 속삭인다. "제발 조용히 해!" 엘사도 알다시피 녀석은 말을 알아듣는다. 그러니 제발 엘사가 하는 말에 귀를 기울여줬으면 좋겠다.

엘사는 집 열쇠를 손에 쥐고 마지막 계단을 달려 올라가지만 엄마와 예오리네 집으로 들어가지 않는다. 대신 할머니네 집 현관문을 연다. 부엌에 보관용 상자와 청소용 양동이가 놓여 있다. 신경 쓰지 않으려고 하지만 잘 되지 않는다. 엘사는 큼지막한 옷장 안으로 들어간다. 어둠이 주변에 내려앉자 엘사는 아무도 모르게 눈물을 흘린다.

예전엔 여기가 요술 옷장이었다. 예전엔 엘사가 드러누우면 발끝과 손끝이 간신히 옷장 양쪽 벽에 닿았다. 아무리 자라도 옷장은 딱 알맞은 크기였다. 물론 할머니는 "이 옷장은 예나 지금이나 크기가 똑같은데 뭔 헛소리냐"고 했지만 엘사가 치수를 재봤다. 그랬기 때문에 안다.

엘사는 누워서 있는 힘껏 팔다리를 뻗는다. 양쪽 벽을 건드린다. 몇 달이 지나면 팔다리를 뻗지 않아도 벽을 건드릴 수 있을 거다. 1년이 지나면 여기에 누울 수도 없을 거다. 요술이 모두 사라지고 없을 테니까.

마우드와 레나르트가 집 안에서 웅얼거리는 소리가 들리고 특유의 커피 냄새가 난다. 비숑프리제가 발톱으로 거실을 긁는 소리에 이어 할머니의 소파 테이블 밑에서 코를 고는 소리가 들리기 한참 전부터 엘사는 이미 사만타도 같이 있는 줄 알고 있었다. 마우드와 레나르트가 할머니네 집을 정리하고 유품을 챙기고 있다. 엄마가 부탁한 일인데, 엘사는 그런 부탁을 한 엄마가 밉다. 전부 다 밉다.

잠시 후에 브릿마리의 목소리도 들린다. 마우드와 레나르트의 꽁무니를 쫓아다니기라도 하는 걸까? 그녀는 머리끝까지 화가 난 목소리다. 누가 감히 공동 현관에 공고문을 붙였으며, 그 바로 아래에 유모차를 묶어둔 생각 없는 사람은 또 누구인지 그 얘기만 하고 싶어 한다. 둘 중에서 뭐가 더 화가 나는지 브릿마리도 잘 모르는 눈치다. 하지만 적어도 우리 친구를 다시 들먹이지는 않는다.

엘사가 옷장 안으로 들어온 지 한 시간쯤 지났을 때 무슨 증후군을 앓는 아이가 기어 들어온다. 아이 엄마가 이리저리 걸어다니면서 정리를 하면 마우드가 살금살금 따라다니면서 아이 엄마가 흘린 물건들을 줍는 모습이 반쯤 열린 옷장 문 틈새로 보인다.

레나르트가 꿈이 담긴 큼지막한 접시를 옷장 앞에 두고 간다. 엘사는 접시를 끌어당긴 다음 옷장 문을 닫고 무슨 증후군을 앓는 아이와 말없이 꿈을 먹어 치운다. 아이는 아무 말이 없다. 예전부터 말이라고는 한 마디도 한 적이 없다. 엘사는 그래서 이 아이가 좋다.

부엌에서 예오리의 목소리가 들린다. 따뜻하고 포근하다. 먹고 싶은 사람이 있으면 자기가 달걀 요리를 하겠다고 한다. 모두들 예오리를 좋아한다. 그게 예오리의 초능력이다. 엘사는 그래서 예오리가 싫다. 잠시 후에 엄마의 목소리가 들리자 엘사는 달려나가서 엄마 품에 안기고 싶은 기분이 살짝 든다. 하지만 엄마의 속을 뒤집어놓고 싶어서 꾹 참는다. 엘사는 자기가 이겼다는 걸 알지만 엄마도 알아주길 바란다. 엄마도 할머니가 죽어서 엘사만큼 가슴이 아픈지 확인하고 싶은 거다.

아이가 옷장 바닥에 누워서 잠이 든다. 잠시 후에 아이 엄마가 조심스럽게 옷장 문을 열더니 안으로 기어 들어와서 아이를 안고 나간다. 아이가 잠든 순간을 알아차리기라도 한 것처럼. 그게 아이 엄마의 초능력일 수도 있겠다.

몇 분 뒤에 마우드가 들어와서 아이 엄마가 아이를 안고 나가느라 흘리고 간 물건들을 꼼꼼하게 챙긴다.

"비스킷 잘 먹었어요."

엘사가 속삭이자 마우드는 뺨을 도닥여주는데, 바라보면서 어찌나 심란해하는지 엘사도 그런 마우드를 보고 심란해져버린다.

모든 사람이 정리와 포장을 멈추고 자기들 집으로 돌아갈 때까지 엘사는 옷장 밖으로 나가지 않는다. 엄마가 자기 집 현관에 앉아서 엘사를 기다리고 있다는 걸 알기에 계단참의 움푹 들어간 창문 턱에 앉아 한참 동안 틀어박혀 있다. 엄마가 계속 기다리도록 하기 위해서다. 계단 불이 자동으로 꺼질 때까지 엘사는 거기서 버틴다.

잠시 후, 저 아래 어느 집에서 주정뱅이가 비틀비틀 걸어 나오더니 구둣주걱으로 난간을 때리며 밤에는 목욕을 하면 안 된다고 중얼거린다. 그 여자는 일주일에 몇 번씩 그런다. 특별할 것도 없는 일이다.

"물 잠가!" 주정뱅이가 중얼거리지만 엘사는 아무 대꾸도 하지 않는다.

아무도 대꾸하지 않는다. 이런 아파트에 사는 사람들은 주정뱅이도 괴물과 같아서 없는 척하면 진짜로 사라질 거라고 믿는 모양이다.

엘사는 주정뱅이가 제한 급수를 목놓아 외치다 발을 헛디디는 바람에 넘어져서 결국 구둣주걱에 머리를 맞고 엉덩방아를 찧는 소리를 듣는다. 주정뱅이와 구둣주걱은 마치 돈을 놓고 싸우는 오랜 친구처럼 그 뒤로도 상당히 오랫동안 옥신각신한다. 그러고 나서 마침내 정적이 찾아온다. 이어서 노랫소리가 들린다. 주정뱅이가 늘 부르는 노래다. 엘사는 그 노래가 자기만을 위한 자장가라도 되는 양 어두컴컴한 계단에 앉아서 자기 몸을 끌어안는다. 잠시 후 노랫소리마저 잦아든다. 주정뱅이가 구둣주걱을 애써 진정시키고 자기 집 안으로 다시 들어가는 소리가 들린다. 엘사는 눈을 반쯤 감는다. 구름 동물과 깰락말락나라의 시작을 알리는 외딴 벌판을 떠올려보려고 하지만 소용이 없다. 이제는 그곳으로 갈 수가 없다. 할머니 없이는 안 된다. 엘사는 눈을 뜬다. 슬픔을 가눌 길이 없다. 눈송이가 젖은 장갑처럼 유리창 위에 내려앉는다.

바로 그때 엘사는 난생처음으로 괴물과 맞닥뜨린다.

어둠이 하도 짙어서 온 동네가 암흑의 양동이 속으로 처박힌 듯한 그런 겨울밤이다. 문 밖으로 살금살금 빠져나온 괴물이 마지막까지 남은 반원 모양의 가로등 불빛을 어찌나 삽시간에 통과하는지, 엘사가 눈을 조금만 꽉 감았다 떴다면 잘못 봤나보다고 생각할 수 있을 만한 수준이다. 하지만 제대로 본 게 확실하기에 엘사는 바닥으로 내려와서 단숨에 계단을 달려 내려간다.

엘사는 괴물을 한 번도 본 적 없지만 몸집만 봐도 괴물이 분명하다는 걸 알 수 있다. 그는 짐승처럼, 할머니의 이야기에 나오는 야수처럼 눈밭을 가른다. 엘사는 자신이 하려는 행동이 위험하고도 바보 같다는 걸 잘 알고 있지만, 그래도 한 번에 세 개씩 계단을 내려간다. 마지막 계단에서 양말이 미끄러지는 바람에 1층 현관까지 전속력으로 질주해 문고리에 턱을 부딪친다.

엘사는 욱신거리는 얼굴을 달래며 공동 현관문을 열고는 양말 바람으로 헐떡이면서 눈밭을 휘젓는다.

"아저씨한테 드릴 편지가 있어요!" 밤하늘에 대고 외친다. 엘사는 그제야 울음이 목에 걸려 있었다는 사실을 깨닫는다.

이 사람이 누구길래 할머니가 은밀하게 미아마스 이야기를 하고 싶어 하는지 궁금해서 미칠 것 같다.

대답이 없다. 눈 위를 가볍게 걷는 발소리가 들린다. 괴물은 거대한 몸집에 비해 놀라우리만치 날렵하다. 그렇게 점점 멀어져가고 있다. 엘사는 겁을 먹어야 맞다. 괴물이 자신에게 무슨 짓을 저지를지 상상하며 무서워해야 맞다. 괴물은 한 방에 자신을 찢어버릴 수 있을 만큼 덩치가 크다. 하지만 엘사는 너무 화가 나서 두려움을 잊는다.

"우리 할머니가 미안하다면서 안부 전해달라고 했어요!" 엘사는 있는 힘껏 외친다.

괴물은 보이지 않지만 뽀드득뽀드득 눈을 밟던 소리가 들리지 않는다. 걸음을 멈춘 것이다.

엘사는 고민하지 않는다. 오로지 본능에만 의지해서 괴물의 발소리가 마지막으로 들렸던 쪽으로 어둠을 가르며 쏜살같이 달려간다. 괴물의 재킷이 움직이자 공기가 따라서 움직이는 게 느껴진다. 괴물이 달리기 시작한다. 엘사는 눈 위를 걷느라 비틀거리다가 몸을 앞으로 날려 괴물의 바짓가랑이를 붙잡고 눈밭 위에 등으로 착지한다. 가물거리는 가로등 불빛에 엘사를 내려다보는 괴물이 비쳐 보인다. 이제야 엘사는 뺨 위에 얼어붙은 눈물을 느낄 여유가 생긴다.

괴물은 키가 2미터도 훌쩍 넘어 보인다. 나무만큼 크다. 두툼한 후드를 썼는데 쏟아져 나온 까만 머리가 어깨를 덮고 있다. 거의 얼굴 전체가 짐승의 털처럼 무성한 수염으로 덮였고, 한쪽 눈 위를 지그재그로 가른 흉터는 후드 그림자 속에서도 피부가 녹아내리기라도 한 것처럼 도드라져 보인다. 엘사는 혈류를 타고 스멀스멀 올라오는 괴물의 시선을 느낀다.

"놔라!"

괴물은 거대한 상반신을 엘사의 위로 숙이며 나지막이 쏘아붙인다.

"우리 할머니가 미안하다면서 안부 전해달라고 했어요!" 엘사는 숨을 헐떡이며 편지를 내민다.

괴물은 받지 않는다. 엘사는 발로 걷어차일 것 같아서 바짓가랑이를 놓지만 괴물은 반 발짝 뒤로 물러서고는 그만이다. 그다음으로 내뱉은 말은 으르렁거림에 가깝다. 마치 엘사에게 한 말이 아니라 자기 자신에게 하는 말처럼 "꺼져라, 바보 같은 아이야……"라고 말한다.

그 말이 엘사의 고막을 두드린다. 왠지 모르게 이상하게 들린다. 무슨 뜻인지 이해는 되지만, 단어들은 자기들이 있어야 할 자리는 거기가 아니라는 듯 탐탁지 않다는 태도로 엘사의 귓구멍을 스쳐간다.

괴물은 적의를 번뜩이며 휙 하니 몸을 돌린다. 그러고는 눈 깜빡할 사이에 사라진다. 어둠 속에 뚫린 문으로 들어가버리기라도 한 것 같다.

엘사는 눈밭에 드러누운 채로 가슴을 짓누르는 추위를 느끼며 숨을 고른다. 그런 다음 일어나서 기운을 추스르고 편지를 동그랗게 구겨서 괴물이 사라진 어둠 속으로 내동댕이친다.

얼마나 많은 영원이 흐른 다음에야 등 뒤에서 공동 현관문이 열리는 소리가 들렸는지 엘사는 알지 못한다. 엄마의 발소리가 들리고 엘사의 이름을 부르는 엄마의 목소리가 들린다. 엘사는 무작정 엄마의 품속으로 뛰어든다.

"여기서 뭐하니?" 엄마가 깜짝 놀란 목소리로 묻는다.

엘사는 아무 대답도 하지 않는다. 엄마는 다정하게 엘사의 얼굴을 손으로 감싼다.

"눈은 어쩌다 멍이 들었어?"

"축구하다가요." 엘사가 중얼거린다.

"거짓말." 엄마가 속삭인다.

엘사는 고개를 끄덕인다. 엄마는 엘사를 힘껏 끌어안는다. 엘사는 엄마의 배에 대고 흐느껴 운다.

"보고 싶어요……."

엄마는 허리를 숙여서 이마와 이마를 맞댄다.

"나도."

그들은 근처에서 괴물이 움직이는 소리를 듣지 못한다. 괴물이 편지 봉투를 줍는 것을 보지 못한다. 그런데 엄마의 품속에

파묻혀 있는 동안 엘사는 괴물이 한 말이 왜 이상하게 느껴졌
는지 마침내 깨닫는다.

괴물은 할머니와 엘사가 쓰던 암호로 이야기를 하고 있었던
것이다.

우리는 할머니가 어떤 사람인지 모르더라도 얼마든지 오랫
동안 할머니를 사랑할 수 있다.

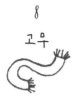

8

고무

수요일이다. 또 달리고 있다.

이번엔 엘사도 정확한 이유를 모른다. 크리스마스 방학이 시
작되기 며칠 전이라 몇 주 동안 추격전을 벌일 수 없다는 사실
을 아는 아이들이 욕구를 미리 해소하려는 걸 수도 있다. 아니
면 전혀 다른 이유일 수도 있다. 상관없다. 한 번도 쫓겨보지
않은 사람들은 항상 엘사가 쫓기는 데 이유가 있지 않겠냐고
생각하는 것 같다. "아이들이 아무 이유 없이 그럴 리 없잖니,
안 그래? 네가 무슨 짓을 저질렀으니까 화가 난 거겠지." 학대
는 그런 식으로 이루어진다는 건가.

하지만 그렇게 생각하는 사람들에게 이유를 설명하려고 해
봐야 부질없는 짓이다. 행운을 가져다준다며 토끼 발을 들고

다니는 사람에게 토끼 발이 진짜로 행운의 상징이라면 계속 토끼 다리에 붙어 있어야 맞는 게 아니겠느냐고 반박하는 것만큼이나 소용없는 짓이다.

그리고 이번에는 정말이지 어느 누구의 잘못도 아니다. 아빠가 엘사를 늦게 데리러 온 게 아니라 수업이 조금 일찍 끝났다. 그리고 학교 건물 안에서 추격전이 시작되면 투명인간으로 변신하기가 어렵다.

그래서 엘사는 달린다.

"잡아!" 뒤편 어딘가에서 여자애가 외친다.

오늘은 엘사의 목도리가 발단이다. 적어도 엘사가 생각하기엔 그렇다. 엘사는 학교에서 누가 사냥꾼이며 그들이 어떤 식으로 움직이는지 터득하기 시작했다. 어떤 사냥꾼들은 약골이라고 판명이 난 애들만 사냥한다. 그리고 또 어떤 사냥꾼들은 단순히 스릴을 맛보기 위해 추격전을 벌인다. 잡고 나면 사냥감을 때리지도 않고 겁에 질린 눈빛만 확인한다. 그리고 스파이더맨이 될 권리를 두고 엘사와 다퉜던 남자애와 같은 부류도 있다. 그 남자애는 자기 의견에 반대하는 사람이라면 그 누구도 견디지 못하기 때문에, 특히 남들과 다른 아이를 견디지 못하기 때문에 원칙에 입각해서 추격전을 벌인다.

이 여자애는 다른 경우다. 얘는 추격전 그 자체에 이유를 부여하려고 한다. 추격전을 합리화할 수 있는 방법을 찾으려는 것이다. "나를 쫓으면서 영웅이 된 듯한 기분을 만끽하고 싶은 거지." 엘사는 아무나 흉내 낼 수 없는 냉철하고 명쾌한 결론을 내리며 담벼락을 향해서 돌진하는데, 심장은 바위에 구멍을 뚫는 드릴처럼 요동치고 목젖은 할머니가 만든 할라피뇨 스무디를 마셨을 때처럼 화끈거린다.

담 너머로 몸을 날려서 저쪽 인도로 뛰어내린 순간, 엘사는 메고 있던 가방에 머리를 세게 얻어맞는 바람에 몇 초 동안 눈앞이 캄캄해진다. 엘사는 양손으로 끈을 잡아당겨서 가방을 등에 딱 붙인다. 그러고는 몽롱하게 눈을 깜빡이며 왼쪽으로 고개를 돌려 아우디가 언제 등장할지 모르는 주차장을 쳐다본다. 여자애가 모욕을 당한 걸신들린 오크처럼 비명을 지르며 뒤따라오는 소리가 들린다. 엘사는 아우디가 도착할 무렵이면 이미 엎질러진 물이라는 걸 알기에 오른쪽으로 고개를 돌려 대로로 이어지는 언덕 내리막길을 쳐다본다. 적에게 점령당한 성을 공격하러 가는 군대처럼 내리막길엔 화물차들이 우레와 같은 소리를 내며 쌩쌩 달리고 있는데 화물차들 사이로 건너편 공원 입구가 보인다.

약물중독자들이 헤로인이 든 주사기를 들고 아이들을 쫓아다니기 때문에 학교에서는 '마약 공원'이라고 부르는 곳이다. 아무튼 엘사는 그런 공원이라고 들었기에 겁이 난다. 가뜩이나 절대 햇볕이 들지 않는 공원인데 오늘은 해가 뜨긴 떴나 싶은 겨울날이다.

점심시간까지는 그럭저럭 잘 버텼는데 구내식당에선 아무리 투명인간이 되는 비법을 익힌 고수라도 어쩔 수 없었을 것이다. 그 여자애가 어디선가 갑자기 등장하는 바람에 엘사는 깜짝 놀라 그리핀도르 목도리에 샐러드드레싱을 쏟아버렸다. 여자애는 목도리를 가리키며 으르렁거렸다. "그 우라지게 토 나오는 목도리 하고 돌아다니지 좀 말라고 내가 그랬을 텐데?" 엘사는 그리핀도르 목도리를 가리키며 "우라지게 토 나오는 목도리"라고 말한 아이에게 걸맞은 눈빛으로 쳐다보았다. 말을 보면서 명랑한 목소리로 "악어다!" 하고 외치는 사람에게 걸맞은 눈빛과 크게 다르지 않았다. 걔가 맨 처음에 목도리를 걸고 넘어졌을 때 엘사는 걔가 그냥 슬리데린*을 좋아해서 그런가보다고 생각했었다. 그런데 얼굴을 때리고 목도리를 찢어서 변기에 버린 다음에야 걔가 해리 포터를 아예 읽지 않았다는 걸 알아차렸다. 그 여자아이도 물론 해리 포터가 누군지는 알고 있었다. 해리 포터가 누군지 모르는 아이는 없다. 하지만 책을 읽진 않아서 그리핀도르 목도리라는 가장 기본적인 상징조차 이해하지 못했던 거다. 잘난 척하고 싶은 마음은 없지만 그런 인간을 상대로 무슨 논리적인 설명이 가능하겠는가.

---

* 해리 포터의 숙적인 말포이가 속한 기숙사 이름.

머글*인 것을.

그래서 오늘 그 여자애가 점심시간에 구내식당에서 목도리를 잡아채려고 손을 뻗었을 때 엘사는 개의 지적 수준에 대한 논의를 계속하기로 마음먹었다. 그래서 그 여자애의 얼굴에 우유를 끼얹고 도망쳤다. 복도를 달려 2층을 지나 3층으로 올라갔다. 계단 밑에 청소 도구를 보관하는 벽장이 있는데, 그 안으로 들어가 두 팔로 무릎을 감싸안아서 최대한 몸을 안 보이게 만들고는 그 여자애와 졸개들이 4층으로 달려 올라가는 소리를 들었다. 그런 다음 수업이 다 끝날 때까지 교실 안에 숨어 있었다.

교실에서 학교 정문으로 가는 동안엔 다른 방도가 없다. 아무리 노련한 전문가라도 거기서 투명인간으로 변신하는 건 불가능하다. 따라서 엘사는 전략을 동원해야 했다.

먼저 다른 친구들이 삼삼오오 교실 밖으로 나가는 동안 엘사는 선생님 옆에 바짝 붙어 있었다. 그런 다음 와자지껄한 틈을 타 슬그머니 교실을 빠져나와서 정문이 아니라 다른 쪽으로 난 계단을 향해 냅다 달렸다. 물론 사냥꾼들은 예상했을 테고, 그 계단에서 붙잡기가 더 쉬우니 오히려 그쪽으로 가주길 바랐을 수도 있다. 하지만 엘사네 반 수업이 일찍 끝났고 한 층 아래에

---

* 해리 포터 시리즈에서 마법을 쓰지 못하는 인간을 부르는 용어.

서는 수업이 여전히 진행 중이었으므로, 30초 안에 계단을 내려가고 빈 복도를 지나서 사냥꾼들이 아래층 교실에서 쏟아져 나오는 학생들과 뒤엉켜 있는 동안 조금이나마 기선을 제압할 수 있겠다는 판단 아래 모험을 감행했던 것이다.

작전은 맞아떨어졌다. 그 여자애와 친구들이 고작 10미터 뒤에서 쫓아왔지만 엘사를 잡지 못했다.

할머니는 추격전과 전쟁에 얽힌 미아마스 이야기를 수천 개 들려주었다. 쫓아오는 그림자들을 피하는 법, 덫을 놓는 법, 유인작전으로 따돌리는 법. 모든 사냥꾼이 그렇듯 그림자들에게도 치명적인 약점이 하나 있다. 주변을 살피기보다 사냥감에 모든 초점을 맞춘다는 것이다. 반면에 쫓기는 쪽은 도주로를 찾는 데 온 신경을 집중한다. 그래서 엄청나게는 아니더라도 유리하긴 하다. 엘사는 '유인작전'이 뭔지 찾아봤기 때문에 안다.

그래서 엘사는 청바지 주머니에 비상금으로 넣어 다니던 동전들을 한 움큼 꺼냈다. 바글바글 모여 있던 아이들이 뿔뿔이 흩어지기 시작하고 정문으로 향하는 두 번째 계단이 눈앞에 다가왔을 때 엘사는 동전을 바닥에 뿌리고 달렸다.

엘사도 눈치챘다시피 사람들에겐 한 가지 신기한 면이 있다. 동전이 돌바닥에 부딪치면서 쨍그랑거리는 소리를 내는 순간 십중팔구 본능적으로 걸음을 멈추고 바닥을 쳐다본다는 것이다. 열심히 팔을 뻗으며 몰려든 아이들이 사냥꾼들을 가로막아 준 덕분에 몇 초의 시간을 벌 수 있었다. 그 몇 초를 충분히 활용해 엘사는 쏜살같이 달렸다.

하지만 이제 아이들이 담벼락을 향해 몸을 날리는 소리가 들린다. 최신 유행하는 스타일의 겨울 부츠들이 빗장으로 잠긴 철조망을 긁는다. 금세 잡힐 판국이다. 엘사는 왼편의 주차장을 쳐다본다. 아우디는 보이지 않는다. 그래서 이번엔 오른편의 복잡한 도로와 시커먼 정적으로 덮인 공원을 쳐다본다. 엘사는 다시 왼편으로 고개를 돌리며 아빠가 이번 한 번만 제때 와주면 안전하게 도망칠 수 있을 거라고 생각한다. 다시 오른편으로 고개를 돌렸을 때 굉음을 내며 질주하는 화물차 사이로 공원이 언뜻 보이자 공포가 배 속을 할퀸다.

엘사는 할머니에게 들은 미아마스 이야기를 떠올린다. 어떤 왕자가 깰락말락나라에서도 가장 어두컴컴한 숲 속으로 뛰어들어서 떼 지어 쫓아오던 그림자들을 따돌린 이야기다. 할머니는 그림자들이야말로 상상의 세계 속에서도 악랄의 극치를 달리는 존재지만 그런 그림자들도 공포를 느낀다고 했다. 심지어 그런 놈들조차 무서워하는 게 있다. 그림자들에게도 상상력이라는 게 있기 때문이다.

"그러니까 가끔은 가장 위험해 보이는 곳으로 피신하는 게 가장 안전한 방법일 수도 있어." 할머니는 이렇게 말한 뒤, 왕자가 가장 어두컴컴한 숲 속으로 뛰어들자 그림자들이 추격을 멈추고 입구에서 쉭쉭거렸다고 했다. 그림자들조차 나무들 저편에 뭐가 숨어 있는지 알 수 없었기 때문인데, 이 세상에서 상상력을 동원해야 정체를 파악할 수 있는 미지의 존재보다 무서운 건 없다. "공포에 관한 한 현실은 상상력과 아무 상관이 없거든." 할머니가 말했다.

그래서 엘사는 오른쪽으로 달린다. 차들이 빙판길에서 브레이크를 밟자 고무 타는 냄새가 난다. 르노에서 거의 항상 나는 냄새다. 엘사가 화물차 사이로 쌩하니 달리자 요란한 경적 소리와 그걸 본 사냥꾼들이 지르는 비명 소리가 들린다. 인도에 발을 딛는 순간 맨 앞에서 쫓아온 아이가 가방을 잡아채는 게 느껴진다. 공원이 코앞이라 팔을 뻗으면 손끝에 어둠이 닿을 텐데 이미 늦었다. 엘사는 눈 위로 끌려 내려가며 이미 손으로 막을 수 없을 만큼 순식간에 주먹질과 발길질이 우박처럼 퍼부어질 걸 알지만, 그래도 무릎을 세우고 눈을 감고는 엄마가 다시 속상해하는 일이 없도록 얼굴을 가리려고 한다.

엘사는 뒤통수에서 전해지는 둔탁한 퍽 소리를 기다린다. 대개 맞더라도 아프지는 않다. 아프더라도 보통 다음 날이면 말짱해진다. 실제로 구타를 당하는 동안 느끼는 고통은 다른 종류의 고통이다.

그런데 아무 일도 벌어지지 않는다.

엘사는 숨을 참는다.

아무 일도 없다.

눈을 떠보니 사방에 울리는 소음으로 귀가 먹먹할 지경이다. 아이들의 고함 소리가 들린다. 달려오는 발소리도 들린다. 그 뒤로 괴물의 목소리도 들린다. 원시적인 힘 같은 게 괴물에게서 뿜어져 나온다.

"절대. 이. 아이. 건드리지. 마라!"

온 사방이 쩌렁쩌렁하게 울린다.

엘사의 고막이 웅웅거린다. 괴물은 할머니와 엘사의 암호가 아니라 보통 말로 고함을 지르고 있다. 그런데도 낯설게 느껴진다. 모든 음절의 억양이 이상하게 시작돼서 이상하게 끝나기라도 하는 것처럼. 아주 오랫동안 그런 말을 해본 적이 없는 사람이 하는 말처럼.

엘사는 고개를 든다. 올려 쓴 후드가 드리운 그림자와 끝이 없어 보이는 수염 사이로 괴물이 내려다보고 있다. 엘사는 본능적으로 몸을 웅크린다. 괴물이 그 무시무시한 손으로 자기를 집어서 한 손가락으로 생쥐를 팅기는 거인처럼 오가는 차들 위로 던지면 어떡하나, 엘사는 겁이 난다. 하지만 괴물은 화가 나고 당혹스러운 표정으로 그 자리에 서서 숨만 몰아쉬고 있다. 한참 만에 괴물이 묵직한 나무망치 같은 손을 들어 학교를 가리킨다.

엘사가 고개를 돌려보니 해리 포터를 읽지 않은 아이와 친구들이 바람에 흩날리는 종잇조각처럼 뿔뿔이 흩어지고 있다.

저 멀리서 주차장으로 들어서는 아우디가 보인다. 엘사는 심호흡을 하고 몇 분 만에 들이마신 듯한 공기를 폐부로 느낀다.

다시 고개를 돌렸을 때 괴물은 사라지고 없다.

9

비누

현실 세계에는 수천 가지 이야기가 존재하지만, 이는 전부다 깰락말락나라에서 만든 것들이다. 그리고 그중에서도 미아마스에서 만든 이야기가 최고다.

물론 여섯 개의 왕국 모두에서 간혹 가다 독특한 이야기를만들긴 하지만 수준이 발끝도 못 따라간다. 미아마스에서는 지금도 심혈을 기울인 수작업을 통해 이야기들을 하나씩 끊임없이 빚어내고 그중에서도 가장 최고의 작품을 수출한다. 대부분의 이야기들은 한 번 재생되면 김이 다 빠져버리지만, 가장 멋지고 근사한 작품들은 이야기하는 사람의 입술에서 마지막 문장이 흘러나오는 순간 은은하게 빛나는 조그만 등불처럼 듣는이들의 머리 위로 천천히 떠오른다. 밤이 되면 앙팡들이 그것

들을 모아서 들고 간다. 앙팡은 점잖은 모자를 쓰고 구름 동물
을 타고 다니는 아주 조그만 꼬맹이다. 앙팡들이 커다란 황금
그물로 등불을 모으면 구름 동물들이 방향을 틀어서 바람조차
비켜야 할 만큼 쏜살같이 하늘로 날아오른다. 만약 바람이 얼
른 비키지 않으면 구름들이 손가락 달린 짐승으로 둔갑해서 바
람을 향해 가운뎃손가락을 들어 보인다. (할머니는 이 대목에서
항상 깔깔대고 웃었다. 엘사는 어느 정도 시간이 지난 다음에야 할
머니가 왜 웃었는지 알아차렸다.)

'이야기의 산'이라는, 깰락말락나라에서도 가장 높은 산의
봉우리에 도착해 앙팡들은 그물을 펼쳐서 이야기들을 풀어준
다. 이야기들은 이런 경로를 통해서 현실 세계로 스며드는 것
이다.

처음에 엘사의 할머니가 미아마스에서 만든 이야기를 들려
주기 시작했을 때만 해도 정신과 검사를 받아봐야 하는 사람이
전후 맥락 없이 횡설수설하는 것 같았다. 엘사는 몇 년이 지난
다음에야 그 말들이 하나로 연결된 이야기라는 걸 알아차릴 수
있었다. 정말 훌륭한 이야기들은 다 그런 식이다.

할머니는 안타까운 저주에 걸린 바다천사와 미플로리스 공
주를 동시에 사랑하는 바람에 전쟁을 벌인 소군주 형제에 대
해서 들려주었다. 깰락말락나라에서 가장 값진 보물을 훔쳐 간
마녀와 싸운 공주 이야기도 들려줬고, 미바탈로스의 전사와 미

모바스의 댄서와 미레바스의 꿈 사냥꾼에 대해서도 이야기했다. 그들은 별것 아닌 문제를 놓고 끊임없이 옥신각신하며 서로를 괴롭혔지만, 미모바스의 선택된 자가 자기를 납치하려는 그림자들을 피해 도망치자 구름 동물들이 선택된 자를 미아마스로 다시 데려다주었고 깰락말락나라의 모든 주민은 싸워서 지켜야 할 훨씬 중요한 대의명분이 있음을 깨달았다. 그림자들이 세력을 규합해 선택된 자를 강제로 끌고 가려고 하자 주민들은 한데 뭉쳐서 대항했다. 끝없는 전쟁이 승리로 끝날 가능성이 요원해 보여도, 미바탈로스 왕국이 무너져 잿더미로 변해도 다른 왕국들은 굴하지 않았다. 그림자들에게 선택된 자를 빼앗기면 깰락말락나라의 모든 음악과 상상력이 잇따라 말살될 것임을 알았기 때문이다. 그렇게 되면 모든 차별점이 사라져버린다. 차별점이 있기에 모든 이야기는 생명력을 얻는다. 할머니는 "남들과 다른 사람들만 세상을 바꿀 수 있다"고 입버릇처럼 말했다. "평범한 사람은 세상을 코딱지 하나만큼도 바꾼 적이 없다"고.

그러고 난 다음 할머니는 워스 이야기를 꺼냈다. 엘사는 진작부터 알아차렸어야 했다. 진작부터 이 모든 걸 알아차렸어야만 했다.

엘사가 아우디에 올라타기 직전에 아빠가 카스테레오를 끈다. 엘사는 다행이라고 생각한다. 세상에서 제일 듣기 싫은 음악을 듣고 있다고 지적하면 아빠는 항상 침울해하는데, 아우디에 앉아 세상에서 제일 듣기 싫은 음악을 들어야만 할 때 그걸 지적하지 않고 넘어가려면 아주 힘들기 때문이다.

"안전띠는?" 엘사가 자리에 앉자 아빠가 묻는다.

엘사는 아직도 계속 심장이 쿵쾅거린다.

"어머나, 안녕하세요. 늙은 하이에나 씨!" 엘사는 아빠에게 외친다. 할머니가 데리러 왔으면 그렇게 외칠 거였기 때문이다. 할머니는 "안녕, 안녕, 우리 예쁜 아가씨!"라고 맞받아쳤을 거다. 그러면 모든 게 괜찮아졌을 거다. "어머나, 안녕하세요. 늙은 하이에나 씨!"라고 외치는 동안에도 두려움이 느껴지긴 하지만 그 전에 비하면 두려움을 느끼기가 미치도록 훨씬 어렵다.

아빠는 그 소리를 듣고 불안해한다. 엘사는 한숨을 쉬고 안전띠를 매면서 자기가 무서워지지 않는 것들을 떠올리며 두근거리는 심장을 진정시키려고 한다. 아빠는 한층 더 머뭇거린다.

"엄마랑 예오리가 또 병원에 간대서……."

"알아요." 엘사는 말한다. 두려움을 누그러뜨리려고 동원한 방법을 실패한 사람다운 태도다.

아빠는 고개를 끄덕인다. 엘사가 좌석 사이로 가방을 던지자 뒷자리에 아무렇게나 걸쳐진다. 아빠가 몸을 돌려서 아주 반듯하게 정리한다.

"아무거나 하고 싶은 거 있니?" 아빠가 묻는다. "아무거나"라고 할 때 살짝 불안해하는 것처럼 느껴진다.

엘사는 어깨를 으쓱한다.

"뭐…… 재미있는 거 할까?"

엘사도 알다시피 그냥 듣기 좋으라고 하는 소리다. 딸을 어쩌다 한 번씩 만나는 게 양심에 걸리고, 할머니가 돌아가신 데다 수요일에 이렇게 데리러 오는 게 아빠로서도 조금 갑작스러운 일이다보니 엘사가 딱하게 느껴져서 그런 거다. 아빠는 '재미있는' 걸 해보자고 제안할 사람이 아니다. 재미있는 걸 좋아하는 사람이 아니다. 재미있는 걸 하면 아빠는 불안해한다. 엘사가 어렸을 때 다 같이 여행을 간 적이 있었는데, 그때 바닷가에서 엘사와 엄마와 하도 재미있게 노는 바람에 아빠는 진통제를 두 알 먹고 오후 내내 호텔에서 쉬어야 했다. 엄마 말로는 한꺼번에 재미있는 걸 너무 많이 해서 그런 거라고 했다.

"재미 과다복용이네요." 엘사가 말하자 엄마는 정말 한참 동안 깔깔대고 웃었다.

그런데 신기한 점은, 아빠가 옆에 있으면 엄마가 정말 재미있어진다는 거다. 엄마는 건전지의 대극 같은 사람인 걸까. 할머니 옆에 있으면 그보다 질서 정연하고 깔끔할 수가 없는데, 아빠 옆에 있으면 그보다 더 허술하고 변덕스러울 수가 없다. 한번은 엘사가 어렸을 때 엄마가 아빠와 통화하는 걸 보고 계속 "아빠예요? 아빠예요? 아빠랑 통화해도 돼요? 아빠 어디 있대요?"라고 물은 적이 있다. 결국 엄마는 엘사를 돌아보며 땅이 꺼져라 한숨을 쉬었다. "아니, 아빠랑 통화 못 해. 왜냐하면 아빠는 지금 천당에 있거든, 엘사!" 그 소리에 엘사가 입도 벙긋 못 하고 빤히 쳐다보기만 하자 엄마는 씩 웃었다. "아이구, 농담이야, 엘사. 그게 아니라 아빠는 지금 슈퍼마켓에 계셔."

그때 엄마는 꼭 할머니처럼 웃었다.

다음 날 아침에 엘사가 눈물을 글썽이며 부엌으로 들어가자 엄마는 유당 없는 우유를 듬뿍 넣은 커피를 마시다 말고 걱정스러운 표정으로 뭣 때문에 그렇게 속상해하느냐고 물었다. 엘사는 "아빠가 천당에 가는 꿈을 꾸었다"고 했다. 엄마는 죄책감에 어쩔 줄 몰라 하며 엘사를 으스러져라 끌어안고 미안하다는 소리를 몇 번이고 반복했다. 엘사는 10분 가까이 기다렸다가 씩 웃으며 말했다. "아이구, 농담이에요. 그게 아니라 아빠가 슈퍼마켓에 가는 꿈을 꿨어요."

그 뒤로 엄마와 엘사는 아빠에게 천당은 어떤 곳이냐고 물으면서 툭하면 장난을 쳤다. "거기 추워? 천당에서는 날아다녀? 하느님을 만날 수 있어?" 엄마는 이렇게 물었다. "천당에도 치즈 가는 강판이 있어요?" 엘사는 이렇게 물었다. 그러고는 똑바로 앉아 있을 수 없을 정도로 깔깔대며 웃었다. 두 사람이 그러면 아빠는 정말로 어쩔 줄 몰라 했다. 엘사는 그때가 그리워진다. 아빠가 천당에 있을 때가 그리워진다.

"할머니는 지금 천당에 있을까요?" 엘사는 아빠에게 물으며 씩 웃는다. 농담 삼아 꺼낸 이야기에 아빠도 웃을 거라고 생각해서다.

하지만 아빠는 웃지 않고 그 표정을 짓는다. 엘사는 아빠에게 그 표정을 짓게 했다는 게 민망해진다.

"아, 신경 쓰지 마세요." 엘사는 중얼거리며 조수석 서랍을 토닥이고는 얼른 덧붙인다. "그냥 집으로 가도 돼요."

아빠는 고개를 끄덕이더니 안심한 표정과 실망한 표정을 동시에 짓는다.

아파트 건물 앞에 서 있는 경찰차가 멀리에서부터 보인다. 아우디에서 내리는데 벌써부터 개 짖는 소리가 들린다. 계단이 사람들로 가득하다. 우리 친구가 집 안에서 짖는 소리 때문에 온 건물이 흔들린다.

"열쇠…… 있니?" 아빠가 묻는다.

엘사는 고개를 끄덕이고 아빠를 얼른 끌어안았다가 놓는다. 사람들로 가득한 계단 때문에 아빠가 몹시 조심스러워한다. 아빠는 다시 아우디에 타고 엘사 혼자 건물 안으로 들어간다. 우리 친구가 고막을 찢을 듯이 짖어대는 소리 너머로 다른 소리도 들린다. 사람들 목소리다.

음산하고 침착하며 위협하는 듯한 목소리다. 제복을 입은 사람들이 무슨 증후군을 앓는 아이와 엄마가 사는 집 앞을 왔다 갔다 한다.

다들 우리 친구네 집 현관문을 뚫어져라 쳐다보지만 너무 가까이 다가가기엔 겁이 나는지 반대편 벽에 몸을 꼭 붙이고 있다. 여경 하나가 고개를 돌린다. 그녀의 초록색 눈이 엘사의 눈과 마주친다. 할머니가 똥을 던진 날 밤에 경찰서에서 만났던 그 여경이다. 그녀는 사과라도 하려는 것처럼 엘사를 향해서 침울하게 고개를 주억인다.

엘사는 인사에 화답하지 않고 그대로 지나쳐서 달린다.

경찰 한 명이 무전기에 대고 "동물 단속반"과 "제거"를 운운하는 소리가 들린다. 브릿마리가 계단 중간쯤에 서 있다. 경찰들에게 지시를 내릴 수 있을 만큼 가깝지만 야수가 문 밖으로 탈출했을 경우엔 안전한 거리다. 브릿마리가 엘사를 보며 상냥하게 미소를 짓는다. 꼴 보기 싫은 사람이다. 엘사가 계단 꼭대기에 다다랐을 때 우리 친구가 이야기 만 개를 합친 폭풍처럼 그 어느 때보다 사납게 짖기 시작한다. 계단 틈새로 내려다보니 경찰들이 뒷걸음질을 치고 있다.

엘사는 진작부터 모든 걸 알아차렸어야 했다. 정말 그랬어야만 했다.

미아마스의 숲과 산에는 아주 특이한 괴물들이 상상도 할 수 없을 만큼 많다. 하지만 미아마스에 사는 모든 피조물을 통틀어서(심지어 할머니까지 포함하더라도) 워스보다 더 전설적이고 존경스러운 존재는 없었다.

워스들은 북극곰처럼 우람했고 사막의 여우처럼 움직임이 유연했고 코브라처럼 공격이 빨랐다. 황소보다 힘이 셌고 야생마처럼 기운이 넘쳤고 호랑이보다 사나운 이빨을 지녔다. 윤기가 흐르는 까만색 털은 여름 바람처럼 부드러운데 그 아래에 숨겨진 가죽은 갑옷처럼 두툼했다. 정말 오래된 이야기 속에서는 불멸의 존재로 간주됐다. 그들이 미플로리스에 살며 성문 수비대로 왕실을 섬겼던, 한참 전 영원의 시대에 탄생된 이야기 속에서는 말이다.

할머니는 미플로리스의 공주가 깰락말락나라에서 워스들을 내쫓았다고 설명하곤 했는데 행간에서 죄책감이 느껴졌다. 공주가 아직 어린아이였을 때 잠이 든 강아지와 놀고 싶어 한 적이 있었다. 그래서 꼬리를 잡아당기자 놀라서 깬 강아지가 공주의 손을 물었다. 물론 누구나 알다시피 자는 워스를 깨우면 절대 안 된다고 가르치지 않은 공주의 부모 때문에 벌어진 일이었다. 하지만 공주는 겁에 질렸고 부모는 머리끝까지 화가 나서 체면을 지키려면 다른 누군가에게 책임을 물어야 했다. 그 탓에 법원은 워스들을 미플로리스 왕국에서 영원히 추방한다는 판결을 내렸고, 현상금을 사냥하는 트롤 중에서도 아주 잔인한 무리에게 독화살과 불덩이로 그들을 사냥해도 좋다고 허락했다.

물론 워스들은 반격할 수 있었다. 깰락말락나라의 모든 군대를 합쳐도 감히 그들을 대적할 순 없었다. 그들은 그 정도로 무시무시한 전사였다. 하지만 워스들은 싸우는 대신 도주를 택했다. 어느 누구도 찾을 수 없을 만큼 깊고 높은 산 속으로 도망쳤다. 여섯 개 왕국의 어린이들이 평생 동안 워스 한 마리도 보지 못하고 어른으로 자랄 때까지 도망쳤다. 전설이 될 때까지 도망쳤다.

끝없는 전쟁이 시작된 다음에야 미플로리스 공주는 자신의 끔찍한 실수를 깨달았다. 전사의 왕국 미바탈로스의 모든 병사를 몰살하고 미바탈로스를 잿더미로 만든 그림자들이 그 엄청난 기세를 몰아서 깰락말락나라의 나머지 왕국들을 압박하고 있었다. 모든 희망이 사라져버린 것처럼 보였을 때 공주가 직접 백마를 타고 성 밖으로 나섰다. 이 산 저 산을 폭풍처럼 휩쓸며 한없이 수색을 벌이다 백마는 지쳐서 무릎을 꿇고 공주도 쓰러지기 직전이었을 때 워스들이 공주를 발견했다.

그림자들이 천둥소리를 듣고 지축이 뒤흔들리는 걸 느꼈을 무렵에는 이미 엎질러진 물이었다. 공주는 워스 전사들로 이루어진 정예부대를 이끌고 앞장서서 달렸다. 바로 그때 울프하트가 숲에서 돌아왔다. 미아마스가 멸망 직전이라 그 어느 때보다 그가 필요한 순간이라서 그랬을 것이다. "하지만 어쩌면 말이다……." 할머니는 구름 동물 위에 앉아서 엘사의 귀에 대고 속삭이곤 했다. "자기가 워스들에게 얼마나 부당한 짓을 저질렀는지 깨달은 공주로 인해 모든 왕국을 마땅히 지켜야 한다는 당위가 성립됐기 때문일 수도 있지."

끝없는 전쟁은 그날 끝이 났다. 그림자들은 바다 너머로 밀려났다. 울프하트는 다시 숲 속으로 사라졌다. 하지만 워스들은 남아서 오늘날까지도 미플로리스에서 개인 호위병을 맡아 공주를 모시며 성문을 지키고 있다.

우리 친구가 밑에서 미친 듯이 짖는 소리가 엘사의 귀에 들린다. "요란한 소리를 내면 재미있어한다"고 했던 할머니의 말이 생각난다. 엘사는 우리 친구의 유머 감각이 살짝 미심쩍긴 하지만 우리 친구는 누구랑 같이 살 필요가 없다고 했던 할머니의 말을 떠올린다. 할머니도 혼자 살지 않느냐고 했을 때 엘사가 개랑 비교하면 되느냐고 하자 할머니는 눈을 부라렸었다. 이제 엘사는 할머니가 왜 그랬는지 알겠다.

그녀는 진작부터 이 모든 걸 깨달았어야 했다. 정말 그랬어야만 했다.

이 녀석은 개가 아니다.

경찰 하나가 큼지막한 열쇠 뭉치를 뒤적인다. 1층에서 공동현관문이 열리고 우리 친구가 짖는 소리 사이로 무슨 증후군을 않는 아이가 춤을 추며 계단을 올라오는 소리가 들린다.

경찰들이 아이와 아이 엄마를 조심스럽게 집 안으로 떠민다. 브릿마리는 왔다 갔다 종종걸음을 친다. 엘사는 난간 사이로 그녀를 저주한다.

우리 친구가 잠깐 동안 아무 소리도 내지 않는다. 마치 실전에 대비해서 기운을 모으기 위해 전략상 후퇴라도 하는 듯하다. 경찰들은 열쇠를 짤랑거리며 "개가 공격할 경우에 대비하라"고 한다. 우리 친구의 짖는 소리가 멎어서 다들 전보다 말투가 좀 거만해졌다.

다른 문이 열리는 소리와 함께 레나르트의 목소리가 들린다. 레나르트는 머뭇거리며 무슨 일이냐고 묻는다. 경찰들이 "위험한 개를 처리하러 왔다"고 설명한다. 레나르트는 살짝 걱정스러워하는 표정을 짓는다. 그러다 뭘 어쩌면 좋을지 몰라 하는 표정으로 바뀐다. 그러고는 늘 하던 이야기를 꺼낸다. "커피 드실 분 계세요? 마우드가 방금 전에 새로 끓였는데."

브릿마리가 끼어들어서 경찰들이 커피보다 더 중요한 일을 하고 있는 거 모르겠느냐고 나지막이 쏘아붙인다. 경찰들은 그 말을 듣고 조금 실망한 기색이다. 계단을 되짚어 올라오는 레나르트가 보인다. 처음에는 층계참에 있을까 고민하는 눈치더니, 그러다가 커피가 식을 수 있다는 걸 깨닫고 무슨 일인지는 몰라도 그 정도의 위험을 감수할 만한 일은 아니라는 결론을 내린다. 레나르트는 집 안으로 사라진다.

그 뒤로 우리 친구가 짧고 분명하게 한 번 짖는다. 그저 성대를 검사하는 느낌이다. 두 번째로 짖을 땐 어찌나 우렁찬지 몇 개의 영원 동안 엘사의 귓속이 울릴 정도다. 마침내 울림이 잦아들었을 때 쿵 하는 소름 끼치는 소리가 들린다. 한 번. 또 한 번. 그제야 엘사는 그게 무슨 소린지 알아차린다. 우리 친구가 안쪽에서 온 힘을 다해 문에 몸을 부딪치는 소리다.

경찰 하나가 다시 무전기에 대고 이야기하는 소리가 엘사의 귀에 들린다. 뭐라고 하는진 잘 모르겠지만 "엄청나게 크고 공격적"이라고 하는 건 알겠다. 난간 사이로 내려다보자 우리 친구네 집 앞에 서 있는 경찰들이 몇 미터 아래로 보이는데, 우리 친구가 점점 더 어마어마한 기세로 문에 몸을 부딪치자 경찰들의 자신감이 점점 줄어들고 있다. 이제 보니 경찰이 두 명 더 늘었다. 그중 한 명이 목줄을 맨 독일 셰퍼드를 데려왔다. 독일 셰퍼드는 저 안에서 빠져나오려고 하는 물건이 뭔지 몰라도 그런 물건이 있는 곳으로 진입하는 걸 달가워하지 않는 눈치다. 목줄을 쥔 경찰을 바라보는 표정이, 할머니가 엄마의 전자레인지 전선을 갈려고 했을 때 엘사가 할머니를 쳐다보며 지었던 표정과 살짝 비슷하다.

"그럼 동물 단속반을 불러." 초록 눈의 여경이 체념한 듯 한숨을 쉬며 결국 이렇게 말하는 소리가 들린다.

"내가 불러야 된다고 했잖아요! 바로 내가 그랬잖아요!" 브 릿마리가 열띤 목소리로 외친다.

초록 눈이 흘끗 쳐다보자 브릿마리는 당장 입을 다문다.

우리 친구가 마지막으로 한 번, 간담이 서늘할 정도로 요란 하게 짖는다. 그러고 나서는 다시 잠잠해진다. 계단에서 잠깐 와자지껄하다 공동 현관문이 닫히는 소리가 들린다. 경찰들이 그 집에 사는 뭔지 모를 것과 멀찌감치 거리를 두고 동물 단속 반이 도착할 때까지 기다리기로 결정한 모양이다. 엘사는 그들 이 몸짓으로 커피 한잔하러 가자는 신호를 보내며 황급히 사라 지는 걸 창문 너머로 지켜본다. 반면 독일 셰퍼드는 조기 은퇴 를 고려해야겠다는 듯한 몸짓을 보인다.

계단이 갑자기 너무 고요해져서 브릿마리 혼자 계단을 밟고 내려가는 소리가 메아리처럼 울린다.

엘사는 그 자리에 서서 갈팡질팡한다. ('갈팡질팡하다'도 단어 항아리에 넣을 만한 단어다.) 나중에 이 순간을 돌이켜봤을 때, 창문 너머로 경찰들이 보이는 판국에 왜 그런 결단을 내렸는 지, 스스로도 그 이유를 정확하게 설명할 수 없을 거다. 하지만 미아마스의 진정한 기사라면 할머니의 친구가 살해당하는 광 경을 가만히 두고 볼 수는 없는 일이다. 그래서 엘사는 브릿마 리와 켄트네 집 앞을 지날 땐 특별히 주의를 기울이고 층계참 에 도착할 때마다 경찰들이 다시 돌아오는 소리가 들리지는 않는지 확인해가며 잽싸게 살금살금 계단을 내려간다.

마침내 우리 친구네 집 앞에 도착한 엘사는 조심스럽게 우편물 투입구 뚜껑을 연다. 온 사방이 캄캄한 그 속에서 우리 친구의 으르렁거리는 숨소리가 들린다.

"저기…… 나야." 엘사는 말을 더듬는다.

이런 대화를 어떤 식으로 시작하면 좋을지 모르겠다. 우리 친구는 대꾸가 없다. 하지만 문에 몸을 부딪치지도 않는다. 엘사는 그것을 둘 사이의 의사소통에 진전이 있다는 분명한 증거로 해석한다.

"나야. 다임 초콜릿 넣어주는 애."

우리 친구는 대꾸가 없다. 하지만 녀석의 숨소리가 점점 느려지는 게 느껴진다. 누가 발로 차서 쏟기라도 한 것처럼 엘사의 입에서 이런저런 말들이 쏟아져 나온다.

"있잖아…… 엄청 이상하게 들릴 수도 있겠지만…… 우리 할머니라면 너를 어떻게든 여기서 꺼내주고 싶어 했을 것 같거든. 그러니까 너희 집에 뒷문이나 그런 게 있다면 말이야. 안 그러면 네가 총에 맞을 테니까! 엄청 이상하게 들리겠지만 너 혼자 이 집에서 사는 것도 이상하긴 마찬가지고…… 내가 무슨 소릴 하는지 네가 알아들을진 모르겠는데……."

엘사는 이런 말들을 쏟아낸 다음에야 테스트라도 치르듯 암호로 이야기했다는 사실을 알아차린다. 그 문 건너편에 그냥 평범한 개가 살고 있다면 알아듣지 못할 것이다. '하지만 알아듣는다면 절대 평범한 개가 아니라는 뜻이지.' 엘사는 생각한다. 자동차 타이어만 한 앞발로 현관문을 빠르게 긁는 소리가 들린다.

"알아들었으면 좋겠다." 엘사는 암호로 속삭인다.

엘사는 등 뒤에서 문 열리는 소리를 듣지 못했다. 알아차린 게 있다면 우리 친구가 무슨 준비라도 하듯 문에서 뒷걸음질을 쳤다는 사실뿐이다.

유령이라도 등장한 것처럼 등 뒤에 누군가 서 있는 듯한 느낌이 점점 더 강해진다. 유령이 아니라 혹시…….

"조심해!" 누군가가 으르렁거린다.

엘사가 벽 쪽으로 몸을 던지자 괴물이 손에 열쇠를 쥐고 아무 말 없이 그 앞을 지나간다. 다음 순간, 엘사는 괴물과 우리 친구 사이에 낀다. 엘사가 지금껏 본 적 없는, 정말로 어마어마하게 큰 워스에 어마어마하게 큰 괴물이다. 누군가 허파를 밟고 서 있는 듯한 느낌이다. 비명을 지르고 싶은데 아무 소리도 나오지 않는다.

그 뒤로 모든 일이 순식간에 벌어진다. 맨 아래 계단에서 공동 현관문이 열리는 소리가 들린다. 경찰들의 목소리가 들린다. 그리고 다른 사람들의 목소리도 들리는데 분명 동물 단속반일 것이다. 돌이켜보면 엘사는 그때 자기 의지대로 움직였는지 확신할 수 없다. 주문이나 뭐 그런 것에 걸렸을 가능성도 있다. 아무리 있을 법하지 않은 일이라 한들 그놈의 워스를 맞닥뜨릴 확률에 비하면 주문에 걸릴 확률이 훨씬 더 높다. 그런데 어느덧 정신을 차려보니 등 뒤에서 문이 닫히고 엘사는 괴물의 집 현관에 서 있다.

비누 냄새가 난다.

10
알코젤

경찰들이 문틈 사이로 쇠지렛대를 밀어넣자 나무 쪼개지는 소리가 들린다.

엘사는 괴물의 집 현관에 서서 문구멍으로 그들을 내다본다. 그런데 엄밀히 말하자면 발로 바닥을 딛고 서 있는 게 아니다. 워스가 현관 앞 발깔개에 앉아 있기 때문에 이 거대한 짐승의 궁둥이와 문 사이에 끼어 있다. 워스는 극도로 짜증 난 듯한 분위기를 풍긴다. 험악하지는 않고 그냥 짜증 난 듯한 분위기다. 레모네이드 병 속에 말벌이라도 들어 있는 것처럼.

문득 생각해보니 엘사는 현관에 같이 있는 두 존재보다 문 밖에 있는 경찰들이 더 무섭다. 그다지 합리적이지 못한 판단일 수도 있지만 엘사는 브릿마리보다 할머니의 친구들을 믿기로 했다. 엘사는 조심스럽게 몸을 돌려서 워스를 쳐다보며 암호로 속삭인다.

"이제 짖지 말고 제발 착하게 있어. 안 그러면 저 사람들 손에 죽을 거야!"

워스는 엘사가 문을 열고 자기를 경찰들 사이로 내보내면 왜 큰일이 날 거라고 생각하는지 모르겠다는 표정으로 거만하게 고개를 돌린다. 더 이상 짖지는 않는데 보아하니 자신이 아니라 엘사를 생각해서 그러는 거다.

바깥쪽 층계참에선 경찰들이 문을 강제로 거의 다 열었고, "대비하라"며 서로에게 명령을 외치는 소리가 들린다.

엘사는 현관 앞을 두리번거리다 거실을 쳐다본다. 아주 좁지만 엘사가 여태껏 들어가본 모든 아파트를 통틀어서 가장 깨끗하다. 가구라고는 거의 없고 몇 개 있는 것도 먼지 한 톨 내려앉으면 가구식 할복이라도 감행할 것처럼 서로 마주 보게 놓여 있다. (엘사는 1년쯤 전에 사무라이 시기를 거쳤기 때문에 할복이라는 단어를 안다.)

괴물은 화장실로 사라진다. 한참 동안 수돗물 소리가 이어진 다음에야 화장실에서 나온다. 괴물은 조그만 하얀색 수건에다 손을 꼼꼼하게 닦은 다음 깔끔하게 접어서 빨래 바구니에 넣는다. 문지방을 넘으려면 몸을 숙여야 한다. 엘사는 얼마 전에 오디세우스가 나오는 책을 읽었는데, 폴리페모스라는 거인을 만났을 때 오디세우스가 자기 같은 심정이었을 거라고 생각한다. 물론 폴리페모스가 괴물처럼 정성 들여서 손을 씻진 않았고, 엘사도 그 책에 나온 오디세우스처럼 오만하고 독선적이진 않다. 두말하면 잔소리다. 하지만 그것만 빼면 오디세우스와 약간 비슷하다.

괴물이 엘사를 쳐다본다. 화가 난 얼굴은 아니다. 사실 당황스러워하는 표정에 가깝다. 거의 놀란 표정이다. 그래서 엘사가 불쑥 이렇게 물어볼 용기가 생겼는지도 모르겠다.

"우리 할머니가 아저씨한테 왜 편지를 보냈어요?"

엘사는 보통 말로 묻는다. 자기도 이유는 잘 모르겠지만 암호로 말을 걸고 싶지가 않다. 괴물의 눈썹은 까만 머리털로 덮였고 수염이며 흉터 때문에 표정을 파악하기가 쉽지 않다. 맨발이지만 수영장에 가면 주는 파란색 비닐 커버를 신고 있다. 부츠는 문 바로 앞쪽에, 발깔개 가장자리와 정확하게 선을 맞춰서 벗어놓았다. 괴물이 엘사에게 파란색 비닐 커버를 두 장 건네지만 엘사가 손을 대자 자기한테도 손을 댈까봐 불안해하는 사람처럼 얼른 놓는다. 엘사는 허리를 숙여서 진창이 덕지덕지 묻은 신발을 커버로 씌운다. 이제 보니 신발이 발깔개 밖으로 살짝 넘어가서 쪽매널 바닥에 반 발자국 녹은 눈이 찍혀 있다.

괴물은 놀라우리만치 우아하게 허리를 숙여서 새로 꺼낸

하얀색 수건으로 바닥을 닦기 시작한다. 바닥을 다 닦고는 조그만 병에 담긴 세정제를 그 일대에 뿌리고 다른 조그만 하얀색 수건으로 닦는다. 세정제 때문에 엘사는 눈이 따끔거린다. 세척 작업이 모두 끝나자 괴물은 일어나서 수건들을 깔끔하게 빨래 바구니에 넣고 분무식 세정제를 선반의 아까 그 자리에 정확하게 갖다놓는다.

그런 다음 한참 동안 서서 골치 아프다는 눈빛으로 워스를 빤히 쳐다본다. 녀석은 현관에 대자로 누워서 온몸으로 바닥을 거의 다 덮고 있다. 괴물은 과호흡 직전이다. 화장실에 들어갔다가 나오더니 워스를 어느 한 부분이라도 건드리지 않으려고 신중에 신중을 기하며 수건 여러 장으로 워스 주변을 빙 둘러 촘촘히 덮는다. 그런 다음 다시 화장실로 들어가서 세면대가 진동할 정도로 열심히 손을 씻는다.

그러더니 이번에는 살균제 알코젤을 들고 나온다. 엘사도 할머니의 병문안을 갈 때마다 매번 그 비슷한 걸 손에 짜서 비볐기 때문에 안다. 엘사는 괴물이 팔을 내밀 때 겨드랑이 아래로 화장실을 슬쩍 들여다본다. 그 안에 있는 알코젤이 엄마네 병원에 있는 알코젤을 전부 합친 것보다 많다.

괴물은 머리끝까지 짜증 난 눈치다. 알코젤 병을 내려놓더니 알코젤을 손가락에 묻혀서 마구 비빈다. 누가 보면 손가락에 한 겹 덧씌워진 피부를 비벼서 떼어내려는 사람인 줄 알겠다. 그런 다음 평상형 트럭만 한 양쪽 손바닥을 보란 듯이 내밀어 보이고 엘사를 향해 단호하게 고개를 끄덕인다.

엘사는 테니스공만 한 손바닥을 내민다. 괴물은 혐오스럽다는 표정을 최대한 자제하며 그 위로 알코젤을 뿌린다. 엘사는 잽싸게 손을 비벼서 알코젤을 흡수시키고, 남은 알코젤은 바지에 닦는다. 괴물은 양탄자로 몸을 말고 고함을 지르며 울 것 같은 표정을 짓는다. 하지만 우는 대신 자기 손에 알코젤을 더 부어서 비비고, 비비고, 또 비빈다. 그리고 났을 때 엘사가 자기 부츠를 차서 비딱하게 해놓은 걸 발견한다. 괴물은 허리를 숙여 부츠를 똑바로 정리한다. 그런 다음 또 알코젤을 묻혀 비빈다.

엘사는 고개를 갸웃하며 그를 쳐다본다.

"무슨 강박관념 있어요?"

괴물은 대답이 없다. 불을 지피려는 사람처럼 양손을 맞대고 열심히 비빌 뿐이다.

"위키피디아에서 읽었거든요."

좌절감에 심호흡을 하느라 괴물의 가슴이 오르락내리락한다. 괴물은 화장실로 사라지고 또다시 물이 콸콸 쏟아지는 소리가 들린다.

"우리 아빠도 살짝 강박증이 있어요!" 엘사는 괴물의 등에 대고 외친 뒤 얼른 덧붙인다. "하지만 어휴, 아저씨만큼은 아니에요. 아저씨는 제대로 맛이 갔다고 봐요!"

얘기하고 나니 인신공격처럼 들린다. 인신공격 차원에서 한 말은 아니었다. 아마추어 수준인 아빠의 강박증을 전문가 수준인 괴물의 강박증과 비교할 생각은 없었다.

다시 밖으로 나온 괴물의 눈에 이번에는 워스가 포착된다. 워스는 다임 초콜릿이 들어 있다고 생각하는지 엘사의 가방을 물어뜯고 있다. 괴물은 머릿속의 행복한 공간으로 도망치려고 애를 쓰는 사람 같은 표정을 짓는다. 그들 셋이 그렇게 그 자리에 서 있다. 워스, 아이, 그리고 청결과 질서에 목말라하는 괴물. 괴물이 원하는 것들은 워스와 아이가 있는 곳에 적합하지 않다.

집 밖에서는 경찰과 동물 단속반이 죽음의 사냥개가 살고 있다는 그 집 문을 뜯고 들어가는 데 성공하지만 앞서 말한 그 사냥개는 누가 봐도 없다.

엘사는 워스를 쳐다본다. 그다음 괴물을 쳐다본다.

"아저씨가 왜…… 그 집…… 열쇠를 들고 있어요?" 엘사가 괴물에게 묻는다.

괴물의 숨소리가 더 거칠어진 느낌이다.

"네가 편지에 넣었잖아. 할머니 편지. 봉투 안에." 마침내 괴물이 굵은 목소리로 대답한다.

엘사는 반대편으로 고개를 돌린다.

"할머니가 아저씨더러 이 녀석을 돌봐달라고 했어요?"

괴물은 마지못한 듯 고개를 끄덕인다.

"'성을 지키라'고."

엘사는 고개를 끄덕인다. 두 사람의 시선이 언뜻 마주친다. 괴물은 이것들이 어서 빨리 나가서 자기들 집 현관이나 더럽히길 바라는 사람처럼 보인다. 엘사는 워스를 쳐다본다.

"저 녀석은 밤에 왜 그렇게 짖어요?"

워스는 삼인칭 단수로 자기가 거론되는 걸 마뜩찮게 여기는 눈치다. 그런데 과연 워스를 삼인칭으로 간주할 수 있을까. 이런 경우엔 문법적으로 어떤 게 맞는지 워스는 잘 모르는 것 같다. 괴물은 이어지는 질문에 피곤해한다.

"슬퍼서." 괴물은 워스를 보며 나지막이 대답하고, 비빌 게 남아 있지 않은데도 양손을 비빈다.

"뭐가 슬퍼서요?" 엘사가 묻는다.

괴물은 자기 손바닥만 쳐다본다.

"너희 할머니."

엘사는 워스를 쳐다본다. 워스는 슬퍼 보이는 까만 눈으로 엘사를 쳐다본다. 나중에 엘사는 그 순간을 돌이키며 그때부터 그 녀석을 정말로, 정말로 좋아하게 되지 않았을까 생각한다. 엘사는 다시 괴물을 쳐다본다.

"할머니가 왜 아저씨한테 편지를 보냈어요?"

괴물은 양손을 더 세게 비빈다.

"오래된 친구라서." 산더미처럼 수북하고 시커먼 머리털 속에서 괴물이 중얼거린다.

"뭐라고 적혀 있었어요?"

"그냥 미안하다고. 그냥 미안하다고……." 괴물은 머리털과 수염 속으로 점점 더 깊숙이 숨는다.

"우리 할머니가 왜 아저씨한테 미안하다고 해요?"

엘사는 이 이야기에서 배제된 느낌이 들기 시작한다. 엘사는 그런 느낌을 아주 싫어한다.

"네가 알 바 아니다." 괴물은 조용히 대답한다.

"우리 할머니였다고요!" 엘사는 고집을 부린다.

"나한테 미안하다고 한 거니까."

엘사는 주먹을 쥔다.

"투셰이." 결국 인정하고 만다.

괴물은 고개를 들지 않는다. 몸을 돌려서 다시 화장실로 들어간다. 또 물 트는 소리가 들린다. 또 알코젤을 뿌린다. 또 손을 비빈다. 그새 이빨로 엘사의 가방을 연 워스는 그 안에 주둥이를 박고 있다. 초콜릿과 관계 있는 물건이 아무것도 없다는 게 밝혀지자 엄청난 실망감에 으르렁거린다.

엘사는 눈을 가늘게 뜨고 괴물을 쳐다보다가 좀 전보다 더 딱딱한 심문조로 묻는다.

"내가 편지를 주려고 했을 때 아저씨가 우리 암호로 얘기했잖아요! '바보 같은 아이'라고! 할머니한테 배운 암호예요?"

그 말에 괴물이 처음으로 꼿꼿하게 고개를 든다. 놀라서 눈을 휘둥그레 뜨고 있다. 엘사는 입을 떡 벌리고 괴물을 빤히 쳐다본다.

"너희 할머니가 나를 가르친 게 아니다. 내가…… 가르쳐줬지." 괴물이 암호로 나지막이 중얼거린다.

엘사는 숨이 가빠진다.

"아저씨가…… 아저씨가…….""

바로 그 순간 경찰들이 너덜너덜해진 워스네 집 현관문을 닫은 뒤 떠나버리고 브릿마리가 격렬하게 항의하는 소리가 들린다. 엘사는 괴물의 눈을 똑바로 쳐다본다.

"아저씨가…… 늑대소년이로군요."

그러고는 숨을 한 번 내쉬고 나서 암호로 속삭인다.

"아저씨가 울프하트로군요."

그러자 괴물은 슬픈 표정으로 고개를 끄덕인다.

11
단백질 바

　할머니가 들려주는 미아마스 이야기는 대개 아주 극적이었다. 할머니가 그런 식의 활극을 좋아했기 때문에 전쟁과 맹공과 추격전과 음모와 기타 등등이 난무했다. 깰락말락나라의 일상과 관련된 부분은 거의 없었다. 때문에 엘사는 군대를 통솔하거나 그림자들과 싸우지 않을 땐 괴물과 워스들이 서로 어떻게 지내는지 아는 바가 거의 없다.

　그런데 이제 보니 사이가 별로 안 좋은 모양이다.

　괴물이 워스를 절대 건드리지 않고 녀석이 누워 있는 마룻바닥을 소독하려다가 실수로 녀석의 눈에 알코젤을 조금 튀기자 워스가 버럭 폭발한 게 화근이다. 엘사가 중재에 나서 전면전은 막아내지만, 나중에 불만이 극에 달한 괴물이 이번엔 엘

사에게 파란색 비닐 커버를 워스의 발에 씌우라고 하자 녀석이
해도 해도 너무하는 것 아니냐는 반응을 보인다. 결국 땅거미
가 지고 경찰이 확실히 철수했다는 결론이 내려지자 엘사는 그
둘을 끌고 눈밭으로 나가서 조용하고 평화롭게 상황을 점검하
고 앞으로의 방침을 결정할 시간을 번다.

　브릿마리가 발코니에서 내다보고 있을 가능성도 있지만, 지
금은 시계가 정확히 여섯 시를 가리키고 있고 브릿마리와 켄
트는 여섯 시 정각에 저녁을 먹는다. 다른 때 저녁을 먹는 건
'야만인'이나 하는 짓이기 때문이다. 엘사는 그리핀도르 목도
리에 턱을 묻고 맑은 정신으로 생각해보려고 애를 쓴다. 파란
색 비닐 커버 때문에 아직도 상당히 화가 나 있는 워스는 뒷걸
음질 쳐서 덤불 속으로 들어가더니 가지 사이로 코만 삐죽 내
민다. 그 속에 들어앉아서 아주 못마땅한 얼굴로 엘사만 쳐다본
다. 1분이 다 돼서야 괴물은 한숨을 쉬며 손가락으로 가리킨다.

　"똥·싼대." 괴물은 이렇게 중얼거리고 다른 쪽을 쳐다본다.

　"미안." 엘사는 죄를 지은 사람처럼 워스에게 사과하고 고개
를 돌린다. 두 사람은 다시 보통 말로 대화를 나누고 있다. 할
머니가 아닌 다른 사람에게 암호를 쓰면 엘사의 배 속에서 뭔
가가 시커먼 덩어리처럼 뭉쳐버리기 때문이다. 괴물은 어떤 말
을 쓰든 상관없는 눈치다. 한편 워스는 볼일을 보는데 누군가
가 불쑥 들어왔을 때 지음 직한 표정을 짓고 있다. 두 사람은

어느 정도 시간이 지난 다음에야 그 앞에 서서 워스를 빤히 쳐다보는 게 얼마나 예의에 어긋나는 행동인지 알아차린다. 엘사는 녀석이 아파트 안에다 싸지 않는 한 며칠 동안 용변을 해결할 방법이 없었겠다는 걸 그제야 알아차린다. 녀석이 변기를 쓴다는 건 상상이 안 되는 일이고 바닥에다 똥을 싸는 그런 격 떨어지는 짓을 하진 않을 테니 아파트 안에서 용변을 해결했을 가능성은 없다. 따라서 엘사는 대소변을 참는 것도 워스의 초능력인가보다고 미루어 짐작한다.

엘사는 괴물을 돌아본다. 괴물은 양손을 비비며, 눈밭을 매끈하게 다림질이라도 하고 싶은 사람처럼 눈 위에 남은 발자국을 내려다보고 있다.

"아저씨 군인이에요?"

엘사는 괴물의 바지를 가리키며 묻는다.

괴물은 고개를 젓는다. 엘사는 그런 바지를 뉴스에서 본 적 있기 때문에 가리킨 손을 거두지 않는다.

"군복이잖아요."

괴물은 고개를 끄덕인다.

"그럼 군인도 아닌데 왜 군복을 입고 있어요?" 엘사가 따져 묻는다.

"옛날부터 입던 거라서." 괴물은 짧게 대답한다.

"그 흉터는 어쩌다 생긴 거예요?" 엘사가 이번엔 그의 얼굴을 가리키며 묻는다.

"사고로." 괴물은 좀 전보다 더 짧게 대답한다.

"노 셧, 셜록No shit, Sherlock.* 내가 설마 일부러 그랬을 거라고 생각했겠어요?"(이 말도 엘사가 좋아하는 영어 표현이다. 아빠는 모국어에 완벽한 대안이 있으면 영어를 쓰는 게 아니라고 하지만 엘사는 이 경우엔 대안이 없다고 생각한다.)

"버릇없게 들렸다면 미안해요. 어떤 사고였는지 궁금해서 그래요."

"평범한 사고." 괴물은 이제 됐느냐는 듯 웅얼웅얼 대답하고, 재킷에 달린 큼지막한 후드 속으로 숨는다. "늦었다. 자야지."

혼잣말이 아니라 엘사에게 하는 말이다. 엘사는 워스를 가리킨다.

"쟤는 오늘 밤에 아저씨랑 자야 하지 않겠어요?"

괴물은 옷을 홀딱 벗고 침투성이가 되어 불 꺼진 우표 공장을 통과하라는 말이라도 들은 듯한 표정으로 엘사를 쳐다본다. 딱 그런 표정은 아니지만 거의 비슷하다. 고개를 젓자 후드가 돛처럼 흔들린다.

"거기서 재울 순 없어. 안 돼. 거기서 재울 순 없어. 안 돼. 안 돼. 안 돼."

---

* '당연하지, 바보야'라는 뜻.

엘사는 배 위에 손을 얹고 괴물을 노려본다.

"그럼 어디서 재워요?"

괴물은 후드 속으로 더 깊숙이 들어간다. 그러고선 엘사를 가리킨다.

엘사는 콧방귀를 뀐다.

"우리 엄마는 부엉이도 못 사게 했어요! 그런데 내가 저런 물-건-을 데리고 들어가면 어떤 반응을 보이겠어요?"

워스가 기분 상한 표정으로 요란하게 부스럭거리며 덤불에서 나온다. 엘사는 헛기침을 하고 사과한다.

"미안. 나쁜 뜻에서 '저런 물건'이라고 한 건 아니야."

워스는 "그랬겠지"라고 중얼거리는 것에 가까운 표정을 짓는다. 괴물은 원을 그리면서 양손을 점점 더 빠르게 비비고, 공황 발작이라도 일으킬 듯한 표정으로 땅바닥을 내려다보며 나지막이 쏘아붙인다.

"털에 똥. 털에 똥 묻었잖아. 털에 똥."

엘사는 계속 몰아붙였다가는 심장마비를 일으킬 수도 있겠다는 생각을 하며 말없이 쏘아본다. 괴물은 고개를 돌리고, 투명 지우개를 머릿속에 넣어 그 이미지를 기억에서 지우려고 애를 쓰는 듯한 표정을 짓는다.

"할머니가 편지에 뭐라고 썼어요?" 엘사가 묻는다.

괴물은 후드로 얼굴을 덮은 채 섬뜩한 숨소리를 낸다.

"미안하다고 썼다." 괴물은 돌아보지도 않고 대답한다.

"다른 말도 있었을 거 아니에요! 편지가 그렇게 길었는데!"

괴물은 한숨을 쉬고 고개를 저으며 아파트 입구를 턱으로 가리킨다.

"늦었다. 자라." 괴물이 웅얼거린다.

"편지 내용을 듣기 전까진 안 잘 거예요!"

괴물은 피곤해 죽겠는데 잠이 들만 하면 요거트가 가득 든 베갯잇으로 있는 힘껏 때리는 사람 때문에 잠을 못 이루는 듯한 표정을 짓는다. 그런 표정과 거의 비슷하다. 괴물은 고개를 들고 미간을 찌푸리며 얼마나 멀리 내던질 수 있는지 가늠이라도 하는 것처럼 엘사를 뜯어본다.

"성을 지키라고 썼다." 괴물은 했던 말을 반복한다.

엘사는 괴물을 무서워하지 않는다는 걸 보여주기 위해서 바짝 다가간다. 괴물을 무서워하지 않는다고 스스로 다짐하기 위해서일 수도 있다.

"그리고 또 뭐라고 썼어요?"

괴물은 후드 속으로 구부정하게 숨더니 눈길을 헤치며 걷기 시작한다.

"너를 지켜달라고. 엘사를 지켜달라고."

그 말을 끝으로 어둠 속으로 괴물은 사라진다. 나중에 엘사도 알게 되겠지만 괴물은 툭하면 사라진다. 그렇게 덩치가 큰

데도 놀라우리만치 잘 사라진다.

마당 저편에서 나지막이 숨을 헐떡이는 소리가 들려 엘사는 고개를 돌린다. 예오리가 집 쪽으로 달려오고 있다. 레깅스 위에 반바지를 입고 그보다 더 초록색일 수 없는 재킷을 입고 있는 걸 보면 저 사람은 틀림없이 예오리다. 예오리는 벤치 위로 점프했다가 내려오느라 정신이 없어서 엘사와 워스를 못 본다. 엘사는 가끔 예오리가 영원히 계속되는 차세대 슈퍼 마리오 게임 모델을 뽑는 오디션에 참가하고 있는 건 아닌가 하는 생각이 들 때가 있다.

"가자!" 엘사는 예오리에게 들키기 전에 아파트 안으로 데려가려고 워스에게 얼른 속삭인다. 놀랍게도 그 거대한 짐승은 엘사의 말을 고분고분 듣는다.

워스가 엘사의 다리를 스치고 지나가며 털로 간질이자 엘사는 이마까지 찌릿해서 까딱 잘못하다가는 쓰러질 것 같다.

엘사는 웃음을 터뜨린다. 녀석을 쳐다보자 덩달아 웃고 있는 듯하다.

워스야말로 엘사가 할머니 이후로 처음 사귄 친구다.

엘사는 브릿마리가 계단에서 서성이진 않는지, 예오리가 아직 그들을 보지 못했는지 확인한 다음 워스를 뒤에 거느리고 지하실로 내려간다. 각 집마다 창고가 하나씩 있는데 할머니의 창고가 열려 있고 안엔 아무것도 없다.

"오늘 밤에는 여기 있어." 엘사가 속삭인다. "내일 더 나은 장소를 찾아보자."

워스는 그다지 감흥이 없는 눈치지만 그래도 누워서 옆으로 몸을 굴리고는, 여전히 어둠 속에 묻혀 있는 지하실 한쪽을 무심하게 쳐다본다. 엘사는 어딜 쳐다보는지 확인한 뒤 다시 워스에게 집중한다.

"할머니가 그랬는데, 여기에 귀신들이 산대." 말투가 단호하다. "귀신들을 겁주면 안 돼, 알았지?"

워스는 태평하게 옆으로 누워 있다. 곡괭이만 한 앞니가 어둠 속에서 번뜩인다.

"얌전히 있으면 내일 초콜릿 갖다줄게." 엘사가 약속한다.

워스는 그 협상안을 고민해보는 듯한 표정을 짓는다. 엘사는 허리를 숙여서 녀석의 코에 입을 맞춘다. 그런 다음 계단을 달려 올라가서 조심스럽게 지하실 문을 닫는다. 아무한테도 들키지 않도록 불이 켜지지 않게 살금살금 올라가다가 브릿마리와 켄트네 집 앞에 다다르자 몸을 웅크리고 마지막으로 훌쩍 점프한다. 브릿마리가 집 안에서 문구멍으로 내다보고 있을 게 거의 확실하기 때문이다.

다음 날 아침에는 괴물네 집과 지하실 창고, 양쪽 다 어두컴컴하고 아무도 없다. 예오리가 엘사를 학교까지 태워다준다.

엄마는 벌써 병원으로 출근하고 없다. 늘 그렇듯 무슨 응급 상황이 벌어졌는데 응급 상황을 수습하는 게 엄마의 역할이기 때문이다.

예오리는 등굣길 내내 단백질 바 얘길 한다. 한 상자를 샀는데 아무리 찾아도 없다는 거다. 예오리는 단백질 바 이야기를 좋아한다. 그 밖의 다양한 기능성 물품 이야기도 좋아한다. 기능성 의류와 기능성 조깅화, 뭐 그런 거 말이다. 예오리는 기능이라면 사족을 못 쓴다. 엘사는 여러 기능이 함유된 단백질 바를 개발하는 사람이 없기만을 바랄 따름이다. 그런 게 개발되면 예오리는 머리가 터질지도 모른다. 엘사 입장에서는 그게 뭐 그리 끔찍한 일은 아니지만 엄마는 속상해할 테고 청소하기도 엄청나게 번거로울 거다. 예오리는 없어진 단백질 바를 못 봤느냐고 다시 한 번 물은 다음 주차장에 엘사를 내려준다. 엘사는 지겨워서 끙 소리를 내며 차에서 뛰어내린다.

다른 아이들이 멀찌감치 거리를 두고 엘사를 조심스럽게 지켜본다. 공원 앞에서 괴물이 가로막고 나섰다는 소문이 퍼졌기 때문인데 엘사도 알다시피 오래가지 않을 거다. 공원 앞이면 학교에서 너무 멀다. 엘사가 보호받아야 할 곳은 여기다. 학교 밖에서 벌어지는 일은 외계에서 벌어지는 일과 다를 바 없다. 두세 시간 정도는 한숨을 돌릴 수 있을지 몰라도 엘사를 노리는 아이들이 계속 선을 넘을락 말락 할 테고 용기가 생기면 엘사에게 달려들어서 전보다 더 세게 때릴 것이다.

그리고 엘사도 알다시피 괴물이 엘사를 위해 학교 근처로 접근하는 일은 절대 없을 거다. 학교는 아이들로 득시글거리고 아이들은 세균으로 득시글거려서 아이들을 상대한 뒤엔 온 세상의 알코젤을 총동원해도 모자랄 테니 말이다.

그럼에도 불구하고 엘사는 그날 아침의 자유를 마음껏 즐긴다. 크리스마스 방학 이틀 전이라 내일이 지나면 몇 주 동안 달리기를 쉴 수 있다. 못생겼다고 하거나 죽여버리겠다고 하는 사물함 속의 쪽지를 몇 주 동안 안 볼 수 있다.

1교시 쉬는 시간이 되자 엘사는 담을 따라서 걸어본다. 너무 느슨해지지 않도록 가끔 가방 끈을 조인다. 지금이야 아이들이 추격전을 벌이지 않겠지만 습관을 버리기란 어려운 일이다. 가방이 축 처지면 달리는 속도가 느려진다.

그러다 결국 혼자만의 상념 속으로 빠져든다. 그래서 그 녀석을 보지 못했을 수도 있다. 할머니와 미아마스를 생각하며 할머니가 무슨 계획으로 자기에게 보물찾기를 맡겼는지 고민하느라. 할머니에게 무슨 계획이 있기는 했을까. 할머니는 늘 되는대로 계획을 세우는 성격이었던 터라 할머니가 없으니 보물찾기의 다음 단계가 무엇일지 알아차리기가 쉽지 않다. 무엇보다도 자기 정체를 알아차리면 엘사가 자기를 싫어할 거라고 했던 할머니의 말이 무슨 뜻이었는지 궁금하다. 지금까지 엘사가 알아낸 거라곤 할머니에게 상당히 위험한 친구들이 있었다는 사실뿐인데 그 정도는 충격이라고 할 수도 없다.

"할머니가 되기 전에는 어떤 사람이었는지" 어쩌고 한 건 분명 엄마와 연관이 있을 텐데 엘사는 어쩔 수 없는 상황이 되기 전까지는 엄마에게 물어보지 않을 작정이다. 요즘은 엘사가 엄마한테 무슨 말만 하면 꼭 말다툼으로 끝나는 것 같다. 그래서 싫다. 옥신각신하지 않으면 아무것도 알아낼 수 없다는 게 싫다.

할머니 없이 외로움의 극치를 느끼는 것도 싫다.

분명 그래서 엘사는 알아차리지 못했을 거다. 그렇지 않고서야 2~3미터 앞까지 다가간 다음에야 워스를 알아보는, 그런 말도 안 되는 짓을 저질렀을 리 없다. 녀석은 정문 옆, 담벼락 바로 앞에 앉아 있다. 엘사는 놀라서 웃음을 터뜨린다. 워스도 속으로 덩달아 웃는 것 같다.

"오늘 아침에 너 찾으러 갔었는데." 쉬는 시간엔 학교 밖으로 나가면 안 되지만, 그래도 엘사는 이렇게 말하면서 길거리로 나간다. "귀신들한테 착하게 대해줬지?"

워스는 안 그런 눈치지만, 그래도 엘사는 녀석의 목을 끌어안고 빽빽하고 까만 털 속으로 손을 묻으며 소리를 지른다. "맞다! 너한테 줄 선물이 있어!" 워스는 게걸스럽게 엘사의 가방 속으로 코를 들이밀었다가 누가 봐도 실망한 표정을 지으며 다시 코를 꺼낸다.

"단백질 바야." 엘사는 미안해한다. "우리 집에는 달달이가 없어. 엄마가 못 먹게 하거든. 하지만 예오리가 그러는데 완전 맛있대!"

워스는 단백질 바를 전혀 좋아하지 않는다. 아홉 개만 먹고 끝이다. 엘사는 워스를 다시 한 번 뼈가 으스러져라 끌어안고 속삭인다. "와줘서 고마워!"

엘사는 운동장에 나와 있던 아이들이 보고 있다는 걸 안다. 선생님들은 아침 쉬는 시간에 느닷없이 등장한, 무지막지하게 크고 시커먼 워스를 못 본 척할 수 있을지 몰라도 이 세상에 그럴 수 있는 아이는 없다.

그날은 아무도 엘사의 사물함에 쪽지를 넣지 않는다.

12
민트

엘사는 할머니네 집 발코니에 혼자 서 있다. 두 사람은 거기에 종종 같이 서 있곤 했었다. 엄마와 아빠가 이혼한 직후에 할머니가 구름 동물들을 가리키며 처음으로 깨락말락나라 이야기를 꺼낸 곳도 거기였다. 엘사는 그날 밤에 처음으로 미아마스를 보았다. 엘사는 아무것도 보이지 않는 어둠을 응시하며 그 어느 때보다 간절하게 할머니를 그리워한다. 조금 전까지만 해도 엘사는 할머니의 침대에 누워서 천장에 붙은 사진들을 올려다보며, 병원에서 할머니가 자기를 미워하지 말라고 한 게 무슨 뜻이었을지 고민했다. 그리고 "할머니가 되면 할머니가 되기 전에는 어떤 사람이었는지 손주들에게 감출 수 있는 특권이 주어진다"고 했던 건 무슨 뜻이었을지 고민했다. 이 보물찾기의 목적은 무엇이며 다음 단서는 어떻게 찾아야 할지, 다음 단서가 있기는 할지, 엘사는 지금 몇 시간째 답을 찾고 있다.

워스는 지하실 창고에서 자고 있다. 이런 와중에 워스가 곁에 있어줘서 다행이다. 덕분에 외로움이 조금은 가신다.

엘사는 발코니 난간 너머를 내다본다. 컴컴한 지면 위에서 뭔가가 움직이는 게 느껴진다. 당연히 아무것도 보이지 않지만 엘사도 알다시피 괴물이 거기 있다. 할머니가 그런 식으로 이야기를 구성해놓았다. 괴물이 성을 지키도록. 엘사를 지키도록.

엘사는 괴물이 무엇으로부터 성과 엘사를 지키는 건지 설명해주지 않은 할머니에게 화가 날 따름이다.

저 멀리서 누군가의 목소리가 정적을 가른다.

"······알았어, 알았어. 파티에 필요한 술 전부 다 준비해놨어. 이제 막 집에 들어가는 길이라고!" 짜증 섞인 목소리가 점점 더 가까워진다.

까만 치마를 입고 다니는 여자가 하얀색 줄에 대고 하는 말이다. 무거운 비닐봉지를 네 개 들고 있는데 한 걸음 걸을 때마다 봉지끼리 부딪쳤다가 다시 여자의 정강이에 부딪친다. 여자는 욕을 하며 문 앞에서 열쇠를 뒤적인다.

"아, 적어도 스무 명은 될 거야. 우리 회사 직원들이 술이 얼마나 센지 알지? 그렇다고 도와주지도 않으면서······ 응, 그렇지? 맞아! 나도 풀타임으로 일하고 있는데!" 이 말을 끝으로 여자는 집에 들어간다.

엘사는 온몸에서 민트 냄새를 풍기고 빳빳하게 다림질이 된 옷을 입고 다니며 늘 스트레스에 시달려 보인다는 것 말고는 까만 치마를 입고 다니는 여자에 대해서 아는 게 별로 없다. 예전에 할머니는 "남자들 때문에 그런 거야"라고 했다. 엘사는 그게 무슨 뜻인지 모른다.

할머니네 집 부엌에서는 엄마가 높은 의자에 앉아서 할머니의 행주를 끊임없이 만지작거리며 통화를 하는 중이다. 엄마는 누가 됐건 상대방이 하는 말을 절대 귀담아 듣지 않는다. 아무도 감히 엄마의 의견에 어깃장을 놓지 않는다. 엄마가 언성을 높이거나 말허리를 자르는 건 아니다. 그냥 밉보이면 안 될 사람일 따름이다. 엄마는 계속 그런 사람이 되고 싶어 한다. 갈등이 생기면 효율성이 떨어지는데 효율성은 엄마에게 아주 중요한 항목이다. 예오리는 병원의 전반적인 효율성에 아무 차질이 없도록 엄마가 점심시간에 반쪽이를 낳을 거라고 가끔 농담을 한다. 엘사는 예오리의 그런 실없는 농담이 싫다. 엄마를 두고 농담을 해도 될 만큼 예오리가 엄마를 잘 안다고 생각하는 게 싫다.

두말하면 잔소리지만 할머니는 효율성을 헛소리라고 생각했고, 갈등의 부정적인 영향에 대해서는 아랑곳하지 않았다. 엄마네 병원에서 근무하는 의사가 할머니를 두고 '빈방에서도 싸움을 걸 수 있는 사람'이라고 한 걸 엘사가 듣고서 전해주자 할머니는 발끈하며 "싸움을 건 쪽이 빈방이면 어쩔 건데?"라고 했다. 그러고 나서 싫다고 말할 줄 알았던 소녀가 등장하는 이야기를 들려주었다. 엘사가 골백번도 더 들은 이야기인데 또 들려주었다.

'싫다고 말할 줄 알았던 소녀'는 엘사가 맨 처음으로 들은 깰락말락나라의 이야기 중 한 편이었다. 여섯 개 왕국 중 미아우다카스의 여왕에 얽힌 이야기였다. 처음에 여왕은 만인의 사랑을 받는 용감하고 정의로운 공주였는데 안타깝게도 어른들이 그렇듯 나이가 들면서 겁이 많아졌다. 그래서 어른들이 그렇듯 효율성을 사랑하고 갈등을 피하기 시작했다.

그러다 결국에는 미아우다카스 안의 모든 갈등을 금지시켜버렸다. 모두들 언제나 서로 사이좋게 지내야 했다. 거의 모든 갈등이 누군가가 내뱉은 '싫다'는 말에서 비롯되기에 여왕은 이 단어마저 법으로 금지시켰다. 누구든 이 법을 어기면 당장 거대한 '반대론자들의 감옥'으로 끌려갔고, '찬성론자'라고 불리는 검은 갑옷을 입은 수백 명의 병사들이 수시로 순찰하며 어디에서도 싸움이 벌어지지 않도록 단속했다. 하지만 여왕은 여기에 만족하지 않고 '싫다'뿐 아니라 '아니다' '아마' '어쩌면'까지 이내 추방했다. 이런 단어들을 쓴 사람은 당장 감옥에 갇혀서 평생 두 번 다시 빛을 볼 수 없었다.

몇 년이 지나자 '혹시'와 '만에 하나'와 '두고 보다'도 금지어가 되었다. 결국엔 어느 누구도 감히 입을 열 수 없는 지경에 이르렀다. 그러자 여왕은 말하는 것 자체를 금지시키는 편이 나을지 모르겠다는 생각을 하게 됐다. 거의 모든 갈등이 누군가가 내뱉은 말에서 시작되지 않는가. 그 뒤로 몇 년 동안 미아우다카스 왕국은 정적으로 뒤덮였다.

그러던 어느 날, 한 소녀가 노래를 부르며 말을 타고 등장했다. 모두들 소녀를 빤히 쳐다보았다. 누구는 어떤 노래를 좋아하지만 누구는 싫어할 수 있기 때문에 미아우다카스 왕국에서는 노래가 엄청난 중죄로 간주됐던 것이다. 찬성론자들이 당장 막으러 나섰지만 소녀가 워낙 달리기를 잘해서 잡을 수가 없었다. 그래서 찬성론자들은 여기저기 연락해 병력 증원을 요청했다. 그 소식을 듣고 여왕의 정예부대, 패러지래프 라이더스—기린과 규정집을 이종교배한 아주 특이한 동물을 타고 다녀서 생긴 별명이었다—가 출동했다. 하지만 패러지래프 라이더스도 검거에 실패하자 여왕이 직접 성 밖으로 달려나와서 소녀에게 노래를 멈추라고 고함을 질렀다.

그러자 소녀는 여왕 쪽으로 고개를 돌리더니 눈을 똑바로 쳐다보면서 "싫어요"라고 했다. 소녀가 그 말을 내뱉자마자 감옥을 에워싼 담벼락에서 벽돌이 한 장 떨어졌다. 소녀가 "싫어요"라고 한 번 더 말하자 벽돌이 또 한 장 떨어졌다. 이윽고 소녀뿐 아니라 왕국의 모든 사람이, 심지어 찬성론자와 패러지래프 라이더스들까지 "싫어요! 싫어요! 싫어요!" 하고 외치자 감옥이 무너졌다. 미아우다카스의 백성들은 갈등에 대한 두려움이 여왕의 권력을 유지시키는 원동력이라는 사실을 그제야 깨달았다.

적어도 엘사는 그게 이야기의 교훈이라고 생각한다. '교훈'이 뭔지 위키피디아에서 찾아본 데다 엘사가 맨 처음으로 배운 말이 '싫어'였기 때문에 그렇게 생각한다. 엘사의 '싫어' 때문에 엄마와 할머니가 수도 없이 옥신각신했지만.

물론 두 사람은 다른 많은 것을 두고도 옥신각신했다. 한번은 할머니가 엘사의 엄마에게 병원 경영자가 된 것도 사춘기 반항심의 표현이 아니냐고 한 적이 있었다. '경제 전문가가 되는 것'이 엘사의 엄마가 생각할 수 있는 최고의 반항이었다는 거다. 엘사는 그게 무슨 뜻인지 이해하지 못했다. 하지만 그날밤, 엘사가 잠든 줄 알고 엄마가 할머니에게 이렇게 반박하는 소리가 들렸다. "엄마가 내 사춘기 시절에 대해서 뭘 안다고 그래요? 옆에 있지도 않았으면서!" 엘사는 엄마가 눈물을 삼키면서 할머니에게 뭐라고 하는 걸 그 전에도, 그 후로도 본 적이 없었다. 그 소리에 할머니는 잠잠해졌고 엘사 앞에서 두 번 다시 사춘기 반항심을 운운하지 않았다.

통화를 끝낸 엄마가 행주를 손에 들고 뭘 잊어버린 사람처럼
부엌 한가운데에 선다. 엄마가 엘사를 쳐다본다. 엘사는 미심쩍
어하는 눈빛으로 마주 본다. 엄마는 서글픈 미소를 짓는다.

"할머니 유품을 상자에 정리하려는데 도와줄래?"

엘사는 고개를 끄덕인다. 돕고 싶지 않지만 그래도 고개를
끄덕인다. 의사도 그렇고 예오리도 쉬엄쉬엄 하라는데 엄마는
매일 밤마다 유품을 정리하겠다고 고집을 부린다. 엄마는 쉬엄
쉬엄 하는 것과 남의 충고를 듣는 것을 둘 다 잘 못한다.

"내일 오후에는 아빠가 데리러 갈 거야." 엄마가 엑셀로 만
든 정리 목록에서 몇 가지 항목을 체크하며 지나가는 말처럼
전한다.

"엄마가 야근할 거라서요?" 엘사는 아무렇지도 않은 척 묻
는다.

"그게 아니라…… 며칠 입원을 하게 됐어." 엄마는 엘사에게
거짓말하는 걸 좋아하지 않는다.

"그럼 예오리가 데리러 오면 되잖아요."

"예오리도 나랑 같이 병원에 갈 거야."

엘사는 엑셀 목록을 일부러 무시하고 아무 물건이나 마구잡
이로 상자에 넣는다.

"반쪽이가 아파요?"

엄마는 다시 미소를 지으려고 하지만 잘 되지 않는다.

"걱정 마."

"엄청 걱정할 만한 일이라는 뜻이네요." 엘사가 대꾸한다.

"복잡한 문제라서 그래." 엄마는 한숨을 쉰다.

"아무도 설명해주지 않으면 뭐든 다 복잡하죠."

"그냥 정기검진이야."

"아니요. 정기검진을 그렇게 많이 받는 임신부가 어디 있어요? 내가 그렇게 멍청한 줄 알아요?"

엄마는 관자놀이를 문지르며 고개를 돌린다.

"엘사, 부탁인데 이 문제로까지 엄마를 괴롭히지 말아줘."

"'이 문제로까지'라니 그게 무슨 뜻이에요? 내가 또 무슨 문제로 엄마를 괴롭혔는데요?" 엘사는 조금 있으면 여덟 살이 되는 아이가 살짝 속은 듯한 기분이 들 때 그러듯 나지막이 쏘아붙인다.

"소리 지르지 마." 엄마가 차분한 목소리로 말한다.

"소리 안 질렀어요!" 엘사가 소리를 지른다.

그러고 나서 두 사람은 한참 동안 바닥만 쳐다본다. 어떤 식으로 사과하면 좋을지 각자 궁리하는 거다. 둘 다 어떤 식으로 말문을 열면 좋을지 막막하다. 엘사는 이삿짐 상자의 뚜껑을 탁 닫고 쿵쿵거리며 할머니의 방으로 들어가서 문을 쾅 소리 나게 닫는다.

그 뒤로 30분 동안 집 안이 쥐 죽은 듯 고요해진다. 엘사는 그 정도로 화가 났다. 영원이 아니라 분 단위로 시간을 재기 시작할 정도로 머리끝까지 화가 났다. 엘사는 할머니의 침대에 누워서 천장에 붙은 흑백사진들을 물끄러미 쳐다본다. 늑대소년이 엘사에게 손을 흔들며 웃고 있는 듯하다. 저렇게 웃던 아이가 어쩌다 괴물처럼 어마어마하게 우울한 인물로 자랐는지 모르겠다는 생각이 든다.

초인종이 울리는가 싶더니 곧바로 다시 울린다. 정상적인 사람이 그렇게 연거푸 초인종을 누를 리 없다. 따라서 브릿마리일 수밖에 없다.

"나가요." 엄마가 깍듯하게 대답한다. 목소리를 들어보니 울고 있었던 모양이다.

누군가가 등에 열쇠를 꽂아서 몸 속에 장착된 태엽을 돌리기라도 한 것처럼 브릿마리가 이야기를 쏟아낸다.

"그 집 초인종을 눌렀는데! 아무도 대답이 없더라고!"

엄마는 한숨을 쉰다.

"네. 집에 아무도 없어요. 여기 와 있느라."

"어머니의 차가 주차장에 주차돼 있네! 그리고 그 사냥개가 계속 이 근처를 어슬렁거리고 있고!" 어찌나 속사포처럼 쏟아내는지, 여러 가지 문제점 중에서 뭐가 가장 신경 쓰이는지 순서를 정할 수 없는 모양이다.

엘사는 일어나서 앉지만 1분 가까이 지난 다음에야 브릿마리가 한 말을 이해한다. 그래서 벌떡 침대에서 내려오고도 있는 자제심 없는 자제심을 총동원해서 밖으로 달려 나가고 싶은 걸 꾹 참는다. 참견하기 좋아하는 늙은이에게 의심거리를 제공할 순 없기 때문이다.

브릿마리는 손깍지를 단단히 끼고 현관 앞에 서서 엄마에게 상냥하게 웃어 보이며 이 건물의 입주민 협의회에서는 미친개들이 돌아다니도록 내버려둘 수 없다고 재잘거린다.

"위생상 안 좋잖아! 위생상 안 좋고말고!"

"그 개는 아마 멀리 도망쳤을 거예요, 브릿마리. 나라면 걱정하지 않겠는데……."

브릿마리는 엄마를 돌아보며 상냥하게 웃어 보인다.

"그렇지, 그렇지. 너라면 걱정하지 않겠지, 울리카. 그렇겠지. 너는 다른 사람의 안전을 걱정하지 않는 사람이잖아? 자기 아이의 안전이 걸린 문제라고 해도 말이야. 이제 보니 유전이네. 아이들보다 일이 우선인 게. 그게 그 집안의 내력인가봐."

엄마의 얼굴에서 긴장이 완전히 풀린다. 팔도 긴장이 풀렸는지 밑으로 축 늘어진다. 엄마의 속마음을 드러내는 유일한 대목이 있다면 천천히, 아주 천천히 주먹을 쥐기 시작했다는 거다. 엘사는 엄마의 그런 모습을 지금까지 한 번도 본 적이 없다.

브릿마리도 변화를 알아차리고 배에 올려놓았던 손깍지의 위치를 바꾼다. 속으로 진땀을 흘리는지 미소가 뻣뻣하게 굳는다.

"그게 뭐가 잘못됐다는 건 아니야, 울리카. 그럼. 당연하지. 당연히 자기가 선택하기 나름 아니겠어?"

"또 하고 싶은 말 있어요?" 엄마가 천천히 묻는데 눈빛이 달라졌는지 브릿마리가 살짝, 아주 살짝 뒷걸음질을 친다.

"아니, 아니, 없어. 전혀 없어!"

브릿마리가 돌아서서 나가기 전에 엘사가 고개를 내민다.

"할머니의 차가 뭐 어쨌다고요?"

"주차장에 있다고." 브릿마리가 엄마의 시선을 피하며 퉁명스럽게 대답한다. "내 자리에 주차돼 있어. 당장 옮기지 않으면 경찰을 부를 거야!"

"그 차가 어쩌다 거기 주차됐대요?"

"그걸 내가 어떻게 아니?!" 그러더니 엘사는 다시금 용기를 내서 엄마를 돌아본다. "당장 차 옮겨, 울리카. 안 그러면 경찰을 부를 테니까!"

"열쇠가 어디 있는지 몰라요, 브릿마리. 그리고 괜찮으면 나 좀 앉을게요. 두통이 시작되려는 것 같아서요."

"커피를 줄이면 머리가 그렇게 자주 아플 일도 없을지 모르지, 울리카!" 브릿마리는 아무도 자기 말에 대꾸할 수 없도록 잽싸게 돌아서서 계단을 쿵쿵거리며 내려간다.

엄마는 평소보다 살짝 덜 침착하고 덜 차분하게 문을 닫고 부엌으로 향한다.

"아까 그게 무슨 소리예요?" 엘사가 묻는다.

"임신했는데 커피를 마시면 안 된다는 거야." 엄마가 대답한다. 엄마의 휴대전화가 울린다.

"그게 아니라요." 엘사는 엄마가 아무것도 모르는 척하는 게 싫다.

엄마는 부엌 조리대에 놓아둔 휴대전화를 집는다.

"이 전화 받아야 해."

"브릿마리가 '아이들보다 일이 우선인 게' 우리 집안의 내력이라고 한 거 말이에요. 할머니 얘기한 거죠, 그렇죠?"

전화벨이 계속 울린다.

"병원에서 온 거야. 받아야 해."

"싫어요, 받지 마요!"

둘이 아무 말 없이 마주 보고 서 있는 동안 전화벨이 두 번 더 울린다. 이번에는 엘사가 주먹을 쥘 차례다.

엄마의 손가락이 휴대전화 화면 위로 슬금슬금 움직인다.

"받아야 해, 엘사."

"싫어요, 받지 마요!"

엄마는 눈을 감고 전화를 받는다. 엄마가 통화를 시작할 무렵은 엘사가 이미 쾅 소리 나게 할머니 방 문을 닫은 뒤다.

30분이 지나 엄마가 조용히 문을 열었을 때 엘사는 자는 척한다. 엄마는 살금살금 다가와서 이불을 잘 덮어준다. 뺨에 입을 맞춘다. 스탠드를 끈다.

그로부터 한 시간 뒤 엘사가 깨보니 엄마가 거실 소파에서 자고 있다. 엘사는 살금살금 다가가서 엄마와 반쪽이에게 이불을 잘 덮어준다. 뺨에 입을 맞춘다. 스탠드를 끈다. 엄마는 지금까지 할머니의 행주를 쥐고 있다.

엘사는 현관 앞에 둔 상자에서 손전등을 하나 꺼내고 신발을 신는다.

할머니의 보물찾기에서 다음 단서를 어디서 찾으면 될지 이제 알았기 때문이다.

13
와인

뭐라고 설명하면 좋을지 모르겠지만, 할머니의 이야기엔 가
끔 그런 게 있다. 할머니의 이야기에서 가장 먼저 알고 넘어가
야 할 부분이 뭐냐 하면 깰락말락나라에서 바다천사보다 더 슬
픈 존재는 없다는 건데, 엘사는 그 사실을 떠올린 뒤에야 할머
니의 보물찾기를 이해한다.

할머니에게 엘사의 생일은 늘 엄청나게 중요한 날이었다.
왜냐하면 엘사의 생일은 크리스마스 이틀 뒤인데 크리스마스
는 모두에게 아주 중요한 날이라서 크리스마스 이틀 뒤가 생
일인 아이는 8월이나 4월에 태어난 아이만큼 주목을 못 받기
때문이었다. 그래서 할머니는 넘치게 보상하려는 경향을 보였

다. 할머니가 햄버거 가게 안에서 폭죽을 터뜨렸다가 '아이들을 재미있게 해주려고' 피에로로 분장한 열일곱 살짜리 아가씨에게 실수로 불을 지른 다음부터 엄마는 깜짝 파티를 금지했다. 엘사가 할머니의 변호를 하자면 그 아가씨는 정말 재미있었다. 덕분에 그날 엘사는 가장 강력한 욕을 몇 개 배울 수 있었다.

사실 미아마스에서는 생일에 선물을 받지 않는다. 선물을 준다. 자기가 가지고 있는 아주 좋아하는 물건을 그보다 더 좋아하는 사람에게 준다. 그래서 미아마스의 사람들은 남의 생일을 손꼽아 기다리고, "모든 걸 다 가진 사람에게 무슨 선물을 받으면 좋을까?"라는 말도 여기서 유래가 되었다. 앙팡들이 이 이야기를 현실 세계로 들고 왔을 때 누가 잘못 이해하는 바람에 "모든 걸 다 가진 사람에게 무슨 선물을 주면 좋을까?"로 바뀌어버렸다. 하지만 그들에게 뭘 기대할 수 있겠는가. 미아마스에서는 전혀 다르게 쓰이는 '통역'이라는 단어를 잘못 해석한 장본인도 그 멍청이들인데 말이다. 미아마스에서 '통역사'가 어떤 존재인지 이해하기 가장 쉽게 소개하자면 그들은 염소와 초콜릿 비스킷이 한데 뭉뚱그려진 존재다. 언어적으로 탁월하면서 숯불에 구워 먹기도 좋다. 적어도 엘사가 채식주의자가 되기 전까지는 그랬고, 엘사가 채식주의자가 된 이후부터는 할머니가 그들의 존재를 언급할 수 없게 되었다.

아무튼. 엘사는 거의 8년 전 크리스마스 다음다음 날, 과학자들의 기록에 따르면 그 마그네타가 방출한 감마선 수치가 최고였던 날에 태어났다. 그날 벌어진 또 다른 사건을 소개하자면 인도양에서 쓰나미가 발생했다는 것이다. 엘사는 쓰나미가 지진으로 생겨난 소름 끼칠 정도로 큰 파도라는 걸 안다. 그러니까 바다에서 생긴 지진으로 말이다. 쩨쩨하게 따지고 들자면 지진이 아니라 해진이라고 해야겠다. 엘사는 상당히 쩨쩨하게 따지고 드는 편이다.

엘사의 생명이 시작되었을 때 2만 명이 죽었다. 가끔 엄마는 엘사가 듣는 줄 모르고 예오리에게 아직까지 죄책감을 느낀다고 말한다. 생각해보면 그날이 살면서 가장 행복했던 날일 텐데 가슴 아픈 일이다.

엘사는 여섯 살이 될 날이 얼마 남지 않은 다섯 살 때 인터넷에서 그날의 참상을 처음 접했다. 여섯 번째 생일날, 할머니가 바다천사 이야기를 들려주었다. 괴물이라고 해서 전부 다 처음부터 괴물은 아니고, 괴물이라고 해서 전부 다 괴물처럼 생긴 건 아니라는 걸 가르쳐주기 위해서였다. 마성을 안에 감추고 있는 괴물도 있다.

그림자들이 끝없는 전쟁이 끝나기 직전에 저지른 일이 바로 전사들을 육성하는 미바탈로스를 쑥대밭으로 만드는 거였다. 하지만 다음 순간에 울프하트와 워스들이 등장하자 모든 게 달라졌고, 그림자들은 엄청난 기세로 여섯 개 왕국의 해안선을 휩쓸며 깰락말락나라에서 도주했다. 그들이 수면 위를 지나가자 어마어마한 파도가 일었고, 서로 부딪친 파도들이 하나둘씩 합쳐지자 만 가지 이야기의 영원만큼 높은 파도가 일었다. 그리고 그 파도는 그 누구도 그림자들을 추격할 수 없도록 방향을 돌려서 뭍을 향해 내달렸다.

그 파도에 깰락말락나라가 전부 다 파괴될 수 있었다. 그 파도가 뭍으로 들이닥치면 성과 집과 그 안에 살던 사람들이, 그림자 부대가 모든 영원 동안 공격한 것보다 훨씬 더 처참하게 무너질 수 있었다.

그때 백 명의 눈천사들이 남은 다섯 개 왕국을 살렸다. 남들은 파도를 피해서 달아날 때 눈천사들은 그 안으로 곧장 뛰어들었다. 그들은 가슴속에 품은 모든 서사시의 힘을 실어서 날개를 펼쳤고 그렇게 마법의 벽을 쌓아서 파도를 막았다. 아무리 그림자들이 만든 파도라도 이야기의 세상이 명맥을 유지할 수 있도록 죽을 결심을 한 백 명의 눈천사들을 쓰러뜨리진 못했다.

거대한 파도의 공격에서 살아 돌아온 눈천사는 딱 한 명이었다.

할머니는 눈천사들이 와인을 보면 콧방귀를 뀌고 추태나 부리는 오만한 족속이라고 입버릇처럼 말했지만 그들이 그날 보여준 영웅적인 면모를 깎아내린 적은 없었다. 끝없는 전쟁이 끝난 날이야말로 깰락말락나라에 사는 모든 이들에게 가장 기쁜 날이었지만 백 번째 눈천사에게만은 예외였다.

그날 이후로 백 번째 눈천사는 사랑했던 모든 걸 빼앗긴 곳을 떠나지 못하는 저주에 걸려서 해변을 떠돌았다. 그런 세월이 길어지자 바닷가 마을에 사는 사람들은 원래 정체를 잊고 그녀를 '바다천사'라고 부르기 시작했다. 그 천사는 시간이 지날수록 슬픔의 바닷속으로 점점 더 깊숙이 가라앉아서 결국엔 깨진 거울처럼 심장이 둘로 나뉘고 온몸이 둘로 나뉘었다. 천사를 훔쳐보려고 살금살금 바닷가로 다가간 마을 아이들은 눈이 부시게 아름다운 얼굴을 보고 일순 숨이 멎었다가도, 다음 순간 끔찍하게 일그러진 무언가가 사납게 노려보면 비명을 지르며 집으로 도망치곤 했다.

괴물이라고 해서 전부 다 처음부터 괴물이었던 건 아니다. 슬픔으로 탄생된 괴물도 있다.

깰락말락나라에서 가장 자주 입에 오르내리는 이야기에 따르면 바다천사의 저주를 풀고, 그녀를 붙잡고 있던 기억이라는 악령으로부터 바다천사를 해방시킨 사람은 미아마스 출신의 어린아이였다고 한다.

엘사는 여섯 번째 생일날 할머니에게 그 이야기를 처음으로 들었을 때 자기가 이제는 어린아이가 아니라는 사실을 깨달았다. 그래서 껴안고 자던 사자 인형을 할머니에게 선물했다. 엘사에게는 더 이상 필요가 없었기에 인형에게 자기 대신 할머니를 지켜달라고 하고 싶었던 거다. 그날 밤에 할머니는 엘사의 귀에 대고 만약 둘이 헤어지게 된다면, 할머니가 길을 잃는다면 사자를 엘사에게 보내서 자기가 어디 있는지 알려주겠노라고 속삭였다.

엘사는 며칠이 지난 다음에야 답을 알아냈다. 어떻게 된 영문인지 모르겠지만 르노가 느닷없이 주차장에 주차돼 있더라는 브릿마리의 말을 오늘 저녁에 들은 다음에야 할머니가 사자를 어디에 보초로 세워두었는지 기억해냈다.

르노의 조수석 서랍. 할머니가 담배를 넣어두던 곳. 할머니는 뭐든 잠그는 법이 없었으니 르노의 문도 열려 있다. 아직도 담배 냄새가 난다. 엘사는 몸에 나쁜 줄 알지만 할머니의 담배 냄새이기에 깊이 들이마신다.

"보고 싶었어." 엘사는 뒷좌석 커버에 대고 속삭인다.

그런 다음 조수석 서랍을 연다. 사자를 치우고 편지를 꺼낸다. 겉면에 이렇게 적혀 있다. "미아마스에서 가장 용감한 기사에게 전해줄 것." 그 아래에 할머니의 지독하기 그지없는 악필로 이름과 주소가 적혀 있다.

그날 밤에 엘사는 할머니의 집 앞 계단 꼭대기에 앉아서 천장 등이 저절로 꺼질 때까지 기다린다. 봉투에 적힌 할머니의 글씨를 손가락으로 계속 쓰다듬기만 할 뿐, 열어보지는 않는다. 편지를 그냥 가방에 넣은 뒤 차가운 바닥에 드러누워 눈을 감는다. 미아마스로 떠나보려고 다시 한 번 애를 써본다. 몇 시간 동안 그렇게 누워 있어도 소용이 없다. 공동 현관문이 열렸다가 다시 닫히는 소리가 들린다. 엘사는 밤기운이 창문을 감싸고 주정뱅이가 몇 계단 아래에서 뭐라고 떠들 때까지 눈을 감고 바닥에 드러누워 있다.

엘사가 주정뱅이더러 주정뱅이라고 하면 엄마는 마뜩잖아한다. "그럼 뭐라고 불러요?" 엘사가 물으면 엄마는 우물쭈물하며 조금 가식적인 목소리로 "글쎄…… 지친 사람?" 하고 의견을 내놓았다. 그러면 할머니가 끼어들었다. "지친 사람이라고? 아무렴 그렇겠지. 밤새도록 술을 마시면 지칠 수밖에!" 그러면 엄마가 "엄마!" 하고 소리를 질렀고, 그러면 할머니는 손을 내저으며 "아니 왜? 이번엔 내가 무슨 틀린 말을 했는데?"라고 했고, 그러면 곧 엘사가 헤드폰을 껴야 하는 시점이 찾아왔다.

"물 끄라니까! 밤에는 목욕 금지야!!!" 주정뱅이가 저 아래에서 구둣주걱으로 난간동자를 때리며 누구에게라고 할 것도 없이 더듬더듬 외친다.

주정뱅이는 늘 그런다. 그 구둣주걱으로 뭘 때리면서 고함과 비명을 지른다. 그러다 똑같은 노래를 부른다. 두말하면 잔소리지만 심지어 브릿마리조차 나와서 진정시키지 않는다. 이 건물 안에서 주정뱅이는 괴물과 같다. 다들 못 본 척하면 진짜로 사라질 거라고 생각한다.

엘사는 웅크리고 앉아서 난간 사이로 내려다본다. 키가 큰 풀을 베듯 구둣주걱을 휘두르며 휘청휘청 지나가는 주정뱅이의 양말 말고는 아무것도 보이지 않는다. 왜 그랬는지 모르겠지만 엘사는 일어나서 까치발로 계단을 한 칸 내려간다. 아마 단순한 호기심에서 그랬을 거다. 아니면 심심한 데다 미아마스로 떠날 수 없다는 좌절감까지 겹쳐 그랬을 거다.

주정뱅이네 집 현관문이 열려 있다. 위를 보고 있는 플로어 스탠드가 희미한 불빛을 드리운다. 모든 벽에 사진이 걸려 있다. 엘사는 그렇게 사진이 많은 곳은 처음 본다. 할머니의 천장에 붙어 있는 사진도 많다고 생각했는데 여긴 수천 장쯤 되는 것 같다. 각각 조그맣고 하얀 나무 액자에 담겨 있고 전부 다 십 대 소년들과 그들의 아버지인 게 분명한 남자의 사진이다. 한 사진에서 남자와 소년들은 반짝이는 초록 바다를 등지고 해변에 서 있다. 소년들은 잠수복을 입고 있다. 웃고 있다. 까무잡잡하게 탔다. 행복해 보인다.

액자 아래에 제대로 된 카드를 깜빡했을 때 주유소에서 사는 싸구려 축하 카드가 달려 있다. 앞면에 '어머니께. 아들들 올림'이라고 적혀 있다.

그 카드 옆에 거울이 달려 있다. 깨진 거울이다.

노기 어린 목소리가 갑자기 층계참을 쩌렁쩌렁 울리는 바람에 엘사는 균형을 잃고 네댓 칸을 미끄러져 내려가서 벽에 부딪친다.

"지금여기서뭐하는거야?"

엘사가 난간 사이로 내려다보니 정신 나간 여자가 엘사 쪽으로 구둣주걱을 휘두르는데 사나우면서도 겁에 질린 표정을 짓고 있다. 눈빛이 흔들린다. 까만 치마가 이제는 쭈글쭈글하다. 주정뱅이가 풍기는 와인 냄새가 저 밑에서부터 엘사에게까지 전해진다. 머리에는 새 두 마리가 그 안에서 싸우다 뒤엉킨 것처럼 까치집을 짓고 있다. 눈 아래에는 자주색 주머니가 달렸다.

여자는 휘청한다. 아마도 고함을 지르려고 했을 텐데 쌕쌕거리는 소리가 나온다.

"밤에 목욕하면 안 돼. 물…… 물을 꺼. 전부 다 빠져 죽을 거야……."

여자가 애용하는 하얀색 선이 귀에 꽂혀 있지만 반대쪽 끝은 어디에도 연결되어 있지 않고 엉덩이 근처에서 대롱거린다. 엘사는 어쩌면 통화 상대가 애초부터 없었을지 모른다는 사실을 깨닫는데, 조금 있으면 여덟 살이 되는 아이로서는 이해하기 쉽지 않은 상황이다. 할머니는 수많은 것들에 얽힌 수많은 이야기를 들려주었지만, 자기 혼자 마시려고 그 많은 와인을 산 게 아닌 것처럼 보이려고 계단을 올라가며 통화하는 척하는 까만 치마를 입고 다니는 여자들에 대해서는 아무 이야기도 들려준 적이 없었다.

여자는 당황스러워한다. 거기가 어딘지 갑자기 잊어버린 듯한 얼굴이다. 여자가 사라지고 다음 순간, 엄마가 계단에서 엘사를 가만히 끌어당기는 게 느껴진다. 엘사의 목에 엄마의 따뜻한 숨결이 닿고, 노루 앞에 서 있는데 너무 가까이 다가가기라도 한 것처럼 엄마가 엘사의 귀에 대고 "쉬이이잇"이라고 한다.

엘사가 입을 벌리지만 엄마가 엘사의 입술 위에 손가락을 얹는다.

"쉬이이잇." 엄마는 속삭이며 엘사를 꼭 끌어안는다.

엘사는 어둠 속에서 엄마의 품에 몸을 묻고, 두 사람은 바람에 찢긴 깃발처럼 정처 없이 나부끼는 까만 치마를 바라본다. 여자네 집 앞 바닥에서 비닐봉지들이 이리저리 나뒹군다. 와인통 하나가 쓰러져서 몇 방울 남은 붉은 액체가 쪽매널 바닥에 뚝뚝 떨어지고 있다. 엄마가 가만히 엘사의 손을 쓰다듬는다. 두 사람은 조용히 일어나서 계단을 다시 올라간다.

그날 밤에 엄마는 엘사가 태어난 날, 엘사네 엄마 아빠를 제외한 모든 사람이 무슨 이야기를 하고 있었는지 들려준다. 만

킬로미터 멀리 있는 해안까지 덮치며 그 길의 모든 걸 무너뜨린 파도. 아버지를 구하러 물속으로 뛰어들었다가 돌아오지 못한 두 아들.

엘사는 주정뱅이가 어쩌다 노래를 부르기 시작했는지 듣는다. 괴물이라고 해서 전부 다 괴물처럼 생긴 건 아니다. 마성을 안에 감추고 있는 괴물도 있다.

14

타이어

엘사가 태어난 날, 수많은 사람들의 가슴이 찢어졌다. 깨진 유리 조각을 전 세계 각지로 흩뿌릴 만큼 기세가 어마어마했던 파도로 산산조각이 났다. 있음직하지 않은 천재지변은 사람들의 가슴속에 있음직하지 않은 것들을 만들어낸다. 있음직하지 않은 슬픔, 있음직하지 않은 의협심을 만들어낸다. 인간의 감각으로 이해할 수 있는 수준을 넘어선 인명 피해. 어머니를 안전한 곳으로 모시고 아버지를 구하러 다시 돌아간 두 아들. 그 누구도 혼자 남겨두고 떠나지 않는 게 가족이다. 하지만 결국 두 아들은 어쩔 수 없었다. 어머니를 혼자 남겨두고 떠나는 수밖에 없었다.

엘사의 할머니는 생활 리듬이 남들과 달랐다. 생활 방식도 달랐다. 현실 세계 속에서 할머니는 기능적인 모든 면에서 엉망진창이었다. 하지만 현실 세계가 무너지고 모든 게 엉망진창으로 변할 때 엘사의 할머니 같은 사람들만 제 기능을 다하는 경우도 있다. 그게 할머니의 또 다른 초능력이었다. 할머니가 어디 먼 곳으로 갔다 하면 거기가 남들은 전부 다 도망치려고 하는 곳이라는 것만큼은 확실히 장담할 수 있었다. 누군가가 왜 그러느냐고 물으면 할머니는 이렇게 대답했다. "내가 이래 봬도 의사유. 의사가 된 뒤로 누구의 생명을 구할지 내 마음대로 선택하는 호사를 스스로 허락한 적이 없어요."

할머니는 효율성이나 경제성에 열광하지 않았지만 혼란이 벌어지면 모두들 할머니의 의견에 귀를 기울였다. 다른 의사들은 멀쩡한 날엔 죽어라고 할머니를 멀리하다가도 세상이 와르르 무너지면 군대처럼 할머니의 지휘를 따랐다. 있음직하지 않은 비극은 있음직하지 않은 슈퍼 히어로를 낳기 때문이다.

늦은 밤 미아마스로 가는 길에 한번은, 세상이 무너질 때 그 세상의 어딘가에 있으면 어떤 기분이 드느냐고 할머니에게 물어본 적이 있었다. 끝없는 전쟁 중에 파도가 아흔아홉 명의 눈천사를 덮치는 광경을 보았을 때 깰락말락나라의 사람들은 어떤 심정이었을지 물어본 적이 있었다. 할머니는 이렇게 대답했다. "네가 생각할 수 있는 한도 내에서 가장 끔찍한 짓을, 네가 상상할 수 있는 한도 내에서 가장 못된 악마가 저지르는데, 거기다 네가 상상할 수도 없는 숫자를 곱한 거랑 비슷하다고 보면 돼." 엘사는 그날 밤에 너무 무서워서 할머니에게 어느 날 갑자기 세상이 무너지면 어떻게 해야 하느냐고 물었다.

그러자 할머니는 엘사의 집게손가락을 꽉 쥐며 말했다. "그럼 남들처럼 하면 되지. 할 수 있는 건 뭐든 하면 돼." 엘사는 할머니의 무릎으로 기어 올라가서 물었다. "하지만 우리가 뭘 할 수 있을까요?" 할머니는 엘사의 머리칼에 입을 맞추고 세게, 아주 세게 끌어안으며 속삭였다. "최대한 많은 아이들을 태우고 최대한 빨리 달리는 거야."

"난 달리기 잘해요." 엘사가 속삭였다.

"나도." 할머니도 속삭였다.

엘사가 태어나던 날에 할머니는 곁에 없었다. 머나먼 전쟁터에 있었다. 몇 달 동안 거기 있다가 비행기를 타고 돌아오는 중이었다. 할머니는 집으로 돌아오던 중 집보다 더 멀리 떨어진 곳에서 쓰나미가 발생해 모두들 대피하느라 난리가 났다는 소식을 들었다. 그래서 할머니는 그곳으로 갔다. 할머니의 도움이 필요했기 때문이다. 할머니는 많은 아이를 구조했지만 까만 치마를 입고 다니는 여자의 두 아들은 살리지 못했다. 그래서 그 대신 까만 치마를 입고 다니는 여자를 집으로 데려왔다.

"그게 할머니의 마지막 여행이었어." 엄마가 말한다. "그 후에 집으로 돌아오셨지."

엘사와 엄마는 기아에 앉아 있다. 아침이고 차가 막힌다. 베갯잇만 한 눈송이가 앞 유리창에 떨어지고 있다.

엘사는 엄마에게 그렇게 긴 이야기를 마지막으로 들은 게 언제였는지 기억조차 나지 않는다. 엄마는 평소에는 이야기를 거의 하지 않는데, 이번에 하는 이야기는 하도 길어서 어젯밤에 말하던 도중 엄마가 잠드는 바람에 채 하지 못한 이야기를 오늘에야 등교하는 차 안에서 마무리 짓고 있다.

"왜 그게 마지막 여행이 됐어요?" 엘사가 묻는다.

엄마는 애수와 환희가 한데 뒤섞인 미소를 짓는다. 이 세상에서 엄마만이 완벽하게 지을 수 있는 표정이다.

"새 일거리가 생겼거든."

그러고 나서 엄마는 뜻밖의 기억이 떠오른 듯한 표정을 짓는다. 금이 간 꽃병에서 그 기억이 막 떨어져 나온 듯한 표정이다.

"네가 예정일보다 일찍 태어났거든. 병원에서 네 심장이 걱정된다고 해서 몇 주 동안 너랑 같이 병실에 있었어. 우리가 퇴원한 날 할머니도 그 여자를 데리고 집으로 돌아왔지……."

엘사는 '그 여자'가 까만 치마를 입고 다니는 여자라는 걸 알아차린다. 엄마가 기아의 운전대를 세게 움켜쥔다.

"나는 그 여자한테 별로 말을 걸어본 적이 없어. 우리 아파트에 사는 어느 누구도 꼬치꼬치 캐묻지 않았고 그냥 할머니한테 맡겼어. 그러고는……."

엄마는 한숨을 쉰다. 눈빛에는 후회가 가득하다.

"……한 해, 두 해가 흘렀지. 우리는 바쁘게 지냈고 그 여자는 그냥 한 아파트에 사는 사람이 되어버렸어. 솔직히 말해서 그 여자가 어쩌다 우리 아파트로 이사를 오게 됐는지도 잊어버리고 있었지 뭐니. 너랑 둘이 같은 날에 들어왔는데……."

엄마는 엘사를 돌아본다. 미소를 지어보려 하지만 잘 되지 않는다.

"그걸 잊어버렸다고 하면 형편없는 인간이 되는 건가?"

엘사는 고개를 젓는다. 순간 괴물과 워스에 대해서 이야기하려다 참는다. 엄마가 그들의 존재를 알고 나면 두 번 다시 못 만나게 할까봐 걱정됐기 때문이다. 엄마들은 아이와 괴물과 워스 간의 교류에 대해서라면 이상한 원칙을 수도 없이 들이댈 수 있다. 모두가 괴물과 워스를 무서워하기 때문에, 그 주정뱅이처럼 그들도 보이는 게 전부가 아니라는 사실을 알아차리려면 오랜 시간이 걸릴 거다.

"할머니는 얼마나 자주 여행을 떠났어요?" 대신 엘사는 이렇게 묻는다.

엄마 차와 앞차 간의 간격이 벌어지자 뒤에서 달리던 은색 차가 경적을 울린다. 엄마가 브레이크에서 발을 떼자 기아가 천천히 앞으로 움직인다.

"어디에서 얼마나 오랫동안 할머니를 필요로 하느냐에 따라 달랐지."

"할머니가 엄마더러 자기한테 복수하려고 경제 전문가가 된 거 아니냐고 했을 때 엄마가 한 말이 그 뜻이에요?"

뒤차가 다시 경적을 울린다.

"무슨 말이니?"

엘사는 차 문에 달린 고무 패킹을 만지작거린다.

"엄마가 하는 얘기 들었어요. 엄청 오래전 일이에요. 할머니가 엄마더러 사춘기의 반항심 때문에 경제 전문가가 된 거 아니냐고 했을 때 엄마가 그랬잖아요. '엄마가 어떻게 알아요? 옆에 있지도 않았으면서!' 그 말이 그 뜻 아니었어요?"

"화가 나서 그랬던 거야, 엘사. 화가 나면 가끔 말을 가려 하기가 어려울 때도 있거든."

"엄마는 안 그러잖아요. 이성을 잃은 적이 없잖아요."

엄마는 다시 미소를 지으려고 한다.

"할머니를 상대하다보면 그러기가…… 많이 힘들었지."

"엄마가 몇 살 때 할아버지가 돌아가셨어요?"

"열두 살 때."

"그리고 할머니는 엄마를 두고 떠났고요?"

"할머니는 할머니가 필요한 곳으로 가신 거야."

"하지만 엄마한테도 할머니가 필요하지 않았어요?"

"나보다 더 필요한 사람들이 있었으니까."

"그래서 둘이 계속 옥신각신했던 거예요?"

엄마는 깊은 한숨을 쉰다. 원래 의도했던 것보다 너무 깊숙이 들어갔다는 걸 방금 깨달은 부모만 쉴 수 있는 한숨이다.

"맞아. 가끔은 아마 그것 때문에 옥신각신했을 거야. 하지만 다른 이유도 있었어. 네 할머니랑 나는 많이…… 달랐잖니."

"아니에요. 여러 가지 면에서 달랐을 뿐이죠."

"그랬을 수도 있고."

"또 어떤 문제로 옥신각신했는데요?"

뒤차가 다시 경적을 울린다. 엄마는 눈을 감고 숨을 참는다. 엄마가 마침내 핸드 브레이크를 놓자 차가 앞으로 움직인다. 그제야 엄마는 한 단어를 내뱉는데 그 단어가 꼭 입을 억지로 헤집고 나온 것 같다.

"너. 항상 네 문제로 옥신각신했지."

"왜요?"

"누군가를 너무 사랑하면 그 사람을 남과 공유하기가 힘들거든."

"진 그레이처럼 말이죠." 엘사는 누가 봐도 빤한 사실 아니냐는 듯 이렇게 말한다.

"누구?"

"〈엑스맨〉에 나오는 슈퍼 히어로요. 울버린이랑 사이클롭스가 둘 다 사랑해요. 그래서 그 여자를 놓고 계속 싸우는데 얼마나 한심한지 몰라요."

"나는 엑스맨들이 슈퍼 히어로가 아니라 돌연변이인 줄 알았는데. 지난번에 네가 그러지 않았니?"

"복잡해요." 사실 고품격 문학작품을 충분히 읽은 사람에겐 복잡한 문제도 아니지만, 엘사는 그렇게 대답한다.

"그럼 그 진 그레이라는 여자는 어떤 초능력을 가지고 있지?"

"텔레파시요."

"멋진 초능력이네."

"말도 안 되게 멋진 초능력이죠." 엘사는 동의하는 뜻에서 고개를 끄덕인다.

그러면서 진 그레이가 염력도 할 줄 안다는 건 얘기하지 않기로 마음먹는다. 엄마의 머릿속이 필요 이상으로 복잡해질 수 있기 때문이다. 이러니저러니 해도 엄마는 임신부 아닌가.

그래서 엘사는 차 문의 고무 패킹을 잡아당겨 틈새를 들여다본다. 엘사는 어마어마하게 피곤하다. 조금 있으면 여덟 살이 되는 아이가 화가 나서 밤새 잠을 설쳤을 때 피곤할 수 있을 만큼 피곤하다. 할머니가 항상 다른 데서 남을 도왔기 때문에 엘사의 엄마에게는 엄마가 없었다. 엘사는 할머니가 그런 사람이었을 줄 꿈에도 몰랐다.

"나한테 화났어요? 할머니가 나하고만 붙어 있고 엄마하고는 같이 있어주지 않아서?" 엘사는 조심스럽게 묻는다.

엄마가 고개를 어찌나 격렬하고 빠르게 젓는지 엘사는 엄마가 뭐라고 대답할지 몰라도 그 대답은 거짓말일 것임을 단박에 알아차린다.

"아니야, 아가. 절대. 절대!"

엘사는 고개를 끄덕이고 고무 패킹 틈새를 다시 들여다본다.

"나는 할머니한테 화났어요. 사실대로 얘기해주지 않아서."

"누구나 비밀이 있는 거란다."

"나한테 화났어요? 할머니하고 나만의 비밀이 있어서?" 엘사는 엄마가 알아듣지 못하게 둘이서 수시로 썼던 암호를 떠올린다. 깰락말락나라를 생각하며 할머니가 거기에 엄마도 데려간 적이 있을까 궁금해진다.

"화난 적은 없어······." 엄마는 속삭이더니 좌석 너머로 손을 뻗으며 다시 나지막한 목소리로 말한다. "질투는 났지만."

뜻밖에 물벼락이 들이닥치듯 죄책감이 엘사를 강타한다.

"할머니가 하신 말씀이 그런 뜻이었군요." 엘사가 말한다.

"뭐라고 하셨는데?" 엄마가 묻는다.

엘사는 콧방귀를 뀐다.

"내가 태어나기 전에 할머니가 어떤 사람이었는지 알고 나면 자길 미워할 거랬어요. 할머니가 한 얘기가 그런 뜻이었네요. 할머니가 자기 아이를 버리고 간 형편없는 엄마였다는 걸 내가 알고 나면—"

엄마가 눈물이 그렁그렁 맺힌 눈으로 돌아보자 눈물에 비친 엘사의 얼굴이 보인다.

"네 할머니는 엄마를 두고 떠나지 않았어. 할머니를 미워하면 안 돼."

엘사가 아무 대꾸도 하지 않자 엄마는 엘사의 뺨에 손을 얹고 속삭인다. "딸들은 엄마한테 화를 내기 마련이야. 하지만 너한테는 좋은 할머니였잖니. 상상할 수 있는 한도 내에서 가장 환상적인 할머니였잖아."

엘사는 반항하듯 고무 패킹을 잡아당긴다.

"하지만 엄마 혼자 버려두고 떠났잖아요. 할머니가 떠나 있는 동안 엄마 혼자 지낸 거 아니에요?"

"어렸을 때는 네 할아버지가 계셨지."

"그랬겠죠. 돌아가시기 전까지는!"

"네 할아버지가 돌아가신 뒤에는 이웃 사람들이 있었고."

"어떤 이웃 사람들이요?" 엘사는 궁금해진다.

뒤차가 경적을 울린다. 엄마는 사과하는 뜻에서 뒤 유리창을 향해 손을 들고, 기아는 앞으로 움직인다.

"브릿마리." 엄마가 마침내 밝힌다.

엘사는 문에 달린 고무 패킹을 만지작거리다 말고 멈춘다.

"브릿마리 아줌마라니 그게 무슨 소리예요?"

"브릿마리가 나를 돌봐주었다고."

엘사가 얼굴을 찡그리자 눈썹이 브이자 모양이 된다.

"그런데 지금은 왜 그렇게 끔찍한 인간이 됐어요?"

"그런 소리 하지 마, 엘사."

"하지만 맞잖아요!"

엄마는 코로 한숨을 내쉰다.

"예전에도 그랬던 건 아니야. 브릿마리는 그냥…… 외로워서 그런 거야."

"켄트 아저씨가 있잖아요!"

엄마는 감은 것처럼 보일 정도로 천천히 눈을 깜빡인다.

"외로움에는 수많은 종류가 있단다."

엘사는 다시 차 문의 고무 패킹을 만지작거리기 시작한다.

"그래도 바보 천치예요."

"사람이 너무 오랫동안 외롭게 지내다보면 바보 천치가 될 수도 있지." 엄마는 고개를 주억인다.

뒤차가 다시 경적을 울린다.

"그래서 집에 있는 옛날 사진첩에 할머니 사진이 없는 거예요?" 엘사가 묻는다.

"뭐라고?"

"내가 태어나기 전에 할머니를 찍은 사진이 한 장도 없잖아요. 나는 어렸을 때 할머니가 흡혈귀라서 그런 줄 알았어요. 흡혈귀는 사진을 찍어도 나오지 않고 아무리 담배를 많이 피워도 목이 아프지 않잖아요. 하지만 할머니는 흡혈귀가 아니었죠?
그냥 집에 없었을 뿐이지."

"그 얘길 하자면 복잡해."

"맞아요, 설명을 듣기 전엔 모든 문제가 복잡하죠! 하지만
내가 그 부분에 대해서 물으면 할머니는 늘 화제를 돌렸어요.
아빠한테 물으면 아빠는 '어…… 어…… 뭐 먹고 싶니? 아이스
크림? 아이스크림 사줄까?' 이랬고요!"

엄마는 갑자기 깔깔대고 웃는다. 엘사가 아빠를 우스꽝스럽
게 흉내 냈기 때문이다.

"너희 아빠가 갈등을 좋아하지는 않지." 엄마는 킥킥거린다.

"할머니가 흡혈귀였어요, 아니었어요?"

"너희 할머니는 전 세계를 돌아다니면서 아이들을 살렸어.
할머니는……."

엄마는 적당한 단어를 찾는 눈치다. 그러다 적당한 단어가
떠오르자 엄마는 얼굴을 환히 밝히며 웃는다.

"슈퍼 히어로! 너희 할머니는 슈퍼 히어로였지!"

엘사는 고무 패킹 틈새로 창밖을 뚫어져라 본다.

"슈퍼 히어로는 자기 아이를 두고 떠나지 않아요."

엄마는 아무 말도 하지 않는다.

"슈퍼 히어로는 누구나 희생을 해야 하잖아." 결국 엄마는
애써 변명한다.

하지만 엄마도 그렇고 엘사도 진심에서 우러난 말이 아니라는 걸 안다.

뒤차가 다시 경적을 울린다. 엄마가 뒤 유리창을 향해 손을 들고 기아가 앞으로 몇 미터 움직인다. 문득 깨닫고 보니 엘사는 엄마가 고함이라도 질렀으면 좋겠다고 생각하며 거기에 앉아 있다. 아니면 울어도 좋다. 아니면 뭐든 좋다. 엄마가 아무 감정이라도 느끼는 걸 볼 수만 있다면 좋겠다.

차가 막히는 상황에서 고작 5미터 더 가겠다고 왜 그렇게 안달하는지 이해할 수가 없다. 엘사는 백미러로 뒤차를 모는 남자를 쳐다본다. 아무래도 엄마 때문에 차가 막힌다고 생각하는 눈치다. 엘사는 엄마가 자기를 임신했을 때 그랬던 것처럼 차에서 내려 그 남자에게 작작 좀 하라고 소리를 질러주길 온 마음으로 염원한다.

그 이야기는 아빠에게 들은 거다. 아빠는 이야기를 잘 하지 않는데 한여름의 어느 날 저녁에 셋이서 파티에 간 적이 있다. 그 시절에 엄마는 날이 갈수록 점점 더 슬픈 얼굴로 점점 더 일찍 잠자리에 들었고, 아빠는 밤마다 부엌에서 엄마의 컴퓨터 바탕화면에 뜬 아이콘을 다시 정리하며 울었다. 그때 파티에서 아빠는 맥주를 세 병 마시고는 그 이야기를 들려주었다. 엄마가 만삭이었을 때 차에서 내리더니 은색 차를 운전하는 남자에게 다가가 "경적을 한 번만 더 울리면 지금 당장 당신 차의 우라질 보닛 위에다 아이를 낳아버리겠다"고 했다는 거다. 그 이야기를 듣고 모두 웃었다. 물론 아빠는 예외였다. 아빠는 웃는 걸 그다지 좋아하지 않는다. 하지만 엘사가 보기엔 아빠도 그 사건을 재미있게 생각하는 눈치였다. 그 한여름 밤에 아빠는 엄마와 춤을 추었다. 둘이 같이 춤추는 모습을 본 건 엘사에겐 그때가 마지막이었다. 혼자 보기 아까울 정도로 몸치인 아빠는 방금 전에 자리에서 일어났는데 발이 저려서 감각이 마비됐다는 걸 알아차린 덩치 큰 곰처럼 보였다. 엘사는 그때가 그립다.

차에서 내려 은색 차를 모는 남자에게 고함을 질렀던 그 사람도 그립다.

은색 차를 모는 남자가 뒤에서 다시 경적을 울린다. 엘사는 바닥에 두었던 가방을 집어서 가장 묵직한 책을 꺼낸 다음 차 문을 열고 차도로 뛰어내린다. 엄마가 다시 타라고 소리를 지르지만 엘사는 돌아보지 않고 은색 차로 달려가서 책으로 있는 힘껏 보닛을 내려친다. 보닛이 움푹 꺼진다. 엘사의 손이 부들부들 떨린다.

은색 차를 모는 남자는 믿기지 않는다는 표정으로 엘사를 빤히 쳐다본다.

"작작 좀 해라, 이 머저리야!"

남자는 아무 대꾸가 없다. 엘사는 책으로 보닛을 세 번 더 내려치고는 살기등등하게 손가락질한다.

"우리 엄마 임신 중인 거 몰라?"

처음에 남자는 문을 열려는 것 같더니 생각을 고쳐먹고 책으로 보닛을 내려치는 엘사를 놀란 눈으로 쳐다보기만 한다.

찰칵 하고 문이 잠기는 소리가 들린다.

"한 번만 더 빵빵거리면 우리 엄마가 나와서 이 빌어먹을 보닛 위에다 반쪽이를 낳을 줄 알아!"

엘사는 은색 차와 기아 사이에 서서 머리가 아플 정도로 숨을 몰아쉰다. 엄마가 부르는 소리가 들리자 엘사는 발걸음을 옮긴다. 정말이다. 이게 다 계획적으로 저지른 일은 아니었다. 그런데 누군가 엘사의 어깨에 손을 얹더니 이렇게 묻는다.

"도움이 필요하니?"

고개를 돌려보니 경찰이 내려다보고 있다.

"우리가 도와줄까?" 그가 다정하게 묻는다.

아주 젊어 보인다. 여름방학 인턴으로 경찰 일을 하는 게 아닌가 싶을 정도다. 지금은 비록 겨울이긴 하지만.

"계속 우리한테 빵빵거리잖아요!" 엘사는 변명조로 외친다.

여름방학 인턴 경찰이 은색 차에 앉아 있는 남자를 쳐다본다. 남자는 시선을 피하며 엄청 바쁜 척한다. 엘사는 기아를 돌아본다. 그런 얘기까지 할 생각은 없었는데 말이 제멋대로 튀어나온다.

"동생이 태어나려고 해서 안 그래도 힘든데―"

"엄마가 진통 중이라고?" 경찰은 누가 봐도 긴장한 표정이다.

"아니, 그게 아니라……."

하지만 이미 엎질러진 물이다.

경찰이 기아로 달려간다. 끙끙거리며 차에서 내린 엄마가 배에 손을 얹고 그들 쪽으로 걸어오고 있다.

"운전할 수 있으시겠어요? 아니면……." 경찰이 어찌나 우렁차게 고함을 지르는지 엘사는 짜증을 내며 손가락으로 귀를 틀어막고 시위하듯 기아 차 반대편으로 움직인다.

엄마는 살짝 당황한 표정이다.

"네? 아니면 뭐요? 당연히 운전할 수 있죠. 아니면 뭐요? 뭐가 잘못되기라도―"

"제가 앞장서겠습니다!" 경찰은 말을 끝까지 듣지도 않고는 엄마를 다시 기아에 밀어넣고 경찰차로 달려간다.

엄마는 털썩 주저앉는다. 그러고는 엘사를 쳐다본다. 엘사는 엄마의 시선을 피하느라 조수석 서랍을 뒤진다.

경찰차가 사이렌을 울리며 쌩하니 앞장선다. 인턴 경찰이 따라오라고 미친 듯이 손을 흔든다.

"엄마더러 따라오라는 것 같은데요." 엘사는 계속 시선을 피하며 중얼거린다.

"어떻게 된 거야?" 엄마는 어슬렁어슬렁 조심스럽게 경찰차를 따라가며 속삭인다.

"우리를 병원까지 데려다주려나봐요. 엄마가, 그러니까, 조만간 아이를 낳으려는 줄 알고."

"왜 엄마가 조만간 아이를 낳는다고 했어?"

"안 그랬어요! 그런데 아무도 내 말을 들어주지 않잖아요!"

"그래! 이제 엄마가 어떻게 하면 되겠니?" 엄마는 살짝 자제가 안 되는 말투로 나지막이 쏘아붙인다.

"지금까지 한참 동안 앞장서서 달려줬는데 이제 와서 엄마가 사실은 진통이 온 게 아니라고 하면 경찰 아저씨가 엄청 화낼 것 같아요."

"아, 그래? 그렇게 생각하니?" 엄마는 버럭 고함을 지른다. 교육적이지도 않고 딱히 자제심이 돋보이지도 않는다.

엘사는 지금 빈정거리는 건지 비꼬는 건지 따져 묻지 않기로 한다.

응급실 출입문 앞에 도착하자 엄마는 차에서 내려서 인턴 경찰에게 모든 걸 실토하려고 한다. 하지만 경찰이 엄마를 다시 앉히며 도와줄 사람을 데려오겠다고 고함을 지른다. 엄마는 당황해서 어쩔 줄 몰라 한다. 여긴 엄마의 병원이다. 엄마가 보스인 곳이다.

"직원들한테 설명할 생각을 하니까 끔찍하다." 엄마는 중얼거리며 절망감이 느껴지는지 이마를 운전대 위에 댄다.

"연습이었다고 하면 어때요?" 엘사가 의견을 내놓는다.

엄마는 대꾸가 없다. 엘사는 다시 헛기침을 한다.

"할머니라면 이 상황을 재미있어했을 텐데."

엄마는 희미하게 미소를 지으며 고개를 돌려서 운전대에 귀를 댄다. 두 사람은 한참 동안 서로를 바라본다.

"우라지게 재미있다고 생각했겠지." 엄마가 고개를 끄덕인다.

"욕 쓰지 마세요." 엘사가 말한다.

"넌 계속 쓰잖아!"

"난 엄마가 아니잖아요!"

엄마는 다시 미소를 짓는다.

"투셰이."

엘사는 조수석 서랍을 몇 번 열었다 닫는다. 병원 정면을 올려다본다. 할머니가 마지막으로 미아마스로 떠난 날, 엘사는 저 창문 안쪽 어느 병실에서 할머니와 한 침대에서 잤다. 그게 천년 전 일처럼 느껴진다. 엘사가 어느 누구의 도움 없이 혼자 미아마스로 떠나본 지 천년은 된 것처럼 느껴진다.

"새 일거리가 뭐였는데요?" 엘사는 새 일거리가 뭐였을지 생각하기 귀찮아서 엄마에게 묻는다.

"뭐가?" 엄마는 큰 소리로 되묻는다.

"쓰나미 현장으로 떠난 게 할머니의 마지막 여행이었다고 했잖아요. 그 뒤로 새 일거리가 생겼다고. 그게 뭐였느냐고요."

엄마는 손끝으로 엘사를 쓰다듬으며 나지막이 대답한다.

"할머니가 된 거. 할머니라는 일거리가 생겼지. 그래서 두 번 다시 떠나지 않았어."

엘사는 천천히 고개를 끄덕인다. 엄마는 엘사의 팔을 어루만진다. 엘사는 조수석 서랍을 열었다가 닫는다. 그러다 뭔가 생각난 것처럼 고개를 드는데, 사실은 화제를 돌리고 싶어서 그런 거다. 지금은 할머니 때문에 얼마나 화가 나는지 생각하고 싶지 않아서 그런 거다.

"엄마랑 아빠는 사랑이 식어서 이혼한 거예요?" 엘사는 속사포로 묻는다. 그런 걸 묻다니 자기 자신도 놀랄 지경이다.

엄마는 의자에 등을 기댄다. 손가락으로 머리카락을 쓸어 넘기며 고개를 젓는다.

"그건 왜 묻니?"

엘사는 어깨를 으쓱한다.

"경찰 아저씨가 엄마의 부하 직원들을 데리고 와서 완전 당황스러운 사태가 벌어질 때까지 기다리는 동안 무슨 얘기라도 해야잖아요⋯⋯."

엄마는 다시 부루퉁해진다. 엘사는 고무 패킹을 만지작거린다. 아직은 이 사태를 두고 농담할 때가 아니라는 사실을 깨달은 것이다.

"사랑으로 충만하면 결혼하고 사랑이 식으면 이혼하는 거 아니에요?" 엘사는 나지막이 묻는다.

"학교에서 배운 거야?"

"내가 만든 이론인데요."

엄마가 예고도 없이 깔깔대고 웃는다. 엘사는 씩 웃는다.

"할아버지랑 할머니도 사랑이 식었어요?" 엄마의 웃음이 그치자 엘사가 묻는다.

엄마는 눈을 가볍게 두드린다.

"두 분은 정식으로 결혼한 적이 없어."

"왜요?"

"네 할머니가 워낙 특이하잖아. 같이 살기 힘든 타입이었지."

"그게 무슨 소리예요?"

엄마는 눈을 비빈다.

"설명하려면 복잡해. 하지만 그 당시에는 너희 할머니 같은 여자가 흔하지 않았을 거야. 그러니까…… 할머니 같은 사람 자체가 흔하지 않았을 거라고. 예를 들어 그 당시에는 여의사가 흔치 않았거든. 외과의사면 말 다 했고. 학계도 지금하고 상당히 달랐을 테고…… 그러니까……."

엄마는 말끝을 흐린다. 엘사는 본론을 얘기하라는 뜻에서 눈썹을 올린다.

"할머니가 그 시대에 여자가 아니라 남자로 태어났다면 바

219

람둥이라고 불렸을 거야."

엘사는 한참 동안 아무 말도 하지 않는다. 그러다 진지하게 고개를 끄덕인다.

"남자친구가 많았어요?"

"응." 엄마가 조심스럽게 대답한다.

"우리 학교에도 남자친구 많은 애가 있는데." 엘사가 말한다.

"아, 너희 학교의 그 여학생이 그렇다는 뜻은 아니고—" 엄마는 했던 말을 열심히 취소하려고 한다.

"남학생이에요." 엘사가 바로잡는다.

엄마는 당황한다.

엘사는 어깨를 으쓱한다. "설명하자면 복잡해요."

사실 복잡할 건 없다. 하지만 엄마는 그 말을 듣고 훨씬 덜 당황하는 눈치다.

"너희 할아버지는 할머니를 정말 사랑하셨어. 하지만 두 분이…… 커플이었던 적은 없었어. 무슨 말인지 알지?"

"알아요." 엘사는 이렇게 대답한다. 엘사에게는 인터넷이 있기 때문이다.

그런 다음 손을 뻗어서 엄마의 집게손가락을 꼭 쥔다.

"할머니가 형편없는 엄마였다니 속상해요, 엄마!"

"그래도 환상적인 할머니였잖아, 엘사. 네가 할머니에게 주어진 두 번째 기회였지." 엄마는 엘사의 머리카락을 쓰다듬으며 말을 잇는다. "너희 할머니가 엉망진창인 곳에서 뛰어난 능력을 발휘했던 건 할머니 자체가 엉망진창이어서였을 거야. 대참사가 벌어졌을 때는 늘 놀라운 모습을 보였지. 평범한 일상생활에서만 어떤 식으로 대처하면 좋을지 모르셨던 거야. 그리고…… 그러니까…… 할머니의 옛날 사진이 없는 이유는 집에 자주 안 계셨기 때문이야. 그리고 내가 다 찢어버렸기 때문이기도 하고."

"왜 그랬어요?"

"사춘기였거든. 화도 났고. 그 둘은 한 세트야. 집은 항상 엉망진창이었지. 공과금은 안 냈고, 음식은 냉장고에서 썩어갔고, 가끔 먹을 게 아예 없을 때도 있었고…… 맙소사. 설명하기가 어렵다. 그냥 화가 나서 그랬어."

엘사는 팔짱을 끼고 의자에 등을 기대고서 차창 밖을 노려본다.

"돌보기 싫으면 아이를 낳지 말아야 하는 거 아니에요?"

엄마는 손을 뻗어 손끝으로 엘사의 어깨를 건드린다.

"나를 낳았을 때 네 할머니는 나이가 많았어. 아니, 내가 너를 낳았을 때랑 같은 나이에 나를 낳으셨지. 하지만 할머니 시대에는 그 나이를 많다고 봤거든. 그리고 할머니는 아이를 못 낳을 줄 아셨고. 검사를 받아보셨었대."

엘사는 턱으로 쇄골을 누른다.

"그럼 실수로 엄마를 낳은 거예요?"

"우연히 낳은 거지."

"그럼 나도 우연히 낳은 아이겠네요."

엄마는 입술을 앙다문다.

"누구도 네 아빠랑 내가 너를 원했던 것보다 뭔가를 더 간절하게 원할 순 없을 거야, 아가. 너는 이 세상에서 우연하고 가장 거리가 먼 아이야."

엘사는 기아의 천장을 올려다보며 흐릿해진 눈을 깜빡인다.

"그래서 엄마의 초능력은 정리 정돈이 된 거예요? 할머니처럼 되고 싶지 않아서?"

엄마는 어깨를 으쓱한다. "내 손으로 직접 해결해나가는 법을 스스로 터득했을 뿐이야. 너희 할머니를 믿지 않았으니까. 할머니가 여기서 살기 시작하면서 사태는 더 악화됐어. 멀리 떨어져 있어서 화가 났었는데 집에 계시니까 더 화가 나더라."

"나도 화가 나요…… 할머니는 아프지 않다고 거짓말을 했고 아무도 나한테 사실대로 얘기해주지 않았다는 걸 이젠 아는데 그래도 할머니가 보고 싶어서 그것 때문에 화가 나요!"

엄마는 눈을 꼭 감고 엘사의 이마에 자기 이마를 댄다.

엘사의 턱이 부들부들 떨린다.

"할머니가 돌아가셔서 화가 나요. 돌아가셔서 내 눈앞에서 사라져서 화가 나요." 엘사가 속삭인다.

"나도." 엄마도 속삭인다.

그때 인턴 경찰이 응급실 문 밖으로 뛰쳐나온다. 간호사 두 명이 들것을 들고 뒤따라서 달려온다.

엘사는 엄마 쪽으로 몇 센티미터 몸을 돌린다. 엄마도 엘사 쪽으로 몇 센티미터 몸을 돌린다.

"할머니라면 지금 어떻게 했을까?" 엄마가 차분하게 묻는다.

"잽싸게 도망쳤을 거예요." 엄마의 이마에 이마를 댄 상태 그대로 엘사가 대답한다.

인턴 경찰과 들것을 든 간호사들이 몇 미터 앞으로 들이닥 쳤을 때 엄마는 천천히 고개를 끄덕이곤 기어를 넣는다. 눈 위 에서 헛도는 타이어로 도로를 달려 쌩하니 달아난다. 엘사가 지금까지 본 중에서 가장 무책임한 행동이다.

오늘의 이 일 하나만으로도 엘사는 엄마를 영원히 사랑할 것이다.

15
대팻밥

    심지어 할머니의 기준으로 판단하더라도 깰락말락나라에 사는 모든 희한한 군생을 통틀어서 가장 희한한 존재는 리그레터다. 그들은 떼를 지어서 미아마스 왕국 바로 앞을 여기저기 돌아다니며 풀을 뜯어 먹고 사는 야생동물인데, 전후 상황을 감안했을 때 무슨 수로 목숨을 연명하는지 아무도 알 길이 없다. 언뜻 보면 리그레터는 백마를 닮았지만 그보다 훨씬 불안정하며 선천적으로 극심한 결정 장애를 앓고 있다. 그래서 실질적으로 어떤 문제가 빚어지냐면, 군집성 동물인 리그레터 무리 중 하나가 한쪽 방향으로 가다가 생각을 바꾸면 십중팔구 다른 리그레터와 부딪칠 수밖에 없다. 그래서 리그레터들은 이마에 길게 솟은 혹을 달고 다니는데, 이 때문에 미아마스에서 생겨나 현실 세계로 건너온 다양한 이야기에 리그레터가 등장하면 사람들은 유니콘이라 착각한다. 하지만 미아마스의 이야기꾼들은 비용을 절감한답시고 유니콘의 역할을 리그레터에게 맡기면 안 된다는 걸 고생 끝에 깨달았다. 그랬다가는 이야기가 산으로 가기 십상이라서다. 게다가 런치 뷔페에서 리그레터 바로 뒤에 줄을 섰다가 기분 잡치지 않을 사람은 아무도, 정말 아무도 없다.

"그러니까 결정 내린 걸 괜히 바꿀 필요가 없다는 거지. 그래봐야 골치만 아프니까!" 할머니는 자기 이마를 때리면서 이렇게 얘기하곤 했다. 엘사는 학교 앞에 선 기아에 앉아서 엄마를 쳐다보며 할머니의 그 말을 떠올린다.

할머니는 엄마를 두고 떠났던 시간들을 후회한 적이 없을까 궁금해진다. 할머니의 머릿속은 혹으로 가득했을지 궁금해진다. 그랬으면 좋겠다는 생각이 든다.

엄마는 관자놀이를 문지르며 이를 악문 채로 계속 욕을 하고 있다. 엘사를 학교에 내려주면 곧바로 병원으로 출근해야 하는데 그런 식으로 병원에서 쌩하니 도망치고 말았으니 후회하고 있는 거다. 엘사는 엄마의 어깨를 토닥인다.

"임신부 건망증 때문이라고 하면 안 될까요?"

그 말을 들은 엄마는 포기한 듯 눈을 감는다. 엄마는 최근 들어서 임신부 건망증이 더욱 심해졌다. 오늘 아침에는 심지어 엘사의 그리핀도르 목도리를 찾아주시 못했다. 게다가 계속 휴대전화를 엉뚱한 데 놓는다. 냉장고, 쓰레기통, 빨래 바구니, 한번은 예오리의 조깅화 속에 넣어둔 적도 있다. 오늘 아침에도 엘사는 엄마에게 세 번이나 전화를 걸어야 했는데 토스터기와 조우한 이래로 엘사의 휴대전화 액정이 흐릿해졌기 때문에 그리 간단치만은 않은 일이었다. 하지만 결국에는 찾았고 엄마의 휴대전화는 엘사의 가방 안에서 울리고 있었다. 그리핀도르 목도리도 그 안에 있었다.

"그것 봐!" 엄마는 억지를 부렸다. "네 엄마가 못 찾아야 진짜 없어진 거라니까?" 하지만 엘사가 눈을 부라리자 엄마는 부끄러워하며 중얼거렸다. "임신부 건망증 때문이야."

엄마는 지금도 부끄러워하는 표정이다. 그리고 잔뜩 후회하는 표정이기도 하다.

"내가 경찰의 호위를 받으면서 응급실까지 갔다고 하면 위에서 더 이상 나한테 병원 운영을 맡기지 않을 것 같아."

엘사는 손을 뻗어서 엄마의 뺨을 토닥인다.

"괜찮아질 거예요, 엄마. 좋아질 거예요."

엘사는 그 말을 내뱉자마자 할머니가 예전에 했던 말임을 깨닫는다. 엄마는 반쪽이 위에 손을 얹고는 화제를 바꾸려고 자신 있는 척 고개를 끄덕인다.

"오늘 오후에는 아빠가 데리러 올 거니까 깜빡하지 마. 그리고 월요일에는 예오리가 학교까지 태워다줄 거야. 내가 그날 회의가 있어서—"

엘사는 짜증을 참으며 엄마의 머리를 긁어준다.

"나 월요일에 학교 안 가요, 엄마. 크리스마스 방학이잖아요."

엄마는 엘사의 손 위에 손을 얹더니 딸의 기운을 빨아들이려는 듯 두 손이 맞닿은 부분에 입을 대고 깊게 숨을 들이쉰다. 엄마들이 너무 빨리 자라는 딸들에게 하듯이 그렇게.

"미안. 내가…… 깜빡했네."

"괜찮아요." 엘사가 말한다.

사실 백 퍼센트 괜찮지는 않다.

두 사람은 뼈가 으스러져라 끌어안은 뒤 조금 있다가 엘사가 차에서 내린다. 엘사는 기아가 사라질 때까지 기다렸다가 가방에서 엄마의 휴대전화를 꺼내고 주소록에서 아빠의 이름을 찾아 문자메시지를 보낸다. '오늘 오후에 엘사 데리러 가지 않아도 되겠어. 내가 처리할 수 있게 됐거든!' 엘사는 엄마, 아빠가 자기를 두고 이런 식으로 대화한다는 걸 안다. 엘사는 '처리'하거나 '정리'해야 하는 대상이다. 마치 빨래처럼. 엄마 아빠에게 악의가 없다는 건 알지만, 이보세요! 이탈리아 마피아 영화를 본 적 있는 일곱 살짜리 중에 가족들 손에 '정리'되고 싶은 아이가 어디 있을까요?

엘사의 손 안에서 엄마의 휴대전화가 진동한다. 화면에 아빠의 이름이 떠 있다. 그리고 그 아래에 '알겠어'라고 적혀 있다. 엘사는 아빠의 문자를 지운다. 그리고 보낸 메시지 함으로 들어가서 아빠에게 보낸 문자 기록도 지운다. 그런 다음 인도에 서서 스물부터 거꾸로 센다. 일곱까지 셌을 때 기아가 끼이익 소리를 내며 주차장으로 들어서고 엄마가 살짝 숨을 헐떡이며 차창을 내린다. 엘사는 엄마에게 휴대전화를 건넨다. 엄마는 "임신부 건망증이야"라고 중얼거린다. 엘사는 엄마의 뺨에 입을 맞춘다.

엄마는 자기 목을 더듬으며 스카프를 봤느냐고 엘사에게 묻는다.

"엄마 외투 오른쪽 주머니에 있어요." 엘사가 대답한다.

엄마는 스카프를 꺼낸다. 그런 다음 엘사의 머리를 잡고 바짝 끌어당겨서 이마에 있는 힘껏 입을 맞춘다. 엘사는 눈을 감는다.

"엄마 딸이 못 찾아야 진짜 없어진 거예요." 엘사는 엄마의 귀에 대고 속삭인다.

"넌 아주 환상적인 누나 아니면 언니가 될 거야." 엄마는 이렇게 속삭인다.

엘사는 아무 대꾸도 하지 않는다. 그냥 그 자리에 서서 멀어져가는 기아를 향해 손만 흔든다. 누나 아니면 언니가 되고 싶지 않은 마음을 엄마에게 들키고 싶지 않아서 아무 대꾸도 할 수 없었다. 엄마와 예오리가 자기보다 반쪽이를 더 사랑할 거라는 이유 하나만으로 반쪽짜리 동생을 미워하는 끔찍한 인간이라는 걸 아무에게도 들키고 싶지 않다. 두 사람에게 버림받을까봐 겁이 난다는 걸 아무에게도 들키고 싶지 않다.

엘사는 돌아서서 운동장을 바라본다. 자기를 본 사람은 아직 아무도 없다. 엘사는 르노에서 찾은 편지를 가방에서 꺼낸다. 모르는 주소가 적혀 있는데 할머니는 언제나 길을 가르쳐주는 데에는 젬병이었다. 뭐가 어디 있는지 설명할 때 지금은 사라진 지형지물을 자주 들먹였기 때문에 이 주소가 실제로 있는 주소인지도 장담할 수 없다. "작은 앵무새들을 키우는 바보들이 사는 집 바로 옆, 그러니까 예전에 고무 공장이었나 뭐였나였던 오래된 테니스 클럽을 지나서" 이런 식으로 횡설수설했고, 사람들이 무슨 소리인지 못 알아들으면 좌절감에 담배두 대를 연거푸 피웠는데 꼭 첫 번째 담배로 두 번째 담배에 불을 붙였다. 그때 누군가 실내에서는 금연이라고 말하면 할머니의 분노가 폭발해서 더 이상 제대로 된 설명을 기대할 수 없었다. 욕으로 쓰이는 가운뎃손가락 말고 할머니에게서 기대할 만한 건 아무것도 없었다.

사실 엘사는 편지를 갈기갈기 찢어서 바람에 날려버리고 싶은 심정이었다. 간밤엔 그럴 작정이었다. 그 정도로 할머니에게 화가 났다. 하지만 엄마에게 자초지종을 듣고 많은 상처를 품은 엄마의 눈빛을 보고 난 뒤에 그러지 않기로 생각을 바꿨다. 엘사는 그 편지뿐 아니라 할머니가 남긴 모든 편지를 배달할 작정이다. 할머니의 계획대로 거대한 모험이자 엄청난 이야기가 될 것이다. 하지만 할머니를 위해서 생각을 바꾼 건 아니다.

먼저 컴퓨터가 필요하다.

엘사는 다시 운동장을 바라본다. 종이 울리고 모두들 교실로 향하는 바로 그 순간, 엘사는 담벼락을 지나 버스 정거장으로 달린다. 다음 정거장에서 내려 가게의 아이스크림 코너로 직행한 뒤 집으로 돌아가서 아무도 몰래 지하 창고로 내려가 워스의 털에 얼굴을 묻는다. 이제 거기는 엘사가 세상에서 가장 좋아하는 곳이 되었다.

"봉지 안에 아이스크림 있어." 엘사는 한참 만에 고개를 들고 얘기한다.

워스는 관심을 보이며 코를 그쪽으로 돌린다.

"내가 좋아하는 벤&제리의 뉴욕슈퍼퍼지청크야." 엘사는 길게 설명한다.

설명을 마치기도 전에 워스는 이미 아이스크림을 반도 넘게 먹어 치웠다. 엘사는 녀석의 귀를 어루만진다.

"컴퓨터 쓸 일이 있어서 온 거야. 여기 가만히 있어…… 알았지…… 안 보이게 조심하고!"

녀석은 아주 작은 워스처럼 굴라는 소리를 들은 아주 커다란 워스 같은 눈빛으로 엘사를 쳐다본다.

엘사는 훨씬 괜찮은 은신처를 알아봐주겠다고 약속한다. 조만간 그러겠다고 약속한다.

그런 다음 계단을 달려 올라간다. 브릿마리가 어딘가에 숨어 있지 않은지 조심스럽게 살피고는 어디에도 없다는 걸 알아차리자마자 괴물네 집 초인종을 누른다. 괴물은 문을 열지 않는다. 다시 초인종을 누른다. 온 사방이 잠잠하다. 엘사는 끙 소리를 내며 우편물 투입구 뚜껑을 열고 안을 들여다본다. 불이 전부 다 꺼져 있지만 그렇다고 단념할 엘사가 아니다.

"안에 있는 거 알아요!" 큰 소리로 외친다.

아무 대꾸가 없다. 엘사는 심호흡을 한다.

"문 열어주지 않으면 안에다 대고 재채기할 거예요! 내가 지금 왕감기에—"엘사가 협박조로 운을 뗀 순간, 테이블 위로 올라간 고양이를 내려오게 하려는 것처럼 쉭쉭거리는 소리가 등 뒤에서 들린다.

엘사는 홱 하니 고개를 돌린다. 괴물이 어두컴컴한 계단에서 걸어나온다. 이렇게 덩치 큰 사람이 어쩌면 그렇게 만날 잘 숨어 있는지 이해가 안 될 따름이다. 그는 마디 주변이 빨개질 정도로 세게 양손을 비비고 있다.

"재채기하지 마, 재채기하지 마."괴물은 초조한 목소리로 애원한다.

"아저씨 컴퓨터 좀 쓸게요. 집에는 예오리가 있을 테고 내 휴대전화로는 인터넷 검색이 안 돼요. 할머니가 환타랑 토스터기로 사고를 저지른 이후로 액정이 맛이 가서⋯⋯."

괴물의 머리를 덮은 후드가 천천히 좌우로 움직인다.

"컴퓨터 없어."

"주소만 확인하게 좀 빌려줘요!" 엘사는 할머니의 편지를 허공에 대고 흔들며 징징거린다.

괴물은 다시 고개를 젓는다.

"알았어요. 그럼 아이패드로 접속할 테니까 와이파이 비밀번호만 알려줘요!" 엘사는 멈추면 눈알이 튀어나올 것처럼 눈을 부라리다 가까스로 말한다. "아이패드에서 3G가 안 되거든요. 아빠가 사준 건데 엄마는 내가 그렇게 비싼 물건을 들고 다니는 걸 못마땅하게 생각하고 애플을 싫어해서 일종의 타협을 하느라! 설명하자면 복잡해요, 알았죠? 와이파이만 좀 쓸게요! 아, 진짜!"

"컴퓨터 없어." 괴물은 똑같은 말을 반복한다.

"컴퓨터가⋯⋯ 없다고요?" 엘사는 믿기지 않는다는 듯 반문한다.

괴물은 고개를 끄덕인다.

"컴퓨터가 없단 말이에요?"

후드가 위아래로 움직인다. 엘사는 괴물이 자기를 속이려는 건지 아니면 실성한 건지 아니면 둘 다인지 모르겠다는 듯이 빤히 쳐다본다.

"어떻게 컴퓨터가 없을 수 있어요?"

괴물이 재킷 한쪽 주머니에서 밀봉된 조그만 비닐봉지를 꺼내는데 안에 소형 알코젤이 들어 있다. 괴물은 조심스럽게 알코젤을 짜서 손바닥과 손등에 비빈다.

"컴퓨터가 필요 없으니까." 괴물이 웅얼거린다.

엘사는 짜증 섞인 심호흡을 하며 계단 주변을 둘러본다. 예오리가 집에 있을지 모르는데 집에 갔다가 마주치면 왜 학교에 안 갔냐고 물을 거다. 마우드와 레나르트네 집에 갈 수도 없다. 둘 다 너무 착해서 엄마가 엘사를 봤느냐고 물으면 사실대로 실토할 거다. 무슨 증후군을 앓는 아이와 아이 엄마는 낮에 집에 없다. 그리고 브릿마리는 절대 안 될 말씀이다.

그래서 남은 선택권이 많지 않다. 엘사는 진정하며 미아마스의 전사는 아무리 어려워도 보물찾기를 절대 두려워하지 않는 법이라고 애써 마음을 다잡는다. 그런 다음 계단을 올라간다.

초인종을 일곱 번 눌렀을 때 알프가 문을 열어준다. 알프네 집에서는 대팻밥 냄새가 난다. 알프는 실내복이라고 하기엔 뭣한 옷을 입었고, 벗어져가는 머리는 허리케인이 휩쓸고 지나간 자리에서 비틀거리는 건물의 잔해 같다. '유벤투스'라고 적힌 큼지막한 하얀 컵을 들고 있는데 그 컵에선 할머니가 늘 마셨던 진한 키피 향이 난다. "알프가 커피를 끓이면 오전 내내 서서 운전을 해야 해." 할머니는 이렇게 얘기하곤 했는데, 엘사는 그게 무슨 소리인지 이해하지 못했다.

"왜?" 알프가 툴툴거린다.

"여기가 어딘지 아세요?" 엘사는 할머니의 글씨가 적힌 봉투를 내밀며 묻는다.

"빌어먹을 주소나 묻겠다고 자는 나를 깨운 거냐?" 알프는 어느 모로 보나 퉁명스러운 말투로 묻고 커피를 크게 한 모금 마신다.

"지금까지 자고 있었어요?"

알프는 커피를 또 한 모금 마시고 손목시계를 턱으로 가리킨다.

"야간 근무를 하니까. 지금이 나한테는 밤이다. 내가 한밤중에 너희 집에 찾아가서 아무거나 막 물어보면 좋겠냐?"

엘사는 컵을 쳐다보곤 알프를 쳐다본다.

"자고 있었다면서 왜 커피를 마셔요?"

알프는 컵을 쳐다보곤 엘사를 쳐다본다. 제대로 허를 찔린 표정이다. 엘사는 어깨를 으쓱한다.

"여기가 어딘지 알아요, 몰라요?" 그렇게 물으며 엘사는 봉투를 가리킨다.

알프는 아주 호들갑스럽고 거만한 말투로 그 질문을 속으로 따라 하는 듯한 표정을 짓는다. 그러고는 커피를 한 모금 더 마신다.

"내 택시 운전 경력이 30년이 넘는다."

"그런데요?" 엘사가 묻는다.

"그러니까 거기가 어딘지 당연히 알지. 예전에 급수소가 있던 곳 근처다." 알프는 이렇게 대답하고 잔을 비운다.

"뭐가 있던 곳 근처요?"

알프는 체념한 눈치다.

"젊은것들은 역사를 몰라서 큰일이야. 이전하기 전에 고무 공장이 있었던 데 말이다. 벽돌 공장하고."

엘사의 표정을 보건대 알프가 어디를 말하는지 전혀 모를 가능성이 커 보인다.

알프는 벗어져가는 머리를 긁적이며 집 안으로 사라진다. 그러더니 가득 채운 커피 잔과 지도를 들고 다시 등장한다. 커피 잔을 쾅 소리 나게 현관 앞 선반에 내려놓고 두툼한 반지를 볼펜 삼아서 지도에 표시한다.

"아, 거기이이! 쇼핑센터가 있는 데잖아요. 진작 그렇게 알려주시지!"

알프는 뭔지 모를 말을 중얼거리고는 엘사의 면전에서 문을 닫는다.

"지도는 저 가질게요!" 엘사는 알프네 집 우편물 투입구에 대고 명랑하게 외친다.

알프는 아무 대꾸도 하지 않는다.

"혹시나 궁금해하실까봐 그러는데, 크리스마스 방학이거든
요! 그래서 학교 안 간 거예요!"

그 말에도 알프는 아무 대꾸를 하지 않는다.

엘사가 창고로 들어가보니 워스가 필라테스 동작을 아주 심
각하게 잘못 이해한 사람처럼 두 다리를 편하게 허공으로 뻗고
옆으로 누워 있다. 괴물은 바깥쪽 복도에 서서 양손을 비비고
있다. 불편한 기색이 역력하다.

엘사는 괴물에게 편지를 들어 보인다.

"같이 갈래요?"

괴물은 고개를 끄덕인다. 후드가 스르르 벗겨지면서 큼지막
한 흉터가 형광등 불빛을 받아 잠깐 번뜩인다. 괴물은 어디 가
느냐고 묻지도 않는다. 이러니 괴물에 대한 애정이 샘솟지 않
을 수가 없다.

엘사는 괴물과 워스를 차례대로 쳐다본다. 허락도 없이 학교
를 빼먹고 돌아다니면 엄마가 화를 내겠지만, 엘사가 왜 그렇
게 자기 걱정을 하느냐고 물으면 엄마는 항상 이렇게 대답한
다. "너한테 무슨 일이 생길까봐 우라지게 불안하니까 그렇지."
그런데 괴물과 워스를 데리고 다니면 과연 무슨 일이 생길 수

있을까? 전후 상황을 감안해본 결과 엘사는 별일 없을 거라고
결론을 내린다.

창고에서 나오자 워스가 괴물을 핥으려고 한다. 괴물은 기겁
하며 펄쩍 뛰고 손을 홱 거둬 다른 창고 문 앞에 기대 있는 빗
자루를 잡는다. 워스는 장난삼아 골탕 먹이려는 듯이 혀를 짓
궂게 내밀고 길게 앞뒤로 흔든다.

"하지 마!" 엘사가 말한다.

괴물은 빗자루를 창처럼 앞으로 뻗어 솔로 워스의 코를 밀
어 밀치려고 한다.

"하지 말라니까!" 엘사가 양쪽 모두에게 쏘아붙인다.

워스는 빗자루를 물어뜯어서 조각을 낸다.

"하지 말랬—" 엘사가 마지막 "지"를 아직 외치지도 못했을
때 괴물이 빗자루와 워스를 지하실 저쪽으로 있는 힘껏 던지자
그 육중한 짐승이 몇 미터 멀리 떨어진 벽에 세게 부딪친다.

워스는 한번에 몸을 동그랗게 말았다 펴면서 바닥에 닿기도
전부터 위협적으로 뛰어오르고 있다. 입을 벌려서 부엌칼만 한
크기의 이빨을 드러낸다. 괴물은 넓은 가슴과 핏줄이 불뚝거리
는 주먹으로 맞상대할 준비를 한다.

"그만하라고!" 엘사가 외치며 격분한 둘 사이로 아담한 몸을
날린다. 창처럼 뾰족한 발톱, 그리고 머리통을 뽑아버리기에
충분할 큰 주먹 사이에서 엘사는 무방비 그 자체지만 절대 물

러서지 않는다. 신체적인 약점이 어마어마한데도 조금 있으면 여덟 살이 되는 아이 특유의 무심함으로 무장한 채.

워스는 점프하다 말고 엘사의 옆으로 부드럽게 착지한다. 괴물은 뒤로 몇 걸음 물러난다. 긴장했던 근육이 서서히 풀리고 참았던 숨이 뱉어져 나온다. 워스와 괴물은 둘 다 엘사의 시선을 외면한다.

"둘 다 나를 보호해야 하는 거잖아." 엘사는 언성을 낮추고 울음을 참으려고 하지만 잘 되지 않는다. "나는 친구라곤 사귀어본 적이 없는데, 기껏 둘을 찾아냈더니 둘이서 서로 죽이려 들면 어떡해!"

워스는 코를 내린다. 괴물은 양손을 비빈 뒤 후드로 얼굴을 덮고는 워스를 보며 팔과 몸을 흔든다.

"쟤가 먼저 시작했어." 괴물이 우물쭈물 말한다.

워스는 으르렁거리는 것으로 맞받아친다.

"그만해!" 엘사는 화가 난 것처럼 외치려고 하지만 우는 소리처럼 들릴 따름이다.

괴물은 걱정하는 얼굴로 엘사의 옆구리를 따라서 손바닥을 들었다 내렸다 한다. 닿지 않는 한도 내에서 최대한 손바닥을 바짝 댄 거다.

"미……안." 괴물이 중얼거린다. 워스는 엘사의 어깨를 흔든다. 엘사가 워스의 코에 이마를 댄다.

"중요한 임무가 생겼으니까 이제 장난은 그만 쳐. 이 편지를 배달해야 하니까. 할머니가 사과하고 싶은 사람이 또 있나봐. 편지는 이게 다가 아니야. 할머니의 사과 편지를 한 통씩 배달하는 거. 그게 우리가 만들어나갈 이야기야."

엘사는 워스의 털 속에 얼굴을 묻고 숨을 크게 들이마시며 눈을 감는다.

"엄마를 위해서 임무를 완수해야 해. 마지막 편지는 엄마한테 보내는 거였으면 하거든."

16

먼지

그들의 이야기는 대하 모험소설이 된다. 엄청난 동화가 된다.

엘사는 버스를 타고 가기로 한다. 말이나 구름 동물이 나오지 않는 다소 평범한 이야기 속에서 평범한 모험을 떠난 평범한 기사라면 그럴 것이다. 하지만 버스 정거장에 도착했을 때 사람들이 괴물과 워스를 힐긋거리며 다음 정거장까지 걸어갈 기세로 슬금슬금 피하는 걸 보고, 생각보다 간단치 않은 일임을 깨닫는다.

버스에 오르자 워스가 대중교통으로 이동하기에 얼마나 부적절한 존재인지가 금세 밝혀진다. 쿵쿵거리고 돌아다니면서 사람들 발을 밟고, 꼬리로 쳐서 가방들을 쓰러뜨리고, 괴물이 불편해할 만큼 괴물에게 가까운 좌석 위에다 실수로 침을 살짝 흘리는 통에 계획을 전면 포기하는 수밖에 없다. 결국 그들은 정확히 다음 정거장에서 내린다.

엘사는 그리핀도르 목도리를 단단히 동여맨 뒤 주머니에 손을 넣고 눈길을 헤치며 앞장선다. 워스는 버스에서 탈출한 데 신이 나서 흥분한 강아지처럼 엘사와 괴물 주변을 깡충깡충 뛴다. 괴물은 넌더리를 내는 듯하다. 이제 보니 대낮에 나다니는 게 어색한 눈치다. 울프하트는 햇볕이 감히 뚫고 들어가지도 못하는 미아마스 성 밖의 어두컴컴한 숲 속에서 지내는 데 익숙해서 그럴지 모른다. 적어도 할머니의 이야기 속에서는 그렇다. 만약 이 이야기에 체계라는 게 있다면 그것이 논리적으로 맞아떨어지는 설명일 테다.

길을 걸어가다 그들과 마주친 사람들은 나란히 걸어가는 여자아이와 워스와 괴물과 마주쳤을 때 보임 직한 반응을 보인다. 즉, 길을 건너간다. 그중 몇몇은 괴물과 워스와 여자아이를 무서워해서 피하는 게 아니라는 듯 갑자기 길을 건너오라고 말하는 사람과 큰 소리로 통화하는 척한다. 길을 잘못 들었는데, 자기가 길을 잘못 들고 그러는 사람이라는 걸 들키고 싶지 않을 때 엘사의 아빠도 가끔 쓰는 수법이다. 엘사의 엄마는 절대 그런 문제를 겪은 적이 없다. 길을 잘못 들면 만나기로 한 사람이 쫓아올 때까지 계속 그 길로 가기 때문이다. 할머니는 도로 표지판에 대고 고함을 지르는 방식으로 문제를 해결하곤 했다.

사람들마다 대응 방식이 다르다.

하지만 모험에 나선 삼인조를 맞닥뜨린 사람들 중에서 지각이 없는 일부는 건너편에서 엘사가 납치라도 당하고 있는 것처럼 쳐다본다. 엘사가 생각하기에 괴물에게 여러 가지 재주가 있을진 몰라도 면전에 대고 재채기를 하겠다는 협박이 통하는 인물이라면 납치범으로 적합하지 않을 것이다. 슈퍼 히어로치고 희한하다. 치명적인 약점이 콧물이라니.

걸어가는 데 두 시간이 넘게 걸린다. 엘사는 오늘이 핼러윈이었으면 좋겠다는 생각을 한다. 그러면 버스를 타더라도 분장을 한 줄 알고 다른 승객들이 그러려니 할 텐데. 엘사는 그래서 핼러윈을 좋아한다. 핼러윈에는 특이한 게 정상으로 간주된다.

거의 점심시간이 다 됐을 때 그들은 제대로 된 번지수를 찾아간다. 엘사는 발이 아프고 배가 고프고 심기가 불편하다. 미아마스의 전사라면 보물찾기에 나섰을 때 징징거리거나 위대한 모험을 두려워하지 않는 게 맞지만, 배고파하거나 성질을 부리면 안 된다고 말한 사람은 없었다.

그 번지수에는 고층 빌딩이 서 있지만 길 건너편에는 햄버거 가게가 있다. 엘사는 워스와 괴물에게 기다리라고 하고, 조금 있으면 여덟 살이 되는 아이라면 누구나 그렇듯 윤리적인 측면에서 햄버거 체인점을 결사반대하지만 그래도 길을 건넌

다. 하지만 아무리 조금 있으면 여덟 살이 되는 아이라도 원칙을 저버릴 순 없는 법이라 어쩔 수 없이 워스 몫으로 아이스크림을, 괴물 몫으로 햄버거를 사고, 자기 몫으로는 채소버거를 산다. 그런 다음 나오는 길에 빨간색 사인펜을 슬그머니 꺼내서 '점심'과 '메뉴' 사이에 띄어쓰기 표시를 한다.

영하의 기온이 얼굴을 할퀴지만 그들은 고층 빌딩이 마주 보이는 벤치에 앉는다. 아니, 엘사와 워스는 앉지만 괴물은 벤치가 자기를 핥기라도 할 것처럼 쳐다보기만 한다. 햄버거를 감싼 코팅 포장지에 손도 대지 않으려고 해서 워스가 그 햄버거까지 먹어 치운다. 그러곤 벤치에 떨어진 아이스크림을 아무렇지도 않게 핥아 먹자 괴물은 기절하기 일보 직전이 된다. 워스가 한 입 떼어 먹은 채소버거를 엘사가 아랑곳하지 않고 계속 먹은 뒤로 그들은 괴물이 종이봉투에 대고 숨을 쉴 수 있도록 거들어야 한다.

마침내 식사를 마치자 엘사는 고개를 뒤로 젖히고 빌딩 전면을 올려다본다. 15층은 되어 보인다. 엘사는 주머니에 넣어두었던 편지를 꺼내 들고 벤치에서 일어나 빌딩 안으로 들어간다. 괴물과 워스도 알코올 냄새를 팡팡 풍기며 말없이 그 뒤를 따른다. 엘사는 벽에 걸린 입주자 명단에서 봉투에 적힌 이름을 찾아내는데 이름 앞에 '공인 사이코테라피스트'라고 적혀 있다. 엘사는 그게 무슨 뜻인지 잘 모르지만 폭탄을 터뜨리고 온갖 말썽을 일으키는 테로피스트라면 귀에 못이 박히도록 들었다. 그러니까 사이코테로피스트는 그냥 테로피스트보다 더 악질일 것이다.

엘사는 복도 저쪽 끝에 있는 엘리베이터를 향해 걸어간다. 엘리베이터 앞에 도착하자 워스는 걸음을 멈추고 한 발짝도 움직이지 않는다. 엘사는 어깨를 으쓱하고 엘리베이터에 탄다. 괴물도 어느 정도 망설이다 벽을 건드리지 않도록 조심해가며 뒤따라 탄다.

엘리베이터를 타고 올라가는 동안 엘사는 괴물을 뜯어본다. 후드 밖으로 뻗친 수염이 덩치 크고 호기심 많은 다람쥐를 닮아서 알면 알수록 위협적인 느낌을 풍긴다. 괴물은 자기를 뜯어보는 엘사의 시선이 느껴지는지 거북스레 손을 비튼다. 놀랍게도 엘사는 그런 괴물의 태도에 상처를 받는다.

"그렇게 부담스러우면 워스랑 같이 1층에서 지키고 있어도 돼요. 테로피스트한테 편지 전해주는 동안 무슨 일이 벌어지거나 그러진 않을 테니까."

엘사는 보통 말로 이야기한다. 괴물에겐 암호를 쓰기가 싫어서 그렇다. 할머니가 암호의 원조가 아니었다는 데서 비롯된 질투심이 아직 완전히 가시지 않았다.

"게다가 바로 뒤를 졸졸 따라다녀야만 나를 보호할 수 있는 것도 아니잖아요." 의도했던 것보다 원망스러워하는 말투가 더 묻어나온다. 괴물을 친구로 여기기 시작했는데 괴물이 여기까지 따라온 이유는 오로지 할머니의 부탁 때문이라는 사실이 문득 떠오른 것이다. 괴물은 아무 말 없이 가만히 서 있다.

엘리베이터 문이 열리자 엘사가 먼저 내린다. 그들은 테로피스트의 사무실이 나올 때까지 복도를 걷는다. 엘사는 손마디가 아플 정도로 세게 문을 두드린다. 괴물은 누가 안에서 문구멍으로 내다볼지도 모른다는 사실을 깨달았는지 반대편 벽 쪽으로 뒷걸음질 친다. 최대한 작고 최대한 무섭지 않게 보이려고 애를 쓰는 눈치다. 엘사가 보기에는 귀엽다고 하지 않을 수 없는 행동이다. 무섭지 않다는 건 알맞은 표현이 아닐지 모르지만.

엘사는 다시 한 번 문을 두드린다. 열쇠 구멍에 귀를 갖다 댄다. 다시 문을 두드린다. 또 정적이 흐른다.

"아무도 없네." 괴물이 천천히 말한다.

"노 쉿, 셜록."

할머니에게라면 모를까, 엘사는 괴물에게 화를 낼 생각은 없다. 그냥 피곤해서 그런 거다. 아주, 아주 피곤해서 그런 거다. 엘사는 두리번거리다 나무 의자를 두 개 발견한다.

"점심 먹으러 나간 걸지 모르니까 기다려봐야겠어요." 그렇게 뚱하게 말하고는 한쪽 의자에 털썩 주저앉는다.

한 개하고 절반의 영원이 흐르는 동안의 정적은 좋다가 힘
들었다가 견디기 어려워진다. 엘사는 손가락으로 테이블 상판
을 두드리고, 쿠션에 뚫린 조그만 구멍으로 솜을 전부 다 끄집
어내고, 무른 나무로 된 팔걸이에 집게 손톱으로 자기 이름을
새기는 등 생각나는 모든 방법을 동원해서 시간을 때우며, 의
도했던 것보다 훨씬 더 비난조로 정적을 깨는 질문을 던진다.

"군인도 아닌데 왜 군복을 입어요?"

괴물은 후드 아래에서 천천히 숨을 쉰다.

"옛날부터 입던 거라서."

"예전에 군인이었어요?"

후드가 위아래로 움직인다.

"전쟁은 나쁜 거고 군인들도 나빠요. 사람을 죽이잖아요!"

"그런 군인 아니었어." 괴물은 나지막이 읊조린다.

"군인은 다 똑같아요!"

괴물은 아무 대꾸도 하지 않는다. 엘사는 손톱으로 나무 팔
걸이에 욕을 새긴다. 사실은 머릿속에서 이글거리는 질문을 하
고 싶지 않다. 자신이 얼마나 상처받았는지 괴물에게 들키고
싶지 않기 때문이다. 하지만 참을 수가 없다. 학교에서는 그게
엘사의 가장 큰 문제라고 한다. 자제하지 못하는 것 말이다.

"아저씨가 우리 할머니를 미아마스로 데려갔어요, 아니면
우리 할머니가 아저씨를 미아마스로 데려갔어요?"

엘사는 질문을 내뱉는다. 후드는 꿈쩍 않지만 괴물이 숨을 쉬는 게 보인다. 똑같은 질문을 반복하려는 순간, 후드 안에서 괴물의 목소리가 들린다.

"너희 할머니가. 데려갔다. 어렸을 때."

그는 보통 말로 이야기할 땐 모든 말을 그렇게 한다. 단어들이 서로 질세라 그의 입에서 쏟아져 나오기라도 하는 것처럼 이야기한다.

"나랑 비슷한 나이였죠?" 엘사는 늑대소년 사진을 떠올리며 묻는다.

후드가 위아래로 움직인다.

"할머니가 이야기를 들려줬어요?" 엘사는 조용히 묻는다. 괴물이 아니라고 대답해주면 좋겠지만 엘사는 바보가 아니다.

후드가 위아래로 움직인다.

"할머니랑 전쟁 중에 만났어요? 그래서 할머니가 아저씨를 울프하트라고 불렀던 거예요?" 사실 엘사는 질문을 멈추고 싶다. 속에서 질투심이 점점 더 커지는 게 느껴진다. 하지만 후드는 계속 끄덕인다.

"수용소에서. 도망친 사람들 모아놓은 수용소에서."

"피난민 수용소 말이죠? 할머니가 아저씨를 여기로 데려왔어요? 그 아파트에서 살 수 있게 할머니가 손을 써준 거예요?"

후드에서 긴 한숨이 터져 나온다.

"여러 곳에서 살았어. 여러 집에서."

"위탁 가정요?" 괴물은 고개를 끄덕인다. "왜 거기서 계속 안 살았어요?"

후드가 아주 천천히 좌우로 움직인다.

"나빴어. 위험했고. 너희 할머니가 데리러 왔지."

"왜 군인이 됐어요? 그래서 우리 할머니랑 같은 데 갈 수 있었던 거예요?" 괴물은 고개를 끄덕인다. "아저씨도 사람들을 돕고 싶었어요? 우리 할머니처럼?" 천천히, 후드가 위아래로 움직인다. "그럼 할머니처럼 의사가 되지 그랬어요?" 괴물은 양손을 맞대고 비빈다.

"피. 피가…… 싫어서."

"그런데 군인이 되다니 생각 참 잘했네요. 아저씨, 고아예요?"

후드는 움직이지 않는다. 괴물은 아무 말도 하지 않는다. 하지만 엘사는 수염이 어둠 속으로 더 깊숙이 숨어버린 걸 눈치챈다. 문득 엘사는 열심히 고개를 끄덕인다.

"엑스맨처럼!" 본의 아니게 열띤 목소리로 엘사가 외친다. 그러고 나서 헛기침을 하며 흥분을 가라앉힌다. "엑스맨은…… 돌연변이예요. 그리고 여러 엑스맨들이 고아나 다름없어요. 멋지죠?"

후드는 움직이지 않는다. 엘사는 쿠션 솜을 좀 더 끄집어내는데 왠지 바보가 된 듯한 기분이 든다. 그래서 해리 포터도 고

아였다고, 해리 포터와 비슷한 면이 하나라도 있는 게 세상에서 제일 멋진 일이라고 말하려다 괴물은 고품격 문학작품을 많이 안 읽었을지도 모른다는 생각을 한다.

"미아마스도 암호에 있는 단어예요?" 그래서 대신 이렇게 묻는다. "그러니까 아저씨가 쓰는 말에 그런 단어가 있느냐고요. 암호에, 그러니까 아저씨가 쓰는 말에 그 비슷한 단어는 없는 것 같은데."

후드는 움직이지 않는다. 하지만 이제는 말투가 부드러워졌다. 잔뜩 날이 서 있는 듯했던 지금까지의 말투와는 다르다. 꿈을 꾸는 것처럼 들릴 정도다.

"엄마의 모국어야. '미아마스'는. 우리…… 엄마의 모국어."

엘사는 고개를 들고 컴컴한 후드 속을 골똘히 들여다본다.

"엄마랑 아저씨랑 다른 말을 썼어요?"

후드가 위아래로 움직인다.

"아저씨네 엄마는 어디 출신인데요?"

"다른 곳. 다른 전쟁."

"그럼 미아마스가 무슨 뜻이에요?"

그가 내뱉는 말이 한숨처럼 들린다.

"'사랑한다.'"

"그러니까 아저씨네 왕국이었네요. 그래서 이름이 미아마스였군요. 내가 어렸을 때 파자마를 '미아마'라고 해서 그랬던 게 아니라."

엘사는 부글거리는 질투심을 잊으려고 마지막 숨을 끄집어 내서 동그랗게 뭉친다. "아저씨네 엄마가 아저씨를 사랑한다는 걸 알 수 있게 미아마스를 만들어내다니 우라지게 전형적인 할머니의 수법이네." 엘사는 중얼거리다 자기가 소리 내서 말하고 있다는 사실을 깨닫고 얼른 입을 다문다.

괴물은 이쪽 발에서 저쪽 발로 무게중심을 옮긴다. 좀 더 천천히 숨을 쉰다. 손을 비빈다.

"미아마스. 만든 거 아니야. 있는 척하는 거 아니야. 한 아이 위해서 만든 거…… 아니야. 미아마스. 많은 아이들을 위한…… 진짜야."

엘사는 동의하는 기미를 보이지 않으려고 눈을 감고, 괴물은 머뭇머뭇 말을 잇는다.

"편지에서. 할머니 사과했어. 우리 엄마한테." 괴물이 후드 속에서 속삭인다.

엘사는 감았던 눈을 뜨고는 눈살을 찌푸린다.

"뭐라고요?"

괴물의 가슴이 올라갔다가 내려온다.

"네가 물었잖아. 할머니 편지에 대해서. 뭐라고 썼느냐고. 우리 엄마한테 미안하다고 썼어. 우리 엄마…… 찾지 못했거든."

두 사람의 시선이 중간에서 만난다. 같은 미아마스인으로서 당장 서로에 대한 존경심이 조그맣게 싹튼다. 엘사는 괴물이 편지에 뭐라고 적혀 있었는지 얘기하는 이유가, 어리다는 이유로 남들이 어린아이 앞에서 쉬쉬하면 걔가 어떤 기분을 느끼는지 알기 때문임을 깨닫는다. 그래서 엘사는 분노가 많이 가신 목소리로 묻는다.

"아저씨 엄마를 찾아다녔어요?"

후드가 위아래로 움직인다.

"얼마 동안요?"

"계속. 그…… 수용소에 있었을 때부터."

엘사의 입이 살짝 벌어진다.

"그래서 할머니가 계속 여기저기 돌아다녔던 거예요? 아저씨가 엄마를 찾으러 다니는 바람에?"

괴물이 손을 비비는 속도가 빨라진다. 가슴이 들썩인다. 후드가 눈곱만큼 밑으로 내려왔다가 무진장 천천히 다시 위로 올라간다. 그 뒤로 온 사방이 잠잠해진다.

엘사는 고개를 끄덕이며 자기 무릎을 내려다보는데 또다시 터무니없는 분노가 점점 차오른다.

"우리 할머니도 누군가의 엄마였다고요! 그 생각은 안 해봤어요?"

괴물은 대답이 없다.

"내 옆에서 보초 설 필요 없어요!" 엘사는 쏘아붙이고 나무로 된 팔걸이에 욕을 몇 마디 더 새기기 시작한다.

"보초 아니야." 이윽고 괴물이 엘사 뒤에서 웅얼거린다. 까만 눈이 후드 밖으로 나와 있다. "보초 아니야. 친구지."

괴물은 다시 후드 속으로 사라진다. 엘사는 바닥에 시선을 고정하고 발뒤꿈치로 카펫의 먼지를 일으킨다.

"고마워요." 그러고는 퉁명스럽게 속삭인다. 하지만 이번엔 암호로 말한다. 괴물은 아무 대꾸도 하지 않지만, 이제는 손을 비빌 때 예전처럼 미친 듯이 열심히 비비지 않는다.

"아저씨는 얘기하는 거 별로 안 좋아하나봐요, 그렇죠?"

"음…… 하지만 너는 좋아하지. 늘."

그때 처음으로 엘사의 눈에 괴물이 미소를 짓는 것처럼 보인다. 아무튼 거의 미소에 가깝다.

"투셰이." 엘사는 씩 웃는다.

얼마나 기다렸는진 모르겠지만 엘사가 이제 그만 포기해야 겠다고 결심한 이후에도 둘은 한참 동안 기다렸다. 그렇게 기다리다보니 '땡' 하는 소리와 함께 엘리베이터 문이 열리고 까만 치마를 입고 다니는 여자가 내린다. 여자는 성큼성큼 사무실 쪽으로 가다가 수염을 기른 거인과 거인의 손 안에 들어갈 수 있을 만큼 작은 여자아이를 보고 허공에서 얼어붙는다. 아이가 여자를 빤히 쳐다본다. 까만 치마를 입고 다니는 여자는 샐러드가 담긴 조그만 플라스틱 상자를 들고 있다. 그 상자가 부들부들 떨린다. 여자는 돌아서서 도망칠까 아니면 어린애처럼 눈을 감으면 투명인간이 될 수 있다고 믿어볼까 고민하는 눈치다. 하지만 이도저도 하지 않고, 벼랑 끝에라도 서 있는 것처럼 상자를 움켜쥔 채 그들로부터 몇 미터 떨어진 지점에서 그대로 얼어붙는다.

엘사가 의자에서 일어난다. 울프하트는 두 사람과 반대 방향으로 뒷걸음질 친다. 엘사가 그쪽을 보고 있었더라면 그가 지금까지 한 번도 보인 적 없는 표정으로 슬금슬금 도망치는 걸 알아차렸을 거다. 깰락말락나라 주민들 그 누구도 울프하트가 그런 표정을 지을 수 있다곤 믿지 못할 공포에 질린 그의 표정을 알아차렸을 거다. 하지만 엘사는 자리에서 일어날 때 그쪽을 보지 않는다. 엘사의 시선은 오로지 까만 치마를 입고 다니는 여자에게 고정되어 있다.

"아줌마한테 전할 편지가 있는데요." 엘사는 가까스로 말을 건넨다.

여자는 손마디가 하얘지도록 플라스틱 상자를 부여잡고 가만히 서 있다. 엘사는 고집스럽게 편지를 내민다.

"우리 할머니가 보내는 편지예요. 아줌마한테 뭔가 미안한 게 있나봐요."

여자는 편지를 받는다. 엘사는 손을 딱히 어떻게 처리해야 좋을지 알 수 없어서 주머니에 넣는다. 까만 치마를 입고 다니는 여자가 여기서 무슨 일을 하는지는 모르겠지만, 할머니가 엘사에게 편지 배달을 맡긴 이유가 분명히 있을 거다. 미아마스나 동화에 우연이라는 건 없다. 전부 다 필연이다.

"봉투에 아줌마 이름이 적혀 있진 않지만 분명히 아줌마한테 보내는 편지예요."

오늘은 그 여자에게서 와인이 아니라 민트 냄새가 난다. 여자는 조심스럽게 봉투를 연다. 여자의 입가에 힘이 들어가고 손에 쥔 편지가 부들부들 떨린다.

"내 이름이…… 예전에 이거였어, 아주 오래전에. 너희 아파트로 들어가면서 처녀 적 이름으로 돌아갔지만 예전에는 이 이름이었어…… 너희 할머니를 만났을 때는."

"그 해일 이후에 말이죠." 엘사는 슬쩍 운을 뗀다.

여자는 입술이 안 보일 때까지 입을 오므린다.

"원래는…… 원래는 사무실 문에 적힌 이름도 바꿀 생각이었는데…… 글쎄, 왜 그랬을까. 지금까지…… 바꾸질 않았네."

편지가 더 심하게 떨리기 시작한다.

"뭐라고 적혀 있어요?" 엘사는 건네주기 전에 잽싸게 훔쳐보지 않은 게 후회가 된다. 까만 치마를 입고 다니는 여자는 아무리 봐도 울음을 터뜨리기 직전인데 눈물이 말라버린 모양이다.

"너희 할머니가 '미안하다'고 쓰셨어." 여자는 느릿느릿 대답한다.

"뭐 때문에요?" 엘사는 당장 묻는다.

"너를 여기로 보내서."

엘사는 울프하트를 가리키며 "'너희들을 여기로 보내서'라고 해야죠!"라고 바로잡아주려고 한다. 하지만 고개를 들어보니 그가 보이지 않는다. 엘리베이터가 움직이는 소리나 1층 출입문이 닫히는 소리가 들리지도 않았는데 사라지고 없다. 할머니는 예전에 물건들이 있어야 할 자리에 없으면 "열어놓은 창문밖으로 방귀 빠져나가듯" 없어졌다고 했는데 꼭 그 짝이다.

까만 치마를 입고 다니는 여자는 예전에 썼던 이름 앞에 '공인 사이코테러피스트'라는 단어를 선명하게 새긴 문 쪽으로 걸어간다. 열쇠로 문을 열고 엘사에게 들어가라고 손짓하지만 마뜩잖아하는 기색이 역력하다.

그 여자는 시선을 이리저리 돌리며 덩치 큰 친구를 찾는 엘사를 보고 침울하게 속삭인다. "지난번에 너희 할머니가 그 사람을 데리고 왔을 때는 내 사무실이 여기가 아니었거든. 그래서 네가 나를 찾아오는 건지 그 사람이 몰랐던 거야. 알았더라면 절대 따라오지 않았을걸? 그 사람은…… 날 무서워하거든."

17

시나몬 번

깰락말락나라에서 만든 어느 이야기에 따르면 저주를 풀고 바다천사를 해방시킨 사람은 미아마스 출신의 여자아이다. 하지만 할머니는 어떤 식으로 저주를 풀었는진 한 번도 설명한 적이 없었다.

엘사는 까만 치마를 입고 다니는 여자의 책상 옆에 놓인 의자에 앉는다. 보아하니 손님용 의자다. 손님이 많지 않은지 엘사가 자리에 앉자 마술 공연에 쓰이는 포그 머신을 실수로 건드리기라도 한 것처럼 먼지 구름이 생긴다. 여자는 불편해하면서도 책상 저쪽 끝에 앉아서 할머니가 보낸 편지를 읽고 또 읽는데, 엘사가 보기엔 엘사에게 말을 걸기 싫어서 읽는 척하고 있는 거다. 그 여자는 엘사를 안으로 들이자마자 후회하는 눈치였다. 흡혈귀를 집 안에 들이고서는 문지방을 넘자마자 속으로 '이런 망할!' 하고 중얼거리고는 곧바로 흡혈귀에게 물리는 텔레비전 드라마 속 사람들과 비슷했다. 아무튼 엘사 생각에는 그런 상황에 처하면 사람들이 속으로 그런 말을 중얼거리지 않을까 싶단 거다. 게다가 까만 치마를 입고 다니는 여자도 그런 말을 중얼거리는 듯한 표정을 짓고 있다. 벽은 책꽂이로 뒤덮였다. 엘사는 도서관 말고 이렇게 책이 많은 곳을 본 적이 없다. 여자는 아이패드라는 물건에 대해서 들어본 적이 있긴 할까 궁금해진다.

또다시 할머니와 깰락말락나라가 떠오른다. 만약 이 여자가 바다천사라면 괴물과 워스에 이어서 엘사와 한 건물에 사는 미아마스의 세 번째 존재이기 때문이다. 할머니가 현실 세계에서 겪은 모든 이야기의 무대를 미아마스로 옮긴 걸까, 아니면 미아마스의 이야기가 워낙 진짜 같아져서 주인공들이 현실 세계로 넘어오게 된 걸까. 아무튼 깰락말락나라와 엘사네 집이 서로 겹쳐져 있는 것만큼은 분명하다.

엘사는 "완벽하게 사실주의적이지도 않고 전적으로 가짜라고 볼 수도 없는 이야기가 가장 훌륭한 이야기"라고 했던 할머니의 말을 기억한다. 할머니가 어떤 이야기를 가리켜 "사실인지 아닌지 구분이 안 된다"고 하면 바로 그런 의미였다. 할머니가 보기에 전적으로 사실이거나 전적으로 허구인 이야기는 없었다. 전부 다 모든 면에서 진짜 같으면서도 동시에 그렇지 않았다.

엘사는 할머니에게 바다천사의 저주와 저주를 푸는 방법에 대해 좀 더 자세하게 들었더라면 얼마나 좋았을까 하는 생각을 한다. 할머니가 엘사를 여기로 보낸 이유가 그 때문일 텐데, 어떻게 하면 되는지 알아내지 못하면 다음 편지를 찾지 못할 수도 있다. 그러면 할머니가 엄마에게 사과하는 편지는 절대 찾지 못할 것이다.

엘사는 책상 저쪽 끝에 앉아 있는 여자를 쳐다보며 들으라는 듯 헛기침을 한다. 여자는 눈을 깜빡이면서도 계속 편지를 내려다본다.

"책 읽다 죽은 여자 이야기 들어봤어요?" 엘사가 묻는다.

스르르 움직이는 여자의 시선이 엘사를 가볍게 스치고 다시 편지 쪽으로 도망친다.

"그게…… 무슨 소린지 모르겠네." 여자가 무서워하는 듯한 투로 말한다.

엘사는 한숨을 쉰다.

"이렇게 책이 많은 건 처음 봐서요. 거의 정신병 수준이잖아요. 아이패드라는 거, 못 들어봤어요?"

여자는 퍼뜩 시선을 든다. 이번에는 엘사를 좀 더 오래 쳐다본다.

"나는 책이 좋아."

"나는 책 안 좋아하는 줄 알아요? 아이패드에 책을 저장할 수 있어요. 그럼 사무실에 백만 권씩 꽂아둘 필요가 없다고요."

여자의 눈동자가 책상을 훑으며 위아래로 움직인다. 여자는 조그만 상자에서 민트 정제를 꺼내서 혓바닥 위에 올려놓는데 손 따로 혀 따로 움직이는 것처럼 어색하기 그지없다.

"나는 종이책이 좋아."

"아이패드에 온갖 책을 저장할 수 있다니까요?"

여자의 손가락이 살짝 떨린다. 그러곤 엘사를 물끄러미 바라보는데, 화장실 밖에서 기다리던 사람이 안에 너무 오래 있다 나온 사람을 쳐다보는 듯한 눈빛이다.

"내가 말하는 '책'은 그런 게 아니야. 내가 말하는 '책'은 겉싸개가 있고 표지가 있고 페이지가 있고……."

"책은 텍스트잖아요. 아이패드에서 온갖 텍스트를 읽을 수 있단 말이에요!"

여자가 눈을 커다란 부채처럼 떴다 감는다.

"책은 들고서 읽는 게 좋아."

"아이패드를 들고 읽으면 되죠."

"페이지를 넘기는 게 좋다고." 여자는 설명하려고 애를 쓴다.

"아이패드에서도 페이지를 넘길 수 있어요."

여자는 고개를 끄덕인다. 엘사가 지금까지 살면서 본 끄덕거림 중에서 가장 느리다. 엘사는 팔을 내젓는다.

"하지만 뭐, 하고 싶은 대로 하세요! 책이 백만 권이면 어때요! 난 그냥 물어본 거예요. 아이패드로 읽어도 책은 책이잖아요. 어디 담든 수프는 수프인 것처럼."

여자가 입가를 발작적으로 실룩이자 주름이 번진다.

"그런 속담은 들어본 적이 없는데."

"미아마스 속담이에요."

여자는 자기 무릎을 내려다본다. 아무 대꾸도 하지 않는다.

정말 천사처럼 생기지 않았는데. 엘사는 생각한다. 하지만 또 한편으로는 주정뱅이처럼 보이지도 않는다. 그러니까 무승부다. 어쩌면 반씩 섞여 있는 존재들은 이렇게 생긴 건지도 모른다.

"할머니가 울프하트를 여기 데려온 이유가 뭐였어요?" 엘사가 묻는다.

"미안- 누구?"

"할머니가 아저씨를 여기 데리고 왔었다면서요. 그래서 아저씨가 아줌마를 무서워한다고."

"네가 그 사람을 울프하트라고 부르는지 몰랐네."

"그게 그 아저씨 이름이에요. 아줌마는 그 아저씨가 누군지도 모르는데 아저씨가 왜 아줌마를 무서워하는 거예요?"

여자는 두 손을 무릎 위에 얹더니 마치 처음 봐서 도대체 왜 이 손들이 여기 놓여 있는 걸까 궁금해하는 사람처럼 빤히 들여다본다.

"너희 할머니는 전쟁 얘기를 하려고 그 사람을 데려왔어. 내가 도움이 될 수 있을까 하고. 그런데 그 사람이 나를 무서워했어. 내가 묻는 말들을. 아마…… 자기 기억들이 무서웠나봐." 여자는 결국 이렇게 얘기한다. "전쟁을 하도 많이 겪어서. 거의 평생을 전쟁터에서 보냈으니까. 인간으로선…… 견디기 힘든 일이지."

"그 아저씨는 왜 계속 손을 그러는 거예요?"

"응?"

"계속 손을 씻어요. 똥 냄새나 뭐 그런 걸 씻어내려는 사람처럼."

"비극적인 사건을 겪고 나면 뇌가 가끔 이상해지기도 하거든. 아마 그 사람이 씻어내려는 건……."

여자는 말끝을 흐린다. 시선을 떨군다.

"뭔데요?" 엘사는 따져 묻는다.

"……피겠지." 여자는 멍하니 말끝을 맺는다.

"아저씨가 사람을 죽였어요?"

"글쎄."

"머리가 아파요?"

"응?"

"아줌마는 테러피스트잖아요. 그렇죠?"

"그렇지."

"머리가 아픈 환자는 못 고쳐요? 환자라고 부르는 것도 실례일지 모르겠네요. 그렇죠? 아저씨는 머리가 망가졌어요?"

"전쟁을 겪으면 누구나 망가지게 되어 있어."

엘사는 어깨를 으쓱한다. "그럼 군인이 되지 말았어야죠. 군인들 때문에 전쟁이 터지는 거잖아요."

"그 사람은 그런 군인이 아니었을걸? 평화유지군이었지."

"군인은 다 똑같죠." 엘사는 콧방귀를 뀐다.

엘사도 알다시피 그런 소리를 하는 사람은 위선자다. 엘사는 군인도 싫어하고 전쟁도 싫어하지만 울프하트가 끝없는 전쟁에서 그림자들과 맞서 싸우지 않았다면 깰락말락나라가 모조리 잿빛 죽음 속으로 빨려 들어갔을 거다. 엘사는 그 부분에 대해서 고민할 때가 많다. 싸워도 되는 때와 싸우면 안 되는 때에 대해서. "너한텐 잣대만 있고 나한텐 이중 잣대가 있으니까 내가 이긴 거야"라고 했던 할머니의 말이 떠오른다. 하지만 지금은 이긴 기분이 아니다.

"어쩌면 그럴지도 모르지." 여자의 나지막한 중얼거림이 엘사의 의식의 수면을 스치고 지나간다.

"여기 찾아오는 환자가 많진 않죠?" 엘사는 턱으로 사무실 안을 훑으며 묻는다.

여자는 대답하지 않는다. 할머니의 편지만 만지작거린다. 엘사는 조바심에 한숨을 쉰다.

"할머니가 또 뭐라고 썼어요? 아줌마네 가족을 구해주지 못해서 미안하대요?"

여자의 눈빛이 흔들린다.

"응. 그리고…… 그리고 또 여러 가지로."

엘사는 고개를 끄덕인다.

"나를 여기로 보낸 게 미안하대요?"

"응."

"왜요?"

"네가 질문을 퍼부을 게 뻔하니까. 나는 심리학자라서 질문은 하는 것에만 익숙하거든."

"공인 사이코테로피스트가 무슨 뜻이에요?"

"정식 자격증이 있는 심리 치료사라는 뜻이야."

"아하. 나는 폭탄이랑 관련 있는 직업인 줄 알았는데."

여자는 그 말에 뭐라고 대꾸하면 좋을지 모르는 눈치다. 엘사는 변명조로 팔을 내저으며 콧방귀를 뀐다. "뭐, 지금이야 한심한 소리처럼 들릴지 몰라도 아깐 훨씬 그럴듯하게 느껴졌다고요! 지나고 나면 누군들 모르겠어요?"

여자가 입꼬리를 움직인다. 엘사의 눈에는 미소 비슷하게 보인다. 하지만 입가의 근육이 그런 움직임에 익숙하지 않은지 뻣뻣한 실룩거림에 더 가깝다. 엘사는 사무실을 다시 둘러본다. 여자네 집과 다르게 여기엔 사진 한 장 없다. 오로지 책뿐이다.

"뭐, 재미있는 책 있어요?" 엘사는 책꽂이를 살피며 묻는다.

"재미있는 책의 기준이 뭔지 모르겠는데." 여자가 조심스럽게 대답한다.

"해리 포터 시리즈 있어요?"

"아니."

"한 권도 없어요?" 엘사는 못 미더워하며 묻는다.

"응."

"책들이 이렇게 많은데 해리 포터는 단 한 권도 없다고요? 그런데도 머리가 망가진 사람들을 고쳐준단 말이에요?"

여자는 대답을 하지 않는다. 엘사는 뒤로 기대고 앉아서 엄마가 질색하는 각도로 의자를 기울인다. 여자는 책상 위에 놓인 깡통에서 민트를 또 한 알 꺼낸다. 엘사에게도 하나 먹겠느냐고 손짓으로 묻지만 엘사는 고개를 젓는다.

"담배 피우세요?" 엘사가 묻는다.

여자는 놀란 눈치다. 엘사는 어깨를 으쓱한다.

"예전에 할머니도 담배를 못 피우면 사탕을 엄청 먹었거든요. 실내에서는 금연이니까요."

"나는 끊었어." 여자가 말한다.

"완전히 끊었어요 아니면 잠깐 끊은 거예요? 그거랑 그거랑 다르잖아요." 엘사가 꼭 집어 말한다.

여자는 고개를 끄덕인다. 속도 면에서 좀 전의 느리게 끄덕이기 기록을 경신한다.

"철학적인 질문이라서 대답하기가 쉽지 않네."

엘사는 다시 어깨를 으쓱한다.

"우리 할머니를 어디서 만났어요? 해일 이후였어요? 아니면 이것도 대답하기 어려운 질문인가요?"

"얘기하자면 길어."

"나는 긴 이야기 좋아해요."

여자는 손으로 무릎을 감싼다.

"나는 그때 휴가를 즐기는 중이었어. 아니…… 우리라고 해야겠구나…… 나랑 우리 가족이니까. 우리는 그때 휴가를 즐기는 중이었어. 그런데…… 사고가 났지."

"쓰나미 말이죠?" 엘사가 조심스럽게 묻는다.

여자는 사무실 안을 훑어보다가 방금 전에 생각났다는 듯이 지나가는 말처럼 이야기한다.

"너희 할머니가 나를…… 나를 발견했지……."

여자가 입에 넣은 민트를 어찌나 세게 빠는지 할머니가 엘사네 아빠가 모는 아우디에서 기름을 '빌려야'겠다며 플라스틱 호스로 기름을 빨아들였을 때처럼 뺨이 홀쭉해진다.

"그러니까 남편이랑…… 아이들이……." 여자가 말을 꺼내지만 마지막 단어가 와르르 무너지면서 다른 단어와 단어 사이 심연 속으로 떨어진다. 그녀는 이야기를 하던 도중이라는 사실을 갑자기 잊어버린 사람처럼 변한다.

"물에 빠져서 죽은 다음에요?" 엘사는 대신 나섰다가 그런 사고를 당한 가족이 듣기에는 아주 불쾌한 말일 수도 있다는 생각에 부끄러워진다.

하지만 여자는 고개만 끄덕일 뿐 화가 난 것 같지는 않다. 엘사는 암호로 바꿔서 거침없이 묻는다.

"아줌마도 우리 암호 알아요?"

"뭐라고?"

"아, 아니에요." 엘사는 보통 말로 중얼거리고 신발을 내려다본다.

일종의 테스트였다. 깰락말락나라의 사람들은 모두 암호를 아는데 바다천사는 모른다니 뜻밖이다. 하지만 어쩌면 그것도 저주 가운데 하나였을지 모른다.

여자가 손목시계를 확인한다.

"너 지금 학교에 있어야 하는 거 아니니?"

엘사는 어깨를 으쓱한다.

"크리스마스 방학이에요."

여자가 고개를 끄덕인다. 이번에는 정상 속도에 가깝다.

"미아마스에 가봤어요?" 엘사가 묻는다.

"그거 지금 농담이라고 하는 거니?"

"농담할 생각이었으면 '앞 못 보는 장님이 카운터에 부딪혔대요. 그리고 테이블에. 그리고 의자에' 이랬겠죠."

여자는 아무 대꾸도 하지 않는다. 엘사는 팔을 내젓는다.

"알아들은 거예요? 앞-못-보-는 장님이 카운터에, 테이블에—"

여자가 엘사와 눈을 마주친다. 희미하게 웃고 있다.

"알아들었어. 고마워."

엘사는 뚱하니 어깨를 으쓱한다.

"알아들었으면 웃어요."

여자가 어찌나 깊은 한숨을 내쉬는지 거기다 동전을 던지면 바닥에 떨어지는 동전 소리가 들리지 않을 것 같다.

"네가 만든 거니?" 여자가 한숨을 쉬고 나서 묻는다.

"뭐가요?" 엘사는 되묻는다.

"장님 어쩌고 하는 농담."

"아뇨. 할머니한테 들은 거예요."

"우리 애들이…… 우리 애들이 그런 장난을 잘 쳤거든. 이상한 걸 물어봐서 대답을 고민하게 만든 다음 뭐라 뭐라 하면서 웃었어." 여자가 "웃었어"라는 말을 하면서 자리에서 일어나는

267

데 다리가 종이비행기 날개처럼 후들거린다.

그 뒤로 모든 게 순식간에 달라진다. 여자의 태도. 말투. 심지어 숨 쉬는 방식까지.

"이제 그만 가줘야겠다." 여자는 엘사를 등지고 창가에 서더니 말한다. 목소리엔 힘이 없지만 적의에 가까운 감정이 느껴진다.

"왜요?"

"가주었으면 하니까." 여자는 딱딱한 말투로 똑같은 말을 반복한다.

"아니 왜요? 할머니의 편지를 전하려고 이 도시 절반을 걸어왔는데 나한테 아무 설명도 해주지 않고 이제 그만 나가달라고요? 밖이 얼마나 추운지 알아요?"

"애초에…… 오질 말았어야지."

"아줌마가 할머니의 친구였으니까 찾아온 거잖아요."

"동정은 필요 없어! 나 혼자 잘 지낼 수 있다고." 목소리가 험악하다.

"그러시겠죠. 지금도 우라지게 잘 지내고 있으니까요. 그럼요. 하지만 나는 동정심에 찾아온 거 아니에요." 엘사는 가까스로 대답한다.

"나가, 이 맹랑한 계집애야. 나가라고!" 여자는 계속 등지고 서서 나지막이 쏘아붙인다.

엘사의 숨이 가빠진다. 여자가 갑자기 공격적으로 나오자 엘사는 무섭기도 하고 쳐다보지도 않고 그런 말을 들으니 굴욕적이다. 그래서 주먹을 불끈 쥐고 의자에서 깡충 내려온다.

"알았어요! 아줌마가 그냥 지쳐서 그러는 거라고 말한 우리 엄마가 틀렸네요! 할머니 말이 맞았어요! 아줌마는 우라질—"

분노가 발작처럼 터져 나온다. 한 가지가 아니라 여러 가지 분노다. 분노가 마음속 화산에 줄줄이 계속 던져져서 결국 폭발한다. 엘사는 이 바보 같은 이야기를 좀 더 이해할 수 있도록 도와주지 않는, 까만 치마를 입고 다니는 여자에게 화가 난다. 이 바보 같은 테러피스트가 무섭다고 자기를 버리고 간 울프하트에게 화가 난다. 그리고 어느 누구보다 할머니에게 화가 난다. 그리고 이 바보 같은 이야기에 화가 난다. 이 모든 분노가 합쳐지자 감당할 수 없는 지경에 이른다. 엘사는 그 단어를 내뱉기 한참 전부터 그게 얼마나 잘못된 행동인지 알고 있다.

"주정뱅이예요! 아줌마는 한낱 주정뱅이라고요!"

엘사는 곧바로 후회한다. 하지만 이미 늦었다. 까만 치마를 입고 다니는 여자가 고개를 돌린다. 얼굴이 산산조각 난 거울처럼 일그러져 있다.

"나가!"

"저기……." 엘사는 사과를 하고 싶어서 손을 내밀며 비틀비틀 뒷걸음질을 친다.

"죄송—"

"나가라고오오!" 여자는 엘사에게 집어 던질 만한 물건을 찾는 사람처럼 신경질적으로 허공을 할퀴며 비명을 지른다.

엘사는 도망친다.

미친 듯이 흐느끼며 복도를 돌진하고 계단을 달려 내려가서 출입문을 통과하다 발을 헛디디는 바람에 데굴데굴 굴러 곤두박질친다. 가방이 뒤통수를 때린다. 엘사는 바닥에 부딪칠 때 광대뼈에 느껴질 통증을 기다린다. 그런데 그 대신 부드럽고 까만 털이 느껴진다. 모든 감정이 폭발한다. 엘사가 거대한 짐승을 어찌나 세게 끌어안았는지 녀석이 숨을 헐떡이는 게 느껴질 지경이다.

"엘사." 정면의 현관에서 알프의 목소리가 들린다. 단정적인 말투다. 질문이 아니다. "일어나라." 알프가 투덜거린다. "집에 가자. 그렇게 땅바닥에 누워서 대성통곡하지 말고."

엘사는 알프에게 큰 소리로 전부 다 이야기하고 싶다. 바다천사에 대해서, 할머니가 바보 같은 모험을 맡겼는데 뭘 어떻게 하면 좋을지 모르겠다는 것에 대해서, 가장 필요한 때 울프하트가 자신을 어떤 식으로 버렸는지에 대해서, 엄마와 엘사가 찾아내고 싶은 '사과'의 편지에 대해서, 조만간 태어나서 모든 걸 바꿔놓을 반쪽이에 대해서. 외로움에 익사할 지경이라는 것까지. 이 모든 걸 알프에게 고래고래 털어놓고 싶다. 하지만 그는 이해하지 못할 것이다. 조금 있으면 여덟 살이 되는 아이를 이해해주는 이는 아무도 없다.

"여긴 어쩐 일이에요?" 엘사가 흐느끼며 묻는다.

"네가 빌어먹을 주소를 알려줬잖아." 알프는 중얼거린다. "누구든 널 데리러 와야 할 거 아니냐. 내가 택시를 몬 경력이 30년이라 꼬마 아가씨를 아무 데나 내버려두면 안 된다는 걸 알거든." 숨 몇 번 쉬는 동안 잠자코 바닥만 보던 알프는 그대로 덧붙인다. "너를 데리러 오지 않았다가는 너희 할머니한테 비 오는 날 먼지 나도록 맞을 테고."

엘사는 고개를 끄덕이며 워스의 털에 얼굴을 닦는다.

"저것도 같이 가는 거냐?" 알프가 뚱하게 묻는다. 워스는 그보다 뚱하게 알프를 돌아본다. 엘사는 고개를 끄덕이고 다시 울음을 터뜨리지 않으려고 애써 참는다.

"그럼 트렁크에 태워야겠네." 알프가 딱 잘라서 말한다.

하지만 결국엔 그렇게 되지 않는다. 엘사는 집까지 가는 내내 워스의 털에 얼굴을 묻고 있다. 방수가 된다는 게 워스의 가장, 가장 좋은 점이다.

카스테레오에서 오페라가 흘러나온다. 적어도 엘사가 생각하기엔 오페라다. 엘사는 오페라를 많이 들어보진 못했지만 지금까지 들은 이야기를 종합해보건대 이런 음악이 오페라일 것이다. 집까지 반쯤 갔을 때 알프가 걱정스러운 눈빛으로 백미러를 흘끗 쳐다본다.

"뭐 필요한 거 있냐?"

"예를 들면 어떤 거요?"

"글쎄. 커피?"

엘사는 고개를 들고 알프를 노려본다.

"저 일곱 살이에요!"

"그게 커피랑 도대체 무슨 상관이냐?"

"커피 마시는 일곱 살짜리 봤어요?"

"내가 아는 일곱 살짜리가 많지 않아서."

"그런 것 같네요."

"그럼 관둬라." 알프는 툴툴거린다.

엘사는 워스의 털 속에 얼굴을 묻는다. 운전석에 앉은 알프
는 살짝 욕을 하더니 종이봉투를 건넨다. 할머니의 단골 빵집
과 똑같은 글씨가 적혀 있다.

"안에 시나몬 번 들어 있다." 그러고는 이렇게 덧붙인다. "그
런데 거기다 대고 울지 마. 맛없어질 테니까."

엘사는 거기다 대고 운다. 그런데도 맛만 좋다.

아파트에 도착하자 엘사는 알프에게 고맙다고 하거나 워스
에게 작별 인사도 하지 않고, 알프가 워스를 봤으니 경찰을 부
를지도 모른다는 생각도 못 하고 주차장에서 집까지 달려 올
라간다. 예오리에게 한 마디 말도 없이, 예오리가 식탁에 차려

놓은 저녁을 무시하고 지나간다. 엄마가 퇴근했을 땐 자는 척한다.

　그날 밤 주정뱅이가 계단에서 다시 고함을 지르고 노래를 부르기 시작할 때 엘사는 난생처음으로 그 아파트의 다른 사람들을 따라 한다.
　그 여자의 소리를 못 들은 척한다.

18
담배 연기

모든 동화에는 용이 등장한다. 할머니 덕분에 생긴 현상이다.

엘사는 오늘 밤에 끔찍한 악몽을 꾼다. 깰락말락나라에 못 갈까봐 예전부터 눈을 감는 게 두렵기는 했다. 밤새도록 꿈을 한 번도 꾸지 않는다면 얼마나 끔찍할까. 그런데 오늘 밤에 엘사는 그보다 더 끔찍한 게 있음을 깨닫는다. 깰락말락나라에 갈 수 없는데도 깰락말락나라에 대한 꿈을 꾸는 것이다. 엘사는 거대한 유리 돔 위에 엎드려 있는 것처럼 그곳을 선명하게 내려다볼 수 있다. 하지만 냄새를 맡거나 웃음소리를 듣거나 구름 동물들이 이륙할 때 불어오는 바람을 느낄 순 없다. 모든 영원을 통틀어서 그렇게 무서운 꿈은 처음이다.

미아마스가 불길에 휩싸였다.

깰락말락나라의 모든 왕자와 공주와 워스와 꿈 사냥꾼과 바다천사와 무고한 사람들이 죽어라 도망치는 광경이 보인다. 그림자들이 상상을 말살하며 그들을 바짝 뒤쫓고 있다. 그림자들이 지나간 길에 남는 건 죽음뿐이다. 엘사는 불길 속에서 울프하트를 찾아보지만 이미 사라지고 보이지 않는다. 잔인하게 학살당한 구름 동물들이 잿더미 속에 쓰러져 있다. 할머니의 이야기들이 전부 다 불길에 휩싸였다.

그림자들 사이에서 누군가 돌아다닌다. 담배 연기로 온몸을 감싼 호리호리한 남자다. 돔 위에서 엘사가 맡을 수 있는 냄새는 할머니의 그 담배 냄새뿐이다. 남자가 문득 고개를 들자 새파란 눈이 연기를 가른다. 그의 얇은 입술에서 장막 같은 안개가 흘러나온다. 그가 엘사를 가리키자 집게손가락이 회색 발톱으로 변하고, 그가 뭐라고 소리를 지르자 수백 개의 그림자들이 하늘로 솟구쳐 올라서 엘사를 에워싼다.

눈을 떠보니 엘사는 침대에서 굴러떨어져서 바닥에 엎어져 있다. 엘사는 손으로 목을 감싸고 가슴을 들썩이며 그 자리에서 몸을 웅크린다. 수백만 개의 영원이 지난 다음에야 현실 세계로 돌아왔다는 확신이 든다. 엘사는 할머니와 함께 구름 동물을 타고 처음으로 깰락말락나라에 다녀온 이래로 단 한 번도 악몽을 꾼 적이 없었다. 그래서 악몽을 꾸면 어떤 기분이 드는지 잊고 있었다. 엘사는 땀에 젖은 피곤한 몸을 이끌고 일어나서 그림자들에게 물린 데가 없는지 확인하고 애써 생각을 정리한다.

복도에서 누군가의 말소리가 들린다. 모든 집중력을 발휘해 잠기운을 몰아내고 나서야 무슨 말인지 엿들을 수 있다.

"그렇구나! 하지만 그쪽에서 너한테 연락하다니 이상하지 않아, 울리카? 왜 켄트한테 연락하지 않았을까? 우리 입주민 협의회의 회장은 사실상 켄트고 나는 공지 담당인데, 이런 일이 있을 때 보통은 회계사가 회장한테 연락하지 않겠어? 어중이떠중이가 아니라!"

엘사도 알다시피 여기에 쓰인 '어중이떠중이'는 욕이다. 엄마가 그 말에 대답을 하면서 어찌나 깊은 한숨을 내쉬는지 그 바람에 엘사의 이불이 헝클어질 것 같다.

"그쪽에서 왜 나한테 연락했는진 나도 몰라요, 브릿마리. 아무튼 회계사가 오늘 여기로 찾아와서 전부 다 설명하겠다고 했어요."

엘사는 방문을 열고 잠옷 바람으로 나간다. 복도에 브릿마리만 있는 게 아니다. 레나르트와 마우드와 알프도 있다. 사만타는 층계참에서 자고 있다. 엄마는 가운을 입고 있는데 허둥지둥 허리를 묶은 듯하다. 비스킷 깡통을 안고 있는 마우드가 엘사를 보고 살짝 웃는다. 레나르트는 보온병에 담아 온 커피를 벌컥벌컥 마신다.

웬일로 알프는 험상궂은 분위기가 아니라 늘 그렇듯 그냥 짜증이 난 얼굴이다. 그는 엘사에게 비밀을 강요당하기라도 한 것처럼 엘사를 보더니 무뚝뚝하게 고개를 끄덕인다. 엘사는 그제야 어제 알프와 워스를 주차장에 남겨두고 집까지 달려 올라온 게 생각난다. 가슴속에서 공포가 점점 치밀어 오르지만 알프가 노려보며 얼른 '진정하라'고 눈치를 주자 진정하려고 애를 쓴다. 그래서 브릿마리를 보며, 워스를 발견해서 이렇게 흥분한 건지 아니면 평소와 다름없는 야단법석인지 열심히 분위기를 살핀다. 고맙게도 후자인 것 같지만 야단법석의 표적이 엄마다.

"그러니까 집주인들이 갑자기 우리한테 아파트를 넘길 마음이 생겼다고? 켄트가 편지를 보낸 게 수년인데! 이제 와서 갑자기 결정을 내리다니! 그렇게 뚝딱! 그러더니 연락한 사람이 켄트가 아니라 너라니? 울리카, 네 생각에도 이상하지 않아?"

엄마는 가운 허리끈을 질끈 동여맨다. "켄트하고 연락이 안 됐나보죠. 그리고 내가 여기서 워낙 오래 살았으니까—"

"제일 오래 산 사람은 우리야, 울리카. 켄트하고 내가 제일 오래 살았다고!"

"제일 오래 산 사람은 알프예요." 엄마가 브릿마리의 착각을 바로잡는다.

"할머니가 제일 오래 살았죠." 엘사가 중얼거리지만 아무도 듣지 않는 눈치다. 특히 브릿마리가 그렇다.

"켄트는 출장 가지 않았어요?" 엄마가 묻는다.

브릿마리는 그 말에 멈칫하더니 보일락 말락 하게 고개를 끄덕인다.

"그래서 연락이 안 된 모양이죠. 그러니까 내가 통화를 마치자마자 당신한테 연락한―"

"하지만 보통은 차지권자 조합장한테 연락해야 하는 거 아니냐고!" 브릿마리는 경악스럽다는 말투다.

"아직은 차지권자 조합이 아니죠." 엄마는 한숨을 쉰다.

"하지만 그렇게 될 거잖아!"

"집주인 측의 회계사가 오늘 찾아와서 얘기하려는 게 그거예요. 집주인들이 드디어 월세 계약을 차지권 계약으로 전환하겠다고 한대요. 내가 전하려는 소식이 그거예요. 회계사랑 통화를 마치자마자 당신한테 연락했더니 아파트 식구들 전부를 깨워서 이렇게 데려온 거예요? 내가 뭘 더 어떻게 했으면 좋겠어요, 브릿마리?"

"토요일에 찾아오다니 그건 또 무슨 말도 안 되는 소리래? 토요일에 이런 면담 약속을 잡는 사람이 어디 있어. 안 그래, 울리카? 그런 사람이 있겠어? 울리카라면 또 모르겠지만!"

엄마는 관자놀이를 문지른다. 브릿마리는 시위하듯이 숨을 내쉬고 들이마시며 레나르트와 마우드와 알프에게 지원 요청을 한다. 마우드는 응원하는 뜻에서 애써 미소를 짓는다. 레나르트는 브릿마리에게 커피나 마시면서 기다리자고 한다. 알프는 불쾌지수가 평소 수준에 미치려는 조짐을 보인다.

"켄트 없이 만날 순 없어." 브릿마리는 식식거린다.

"그러게요. 켄트가 돌아와야 할 텐데요." 엄마는 기진맥진한 목소리로 맞장구를 친다. "다시 한 번 전화해보지 그래요?"

"비행기가 아직 착륙하지도 않았다니까! 정말 출장 갔어, 울리카."

알프가 뒤에서 뭐라고 구시렁거린다. 브릿마리가 팩 고개를 돌린다. 알프는 재킷 주머니에 손을 넣고 또다시 뭐라고 구시렁거린다.

"뭐라고요?" 엄마와 브릿마리가 동시에 묻지만 둘의 말투는 정반대다.

"당신이 이 문제로 난리를 치기 20분 전에 켄트한테 문자를 보냈는데 당장 달려오겠다던데." 알프는 이렇게 말하고 덧붙인다. "중국에 있는 차를 전부 다 갖다 바친대도 이런 걸 놓칠 머저리가 아니니까."

브릿마리는 마지막 말을 못 들은 눈치다. 치맛자락에서 보이지 않는 먼지를 털어내고 손깍지를 끼며 무시하는 듯한 눈빛으로 알프를 쳐다본다. 켄트가 탄 비행기가 사실상 아직 착륙도 하지 않았고 출장을 떠났으니 달려올 리 없다는 걸 알기 때문이다. 그런데 그때 1층의 공동 현관문이 쾅 하고 닫히는 소리가 나더니 이어서 켄트의 발소리가 들린다. 미국 영화에 나오는 나치처럼 휴대전화에 대고 독일어를 외치는 걸 보면 켄트임을 알 수 있다.

"야, 클라우스! 야! 위 윌 디즈커즈 디스 인 프랑크푸르트!"

브릿마리는 켄트를 맞으러, 그리고 켄트가 없는 동안 이 아파트에서 벌어진 뻔뻔한 사건을 고자질하러 당장 계단을 내려간다.

부엌에서 나온 예오리가 엄마 뒤에 서는데 레깅스 위에 반바지를 입고 초록색 점퍼를 걸치고 그보다 더 초록색인 앞치마를 두르고 있다. 예오리는 김이 피어오르는 프라이팬을 들고 재미있어하는 눈빛으로 사람들을 쳐다본다.

"아침 드실 분 있어요? 달걀 요리를 만들었는데." 그러면서 새로 산 단백질 바도 있다고 덧붙이려다가 다 떨어졌을지 모른다는 사실을 깨닫고 생각을 바꾸기라도 한 것 같은 표정을 짓는다.

"내가 비스킷 좀 들고 왔어요." 마우드는 인심 좋게 말하며 엘사에게 들고 온 깡통을 고스란히 넘기고는 엘사의 뺨을 다정하게 도닥인다. "그건 너 혼자 다 먹어도 돼. 또 가져오면 되니까." 마우드는 이렇게 속삭이고 자기네 집으로 들어간다.

"커피 있던가?" 레나르트는 불안한 목소리로 묻고 마우드를 따라 들어가면서 준비해둔 커피를 또 한 모금 마신다.

계단을 성큼성큼 올라온 켄트가 엘사네 집 현관문 앞에 등장한다. 청바지에 비싼 재킷을 입고 있다. 유로비전 송 콘테스트 최종 라운드의 시상자라도 되는 듯한 목소리로 자기가 입은 옷가지가 얼마인지 떠벌리고 다니기 때문에 엘사도 그게 얼마나 비싼 재킷인지 안다. 브릿마리는 켄트 뒤를 종종걸음으로 따라오며 끊임없이 중얼거린다. "당신한테 연락하지 않고 어중이떠중이한테 연락하다니 어쩜 그럴 수 있어? 정말 실례 아니야? 계속 이런 식이면 곤란해, 여보."

켄트는 자기 부인의 열변을 들은 척도 하지 않고 연극배우처럼 엘사의 엄마를 손가락으로 가리킨다.

"회계사가 전화해서 *정확히* 뭐라고 했는지 얘기해보시죠."

하지만 엄마가 뭐라고 말도 꺼내기 전에 브릿마리가 켄트의 팔에서 보이지도 않는 먼지를 털어내더니 좀 전과 백팔십도 다른 말투로 그에게 속삭인다.

"먼저 내려가서 셔츠 좀 갈아입어야 하지 않을까, 여보?"

"왜 이래, 당신. 우리 지금 일하는 중이잖아." 켄트는 무시하는 투로 말한다. 엄마가 초록색 옷을 입으라고 할 때 엘사가 씀직한 말투다.

브릿마리는 풀이 죽는다.

"그냥 세탁기에 넣기만 하면 되는데 가자, 여보. 당신 옷장에 새로 다린 셔츠 있잖아. 회계사가 온다는데 쭈글쭈글한 셔츠 입고 있으면 되겠어? 그럼 회계사가 우리를 어떻게 생각하겠어? 셔츠도 다려 입지 못하는 사람들이라고 하겠지?" 브릿마리는 초조하게 웃는다.

엄마가 무슨 말을 꺼내려고 다시 입을 열지만 켄트가 예오리를 발견한다.

"아! 달걀 요리를 했다고요?" 켄트는 열띤 목소리로 불쑥 묻는다.

예오리는 좋아하며 고개를 끄덕인다. 켄트는 당장 엄마를 지나쳐 집 안으로 들어온다. 브릿마리도 얼굴을 찌푸리며 허둥지둥 켄트를 따라 들어온다. 그러면서 엄마 옆을 지나며 심란한 표정으로 나불거린다. "아, 뭐, 울리카처럼 그런 일을 하면 청소할 시간은 없겠지. 당연히 그렇겠지." 집 안 구석구석이 완벽하게 정리돼 있는데도 그런다.

엄마는 가운 허리끈을 좀 더 질끈 동여매고 침착하게 깊은 한숨을 쉬며 말한다. "다들 들어와서 편히 앉으세요."

엘사는 방으로 쌩하니 들어가서 잠옷을 벗고 최대한 빨리 청바지로 갈아입는다. 다들 다른 데 정신이 팔려 있을 때 지하실로 달려 내려가서 워스가 잘 있는지 확인하기 위해서다. 켄트는 회계사가 무슨 말을 했느냐며 부엌에서 엄마를 신문하고, 브릿마리는 켄트가 한마디 할 때마다 "음" 하며 맞장구 친다.

현관 앞에 남은 사람은 알프뿐이다. 엘사는 엄지를 청바지 주머니에 꽂고 발가락으로 문지방을 툭툭 치며 애써 알프의 시선을 피한다.

"……비밀로 해주셔서 감사해요." 하마터면 '워스'라고 말할 뻔했지만 위기를 모면한다.

알프는 무뚝뚝하게 고개를 젓는다.

"그런 식으로 쌩하니 가버리면 어떡하냐? 그런 동물을 맡았으면 아무리 어린애라도 책임을 져야지."

"저 어린애 아니에요!" 엘사는 쏘아붙인다.

"그럼 어린애처럼 굴지를 말든지."

"투셰이." 엘사는 문지방에 대고 속삭인다.

"그 녀석은 창고에 있다. 안을 볼 수 없게 합판을 몇 장 가져다 세워놨어. 조용히 있으라고 했고. 내 말을 알아들은 눈치야. 그래도 더 알맞은 데를 찾아서 숨겨야 할 거다. 조만간 사람들이 알아차릴 테니까."

알프가 말하는 '사람들'이란 브릿마리를 뜻한다. 엘사도 그의 말이 맞는다는 걸 안다. 어제 워스를 내팽개친 게 얼마나 양심에 찔리는지 모른다. 얼마든지 알프가 경찰에 연락할 수 있었고 그랬더라면 워스는 총에 맞았을 거다. 할머니가 엄마를 버렸듯이 엘사는 녀석을 버렸다. 이 사실이 그 어떤 악몽보다 더 끔찍하다.

"다들 무슨 얘기 하는 거예요?" 엘사는 그 생각을 떨쳐버리려고 부엌을 턱으로 가리키며 묻는다.

알프는 콧방귀를 뀐다.

"우라질 차지권 계약 얘기지."

"그게 무슨 소리예요?"

"맙소사, 여기 이렇게 서서 시시콜콜 설명하라는 거냐?" 알프가 투덜거린다. "월세 계약이랑 차지권 계약의 차이점이 뭐냐면—"

"우라질 월세가 뭔지는 알아요. 내가 우라질 바보는 아니거든요." 엘사가 말한다.

"그럼 왜 묻는 거냐?" 알프가 신경질적으로 묻는다.

"그게 무슨 소리냐고 물었잖아요. 왜 다들 그 얘기를 하고 있느냐고요!" 엘사는 딱 잘라서 얘기하지만 사실 확실히 알고서 하는 말은 아니다.

"켄트가 다시 이사 온 다음부터 계속 이 망할 차지권 계약 얘기를 하고 있거든. 지금까지 싸질러놓은 돈으로 지 궁둥이를 닦을 수 있게 되면 그제야 이제 됐다고 할 녀석이야." 알프는 일곱 살짜리를 몇 알지 못하는 사람답게 이런 식으로 설명한다. 엘사는 켄트가 "다시 이사 왔다"니 무슨 소리냐고 물으려다가 한 번에 한 가지씩만 해결하기로 마음먹는다.

"그럼 다들 돈 버는 거 아니에요? 아저씨랑 우리 엄마랑 예오리랑 전부 다요."

"아파트를 팔고 나가면 그렇지." 알프가 툴툴거린다.

엘사는 곰곰이 생각한다. 알프는 가죽 재킷으로 찍찍거리는 소리를 낸다.

"켄트, 그 자식이 원하는 게 그거야. 예전부터 여기서 나가고 싶어 했거든."

엘사는 깨닫는다. 그래서 요즘 들어 계속 악몽을 꾸었던 거구나. 깰락말락나라의 인물들이 슬슬 출몰해서 이 건물이 조만간 깰락말락나라의 일부로 편입되기 시작할지 모르는데, 다들 집을 팔고 나가고 싶어 한다면……

"그러면 미아마스에서 탈출하는 게 아닌 거지. 우리가 자진해서 떠나는 셈인 거야." 엘사는 큰 소리로 혼잣말을 한다.

"뭐라고?"

"아무것도 아니에요." 엘사는 중얼거린다.

1층에서 쾅 하고 공동 현관문 닫히는 소리가 계단통을 울린다. 뒤이어 조심스럽게 계단을 올라오는 발소리가 들린다. 회계사다.

부엌에서는 브릿마리의 목소리에 켄트의 목소리가 묻히고 있다. 셔츠를 갈아입는 문제에 대해서 켄트가 무반응으로 일관하자 브릿마리가 대신 다른 부분들을 걸고넘어지며 분통을 터뜨리고 있기 때문이다. 걸고넘어질 거리는 차고 넘친다. 가장 열받는 게 뭔지 결정하기 어려울 뿐. 자기 자리에 주차되어 있는 할머니의 차를 *지금 당장* 옮기지 않으면 경찰을 부르겠다는 협박부터 경찰을 동원해서 건물 입구에 계속 묶여 있는 유모차의 자물쇠를 부수겠다는 둥, 공지 담당에게 통보도 없이 마음 대로 드나들며 공고문을 붙이는 위법 행위를 근절할 수 있도록 집주인에게 압력을 행사해 계단에 카메라를 설치하겠다는 둥 요목조목 짚고 넘어갈 시간은 충분하다. 하지만 문 앞에 서서 조심스럽게 문틀을 두드리는, 아주 키가 작고 아주 인상이 좋은 남자의 등장으로 중간에 끊긴다.

"연락드린 회계사입니다만." 남자가 상냥하게 말한다.

회계사는 그렇게 말문을 열고 나서 엘사를 발견하고 윙크한다. 마치 비밀을 공유하는 사이 같은 분위기를 풍기는 윙크다. 적어도 엘사가 느끼기에는 그렇다.

켄트가 재킷 허리춤에 손을 얹고 고압적인 자세로 걸어 나와서 회계사를 위아래로 훑어본다.

"그래요, 조건은 어떻게 생각하고 계신지?" 켄트는 당장 따져 묻는다. "1제곱미터당 얼마를 제시할 생각입니까?"

브릿마리가 덩달아 부엌을 박차고 나와서 회계사에게 비난 조로 삿대질을 한다.

"여긴 어떻게 들어왔어요?"

"문이 열려 있던데요." 회계사가 싹싹하게 대답한다.

켄트가 못 참겠다는 듯이 끼어든다. "차지권 계약 말입니다. 얼마를 제시할 생각이죠?"

회계사는 싹싹하게 자기 서류가방을 가리키고는 싹싹하게 부엌 쪽으로 손짓한다.

"앉아서 얘기할까요?"

"커피 있어요." 레나르트가 인심 좋게 말한다.

"비스킷도 있고요." 마우드가 고개를 끄덕이며 말한다.

"그리고 달걀도요!" 예오리가 부엌에서 외친다.

"집안 꼴이 말이 아니어도 양해해주세요. 이 집 사람들은 워낙 일밖에 몰라서요." 브릿마리가 상냥하게 말한다. 엄마는 최선을 다해서 듣지 못한 척한다. 다 같이 부엌으로 건너가는 도중에 브릿마리가 걸음을 멈추더니 엘사를 돌아보며 손을 맞잡는다.

"너도 알아주었으면 좋겠는데, 나는 너랑 너희 할머니의 친구들이 '마약'과 모종의 관계가 있을지 모른다고 절대 생각하지 않아. 어제 너를 찾아온 그 남자가 마약을 했는지 안 했는지 나야 당연히 모르지. 절대로 그런 뜻에서 하는 이야기가 아니란다."

엘사는 어리둥절해하며 브릿마리를 빤히 쳐다본다.

"누구요? 무슨 친구요? 어제 누가 나를 찾아왔어요?"

엘사는 하마터면 "울프하트였어요?"라고 말할 뻔했지만 참는다. 브릿마리는 울프하트가 엘사의 친구인 줄 꿈에도 모를 거다.

"네 친구가 어제 여기로 찾아왔는데 내가 쫓아냈어. 계단에서는 금연이라고 네가 그 친구한테 좀 전해주었으면 좋겠다. 이 건물의 차지권자 조합에서 정한 규칙이라고. 너랑 너네 할머니가 아주 특이한 사람들이랑 만나고 다닌다는 건 나도 알지만 규칙은 규칙이잖니. 안 그래?" 그러면서 구겨지지도 않은 치맛자락을 펴고 깍지 낀 손을 배에 얹고서 하던 이야기를 계속한다. "누굴 말하는 건지 알지? 비쩍 말랐는데 이 앞 계단에 서서 담배를 피우고 있더라. 집안끼리 친구라고, 어떤 아이를 찾으러 왔다면서 생김새를 설명하는데 너였어. 사실 인상이 워낙 안 좋아서 이 건물 차지권자 조합에서 정한 규칙에 따르면 실내에서는 금연이라고 내가 알려주긴 했지."

엘사의 심장이 덜컥 내려앉는다. 몸 안의 산소가 전부 다 빠져나간다. 엘사는 쓰러지지 않으려고 문틀을 붙잡는다. 아무도, 심지어 알프조차 엘사를 보지 못한다. 하지만 이 모험담에서 무슨 사건이 벌어지려고 하는지 엘사는 알 것 같다.

모든 이야기에는 용이 등장하기 마련이니까.

19
스펀지케이크 믹스

미아마스에서 만든 이야기에는 용을 물리치는 수백 가지 방법이 소개되어 있다. 그런데 그 용이, 상상할 수 있는 한도 내에서 가장 사악한 그림자인 데다 인간의 가면을 쓰고 있다면 어떻게 해야 할까? 울프하트가 깰락말락나라에서 가장 유명한 전사였던 시절이라도 그런 상대를 물리칠 수 있었을지 의심스러운데 지금은 과연 어떨까? 콧물을 무서워하고 자기 손에 묻었던 피에 대한 생각조차 떨쳐버리지 못하는데 그런 상대를 물리칠 수 있을까?

엘사는 그림자에 대해서 아무것도 모른다. 한 번은 장의사 앞에서, 또 한 번은 버스를 타고 학교에 가던 길에, 이렇게 두 번 만났을 뿐이다. 그 정도만으로도 악몽을 꿨는데 집까지 찾아오다니. 미아마스에는 우연이 없다. 동화에서는 모든 것이 필연이다.

할머니가 이런 뜻에서 "성을 지키고 친구들을 지켜라"고 했던 게 분명하다. 지키는 데 동원할 군대까지 주면서 그랬더라면 얼마나 좋았을까.

엘사는 저녁 늦게까지 기다리다 어린아이와 워스가 브릿마리의 발코니 아래를 지나도 안 보일 정도로 사위가 어둑해지자 지하실로 내려간다. 예오리는 조깅하러 나갔고 엄마도 내일을 위한 만반의 준비를 하느라 아직도 근무 중이다. 엄마는 오늘 아침에 회계사와 만난 이래로 장의사의 고래 소리를 내는 여자와 꽃집 주인, 교구 목사님, 병원에 계속 전화를 걸고, 그런 다음 또다시 목사님과 통화했다. 엘사는 방에서 〈스파이더맨〉 만화책을 읽으며 내일에 대해 생각하지 않으려고 애썼지만 잘 되지 않았다.

엘사는 마우드가 준 비스킷을 들고 갔다가 워스가 깡통 바닥까지 핥아 먹자 잽싸게 낚아채려다 하마터면 앞니에 손톱이 동강 날 뻔했다. 마우드에게 깡통을 돌려줄 참에 워스의 침을 씻어내기가 우라지게 힘들다던 할머니의 말을 기억해낸 것이다. 하지만 녀석은 모든 면에서 전형적인 워스이다보니 어떻게 코딱지만 한 깡통 하나만 들고 내려올 수 있는지 도무지 이해할 수 없다는 듯 엘사의 가방을 게걸스럽게 뒤진다.

"비스킷을 좀 더 얻어다 줄게. 하지만 지금은 이걸로 때워야 해." 엘사는 보온병을 연다. "스펀지케이크 믹스인데 사실 내가 제대로 섞는 방법을 몰라." 그러곤 미안하다는 듯 중얼거린다. "부엌 찬장에서 찾았거든. 포장지에 '즉석에서 해 먹을 수 있는 스펀지케이스 믹스'라고 적혀 있었는데 그냥 가루였어. 그래서 물을 넣었더니 걸쭉한 액체처럼 되어버렸어."

워스는 미심쩍어하는 눈빛이지만 보온병에 든 걸쭉한 액체를 수건만 한 혓바닥으로 전부 다 핥아 먹는다. 미래를 대비한 저축이다. 비정상적으로 유연한 혓바닥이야말로 워스의 가장 도드라진 초능력이다.

"어떤 남자가 나를 찾으러 왔대." 엘사는 애써 용감한 척하며 녀석의 귀에 대고 속삭인다. "내가 보기엔 그림자인 것 같아. 정신 바짝 차리고 있어야겠어."

워스가 엘사의 목을 코로 툭툭 건드린다. 엘사가 워스를 끌어안자 팽팽하게 긴장한 근육이 털 속에서 느껴진다. 겉으로는 장난치는 척하면서 워스의 주특기라고 할 수 있는 전투 준비를 하고 있는 것이다. 엘사는 그래서 녀석을 사랑한다.

"어디서 오는진 모르겠어. 할머니가 그런 용에 대해서는 한 번도 설명해준 적이 없거든."

워스가 엘사의 목을 다시 툭툭 건드리더니 자기도 공감한다는 듯 커다란 눈으로 쳐다본다. 엘사에게 전부 다 설명해주고 싶어 하는 눈치다. 엘사는 울프하트가 옆에 있으면 얼마나 좋을까 하는 생각이 든다. 방금 전에 울프하트네 집 초인종을 눌렀지만 아무 대답이 없었다. 브릿마리가 눈치챌까봐 큰 소리로 부르지는 못했지만, 우편물 투입구에 코를 대고 심하게 킁킁거려서 온 사방을 당장 끈적끈적한 무언가로 덮어버릴 수 있을 만한 재채기를 할 참이라고 분명하게 신호를 보냈다. 그런데도 효과가 없었다.

"울프하트가 사라졌어." 결국 엘사는 워스에게 털어놓는다.

엘사는 용감해지려고 한다. 둘이서 같이 지하실을 가로질러 걸을 땐 상당히 효과적이다. 지하실 계단을 올라갈 때까지도 괜찮다. 그런데 공동 현관문 안쪽에 섰을 때 할머니가 피던 그 담배 냄새가 느껴지자 남은 악몽의 공포로 온몸이 굳는다. 신발이 천근만근 같다. 뭔가 떨어져 나와서 덜거덕거리며 돌아다니기라도 하는 것처럼 머릿속이 쿵쾅거린다.

뇌가 어떤 식으로 받아들이느냐에 따라서 어떤 냄새의 의미가 이렇듯 순식간에 달라질 수 있다니 생각해보면 신기한 일이다. 사랑과 공포가 이렇듯 딱 붙어 있다니 생각해보면 신기한 일이다.

엘사는 착각이라고 속으로 되뇌지만 별 도움이 되지 않는다. 워스가 옆에서 가만히 기다리고 있지만 엘사의 발은 꼼짝도 하지 않는다.

신문지가 바람에 날려 창문 밖으로 지나간다. 문에 '광고 우편 사절' 스티커를 붙여놓아도 꼭 우편물 투입구를 통해 들어오는 그런 종류의 신문지다. 그걸 보자 할머니 생각이 난다. 얼어붙은 채로 그 자리에 서 있는데 신문지 때문에 화가 난다. 엘사를 이런 상황으로 내몬 사람은 할머니다. 전부 다 할머니의 잘못이다.

할머니가 '광고 우편 절대 넣지 마세요. 고맙습니다!'라고 놀라우리만치 또박또박하게 써서 문에 붙여놓았는데도 투입구에 신문을 넣고 갔다며 영업소로 전화해서 호되게 야단을 쳤던 게 생각난다. 엄마가 말하길 진심이 아닐 바에는 차라리 고맙다고 인사를 하지 않는 편이 낫다고 했기 때문에 엘사는 할머니가 '고맙습니다!'라고 적은 이유에 대해서 고민을 많이 했었다. 할머니의 '고맙습니다!'에서는 진심이 전혀 느껴지지 않았던 것이다.

그런데 영업소 직원은 자기들 신문이 광고지가 아니라 '사회 소식지'이기 때문에 사람들이 뭐라고 하건 투입구에 넣을 수 있다고 응수했다. 할머니는 신문사 사장이 누구냐고 묻고 그 사람을 바꿔달라고 했다. 영업소 직원은 사장이 이런 어처구니없는 일에 할애할 시간이 어디 있겠느냐고, 그걸 모르겠느냐고 했다.

두말하면 잔소리지만 그런 말은 하면 안 되는 거였다. 할머니는 '모르는' 일이 사실상 엄청나게 많았다. 게다가 무가지를 제작하는 그 신문사 사장과는 다르게 남는 시간이 많았다. "너보다 시간이 더 많은 사람은 절대 건드리면 안 된다." 할머니는 입버릇처럼 이렇게 말했다. 엘사는 그 말을 '나이에 비해 정정한 사람은 건드리면 안 된다'는 뜻으로 해석했다.

다음 날 할머니는 평소처럼 학교로 엘사를 데리러 왔고, 두 사람은 노란색 이케아 쇼핑백을 들고 한 블록을 돌아다니며 집집마다 초인종을 눌렀다. 사람들은 살짝 의아해했다. 노란색 이케아 쇼핑백을 매장 밖으로 들고 나오면 안 된다는 걸 알기에 더욱 그랬다. 누군가가 너무 꼬치꼬치 캐물으려고 하면 할머니는 환경 단체에서 폐지를 수거하러 나왔다고 대답했다. 그러면 아무도 더 이상 호들갑을 떨지 않았다. "다들 환경 단체라고 하면 무서워하거든. 집 안으로 들이닥쳐서 재활용 쓰레기를 제대로 처리하지 않았다고 나무랄까봐서. 영화를 너무 많이 본 게지." 할머니는 이렇게 설명하면서 폐지로 가득한 쇼핑백을 엘사와 함께 르노에 실었다. 엘사는 할머니가 무슨 영화를 보고 그런 소리를 하는지, 어떤 영화에서 그런 장면이 나왔는지 알 수 없었다. 다만 엘사도 알다시피 할머니는 환경 단체를 질색해서 '판다를 좋아하는 파쇼'라고 불렀다.

이유가 뭐가 됐건 간에 그 노란색 쇼핑백은 매장 밖으로 들고 나오면 안 된다. 두말하면 잔소리다. 하지만 할머니는 그걸 무시했다. "훔친 거 아니야. 아직 돌려주지 않은 거지." 할머니는 이렇게 중얼거리면서 엘사에게 두툼한 사인펜을 건넸다. 엘사는 동참한 대가로 벤&제리의 뉴욕슈퍼퍼지청크를 적어도 네 통은 먹어야겠다고 했다. 그러자 할머니가 "한 통!"이라고 했고, 엘사가 "세 통!"이라고 하자 할머니는 "두 통!"이라고 했고, 엘사가 "세 통. 안 그러면 엄마한테 이를 거예요!"라고 하자 할머니는 "테러리스트하고 협상은 안 한다!"라고 고함을 질렀다. 그 말에 엘사는 위키피디아에서 '테러리스트'를 검색해봤을 때 할머니에게 해당하는 사항은 많지만 자기한테 해당하는 사항은 하나도 없었다고 반박했다. "혼란을 야기하는 게 테러리스트의 목표라는데 엄마 말로는 할머니가 하루 종일 그러느라 바쁘다고 하던데요?" 그러자 할머니는 사인펜을 들고 동참하고 아무한테도 얘기하지 않겠다고 약속하면 네 통을 사주겠다고 약속했다. 그래서 엘사는 시키는 대로 했다.

그날 엘사는 그 도시 반대편에 세워놓은 어두컴컴한 르노에 앉아서 저녁 늦게까지 망을 보았고 그동안 할머니는 노란색 이케아 쇼핑백을 들고 열심히 이 아파트, 저 아파트 현관문을 들락거렸다. 다음 날 아침에 그 신문사 사장은 이웃 주민들이 자기 집 초인종을 눌러대는 소리에 깼다. 엘리베이터 가득 수백 장의 무가지가 쌓여 있었다고 항의하러 온 주민들이었다. 우편

함마다 그 신문으로 가득했고 큼지막한 유리 현관문도 테이프로 붙인 신문지로 뒤덮였고 모든 집 앞마다 신문지 더미가 위태롭게 쌓여 있다 문이 열리면 와르르 무너졌다. 신문마다 신문사 사장 이름과 함께 그 아래에 '사회 소식을 무료로 알려드립니다. 재미있게 읽으세요!!!'라고 사인펜으로 깔끔하게 적혀 있었다.

집으로 돌아가는 길에 할머니와 엘사는 주유소에 들러 아이스크림을 샀다. 며칠 뒤에 할머니는 신문사에 다시 전화했고 그 뒤로 두 번 다시 무가지가 배달되지 않았다.

"들어오는 거냐, 나가는 거냐?"

알프의 목소리가 어두컴컴한 계단통을 웃음소리처럼 가른다. 엘사는 돌아선다. 본능적으로 알프의 품 안에 달려들고 싶지만 그도 울프하트 못지않게 그런 걸 싫어할 수 있다는 생각에 자제한다. 알프는 찍찍거리는 소리를 내며 가죽 재킷 주머니에 손을 쑤셔 넣고 잽싸게 현관문 쪽을 턱으로 가리킨다.

"들어올 거냐, 나갈 거냐? 좀 걷고 싶은 사람들이 너 말고도 있는데."

엘사와 워스는 알프를 멍하니 쳐다본다. 알프는 뭐라고 중얼거리며 그들을 지나서 문을 연다. 같이 가자는 말은 없었지만 그들은 당장 알프를 뒤쫓아서 계단으로 나간다. 아파트 모퉁이를 지나 브릿마리네 집 발코니에서 보이지 않는 지점에 다다르자 워스는 덤불 속으로 뒷걸음질 쳐서 약간 집중력이 모자란 워스치곤 최대한 예의 바르게 으르렁거린다. 두 사람은 고개를 돌린다. 알프는 모든 면에서 불청객에게 관심이 없는 눈치다. 엘사는 헛기침을 하고 그를 붙잡아놓을 만한 수다거리가 없을지 열심히 머리를 굴린다.

"차 잘 굴러가죠?" 엘사가 불쑥 묻는다. 아빠가 할 말이 없을 때 그렇게 묻는 걸 들은 적이 있다.

알프는 고개를 끄덕인다. 그걸로 끝이다. 엘사는 요란하게 숨을 쉰다.

"회계사가 뭐래요?" 이번에는 이렇게 묻는다. 입주민 회의 때처럼 알프가 짜증을 내며 말이 많아지길 바라는 마음에서다. 엘사가 눈치챈 바에 따르면 좋아하는 것보다 싫어하는 것에 대해서 물었을 때 더 쉽게 대화를 유도할 수 있다. 그리고 주제가 뭐가 됐건 간에 누군가가 말을 하고 있으면 어두운 데 있어도 그림자들이 덜 무서워진다.

"회계사 새끼가 그러는데 집주인들이 아파트를 입주민 협의회에 넘기겠다고 했대. 입주민 전원이 동의하면."

엘사는 알프의 입가를 유심히 쳐다본다. 미소에 가까운 표정이다.

"그게 웃겨요?"

"너는 나랑 다른 아파트에 살고 있냐? 이 아파트 입주민들이 뭔가에 전원 동의하길 기다리느니 이스라엘과 팔레스타인 분쟁을 해결하는 게 더 빠를 거다."

"자기 집이 차지권 계약으로 전환되면 집을 팔고 싶어 할 사람이 있을까요?"

알프의 입가가 좀 더 알프다운 일자 모양으로 되돌아온다.

"팔고 싶어 하거나 말거나 대부분 팔아야 할걸?"

"왜요?"

"좋은 동네라 집값이 비싸거든. 그 정도 금액의 은행 융자를 대부분 감당하지 못할 거다."

"아저씨도 이사해야 해요?"

"아마도."

"그럼 엄마랑 예오리랑 나도요?"

"내가 어떻게 알겠냐?"

엘사는 생각에 잠긴다.

"마우드 아줌마랑 레나르트 아저씨는요?"

"너 참 질문이 우라지게 많다."

"얘기도 하지 않을 거면 여기 뭐하러 나와 있어요?"

알프의 재킷이 덤불 속에 들어앉은 워스를 향해 찍 소리를 낸다.

"염병할, 좀 걸으려고 나선 거야. 너랑 저 우라질 물건더러 같이 나가자고 한 사람은 아무도 없다."

"아저씨, 욕을 진짜 미치게 많이 하는 거 알아요? 이 말 들은 적 한 번도 없어요? 우리 아빠 말로는 아는 단어가 별로 없다는 증거랬는데."

알프는 엘사를 노려보며 재킷 주머니에 손을 쑤셔 넣는다.

"마우드하고 레나르트도 나가야 할 거다. 우라질 2층에 사는 여자랑 그 아들도 마찬가지일 공산이 크고. 네가 어제 찾아갔던 그 심리학자는 글쎄, 아마 돈이 허벌나게 많을 텐데……."

알프는 말을 멈추고는 자제심을 발휘한다.

"그…… 여자 말이다. 돈이…… 아주 많을 텐데, 그…… 여자는." 그렇게 자기 검열을 거친다.

"우리 할머니 생각은 어땠어요?"

알프의 입가가 다시 잠깐 실룩인다.

"대개 브릿마리의 생각과 대척점에 있었지."

엘사는 신발로 미니 눈천사를 그린다.

"그게 좋은 일일까요? 차지권 계약으로 전환되면 전부 다 다른 어디…… 좋은 데로 이사할 수 있게 되나요?" 엘사는 조심스럽게 묻는다.

"여기도 좋아. 다들 여기서 잘 지내고 있잖아. 빌어먹을 우리 집이니까."

엘사는 군소리하지 않는다. 이 아파트는 엘사의 집이기도 하다.

또 다른 무가지가 바람에 날아간다. 엘사의 발끝에 잠깐 걸 렸다가 찢어져서 성난 새끼 불가사리처럼 계속 데굴데굴 굴러 간다. 그걸 보고 엘사는 다시 성이 난다. 우편물 투입구에 신문 을 못 넣게 하려고 할머니가 얼마나 열심히 싸웠는지 생각난 것이다. 할머니다운 짓이었기에, 할머니가 그렇게 싸운 이유는 오로지 엘사를 위해서였기에 화가 난다. 할머니는 늘 그랬다. 늘 엘사를 위해서 일을 벌였다.

사실 할머니는 그런 신문들을 좋아해서 비가 오면 신발 속 에 쑤셔 넣곤 했다. 그런데 어느 날 엘사가 신문 한 부를 만드 는 데 얼마나 많은 나무가 필요한지 인터넷에서 읽고 나서 '광 고 우편 절대 넣지 마세요. 고맙습니다!'라고 적은 종이를 엄마 와 할머니네 집 현관문에 붙였다. 엘사는 열렬한 환경보호론자 다. 그래도 신문을 계속 넣길래 신문사로 전화를 걸었지만 그 들은 비웃어 넘겼다. 그들이 실수한 거다. 할머니의 손주를 비 웃어도 되는 사람은 세상에 아무도 없다.

할머니는 환경보호론을 질색하지만, 전쟁터에 나갈 때 데려 가야 하는 부류의 사람이었다. 그래서 할머니는 엘사를 위해 테러리스트가 되었다. 엘사는 그랬던 할머니에게 화가 난다. 할머니에게 화를 내고 싶기 때문이다. 다른 모든 것에 대해서. 거짓말을 하고 엄마를 버리고 죽은 것에 대해서. 하지만 손주를 위해 언제든 테러리스트가 될 준비가 되어 있었던 사람에게 계속 화를 내기란 불가능한 일이다. 그래서 엘사는 화를 낼 수 없다는 데 화가 난다.

엘사는 할머니에게 평범하게 화를 낼 수조차 없다. 할머니는 그것마저 평범하지가 않다.

아무 말 없이 알프 옆에 서 있던 엘사는 머리가 아파올 때까지 눈을 깜빡인다. 알프는 태연한 척하지만, 엘사는 사람을 찾는 것처럼 어둠 속을 훑는 알프의 시선을 알아차린다. 알프는 울프하트와 워스처럼 주변을 살핀다. 자기도 보초를 서고 있는 것처럼. 엘사는 눈을 가늘게 뜨고 퍼즐 조각 맞추듯 알프를 할머니의 삶 속에 끼워맞춰보려고 한다. 발을 들 줄 모르는 사람이라고, 그래서 신발 밑창이 항상 그렇게 닳는 거라고 했던 거 말고는 할머니가 알프에 대해 이야기한 적이 있는지 기억나지 않는다.

"우리 할머니하고 얼마나 아는 사이였어요?" 엘사가 묻는다.

가죽 재킷에서 찍 소리가 난다.

"얼마나 '아는' 사이였냐고? 우라질 이웃이었지. 그걸로 끝이야." 알프는 얼버무린다.

"그런데 택시를 몰고 와서는 날 그냥 내버려두면 할머니가 '절대 용서하지 않을 거'라고 했던 건 뭐예요?"

다시 찍 소리가 난다.

"별 뜻 없이 한 말인데. 어쩌다보니까 그 근처를 지나가게 됐거든. 빌어먹을⋯⋯."

알프는 좌절스러워한다. 엘사가 고개를 끄덕이며 알아들은 척하지만 알프는 전혀 고마워하지 않는다.

"그럼 여기는 왜 나와 있어요?" 엘사는 놀리듯이 묻는다.

"뭐?"

"왜 나를 따라서 나왔느냐고요. 지금 택시 운전을 하거나 뭐 그러고 있어야 하는 거 아니에요?"

"이런 염병― 너만 산책할 권리가 있는 게 아니란 말이다."

"그렇죠, 그렇죠."

"너하고 저 개만 한밤중에 돌아다니도록 내버려둘 수 없으니까 그렇지. 그랬다가는 너희 할머니한테―"

알프는 말을 하다 말고 끊는다. 툴툴거린다. 한숨을 쉰다.

"너한테 무슨 일이 생기면 너희 할머니가 절대 나를 용서하지 않을 거다."

알프는 벌써부터 그런 말을 한 걸 후회하는 눈치다.

"아저씨랑 할머니랑 서로 연정을 느끼는 사이였어요?" 엘사는 충분하고도 남을 시간을 흘려보낸 뒤에 묻는다. 알프는 방금 전에 자기 얼굴에다 엘사가 누런 눈덩이를 던지기라도 한 듯한 표정이다.

"그게 뭔 뜻인지 알기엔 네가 좀 어린 거 아니냐?"

"내가 알기에 너무 이른 것들이 많지만 그래도 아는 걸 어쩌라고요." 엘사는 헛기침을 하고는 하던 얘기를 계속한다. "내가 어렸을 때 엄마가 무슨 일을 하는지 설명해주려고 한 적이 있었어요. 왜냐면 내가 아빠한테 물어봤는데 모르는 눈치였거든요. 그때 엄마가 자기는 경제 전문가라고 했어요. 그 말을 듣고 내가 '뭐라고요?' 하니까 엄마는 '어떤 걸 살 수 있는지 파악할 수 있도록 병원에 돈이 얼마나 있는지 계산하는 사람'이라고 했어요. 그 말을 듣고 내가 '그러니까 가게처럼요?' 하니까 엄마는 맞다고, 가게 비슷하다고 했어요. 이해하기 어려운 것도 아니었는데 아빠가 좀 미련하게 굴었던 거죠."

알프는 손목시계를 확인한다.

"그러다가 텔레비전에서 가게를 운영하는 두 사람이 나오는 시리즈를 봤어요. 그 둘은 서로 연정을 품고 있었거든요. 적어도 내가 보기에는요. 그래서 나는 그게 무슨 뜻인지 알아요, 대충은. 아저씨하고 할머니도 그런 관계가 아니었을까 생각했고요. 그러니까…… 그런 관계였어요, 아니었어요?"

"저 개, 볼일 다 본 거냐? 할 일이 있는데." 알프는 대답이라고 할 수 없는 말을 중얼거린다. 그러고는 덤불 쪽을 돌아본다.

엘사는 알프를 유심히 뜯어본다.

"아저씨는 할머니가 좋아하는 타입일 수 있었겠다는 생각이 들었거든요. 할머니보다 몇 살 어리잖아요. 그리고 할머니는

303

아저씨랑 나이가 비슷한 경찰을 만나면 치근대고 그랬어요. 경찰을 하기에 조금 나이가 많긴 했지만 나이로 경찰을 하는 건 아니니까요. 물론 아저씨가 경찰이라는 얘기는 아니에요. 그래도 아저씨는 나이가 많긴 하지만…… 진짜 많지는 않잖아요. 무슨 뜻인지 알겠어요?"

알프는 무슨 뜻인지 알아듣지 못한 눈치다. 게다가 살짝 편두통까지 생긴 것 같다.

워스가 볼일을 마치자 셋은 엘사를 중심으로 해서 다시 아파트 안으로 돌아간다. 대군은 아니지만 그래도 군대는 군대라는 생각이 들자 엘사는 어둠이 조금 덜 무서워진다. 지하실로 내려가 주차장으로 나가는 문과 창고로 들어가는 문 사이에서 서로 헤어질 때가 되자 엘사는 신발로 바닥을 긁으며 알프에게 묻는다. "나를 데리러 왔을 때 차 안에서 듣던 음악 뭐였어요? 오페라였나요?"

"젠장, 작작 좀 물어라!"

"궁금한 거 묻지도 못해요?"

"이런 염병…… 그래. 썩을 오페라였지."

"어느 나라 말이었어요?"

"이탈리아."

"이탈리아 말 할 줄 알아요?"

"어."

"진짜로요?"

"그럼 진짜로 하지 우라질, 다르게 하는 방법도 있나?"

"그러니까 유창하게요?"

"저 물건을 숨길 만한 다른 데 알아봐라." 알프는 워스를 가리키며 화제를 바꾸려고 한다. "사람들이 조만간 눈치챌 거다."

"이탈리아 말 알아요, 몰라요?"

"오페라 이해할 정도는 된다. 이런 염병— 또 다른 질문 있냐?"

"그럼 그때 차 안에서 들은 오페라는 어떤 내용이었어요?" 엘사는 끈질기게 붙들고 늘어진다.

알프는 주차장으로 나가는 문을 연다.

"사랑. 오페라는 전부 다 사랑 노래다. 거의 다."

알프는 '사랑'을 '백색 가전제품'이나 '2인치 나사'처럼 발음한다.

"그럼 우리 할머니를 사랑했어요?" 엘사는 알프의 뒤통수에 대고 외치지만 그는 이미 쾅 소리 나게 문을 닫고 사라진 뒤다.

엘사는 그 자리에 서서 씩 웃는다. 워스도 씩 웃고 있다. 거의 백 퍼센트 장담할 수 있다. 웃으면서 그림자와 어둠을 무서워하는 건 훨씬 힘이 든다.

"알프 아저씨도 이제 우리 친구인 거 같아." 엘사는 속삭인다.

워스도 동의하는 눈치다.

"친구들을 최대한 모아야 해. 할머니가 이 이야기에서 어떤 일이 벌어질지 알려주지 않았거든."

워스는 엘사 곁으로 바싹 파고든다.

"울프하트 보고 싶다." 엘사는 녀석의 털에 대고 속삭인다.

워스는 그 말에도 마지못한 듯 동의하는 눈치다.

20
옷 가게

오늘이 그날이다. 그런데 이보다 더 이상 끔찍할 순 없는 밤
으로 시작한다.

엘사는 입을 벌리며 눈을 뜨지만 비명은 방 안이 아닌 머릿
속을 채운다. 침묵의 고함을 지르며 이불을 젖히려고 손을 뻗
는데 이불은 이미 바닥에 떨어져 있다. 엘사는 밖으로 나간다.
달걀 냄새가 난다. 부엌에 있던 예오리가 엘사를 보며 조심스
럽게 미소를 짓는다. 엘사는 미소로 화답하지 않는다. 예오리
는 기분이 상한 눈치다. 엘사는 신경 쓰지 않는다.

피부가 귤껍질처럼 벗겨질 만큼 뜨거운 물로 엘사는 샤워를
한다. 다시 밖으로 나간다. 엄마는 몇 시간 전에 나가고 없다.
엄마들이 하는 일이 그런 것이기에 모든 걸 바로잡으러 나선

것이다.

예오리가 뒤에서 뭐라고 하지만 엘사는 듣지도 않고 대답도 하지 않는다. 그러고는 엄마가 꺼내놓은 옷을 입고 밖으로 나가서 문을 닫고 층계참을 가로지른다. 할머니네 집에서 수상한 냄새가 난다. 깨끗한 냄새가 난다. 산더미처럼 쌓인 이삿짐 상자가 지금은 사라진 모든 걸 기리는 기념비인 양 현관 앞 복도에 그림자를 드리우고 있다.

엘사는 더 이상 안으로 들어가지 못하고 문 앞에 선다. 간밤에도 찾아왔었지만 낮에는 더 힘겹다. 블라인드 사이로 햇빛이 꾸역꾸역 들어올 땐 이런저런 기억을 떠올리기가 더 힘에 부친다. 구름 동물들이 하늘 위를 날아간다. 화창한 아침이지만 끔찍한 날이다.

뜨거운 물 샤워 때문에 피부가 계속 화끈거린다. 할머니가 생각난다. 할머니네 집 샤워기는 1년 넘게 고장 나 있었는데 할머니는 집주인에게 연락해서 고쳐달라고 하지 않고 엄마와 예오리네 집 샤워기를 빌려 썼다. 그러다 가끔 깜빡하는 바람에 가운을 여미지 않은 채로 자기 집으로 돌아가곤 했다. 아예 가운을 걸치지 않은 적도 있었다. 그래서 엄마가 엄마와 엘사의 집에 함께 사는 예오리 생각은 하지 않느냐며 15분 동안 소리를 지른 적도 있었다. 엘사가 찰스 디킨스 작품집을 읽기 시작한 지 얼마 안 됐을 때의 일이었다. 할머니는 독서에 별 취미가 없어서 르노를 타고 가는 동안 엘사가 찰스 디킨스의 작품을 읽어주곤 했다. 나중에 같이 토론할 상대가 필요했기 때문이다. 크리스마스 이야기를 좋아하는 할머니를 생각해서 특히 『크리스마스 캐럴』은 여러 번 읽어줬다.

그래서 엄마가 예오리를 생각해서 알몸으로 돌아다니지 말라고 했을 때 할머니는 여전히 알몸으로 예오리를 돌아보며 말했다. "자넬 생각하라는 헛소리가 다 뭐야? 자네랑 같이 사는 사람은 내 딸이잖아." 할머니는 그러고 나서 실오라기 하나 걸치지 않은 채 허리를 깊이 숙여서 인사하며 정중하게 덧붙였다. "나는 미래의 크리스마스 유령이외다, 예오리 씨!"

엄마는 할머니에게 머리끝까지 화가 났지만 엘사를 생각해서 겉으로 드러내진 않았다. 엘사도 엄마를 생각해서 찰스 디킨스의 작품 속 대사를 인용할 줄 아는 할머니에 대한 뿌듯함을 겉으로 드러내지 않았다.

엘사는 신발을 신은 채 집 안으로 들어간다. 이 신발을 신고 돌아다니면 쪽매널 바닥에 긁힌 자국이 남아서 엄마가 집 안에서는 신지 말라고 했지만 할머니네 집에서는 괜찮다. 바닥이 이미 누가 스케이트를 타고 지나간 듯하다. 오래돼서 그렇기도 하고, 할머니가 실제로 집 안에서 스케이트를 탄 적이 있어서 그렇기도 하다.

엘사는 큼지막한 옷장 문을 연다. 워스가 엘사의 얼굴을 핥는다. 단백질 바와 스펀지케이크 믹스 냄새가 난다. 엘사는 어젯밤에 막 잠자리에 들려는 순간, 오늘 사람들이 커피를 마시러 올 테니 의자를 꺼내 오라고 엄마가 예오리를 지하 창고로 보낼 가능성이 크다는 사실을 깨달았다. 오늘이 바로 그날인데 오늘 같은 날에는 모두들 어딘가에서 커피를 마시지 않는가.

엄마와 예오리의 창고는 할머니의 창고 옆이자 알프가 합판으로 가린 워스를 유일하게 볼 수 있는 창고이기도 하다. 그래서 엘사는 가장 무서운 존재가 그림자인지 유령인지 아니면 브릿마리인지 헷갈려하며 한밤중에 몰래 창고로 내려가 워스를 위로 데려왔다.

"할머니가 살아 계셨더라면 더 널찍한 곳에 너를 숨길 수 있었을 텐데." 엘사는 미안해한다. 할머니가 살아 있었더라면 옷장이 계속 커졌을 거라서 하는 말이다. "뭐, 할머니가 살아 계셨더라면 애초에 네가 숨을 필요도 없었겠지만."

워스는 다시 한 번 엘사의 얼굴을 핥고는 열린 옷장 문 틈새로 고개를 내밀어 가방을 찾는다. 엘사는 현관 앞으로 달려가서 가방을 들고 와 꿈 세 통과 1리터짜리 우유를 꺼낸다.

"어젯밤에 마우드 아줌마가 엄마한테 주고 갔어." 엘사는 설명하는 동안 워스가 비스킷을 깡통째 먹을 기세로 곧바로 엘사의 손에 코를 대고 킁킁거리자, 나무라는 뜻에서 집게손가락을 치켜든다.

"두 통만 먹어! 한 통은 총알이야!"

워스는 살짝 짖지만 결국에는 어쩔 수 없는 자신의 처지를 깨닫고 통 두 개와 세 번째 통의 절반을 깨끗하게 핥아 먹는다. 이러니저러니 해도 녀석은 워스다. 비스킷 앞에서는 어쩔 수 없다.

엘사는 우유를 들고 음매-총을 찾아 나선다. 오늘따라 엘사는 두뇌 회전이 좀 느리다. 몇 년 동안 악몽을 꾸지 않다가 이제야 악몽의 필요성을 깨달았기 때문이다. 처음으로 그림자가 악몽을 통해 찾아왔을 때 엘사는 다음 날 아침에 모두 떨쳐버리려고 했다. 남들처럼 '그냥 나쁜 꿈을 꾼 거'라고 자기 자신을 설득하려고 했다. 하지만 그건 하나만 알고 둘은 모르는 처사였다. 깰락말락나라에 다녀온 사람이라면 그러면 안 되는 거다.

그래서 어젯밤에 똑같은 꿈을 꾸었을 때 엘사는 악몽과 싸우려면 어디로 가야 하는지 깨달았다. 악몽으로부터 밤을 되찾으려면 어디로 가야 하는지 말이다.

"미레바스!" 엘사는 워스에게 단호하게 외친다. 워스가 작아진 할머니의 옷장 밖으로 나오자 엄마가 아직 정리하지 못한, 뭔지 알 수 없는 잡동사니들이 덩달아 쏟아진다.

"미레바스로 가야 해!" 엘사는 음매-총을 흔들며 워스에게 단언한다.

미아마스 왕국의 이웃인 미레바스 왕국은 깰락말락나라에서 가장 영토가 작아서 잊히기 십상이다. 그래서 깰락말락나라의 아이들이 지리 수업 시간에 여섯 개 왕국의 이름을 나열할 때 늘 빠뜨리고는 한다. 미레바스에 사는 사람들조차 그런다. 미레바스 사람들은 불필요한 공간을 차지하거나 일말의 피해도 입히지 않으려고 무진장 애를 쓸 만큼 성격이 워낙 겸손하고 친절하고 조심스럽다. 하지만 미레바스 사람들은 상상력이 가장 중요한 재산으로 간주되는 나라에서 가장 중요한 임무를 맡고 있다. 악몽 사냥꾼을 육성하는 곳이 바로 미레바스다.

아무것도 모르는 현실 세계의 헛똑똑이들이나 '그냥 나쁜 꿈을 꾼 거'라는 한심한 소리를 지껄이는 법이다. 세상에 '그냥' 나쁜 꿈은 없다. 나쁜 꿈은 모두들 잠이 든 틈을 타서 이집, 저 집 살금살금 돌아다니며 슬그머니 들어가 소동을 일으킬 만한 곳이 없는지 문과 창문을 열어보는, 살아 숨 쉬는 존재다. 불안과 고뇌로 똘똘 뭉친 조그맣고 시커먼 구름이다. 그래서 이 세상에 악몽 사냥꾼이 존재하는 거다. 뭘 좀 아는 사람이라면 다들 알겠지만 악몽을 쫓으려면 음매-총이 있어야 한다. 뭘 잘 모르는 사람들은 음매-총이라고 하면 어느 집 할머니가 우유곽 위에 새총을 붙여서 만든 평범한 페인트 총이라 착각할 것이다. 하지만 엘사는 자기가 지금 어떤 무기를 들고 있는지 안다. 엘사는 곽에 우유를 붓고 비스킷 총의 고무줄 앞에 달린

약실에 비스킷을 채운다.

악몽은 죽일 순 없지만 겁을 줘서 쫓아버릴 순 있다. 그리고 악몽이 가장 무서워하는 건 우유와 비스킷이다.

하지만 자신감이 충만해질 무렵 엘사는 초인종 소리를 듣고 화들짝 놀라는 바람에 실수로 워스를 향해 비스킷은 말고 우유만 발사해버린다. 녀석은 씩씩대며 잼싸게 도망친다. 엘사는 순간 악몽이 무슨 수로 초인종을 누를 수 있는지 의아해하지만 악몽이 아니라 예오리다. 그는 기분이 상한 눈치다. 엘사는 신경 쓰지 않는다.

"지하 창고에 가서 의자 들고 오려고." 예오리는 이렇게 말하더니 무시당하는 느낌이 강하게 드는 날 의붓아빠들이 그렇듯 엘사에게 애써 미소를 지어 보인다.

엘사는 어깨를 으쓱하고는 예오리의 면전에 대고 문을 쾅 닫는다. 워스가 다시 등장하자 엘사는 녀석의 등을 타고 올라가서 문구멍으로 밖을 내다본다. 예오리는 기분 상한 표정으로 1분 정도 그 자리에서 꾸물거린다. 엘사는 그런 예오리가 싫다. 엄마는 예오리가 엘사에게 관심이 있기 때문에 마음에 들고 싶어서 그러는 거라고 누누이 강조한다. 누가 그걸 모를까. 엘사도 예오리가 자기한테 관심이 있다는 걸 알아서, 그래서 예오리를 좋아할 수가 없다. 노력을 해도 좋아할 수 없어서라기보다 결국에는 좋아할 수밖에 없다는 걸 알아서다. 예오리를

313

좋아하지 않는 사람은 없다. 그게 예오리의 초능력이다.

그리고 엘사는 자기가 예오리를 좋아하게 되었는데 반쪽이가 태어나고 예오리가 자기를 잊어버리면 실망할 수밖에 없다는 걸 안다.

좋아하지 않는 사람에게는 상처받을 일이 없다. '특이하다'는 소리를 자주 듣는, 조금 있으면 여덟 살이 되는 아이는 그 사실을 금세 터득한다.

엘사는 워스의 등에서 뛰어내린다. 워스는 음매-총을 물고 부드럽긴 하지만 단호하게 엘사에게서 빼앗아 가더니 어기적어기적 걸어가서 엘사의 집게손가락이 닿지 않을 정도로 높은 의자 위에 내려놓는다. 그런 와중에도 음매-총의 비스킷은 먹지 않는다. 워스들이 비스킷을 얼마나 좋아하는지 아는 사람이라면 눈치챌 수 있다시피 이건 엘사를 존경한다는 의미심장한 증거다.

다시 초인종이 울린다. 엘사는 문을 홱 열고 예오리에게 짜증을 퍼부으려다 예오리가 아니라는 걸 알아차린다.

대여섯 개의 영원이 이어지는 동안 정적이 흐른다.

"안녕, 엘사." 까만 치마를 입고 다니는 여자가 조금 당황한 목소리로 인사를 건넨다. 오늘은 웬일로 까만 치마가 아니라 청바지를 입고 있다. 여자는 겁먹은 표정으로 민트 냄새를 풍기고 있다. 숨을 어찌나 천천히 쉬는지 산소 부족으로 죽기 직전은 아닌지 불안할 지경이다.

"저기…… 사무실에서 너한테 소리 질렀던 거 미안해." 여자가 운을 뗀다.

두 사람은 서로의 신발을 꼼꼼히 뜯어본다.

"멋지네요." 이윽고 엘사가 가까스로 말문을 연다.

여자의 입가가 살짝 떨린다.

"네가 사무실로 찾아와서 살짝 당황했어. 나를 찾아오는 사람이 많지 않거든. 그래서…… 그래서 내가 손님맞이를 잘 못해."

엘사는 여자의 신발에 시선을 고정한 채 죄책감에 고개를 끄덕인다.

"괜찮아요. 미안했어요, 그런 얘기 꺼내서……." 엘사는 그런 얘기가 무슨 얘기인지 말하지 못하고 얼버무린다.

여자는 됐다는 듯이 손을 내젓는다.

"내 잘못이야. 내가 가족 얘기를 잘 못하거든. 너희 할머니도 내 말문이 트이게 하려고 애썼지만 그러면 난…… 화만 냈지."

엘사는 발끝으로 바닥을 찌른다.

"어른들은 힘든 일들을 잊기 위해서 와인을 마시죠, 그렇죠?"

"아니면 기억할 힘을 기르기 위해서 마시든지."

엘사는 코를 훌쩍인다.

"아줌마도 망가졌죠? 울프하트처럼."

"아마…… 다른 방식으로 망가졌을 거야."

"그럼 아줌마가 아줌마를 고치진 못해요?"

"내가 심리학자니까?"

엘사는 고개를 끄덕인다. "그건 안 돼요?"

"외과의사들도 자기 몸을 수술하진 못하잖아. 그거랑 비슷하지 않을까?"

엘사는 다시 고개를 끄덕인다. 청바지를 입은 여자는 잠깐 엘사에게 손을 내밀려는 기미를 보이다 멈추고 멍하니 자기 손바닥을 긁는다.

"너희 할머니가 편지에 너를 돌봐달라고 쓰셨어." 여자가 속삭인다.

엘사는 고개를 끄덕인다.

"모든 편지에 그렇게 쓰셨나봐요."

"화난 목소리네?"

"저한테는 편지를 안 남기셨거든요."

여자는 바닥에 놓아둔 봉투 안으로 손을 집어넣어서 뭔가를 꺼낸다.

"어제…… 어제 이 해리 포터 시리즈를 샀어. 시간이 없어서 아직 많이 읽지는 못했지만 그래도."

"왜 생각이 바뀌었어요?"

"해리 포터가…… 해리 포터가 너한테 얼마나 중요한지 알겠어서."

"해리 포터는 모든 사람한테 중요해요!"

여자의 입가에 다시 주름이 생긴다. 그러더니 다시 길게 숨을 들이마시고는 엘사의 눈을 들여다보며 이야기한다.

"나도 그 아이가 참 마음에 들더라. 그 말을 하고 싶었어. 이렇게 재미있는 책을 읽은 게 얼마 만인지 모르겠어. 어른이 되면 거의 그럴 일이 없거든. 모든 일은 어렸을 때 정점을 이루다 그 이후론 내리막길이지⋯⋯ 아마⋯⋯ 냉소주의 때문이겠지만. 예전에는 어땠는지 일깨워줘서 고맙다는 얘기를 하고 싶었어."

여자가 말을 더듬지 않고 이렇게 길게 얘기를 하다니 엘사로서는 처음 겪는 일이다. 엘사는 여자가 가져온 봉투 안에 들어 있던 물건을 받는다. 책이다. 동화책이다. 아스트리드 린드그렌이 쓴 『사자왕 형제의 모험』이다. 엘사도 아는 책이다. 깰락말락나라에서 만들지 않은 이야기 중에서 엘사가 좋아하는 이야기이기 때문이다. 르노를 타고 가면서 할머니에게 몇 번을 읽어줬는지 모른다. 죽어서 낭기열라로 건너간 카알과 요나탄이 거기서 폭군 텡일과 용 카틀라와 맞서 싸우는 이야기다.

여자의 시선이 다시 갈 곳을 잃는다.

"아이들 할머니가 돌아가셨을 때 우리 아들들에게 읽어줬던 책이야. 너도 읽었는지 모르겠다. 읽었겠지."

엘사는 고개를 젓고 책을 꽉 끌어안는다.

"아니에요." 엘사는 거짓말을 한다. 책을 선물 받으면 안 읽은 척해야 한다는 것쯤은 알 정도의 예의는 갖추고 있다.

청바지를 입은 여자는 안심하는 얼굴이다. 잠시 후에 여자가 어찌나 깊게 숨을 들이마시는지 그러다 쇄골이 부러지지 않을까 싶을 정도다.

"있잖아…… 우리 둘이 병원에서 만났느냐고 물었잖니. 너희 할머니하고 나 말이야. 쓰나미가 닥친 뒤에 나는…… 정부에서…… 정부에서 시신들을 전부 다 좁은 광장에 눕혀놓았어. 가족이랑 친구들을 찾을 수 있게…… 그 뒤로…… 나는…… 그러니까 너희 할머니가 거기서 나를 만났어. 그 광장에서. 내가 거기 얼마 동안 앉아 있었을까…… 글쎄. 몇 주는 됐을 거야. 너희 할머니가 나를 집으로 데려갔고 여기서 살라고 했어. 어디로…… 가면 좋을지 알 수 있을 때까지."

전류가 흐르기라도 하는 것처럼 그녀의 입이 열렸다 닫힌다.

"난 그냥 여기 남았어. 그냥 여기…… 남았어."

엘사는 이번엔 자기 신발을 내려다보며 묻는다.

"오늘 올 거예요?"

다시 도망이라도 치고 싶은 사람처럼 고개를 젓는 여자가 곁눈으로 보인다.

"아마…… 아마 너희 할머니는 나한테 많이 실망하셨을 거야."

"아줌마가 자기 자신한테 실망하는 걸 보고 많이 실망하셨
겠죠."

여자의 목구멍에서 사레들린 듯한 소리가 난다. 엘사는 어느
정도 시간이 흐른 다음에야 그게 웃음소리였을지 모른다는 걸
알아차린다. 목구멍의 그 부분을 한참 동안 쓰지 않다가 방금
전에 열쇠를 발견하고는 오래된 전기 스위치를 올리기라도 한
것 같다.

"너 정말 특이한 꼬마로구나." 여자가 말한다.

"나 꼬마 아니에요. 조금 있으면 여덟 살인걸요!"

"맞아, 미안. 그때 너는 갓난애였어. 내가 이 집으로 이사했
을 때 말이야. 갓난애였지."

"특이한 게 나쁜 건 아니에요. 할머니도 특이한 사람들만 세
상을 바꿀 수 있다고 했어요."

"맞아. 미안. 이제…… 이제 그만 가봐야겠다. 그냥…… 사과
하고 싶어서 온 거야."

"괜찮아요. 책 고마워요."

여자는 망설이는 눈빛이다가 다시 엘사를 똑바로 쳐다본다.

"네 친구 돌아왔니? 울프- 이름이 뭐라고 했더라?"

엘사는 고개를 젓는다. 여자는 왠지 모르게 진심으로 걱정하
는 듯한 눈빛이다.

"가끔 그래. 가끔 그렇게 사라져. 걱정할 필요 없어. 그 사람은…… 사람들을 무서워하거든. 잠깐 사라졌다가 늘 돌아와. 시간이 필요할 따름이지."

"내가 보기엔 도움이 필요한 것 같은데요."

"스스로 노력하지 않는 사람을 돕기는 힘든 일이지."

"스스로 노력하는 사람은 남의 도움이 절실하지 않을 것 같은데요." 엘사가 반박한다.

여자는 아무 대꾸 없이 고개를 끄덕인다.

"이제 그만 가봐야겠다." 그러고는 했던 말을 반복한다.

엘사는 붙잡고 싶지만 여자는 벌써 계단을 절반이나 내려가 버렸다. 여자가 아래층으로 거의 사라졌을 때 엘사는 난간 너머로 몸을 내밀고 기운을 모아서 큰 소리로 묻는다.

"그래서 찾았어요? 광장에서 아이들을 찾았어요?"

여자는 걸음을 멈춘다. 난간을 으스러져라 붙잡는다.

"응."

엘사는 입술을 깨문다.

"아줌마는 사후 세계를 믿나요?"

여자는 엘사를 올려다본다.

"어려운 질문이로구나."

"그러니까 하느님을 믿느냐고요." 엘사가 묻는다.

"가끔 하느님을 믿기 힘들 때도 있지." 여자가 대답한다.

"하느님이 있다면 왜 쓰나미를 막지 않았을까 싶으니까요?"

"왜 이 세상에 쓰나미 같은 게 있을까 싶으니까."

엘사는 고개를 끄덕인다.

"어떤 영화에서 누가 그랬어요. '믿음은 산도 옮길 수 있다'고요." 엘사는 자신이 계속 종알거리는 이유를 알지 못한 채로 계속한다. 어쩌면 여자가 사라지기 전에 정말로 묻고 싶은 걸 묻고 싶기 때문일지도 모른다.

"그렇다더라." 여자가 대답한다.

엘사는 고개를 젓는다.

"하지만 그게 사실이라는 건 아줌마도 알잖아요! 미아마스에 사는 페이스라는 거인이 한 말이니까요. 그 거인은 황당할 정도로 힘이 셌죠. 그래서 말 그대로 산을 옮겼어요!"

여자는 계단 아래로 사라져야 하는 이유를 찾는 듯한 표정이다. 엘사는 얼른 숨을 들이마신다.

"다들 나더러 지금은 할머니가 보고 싶겠지만 시간이 지나면 괜찮아질 거라고 해요. 하지만 나는 잘 모르겠어요."

여자는 공감하는 눈빛으로 다시 엘사를 올려다본다.

"왜?"

"아줌마는 괜찮아지지 않았잖아요."

여자는 눈을 반쯤 감는다.

"서로 다르지 않을까?"

"어째서요?"

"너희 할머니는 연세가 많으셨잖아."

"내 기준으로는 안 그래요. 할머니하고 같이 지낸 지 7년밖에 안 됐는걸요. 조금 있으면 8년이지만."

여자는 아무 대꾸도 하지 않는다. 엘사는 울프하트처럼 양손을 비빈다.

"오늘 꼭 와요!" 엘사가 외치지만 여자는 이미 사라지고 보이지 않는다.

여자네 집 현관문이 닫히는 소리가 들리고 이어서 온 사방에 정적이 흐르다 잠시 후 공동 현관문에서 아빠의 목소리가 들린다.

엘사는 마음을 추스르고 눈물을 닦고는 음매-총에 넣을 총알 절반으로 꼬드겨 워스를 다시 옷장에 숨긴다. 그런 다음 할머니네 집 현관문을 잠그진 않은 채로 닫아두기만 하고 계단을 달려 내려간다. 몇 분 뒤에 엘사는 최대한 뒤로 젖힌 아우디 좌석에 누워서 유리 지붕 밖을 물끄러미 내다본다.

구름 동물들이 이제는 좀 전보다 나지막이 날고 있다. 아빠는 양복을 입었고 역시 말이 없다. 아빠가 양복을 입은 적이 거의 없어서 낯설게 느껴진다. 하지만 오늘은 그날이니까.

"아빠는 하느님을 믿어요?" 엘사가 묻는다. 발코니에서 던진 물 풍선 같은 기습 공격이다. 할머니가 물 풍선을 좋아해서 아빠는 할머니네 집 발코니 바로 밑을 절대 지나가지 않았다.

"글쎄." 아빠가 대답한다.

아빠가 대답을 하지 못하는 건 싫지만 거짓말을 하지 않는 건 살짝 마음에 든다. 아우디가 까만 철문 앞에서 멈춰 선다. 두 사람은 앉아서 잠깐 기다린다.

"나, 할머니 닮았어요?" 엘사는 하늘에 시선을 고정한 채 묻는다.

"외모 말이니?" 아빠는 머뭇거리며 되묻는다.

"아뇨. 뭐, 인간적으로요." 엘사는 한숨을 쉰다.

아빠는 조금 있으면 여덟 살이 되는 딸을 둔 아빠답게 잠깐 망설임과 싸우는 기미를 보인다. 아기가 어디에서 태어나느냐고 엘사가 또 한 번 묻기라도 한 것 같다.

"'뭐'나 '그러니까' 같은 단어를 남발하지 마. 아는 단어가 없는 사람들이나—" 아빠는 대신 이런 얘기를 꺼낸다. 자제가 안 되기 때문이다. 아빠는 원래 그렇다. 문법적으로 올바른 문장을 쓰는 걸 아주 중요하게 생각한다.

"망할, 대답하기 싫으면 하지 말라고요!" 엘사는 본의 아니게 사납게 쏘아붙인다. 오늘은 아빠의 지적을 받아들일 기분이 아니다.

대개는 서로 틀린 부분을 지적하며 툭탁거린다. 그게 두 사람의 유일한 놀이다. 엘사는 아빠의 단어 항아리에 '간결하다'

나 '가식적이다'처럼 새로 배운 어려운 단어나 '우리 집 냉장고는 타코 소스의 무덤이다'와 같은 복잡한 문장을 넣는다. 그 항아리가 다 찰 때마다 아이패드에서 책을 다운받을 수 있는 상품권을 받는다. 해리 포터 시리즈 전권을 소장할 수 있게 된 것도 단어 항아리 덕분인데, 엘사도 알다시피 아빠는 해리 포터에 대해서 어처구니없을 정도로 잘 믿지 못한다. 아빠는 현실에 근거한 이야기가 아니면 이해를 못 하기 때문이다.

"죄송해요." 엘사는 중얼거린다.

아빠는 좌석에 몸을 묻는다. 두 사람은 누가 더 면목이 없는지 경쟁을 벌인다. 이윽고 아빠가 좀 전보다 살짝 단정적인 말투로 이렇게 말한다.

"그래. 넌 할머니를 아주 많이 닮았어. 할머니와 네 엄마의 장점을 전부 다 물려받았지."

엘사는 대꾸하지 않는다. 그게 원했던 대답인지 알 수 없기 때문이다. 아빠도 더 이상 아무 소리 하지 않는다. 그렇게 대답했어야 맞는 건지 자신이 없기 때문이다. 엘사는 아빠네 집에 좀 더 자주 가고 싶다는 이야기를 하고 싶다. 2주에 한 번으로는 부족하다. 반쪽이가 태어났는데 상당히 정상적이라면 예오리와 엄마가 엘사를 내쫓고 싶어 하지 않겠느냐고 아빠에게 소리치고 싶어진다. 부모들은 특이한 아이가 아니라 정상적인 아이를 원한다. 엘사 옆에 반쪽이가 있으면 둘의 차이점이 더욱 도드라질 것이다. 엘사는 할머니 말이 틀렸다고, 특이한 게 늘 좋은 건 아니라고, 특이한 건 돌연변이고 〈엑스맨〉에 나오는 거의 대부분은 가족이 없지 않느냐고 소리치고 싶어진다.

모든 걸 큰 소리로 털어놓고 싶어진다. 하지만 참는다. 아빠는 절대 이해 못 할 게 분명하기 때문이다. 그리고 아빠는 엘사와 함께 살고 싶어 하지 않을 것이다. 리세트가 낳은 아이들이 있으니까. 특이하지 않은 아이들이 있으니까.

아빠는 양복 차림이 마뜩찮은 사람처럼 아무 말 없이 앉아 있다. 하지만 엘사가 아우디 문을 열고 내리려고 할 때 머뭇머뭇 돌아보더니 나지막이 말한다.

"……하지만 네 장점이 전부 다 할머니하고 엄마한테 물려받은 게 아니었으면 좋겠다는 생각이 들 때도 있어, 엘사."

그 말에 엘사는 두 눈을 질끈 감고 아빠의 어깨에 이마를 기대며 재킷 주머니 속으로 손을 집어넣어서 빨간 사인펜 뚜껑을 돌린다. 빨간 사인펜은 엘사가 어렸을 때 직접 구두점을 찍을 수 있도록 아빠가 선물한 거다. 지금까지 아빠한테 받은 선물 중에서, 아니 지금까지 받은 선물을 전부 다 합쳐서 최고다.

"내 어휘는 아빠한테 물려받은 거잖아요." 엘사는 속삭인다.

아빠는 자부심이 깃든 눈빛을 들키지 않으려고 눈을 깜빡인다. 엘사의 눈에는 그게 보인다. 엘사는 지난주 토요일에 아빠에게 거짓말했다고 고백하고 싶어진다. 학교로 데리러 갈 필요 없다고 엄마의 휴대전화로 문자메시지를 보낸 사람이 자기였다고. 하지만 아빠를 실망시키고 싶지 않기에 입을 다문다. 입을 다물면 아무도 실망시킬 일이 없다. 조금 있으면 여덟 살이 되는 아이라면 누구나 아는 사실이다.

아빠가 엘사의 머리칼에 입을 맞춘다. 엘사는 고개를 들고 지나가는 말처럼 묻는다. "리세트랑 아이들 더 낳을 거예요?"

"아닐 거야." 아빠는 누가 봐도 빤한 질문이라는 듯 서글픈 목소리로 대답한다.

"왜요?"

"더 이상 필요 없으니까."

"필요 이상으로 많이 낳았으니까"라고 말하려다 참은 것처럼 들린다. 어째 그런 느낌이다.

"나 때문에 아이를 그만 낳고 싶은 거예요?" 이렇게 물으면서도 아빠가 아니라고 대답해주길 바란다.

"그렇지."

"알고 보니 내가 특이한 아이라서요?" 조그만 목소리로 묻는다.

아빠는 아무 대답도 하지 않는다. 엘사는 대답을 기다리지 않는다. 하지만 아우디에서 내려 문을 닫으려는 순간, 아빠가 좌석 너머로 손을 뻗어서 엘사의 손끝을 붙잡고, 엘사가 아빠의 눈을 쳐다보자 아빠도 늘 그렇듯 머뭇거리며 시선을 맞춘다. 아빠가 속삭인다.

"알고 보니 네가 완벽한 아이라서."

그렇게 안 망설이는 아빠의 말투는 처음이다. 엘사가 자기 생각을 입 밖으로 내면 아빠는 세상에 그런 단어는 없다고 할 것이다. 엘사는 그래서 아빠가 좋다.

예오리가 슬픈 얼굴로 철문 옆에 서 있다. 예오리도 양복 차림이다. 엘사가 예오리를 지나서 달려가자 엄마가 마스카라가 줄줄 흐르는 얼굴을 하곤 엘사를 붙잡는다. 엘사는 반쪽이에게 얼굴을 묻는다. 엄마의 원피스에서 부티크 냄새가 난다. 구름 동물들이 나지막이 날고 있다.

오늘은 할머니를 땅에 묻는 날이다.

21
양초 기름

깰락말락나라에는 우리 모두에게 내면의 소리가 있다고, 우리는 가만히 그 소리에 귀를 기울이기만 하면 된다고 말하는 사람들이 있다. 엘사는 그 말을 절대 믿지 않는다. 누가 자기 머릿속에서 말을 한다고 상상하기도 싫거니와 할머니도 심리학자 또는 살인범이나 '내면의 소리'가 있는 거라고 누누이 강조했기 때문이다. 할머니는 정식 심리학을 좋아하지 않았다. 까만 치마를 입고 다니는 여자한테는 어떻게든 해보려 했지만.

하지만 그럼에도 불구하고 잠시 후면 엘사는 자기 머릿속에서 종소리처럼 선명한 소리를 듣게 될 거다. 그 소리는 속삭이지 않고 고함칠 거다. "도망쳐!"라고. 그러면 엘사는 필사적으로 도망칠 거다. 그림자를 뒤에 거느리고.

물론 교회로 들어설 때만 해도 엘사는 아무것도 모르는 상태다. 수백 명의 낯선 사람들이 중얼거리는 소리가 고장 나서 치직거리는 카스테레오 소리처럼 천장으로 떠오른다. 몇 부대에 달하는 시건방진 작자들이 엘사에게 손가락질하며 수군댄다. 그 작자들의 눈빛에 숨이 막힌다.

누군지도 모르는 사람들이라 기만당한 기분이 든다. 엘사는 그 누구하고도 할머니를 공유하고 싶지 않다. 할머니에게는 수백 명의 친구가 있었는데 엘사에게 친구라고는 할머니 한 명뿐이었다는 사실을 되새기고 싶지 않다.

엘사는 허리를 꼿꼿하게 세우고 사람들 사이를 지나가는 데 집중한다. 사실은 지금 당장이라도 쓰러질 것 같고 기분 나빠할 여력도 없지만 사람들에게 들키고 싶지 않다. 교회 바닥이 발을 잡아끌고 저쪽에 놓인 관이 눈을 찌른다.

'죽음의 가장 강력한 힘은 사람의 목숨을 앗아가는 게 아니라 남겨진 사람들을 더 이상 살고 싶지 않게 만드는 거야.' 엘사는 이런 생각을 하는데, 어디에서 들은 말인지 기억이 나지 않는다. 다시 생각해보면 깰락말락나라에서 나온 말인가 싶지만, 할머니가 죽음을 어떻게 대했는지 감안해볼 때 그건 아닌 것 같다. 죽음은 할머니의 숙적이었다. 그래서 할머니는 죽음을 절대 입에 올리지 않았다. 할머니가 외과의사가 된 이유도 죽음을 최대한 도발하기 위해서였다.

하지만 미플로리스에서 나온 말일 수도 있다. 할머니는 깰락말락나라에 가면 절대로 미플로리스에 발을 들여놓지 않으려고 했지만 엘사에게 들볶이다 못해 들어갈 때도 가끔 있었다. 그리고 할머니가 미아마스의 어느 여관에서 트롤과 포커를 치거나 눈천사와 와인 문제로 옥신각신할 동안 엘사 혼자서 구름동물을 타고 미플로리스에 들어간 적도 있었다.

미플로리스는 깰락말락나라의 여섯 개 왕국 중에서 가장 아름답다. 그곳에서 자라는 나무들은 노래를 부르고, 풀은 발바닥을 간질이며, 늘 갓 구운 빵 냄새가 난다. 집들이 어찌나 예쁜지 만일의 경우를 대비해 앉아서 감상해야 한다. 하지만 그 집들엔 아무도 살지 않고 창고로 쓰일 따름이다. 미플로리스는 이야기 속의 모든 등장인물이 슬픔을 들고 오는 곳, 남은 슬픔을 저장하는 곳이기 때문이다. 모든 이야기의 영원 동안 그래왔다.

현실 세계 속 사람들은 끔찍한 일이 벌어지면 슬픔과 상실감과 심장 아리는 고통이 "시간이 지나면 차츰 가시겠지"라고 하지만 사실은 그렇지가 않다. 슬픔과 상실감은 변함이 없는데, 그걸 평생 간직하고 살아야 한다면 어느 누가 버틸 수 있을까. 슬픔으로 마비되지 않겠는가. 그래서 우리는 결국 슬픔을 가방에 넣어서 두고 올 만한 장소를 찾아 나선다.

그런 장소가 바로 미플로리스다. 슬픔으로 가득한 큼지막한 짐을 질질 끌며 사방에서 나그네들이 한 명씩 천천히 걸어오는 곳. 가져온 짐을 내려놓고 일상으로 돌아가는 곳. 돌아선 나그네들의 발걸음은 한결 가볍다. 미플로리스의 구조상 어느 방향으로 가방을 내려놓든 돌아서면 앞에서 태양이 비추고 뒤에서 바람이 불기 때문이다.

미플로리스 사람들은 슬픔이 담긴 짐 가방과 자루와 배낭을 조심스럽게 모아서 조그만 수첩에 기록한다. 모든 종류의 슬픔과 그리움을 꼼꼼하게 목록으로 작성한다. 미플로리스에서는 모든 것을 아주 체계적으로 보관한다. 광범위한 규칙 아래 모든 슬픔마다 흠잡을 데 없이 분명한 관할 구역이 부여된다. 할머니는 미플로리스 사람들을 '관리 새끼들'이라고 불렀다. 요즘은 온갖 양식을 작성해야 슬픔이든 뭐든 버릴 수 있기 때문이다. 하지만 미플로리스 사람들은 슬픔에 관해서라면 무질서는 절대 용납할 수 없다고 한다.

원래 미플로리스는 깰락말락나라에서 가장 조그만 왕국이었는데 끝없는 전쟁 이후에 가장 넓은 왕국이 되었다. 할머니가 그곳을 드나들기 싫어했던 이유가 그 때문이다. 간판에 할머니의 이름이 적힌 가게가 워낙 많았기 때문이다. 문득 생각해보니 미플로리스에서는 다들 내면의 소리를 운운한다. 미플로리스 사람들은 내면의 소리가 사랑하는 사람을 도우러 돌아온 망자의 목소리라고 믿는다.

아빠가 엘사의 어깨 위에 다정하게 손을 얹자 엘사는 현실 세계로 돌아온다. 엄마에게 "전부 다 준비를 아주 잘했네, 울리카"라고 속삭이는 아빠의 목소리가 들린다. 웃으며 교회 신도석에 놓인 프로그램을 턱으로 가리키는 엄마의 모습이 곁눈으로 보인다. "프로그램 만들어줘서 고마워. 서체 예쁘더라."

엘사는 앞줄 신도석의 맨 끝에 앉아서 웅얼거림이 잦아들 때까지 바닥을 쳐다본다. 앉을 자리가 없어서 벽마다 사람들이 서 있다. 대다수가 세탁 라벨도 못 읽는 사람과 옷 바꿔 입기 게임이라도 한 것처럼 희한한 옷을 입고 있다.

엘사는 '옷 바꿔 입기 게임'을 단어 항아리에 넣어야겠다고 생각한다. 그 생각에 집중하려고 애쓴다. 하지만 무슨 소리인지 알아들을 수 없는 언어가 들리고, 이상한 발음 속에 구겨넣어진 자기 이름이 들리자 현실 세계로 돌아온다. 모르는 사람들이 누구는 조심스럽게, 또 누구는 대놓고 엘사에게 손가락질하고 있다. 엘사는 그들이 자기가 누군지 전부 다 알 거라고 생각하면 미쳐버릴 것 같다. 그래서 벽에 서 있는 사람들 틈바구니에서 낯익은 얼굴을 발견했을 때 처음에는 누구인지 기억해내지 못한다. 카페에서 유명 인사를 보고 본능적으로 "어머, 안녕하세요!"라고 외치고 나서야 뇌에서 '어이, 아는 사람 아니야? 인사해야지!'라고 외칠 시간은 있고 '잠깐, 텔레비전에서 본 사람이잖아!'라고 외칠 시간은 없었음을 깨닫는 식이다. 뇌는 사람을 바보로 만들기를 워낙 좋아한다.

그 사람은 누군가의 어깨 뒤로 사라지지만 잠시 후에 다시 등장해서 엘사를 똑바로 쳐다본다. 어제 차지권 전환 문제로 대화를 나누러 왔던 회계사다. 그런데 오늘은 목사님 옷을 입고 있다. 회계사가 엘사에게 윙크를 건넨다.

다른 목사님이 할머니와 하느님에 대해서 이야기하지만 엘사의 귀에는 들리지 않는다. 할머니가 이런 장례식을 원했을까 싶다. 할머니가 교회를 그렇게 좋아했었나? 할머니와 엘사는 하느님에 대해서 대화를 나눈 적이 거의 없다. 할머니에게 하느님은 죽음을 연상시키기 때문이었다.

게다가 전부 다 가짜다. 플라스틱에 모조다. 장례식을 치르면 모든 게 괜찮아진다는 걸까? 엘사 입장에서는 모든 게 괜찮아질 수 없다. 그것만큼은 분명하다. 식은땀이 난다. 희한한 옷을 입은 낯선 사람들이 마이크에 대고 이야기한다. 몇 명은 다른 나라 말을 써서 아담한 체구의 여자가 다른 마이크에 대고 통역해준다. 하지만 아무도 "죽었다"고 하지 않는다. 다들 "세상을 하직했다"거나 할머니를 "떠나보냈다"고 한다. 할머니가 건조기 속에서 사라진 양말 한 짝이라도 되는 것처럼. 우는 사람들도 있지만 그들에게는 울 권리가 없다. 그들의 할머니도 아닌 데다 할머니가 엘사를 데려가지 않은 다른 나라나 왕국이 있는 듯한 인상을 엘사에게 심어줄 권리가 없지 않은가.

그래서 토스터기로 머리를 빗은 듯한 뚱뚱한 여자가 시를 낭송하기 시작하자 엘사는 더 이상 참지 못하고 신도석 사이를 비집고 나간다. 뒤에서 엄마가 뭐라고 속삭이는 소리가 들리지만 누가 쫓아오기 전에 반짝이는 돌바닥을 지나서 교회 밖으로 나선다.

겨울 공기가 엘사를 할퀸다. 뜨거운 탕에서 목욕을 하고 있다가 머리채를 잡혀서 끌려 나온 느낌이다. 구름 동물들은 불길한 분위기를 풍기며 나지막이 맴돌고 있다. 엘사는 천천히 걸음을 옮기며 눈앞이 캄캄해지기 직전까지 깊숙이 12월의 공기를 들이마신다. 스톰이 생각난다. 스톰은 예전부터 엘사가 가장 좋아했던 슈퍼 히어로 중 하나다. 날씨를 바꾸는 초능력의 소유자이기 때문이다. 심지어 할머니조차 제법 근사한 초능력이라고 인정했던 적이 있다.

엘사는 스톰이 와서 이 망할 교회를 통째로 날려주었으면 좋겠다고 생각한다. 이 망할 묘지까지 통째로. 이 망할 모든 것을 통째로.

교회 안에서 본 얼굴들이 엘사의 머릿속에서 맴돈다. 정말 회계사를 본 게 맞나? 알프도 거기 서 있었나? 그랬던 것 같다. 엘사가 아는 얼굴이 또 하나 있었다. 초록 눈의 여경. 엘사는 발걸음을 재촉한다. 아무라도 뒤쫓아 나와서 괜찮냐고 물어보는 게 싫기 때문이다. 엘사는 괜찮지가 않다. 절대 괜찮아지지 않을 것이다. 그들이 중얼거리는 소리를 듣거나 그들이 자기 이야기를 하고 있다고 인정하는 것도 싫다. 엘사를 두고, 엘사를 도마 위에 올려놓고 수군수군. 할머니는 엘사를 도마 위에 올린 적이 한 번도 없었다.

비석 사이로 50미터쯤 걸었을 때 엘사는 담배 냄새를 맡는다. 처음엔 왠지 모르게 익숙하고 해방감마저 느껴진다. 일요일 아침에 빤 베갯잇처럼 왠지 모르게 달려가서 끌어안고 코를 묻고 싶어진다. 하지만 잠시 후에 다른 게 느껴진다.

그때 내면의 소리가 들린다.

엘사는 고개를 돌리기 전부터 남자가 비석 사이 어디쯤에 서 있는지 알았다. 남자는 몇 미터밖에 떨어지지 않은 곳에 서 있다. 손끝으로 무심하게 담배를 잡고 있다. 엘사가 비명을 지른들 그 먼 교회까지 들릴 리 없는데 남자가 차분하고 냉정하게 앞을 가로막는다.

엘사는 어깨 너머로 철문을 흘끗 쳐다본다. 거기까지 20미터다. 다시 시선을 돌려보니 남자가 성큼성큼 다가오고 있다.

그때 내면의 소리가 들린다. 할머니의 목소리다. 그런데 속삭이는 게 아니라 고함을 지르고 있다.

도망쳐!

남자가 엘사의 팔을 우악스럽게 붙잡지만 엘사는 빠져나온다. 그러곤 자동차 앞 유리에 낀 성에를 긁는 손톱처럼 바람이 눈을 할퀼 때까지 달린다. 얼마 동안 달렸는지 모른다. 몇 번의 영원이 지날 동안이다. 남자의 눈과 담배가 머릿속에 선명하게 각인되고 숨을 쉴 때마다 허파가 욱신거리는 지경에 이르렀을 때 엘사는 남자가 절름발이였음을 깨닫는다. 도망칠 수 있었던 것도 그 덕분이다. 1초만 더 망설였더라면 남자가 원피스 자락을 붙잡을 수 있었겠지만 엘사는 달리기라면 이골이 나 있다. 너무 잘한다. 눈물이 흐르는 까닭이 바람 때문인지 슬픔 때문인지 알 수 없을 때까지 달린다. 학교 앞에 다다른 걸 깨달을 때까지 달린다.

그러다 속도를 늦춘다. 주위를 둘러본다. 망설인다. 그러고는 원피스 자락을 휘날리며 길 건너편 어두컴컴한 공원으로 뛰어든다. 그곳에서는 나무들마저 적대적으로 느껴진다. 햇빛은 너무 지쳐서 아래로까지 내려오지 못하는 듯하다. 드문드문 사람들 목소리가 들리고, 바람이 쌩쌩 나뭇가지를 가르는 소리, 덜커덩거리며 멀어져가는 차 소리가 들린다. 엘사는 숨을 헐떡이고 씩씩대며 비틀비틀 걸어 공원 깊숙이 들어간다. 사람들 목소리가 들린다. 누군가가 뒤에서 엘사를 부른다. "어이! 꼬마 아가씨!"라고 한다.

엘사는 지쳐서 걸음을 멈춘다. 벤치에 주저앉는다. "꼬마 아가씨" 소리가 점점 가까이서 들린다. 엘사도 알다시피 나쁜 일이 벌어질 징조다. 공원이 장막 아래에서 살금살금 움직이는 것처럼 느껴진다. 신발을 거꾸로 신은 것처럼 휘청거리고 웅얼대는 또 다른 목소리가 옆쪽에서 들린다. 두 목소리 모두 점점 빠르게 엘사를 향해 다가오는 듯하다. 위험을 감지한 엘사는 벌떡 일어나서 흐르는 물처럼 내달리기 시작한다. 그러다 갑자기 어두컴컴한 한겨울의 공원 안에서는 모든 사람이 똑같이 보일 테고 빠져나가는 길을 모른다는 생각이 들면서 절망감에 휩싸인다. 맙소사, 텔레비전을 그렇게 열심히 본 일곱 살짜리가 어쩌면 그렇게 바보 같을 수 있었을까? 이러다 우유곽 옆면에 사진이 실리게 되는 거다. 요즘도 실종된 아이를 찾는 광고를 거기에 싣는지 모르겠지만.

하지만 이미 엎질러진 물이다. 시커멓고 빽빽한 울타리 사이로 난 좁은 오솔길을 달리는데 목젖을 두드리는 심장박동이 느껴진다. 학교에서 다들 쑥덕거리는 것처럼 마약 중독자들에게 끌려갈 텐데 공원 안으로 뛰어 들어온 이유가 뭐였는지 엘사도 모르겠다. 어쩌면 누군가가 자기를 데려가서 죽여주길 바랐는지 모른다. 그래서 그랬는지 모른다.

죽음의 가장 강력한 힘은 사람의 목숨을 앗아가는 게 아니라 남겨진 사람들을 더 이상 살고 싶지 않게 만드는 거다.

엘사는 덤불 속에서 가지 부러지는 소리를 듣지 못한다. 자기가 밟은 얼음이 깨지는 소리도 듣지 못한다. 그런데 뒤에서 들리던 웅얼거리는 목소리들이 일순 사라진다. 고막이 끽끽거려서 소리를 지르고 싶어진다. 잠시 후 모든 게 다시 정적으로 뒤덮인다. 몸이 천천히 위로 올라간다. 엘사는 눈을 감는다. 공원 밖으로 옮겨진 다음에야 감았던 눈을 뜬다.

울프하트가 내려다보고 있다. 엘사는 울프하트의 품에 안겨서 올려다본다. 넋이 나간 느낌이다. 잠결에 울프하트 몸에 침을 흘렸다가는 이 세상의 종이봉투를 전부 다 동원해서 그의 입에 갖다대도 모자랄 거라는 무의식 한구석의 인식이 없었더라면 엘사는 그 자리에서 당장 잠들어버렸을지도 모른다. 그래서 잠들지 않으려고 발버둥친다. 울프하트가 또다시 자기를 구해주었는데 잠들어버린다면 좀 예의에 어긋나는 일이기도 하다.

"혼자 도망치지 마라. 절대 혼자 도망치지 마라." 울프하트가 으르렁거린다.

엘사는 울프하트가 구해줬으면 하고 바랐는지까지는 잘 모르겠지만 그를 만나서 기쁘기는 하다. 솔직히 생각했던 것보다 훨씬 기쁘다. 울프하트를 보면 화가 날 줄 알았는데.

"위험한 곳이야." 울프하트는 공원을 향해 으르렁거리며 엘사를 바닥에 내려놓는다.

"알아요." 엘사가 중얼거린다.

"다시는 그러지 마!" 울프하트가 명령한다. 목소리에서 두려움이 느껴진다.

엘사는 울프하트가 그 거대한 몸을 아직 다 펴기도 전에 그의 목을 끌어안고 암호로 "고마워요"라고 속삭인다. 그러다 그가 얼마나 불편해하는지 알아차리고 얼른 손을 놓는다.

"진짜 꼼꼼하게 손도 씻었고 오늘 아침에 완전 오랫동안 샤워했어요!" 엘사는 속삭인다.

울프하트는 아무 대꾸도 하지 않지만 눈빛으로 보건대 집에 들어가면 알코올로 목욕을 할 기세다.

엘사는 주위를 둘러본다. 이를 본 울프하트가 양손을 비비며 고개를 젓는다.

"다 갔어." 말투가 다정하다.

엘사는 고개를 끄덕인다.

"내가 여기 있는 줄 어떻게 알았어요?"

울프하트는 아스팔트를 내려다본다.

"너를 지켜보고 있어. 너희 할머니가…… 그래달라고 해서."

엘사는 고개를 끄덕인다.

"아저씨가 옆에 있는 줄 내가 잘 모르더라도요?"

울프하트의 후드가 위아래로 움직인다. 엘사는 다리가 꺾일 것 같은 기분이다.

"왜 사라졌어요?" 엘사는 비난하듯 속삭인다. "그 테로피스트한테 나를 맡기고 왜 가버렸어요?"

울프하트의 얼굴이 후드 속으로 사라진다.

"심리학자들은 얘기하고 싶어 해. 늘 그래. 전쟁에 대해서. 늘 그래. 나는…… 그러기 싫고."

"얘기하고 나면 홀가분해질 수도 있잖아요."

울프하트는 말없이 양손을 비빈다. 뭔가가 등장하길 기다리는 사람처럼 길거리를 내다본다.

엘사는 자기 몸을 감싸 안다가 재킷과 그리핀도르 목도리를 교회에 두고 왔다는 걸 깨닫는다. 그리핀도르 목도리를 깜빡하다니 이번이 처음이다.

그리핀도르 목도리를 깜빡하다니 세상에 그런 인간이 어디 있을까.

엘사도 길거리를 위아래로 훑으며 뭔지 모를 것을 찾는다. 무언가 어깨 위로 휙 움직이는 것 때문에 고개를 돌려보니 울프하트가 외투를 벗어서 걸쳐주었다. 외투자락이 땅바닥에 끌린다. 옷에서 소독약 냄새가 난다. 후드를 벗은 울프하트의 모습은 처음이다. 이상하게 덩치가 더 커 보인다. 긴 머리와 까만 수염이 바람에 날린다.

"미아마스가 아저씨 엄마네 모국어로 '사랑한다'는 뜻이라고 했죠?" 엘사는 물으며 애써 울프하트의 얼굴에 난 흉터를 외면한다. 흉터를 쳐다보면 양손을 더 심하게 비빈다는 걸 알기 때문이다.

울프하트는 고개를 끄덕인다. 길거리를 살핀다.

"미플로리스는 무슨 뜻이에요?"

대답이 없길래 엘사는 그가 질문을 이해 못 하는 줄 알고 자세히 설명한다.

"깰락말락나라의 여섯 개 왕국 중에 미플로리스라는 곳이 있어요. 모든 슬픔을 저장하는 곳이에요. 할머니는 절대 거기—"

울프하트가 가만히 말허리를 자른다.

"슬퍼한다."

엘사는 고개를 끄덕인다.

"그럼 미레바스는요?"

"꿈꾼다."

"그럼 미아우다카스는요?"

"도전한다."

"그럼 미모바스는요?"

"춤춘다."

엘사는 그 단어들을 다 흡수한 다음에야 마지막 왕국에 대해서 묻는다. 할머니는 울프하트 이야기를 할 때마다 그림자들을 물리친 무적의 전사라고, 전사의 심장과 이야기꾼의 영혼을 지녔기에 오직 울프하트만이 그림자들을 물리칠 수 있었던 거라고 했다. 미아마스에서 태어났지만 미바탈로스에서 자랐기 때문에 그렇다고.

"미바탈로스의 뜻은 뭐예요?" 엘사가 묻는다.

그러자 그가 똑바로 쳐다본다. 미플로리스의 모든 것이 담긴 그 커다랗고 까만 눈을 휘둥그레 뜨고 똑바로 쳐다본다.

"미바탈로스. '싸운다.' 미바탈로스는…… 이제 없어. 미바탈로스는 더 이상 존재하지 않아."

"알아요! 끝없는 전쟁 때 그림자들에게 파괴돼서 아저씨만 빼고 전부 다 죽었죠. 아저씨가 마지막으로 남은 미바탈로스 사람이고─" 엘사는 말문을 열었다가 양손을 미친 듯이 비비는 울프하트를 보고 하던 얘기를 멈춘다.

울프하트의 머리칼이 얼굴 위로 쏟아진다. 그는 뒤로 한 발짝 물러선다.

"미바탈로스는 없어. 나는 싸우지 않아. 앞으로 절대 싸우지 않아."

엘사는 그가 깰락말락나라의 머나먼 숲 속에서 숨어 지냈던 이유가 그림자들에 대한 두려움이 아니라 자기 자신에 대한 두려움 때문이었음을 알아차린다. 미바탈로스에서 만들어진 자신의 모습에 대한 두려움 때문이었음을 알아차린다. 그런 건 말하는 사람의 눈빛을 보면 알 수 있지 않은가.

울프하트의 시선이 엘사로부터 비껴가더니 알프의 목소리가 들린다. 홱 하고 고개를 돌려보니 길가에 시동이 걸린 택시가 한 대 서 있다. 알프가 느릿느릿 눈밭을 헤치며 걸어온다. 여경이 택시 옆에서 매의 눈으로 공원을 잽싸게 훑어보고 있다. 알프는 침낭만 한 울프하트의 외투를 걸친 그대로 엘사를 안아 올리며 차분하게 이야기한다. "이제 집에 가자. 여기 있다 가는 망할, 얼어 죽겠다!"

하지만 엘사는 알프의 목소리에서 두려움을 감지한다. 교회 묘지에서 엘사를 추격한 자가 누군지 아는 사람의 두려움이다. 게다가 여경의 예리한 눈빛으로 보건대 그녀도 그자의 정체를 안다. 다들 아닌 척하지만 훨씬 많은 걸 알고 있다.

엘사는 알프에게 안겨 택시까지 가는 동안 뒤돌아보지 않는다. 울프하트가 이미 사라졌다는 걸 알기 때문이다. 교회로 돌아가서 다시 엄마의 품에 안겼을 때 엘사는 엄마 또한 아닌 척하지만 훨씬 많은 걸 알고 있음을 알아차린다. 엄마는 전부터 알고 있었다는 것 또한 알아차린다.

엘사는 『사자왕 형제의 모험』 이야기를 생각한다. 어떤 인간도 무찌를 수 없는 용, 카틀라에 대해서 생각한다. 카틀라를 죽일 수 있었던 유일한 존재인 큰 바다뱀 카름에 대해서 생각한다. 어떤 이야기를 보면 끔찍한 용을 죽일 수 있는 유일한 존재는 그보다 더 끔찍한 존재다.

괴물 말이다.

22
오보이

엘사는 지금까지 수백 번 쫓겨봤지만 교회 묘지에서처럼 그런 적은 없었다. 그리고 지금 느끼는 공포는 차원이 다르다. 도망치기 전에 얼핏 본 그 눈은 엘사를 죽일 각오가 된 사람처럼 그렇게 확고하고 차가울 수가 없었다. 조금 있으면 여덟 살이 되는 아이로서는 감당하기 힘든 일이다.

엘사는 할머니가 살아 있는 동안에는 절대 공포를 느끼지 않으려고 애썼다. 공포를 느끼더라도 절대 티를 내지 않으려고 애썼다. 할머니가 공포를 싫어했기 때문이다. 공포는 깰락말락나라에서 만들어진 조그맣고 사나운 녀석들로, 거칠거칠한 털이 건조기에서 나오는 파란색 솜털뭉치처럼 생겼는데, 잠시의 틈이라도 보이면 상대방에게 달려들어서 살갗을 물어뜯고 눈을 할퀴려고 한다. 할머니는 공포가 담배와 비슷하다고 했다. 끊기보다 시작하지 않는 게 더 어렵다는 점에서 그렇다고 했다.

할머니가 다른 이야기에서 소개하길, 깰락말락나라에 공포라는 개념을 도입한 주인공은 노벤이었다고 했다. 어느 누구도 셀 수 없을 만큼 오랜 영원 전에, 왕국이 여섯 개가 아니라 다섯 개밖에 없었을 만큼 오래전에 벌어진 일이라고 했다.

노벤은 모든 게 당장 이루어져야 직성이 풀리는 선사시대의 괴물이다. 어떤 아이가 '좀 있다가'나 '나중에'나 '이제 막 하려던 참인데……'라고 할 때마다 불을 뿜으며 고래고래 소리를 지른다. "안 돼애! 지금 당장 하라고오오!" 노벤은 아이들을 싫어한다. 시간은 일직선으로 흘러간다는 자신의 거짓말을 믿지 않기 때문이다. 아이들은 시간이 감각에 불과하다는 걸 알기에 '지금'이라는 단어가 아무 의미도 없다. 그건 할머니에게도 마찬가지였다. 예오리는 할머니더러 시간 낙관론자가 아니라 시간 무신론자라고, 할머니가 믿는 유일한 종교가 있다면 '나중에 하자교'라고 했다.

노벤은 아이들을 잡기 위해 깰락말락나라에 공포라는 개념을 도입했다. 노벤에게 붙들린 아이는 미래를 먹혀서 평생 지금 먹고, 지금 자고, 지금 당장 정리할 수밖에 없는 무력한 존재로 전락한다. 절대로 지루한 일을 나중으로 미루거나 재미있는 일을 먼저 할 수 없다. 남은 건 지금뿐이다. 할머니가 입버릇처럼 말하길 죽는 것보다 훨씬 못한 운명이다. 그래서 노벤의 이야기는 그가 동화를 싫어했다는 설명으로 시작된다. 아이가 동화에 빠지면 할 일을 뒤로 미룰 가능성이 가장 높아지기 때문이다. 그래서 어느 날 밤, 노벤은 깰락말락나라에서 가장 높은 '이야기의 산'으로 올라가서 엄청난 산사태를 일으켜 산봉우리를 통째로 없애버렸다. 그런 다음 컴컴한 동굴에 숨어서 기다렸다. 앙팡들이 동화를 들고 이야기의 산으로 올라가야 동화들이 산비탈을 미끄러져 내려와 현실 세계로 넘어갈 수 있는데, 동화들이 이야기의 산에 쌓이면 미아마스 왕국이 질식할 테고, 그러면 깰락말락나라 전체가 질식할 것이다. 들어줄 아이들이 없으면 어떤 이야기도 살 수 없기 때문이다.

날이 밝자 미바탈로스에서도 가장 용감한 전사들이 산으로 올라가서 노벤을 물리치려고 했지만 모조리 실패했다. 노벤이 동굴 안에서 공포를 기르고 있었기 때문이다. 공포는 조심스럽게 다루어야 한다. 공포는 협박을 먹고 점점 더 커진다. 어느 집 부모가 아이를 협박할 때마다 그게 공포의 자양분이 되었다. 어느 집 아이가 "좀 있다가요"라고 했을 때 부모가 "안 돼, 지금 당장 해! 안 그러면 너—"라고 할 때마다 쿵 하고 노벤의 동굴에서 또 한 개의 공포가 부화되었다.

미바탈로스의 전사들이 산을 오르자 노벤이 공포를 동굴 밖으로 내보냈다. 방출된 공포는 각 병사가 가장 두려워하는 상대로 잽싸게 둔갑했다. 아무리 미바탈로스의 전사라도 모든 존재는 죽음에 대한 두려움을 품고 있기 마련이라 깰락말락나라의 산소가 서서히 줄어들기 시작했다. 이야기꾼들은 숨 쉬기가 점점 힘들어졌다. (이 지점에서 엘사는 공포가 그 사람이 가장 두려워하는 무언가로 둔갑한다는 발상은 해리 포터에서 슬쩍한 것 아니냐며 할머니의 말허리를 잘랐다. 보가트가 그런 식이 아닌가 하고 말이다. 그러자 할머니는 콧방귀를 뀌며 "해리 머시깽이가 나한테서 슬쩍한 게 아니고?"라고 대꾸했다. 그 말에 엘사는 "해리 포터는 뭐 훔치고 그런 애 아니거든요!"라며 비웃었고 그 문제로 두 사람은 한참 동안 옥신각신했다. 결국 할머니는 포기하고 "좋아! 그럼 전부 다 됐다 그래라! 공포는 뭘로 변하지 않고 그냥 물어뜯고 할퀴기만 한다고. 됐냐?" 그러자 엘사는 더 이상 이의를 제기하지 않았고 할머니는 하던 이야기를 계속했다.)

그때 두 명의 황금빛 기사가 등장했다. 모두들 산 위로 올라가지 말라고 말렸지만, 당연히 기사들은 듣지 않았다. 기사들이란 워낙 우라지게 고집이 세다. 산 위로 올라가자 공포가 동굴 속에서 일제히 뛰쳐나왔지만 기사들은 싸우지 않았다. 다른 전사들처럼 고함을 지르거나 욕을 하지도 않았다. 그 대신 공포를 상대로 취할 수 있는 유일한 조치를 취했다. 그것을 똑바로 쳐다보며 비웃은 것이다. 그것도 큰 소리로 당당하게. 그러자 공포는 하나씩 돌로 변했다.

할머니는 결말을 그럴듯하게 포장하는 데 별 소질이 없었기 때문에 상대가 돌로 변했다는 식으로 이야기를 마무리하는 걸 좋아했다. 그래도 엘사는 절대 투덜거리지 않았다. 노벤은 무한의 시간 동안 감옥에 갇혀서 길길이 날뛰었다. 깰락말락나라의 의회는 미바탈로스의 전사, 미레바스의 꿈 사냥꾼, 미플로리스의 슬픔 관리인, 미모바스의 음악가, 미아마스의 이야기꾼, 이런 식으로 각 왕국에서 몇 명씩 선별해 '이야기의 산 수비대'를 조직했다. 돌로 변한 공포를 활용해서 봉우리를 그 어느 때보다 높게 쌓고, 산기슭에 여섯 번째 왕국 미아우다카스를 건설했다. 그러고는 그 누구도 두 번 다시 공포를 두려워하지 않도록 미아우다카스의 벌판에서 용기를 재배했다. (할머니가 말하길 용기 나무의 추수가 끝나면 그걸로 특별한 술을 담갔고 그 술을 한 모금 마시면 어마어마하게 용감해질 수 있었다고 했다. 엘사는 약간의 인터넷 검색 끝에 어린아이에게 들려주기에 아주 적절한 비유는 아닌 것 같다고 지적했다. 그러자 할머니는 "그래, 알았다. 그럼 그걸 마시지는 않고 그냥 그런 술이 있다고만 하자. 됐냐?"라며 투덜거렸다.)

아무튼 이게 공포를 물리친 두 명의 황금빛 기사 이야기다. 할머니는 엘사가 뭔가를 무서워할 때마다 이 이야기를 들려주었고, 엘사가 할머니의 이야기 기법에 종종 태클을 걸긴 했

지만 그래도 매번 효과가 있었다. 이야기를 듣고 나면 무서움
이 한결 가셨다.

딱 하나, 할머니가 느끼는 죽음에 대한 공포에 있어서만큼
은 이야기의 효과가 발휘되지 않았다. 그리고 이제 엘사에게도
아무 소용이 없었다. 아무리 동화라도 그림자를 물리치진 못하
기 때문이다.

"무섭니?" 엄마가 묻는다.

"네." 엘사는 솔직하게 인정한다.

엄마는 무서워하지 말라고 얘기하지도 않고, 무서워할 필요
없다고 설득하려 들지도 않는다. 그래서 좋다.

두 사람은 주차장에서 르노 등받이를 젖히고 누워 있다. 워
스가 둘 사이를 이리저리 휘젓고 다니지만 엄마는 무심하게 녀
석의 털을 긁는다. 엄마는 엘사가 창고에 녀석을 숨겨두었다고
고백했을 때 화내지 않았다. 그리고 워스를 데려왔을 때 무서
워하지도 않았다. 고양이라도 되는 양 녀석의 귀 뒤를 긁어주
고는 그만이었다.

엘사가 손을 내밀어 엄마의 배를 만지자 반쪽이가 좋은지
그 안에서 발차기를 하고 있다. 반쪽이도 겁이 없다. 반쪽이는
엄마와 예오리의 아이인 반면에 엘사의 절반은 아빠고 아빠는
모든 걸 무서워한다. 그래서 엘사도 모든 것의 절반 정도를 무

서워한다.

그 무엇보다 그림자들을 무서워한다.

"누구였는지 알아요? 나를 쫓아왔던 그 남자요."

엘사가 묻자 워스가 자기 머리로 엘사의 머리를 툭 친다. 엄마는 엘사의 뺨을 부드럽게 어루만진다.

"응. 우리는 그 남자가 누군지 알지."

"우리라뇨?"

엄마는 깊게 숨을 들이마신다.

"레나르트하고 마우드. 그리고 알프. 그리고 나." 엄마는 더 많은 이름을 줄줄이 쏟아낼 듯하더니 제동을 건다.

"레나르트 아저씨랑 마우드 아줌마?" 엘사는 소리를 지른다.

엄마는 고개를 끄덕인다. "두 분이 그 남자를 제일 잘 알걸?"

"그런데 왜 지금까지 나한테 그 남자 얘길 하지 않았어요?" 엘사는 따져 묻는다.

"겁주기 싫어서."

"그 작전, 거의 실패하지 않았어요?"

엄마는 한숨을 쉬고는 워스의 털을 긁는다. 워스는 엘사의 얼굴을 핥는다. 아직까지 스펀지케이크 믹스 냄새가 난다. 누군가가 스펀지케이크 믹스 냄새를 풍기며 얼굴을 핥으면 화내기가 힘든 법이다.

"그림자예요." 엘사가 속삭인다.

"나도 알아." 엄마가 속삭인다.

"엄마도 안다고요?"

"할머니가 나한테도 이야기를 들려주려고 했거든. 깰락말락 나라와 그림자들 이야기 말이야."

"그리고 미아마스도요?" 엘사가 묻는다.

엄마는 고개를 젓는다.

"아니. 너희 할머니가 나한테는 보여주지 않았던 걸 너한테는 보여줬다는 거 알아. 게다가 아주 오래전 일이었지. 내가 지금의 네 나이 정도였을 때니까. 그때는 깰락말락나라가 아주 작았어. 왕국들에도 이름이 지어지기 전이었고."

엘사는 참지 못하고 불쑥 끼어든다.

"알아요! 할머니가 울프하트를 만났을 때 울프하트 어머니의 모국어로 왕국 이름을 지었잖아요. 그리고 그 말로 암호를 만들어 서로 대화할 때 썼고요. 그런데 할머니가 엄마는 왜 데려가지 않은 거예요? 엄마한테는 왜 깰락말락나라를 보여주지 않은 거예요?"

엄마는 지긋이 입술을 깨문다.

"나도 데려가고 싶어 하셨어. 여러 번. 하지만 내가 가지 않겠다고 했지."

"왜요?"

"점점 나이를 먹어가고 있었거든. 나는 화가 난 사춘기 여학생이었고 더는 전화로 우리 어머니한테 동화 같은 걸 듣고 싶지 않았어. 엄마가 여기 있어줬으면 했지. 여기 이 현실 세계 속에."

엘사는 엄마가 '우리 어머니'라고 하는 걸 거의 들어본 적이 없다. 엄마는 항상 '너희 할머니'라고 했었다.

"나는 쉬운 아이가 아니었단다. 엄청 대들었지. 뭐든 싫다고 했고. 너희 할머니는 나더러 '싫다고만 하는 아이'라고 했어."

엘사의 눈이 동그래진다. 엄마는 한숨을 쉬는 동시에 미소를 짓는다. 두 가지 상반된 감정이 서로를 삼키려는 듯하다.

"너희 할머니 이야기에 등장하는 여러 인물은 아마 나였을 거야. 소녀도 나였고 여왕도 나였고. 결국 나는 어디에서 상상이 끝나고 현실이 시작되는지 알 수 없는 지경에 이르렀지. 너희 할머니도 가끔은 그랬을 거야."

엘사는 아무 말 없이 누워서 르노의 내부 천장만 쳐다본다. 워스가 엘사의 귀에 대고 부드럽게 숨을 쉰다. 엘사는 바로 옆에서 한참 동안 살고 있었는데도 아무도 몰랐던 울프하트와 바다천사에 대해 생각한다. 벽과 바닥에 구멍을 뚫으면 서로 만질 수 있을 만큼 가깝게 살았는데도 서로에 대해 아는 게 거의 없었다. 그런 채로 세월만 흘렀다.

"열쇠 찾았어요?" 엘사가 르노의 계기판을 가리키며 묻는다. 엄마는 고개를 젓는다.

"너희 할머니가 숨긴 것 같아. 브릿마리를 골탕 먹이려고. 그래서 브릿마리의 자리에 주차되어 있는 거겠지······."

"브릿마리 아줌마도 차가 있어요?" 엘사가 묻는다. 누운 자리에서도 어처구니없을 정도로 커다란 켄트의 BMW가 똑똑히 보인다.

"아니. 하지만 오래전에는 있었어. 하얀색. 그래서 여기가 브릿마리의 자리인 거야. 원칙상 그렇다는 거지. 브릿마리는 첫째도 원칙, 둘째도 원칙이니까." 엄마는 피식 웃는다.

엘사는 그게 무슨 뜻인지 알아듣지 못한다. 알아듣는다 한들 뭐가 달라질까 싶기도 하다.

"그럼 르노가 어떻게 여기로 왔을까요? 열쇠를 가지고 있는 사람도 없는데." 엘사는 혼잣말을 중얼거린다. 하지만 엄마도 대답해줄 수 없다는 걸 알기에 대신 그림자에 대해 이야기해달라고 한다. 엄마는 엘사의 뺨을 다시 한 번 어루만지고는 한 손을 반쪽이 위에 얹고 끙끙대며 일어난다.

"그림자에 대한 이야기는 마우드하고 레나르트한테 맡겨야겠다."

엘사는 더 조르고 싶지만 엄마가 이미 르노에서 내려버렸기에 뒤따라 내리는 수밖에 없다. 결국 그게 엄마의 초능력이다. 엄마는 울프하트의 외투를 들고 내린다. 집으로 돌아왔을 때 입을 수 있게 빨아놓을 거라고 한다. 엘사는 불현듯 어떤 생각이 들어 기분이 좋아진다. 울프하트가 돌아온다는 생각 말이다.

뒷좌석에 앉은 워스를 담요로 덮는다. 엄마는 누가 오는 소리가 들리면 가만히 있어야 한다고 조용히 주의를 준다. 녀석은 알았다고 한다. 엘사는 더 괜찮은 곳을 찾아주겠다고 거듭 약속하지만, 녀석은 굳이 그럴 필요를 느끼지 못하는 눈치다. 반면에 비스킷을 챙기러 다녀오겠다는 말엔 아주 반색을 한다.

알프가 지하실 계단 입구에서 보초를 서고 있다.

"커피." 알프가 중얼거린다.

엄마는 고맙게 컵을 받아 든다. 알프는 엘사에게 다른 컵을 내민다.

"나는 커피 안 마신다고 했잖아요." 엘사는 지긋지긋하다는 듯이 얘기한다.

"커피 아니다. 우라질 오보이 코코아인가 뭔가 하는 거지." 알프가 화난 목소리로 대꾸한다.

엘사는 놀란 얼굴로 컵 안을 들여다보고는 묻는다.

"어디서 난 거예요?" 엄마는 설탕이 너무 많이 들어 있다며 집에서 절대 오보이를 마시지 못하게 한다.

"집." 알프가 중얼거린다.

"아저씨네 집에 오보이가 있다고요?" 엘사는 미심쩍어하며 묻는다.

"내가 우라질 가게 하나 못 다녀오는 줄 아냐?" 알프가 퉁명스럽게 되묻는다.

엘사는 알프를 보며 씩 웃는다. 알프를 욕설의 기사라고 부를까 생각 중이다. 욕설이 뭔지 위키피디아에서 찾아본 데다 그걸 전문으로 하는 기사가 너무 없기 때문이다. 엘사는 오보이를 한 모금 꿀꺽 마셨다가 하마터면 알프의 가죽 재킷 위로 뱉을 뻔한다.

"오보이를 도대체 몇 숟가락 넣은 거예요?"

"글쎄. 열넷 아니면 열다섯 숟가락?" 알프는 변명하듯이 중얼거린다.

"세 숟가락만 넣었어야죠!"

알프는 분개한다. 엘사가 보기엔 그렇다. 엘사는 예전에 '분개하다'라는 단어를 아빠의 단어 항아리에 넣은 적이 있는데 분개한 사람의 표정이 이렇지 않을까 싶다.

"썩을. 세 숟가락 넣으면 뭔 맛이 나겠냐?"

엘사는 나머지를 숟가락으로 떠서 마신다.

"아저씨도 교회 묘지에서 날 쫓아온 남자가 누군지 알죠?"
엘사는 입가와 코 끝에 코코아를 묻힌 얼굴로 묻는다.

"그자는 널 쫓은 게 아니다."

"에? 여보세요? 나를 쫓아왔다니까요?"

알프는 천천히 고개를 젓는다.

"그래. 하지만 널 사냥한 게 아니야."

23

행주

엘사는 알프의 발언에 대해서 묻고 싶은 질문이 천 가지나 되지만 한 가지도 묻지 않는다. 엄마가 집으로 올라가자마자 너무 피곤해서 침대로 직행해야 했기 때문이다. 엄마는 요즘 그렇게 누가 플러그라도 뽑은 것처럼 갑자기 피곤해한다. 분명 반쪽이 때문이다. 예오리 말로는 반쪽이가 앞으로 18년 동안 자기 때문에 잠을 못 이룰 테니 임신 10개월 동안 잠이 쏟아지게 만들어서 보상하려는 거라고 한다. 엘사는 침대 가에 걸터 앉아서 엄마의 머리칼을 쓸어내린다. 엄마는 엘사의 손에 입을 맞추고 속삭인다. "좋아질 거야, 우리 딸. 괜찮아질 거야." 할머니가 했던 말을 반복한다. 엘사도 그 말을 철석같이 믿고 싶다. 엄마는 졸음에 겨운 미소를 짓는다.

"브릿마리 아직 있니?" 엄마가 턱으로 문을 가리키며 묻는다.

곧장 브릿마리의 잔소리가 부엌에서 흘러나오는 바람에 엄마의 질문은 무의미해져버린다. 브릿마리는 르노가 아직도 자기 자리에 주차돼 있다며 예오리에게 '결단'을 요구한다. ("규칙 없이 살 순 없는 거 아니겠어요, 예오리? 아무리 울리카라도 그 정도는 알아야죠!") 예오리는 충분히 이해하고도 남는다고 명랑하게 대꾸한다. 예오리는 모든 이의 입장을 이해하는 사람이다. 그래서 짜증이 나는데 아니나 다를까, 브릿마리도 그 말을 듣고 열받은 눈치다. 예오리가 달걀 요리를 먹겠느냐고 묻지만 브릿마리는 못 들은 척하고는 모든 차지권자가 여태껏 맨 아래 계단에 묶여 있는 유모차를 "조사하는 데 총력을 기울여야 한다"고 주장한다.

"걱정 마, 우리 딸. 내일 네 친구를 숨길 만한 더 근사한 장소를 찾아줄게." 엄마는 잠결에 중얼거리고 나서 미소를 지으며 덧붙인다. "유모차 안에다 숨길까?"

엘사는 웃음을 터뜨린다. 묶여 있는 유모차의 비밀이 말도 안 될 정도로 황당한 애거서 크리스티 소설의 도입부와 비슷하다는 생각이 든다. 애거서 크리스티의 작품을 거의 대부분 아이패드로 읽어서 아는 건데, 그 작품들 속의 악당들은 브릿마리처럼 틀에 박혀 있지 않다. 브릿마리는 희생자로 등장할 가능성이 더 크다. 누군가가 서재에서 브릿마리를 촛대로 내리치고,

브릿마리를 아는 모든 사람에게 동기가 있기에 전부 다 용의자
로 몰리는 살인 사건이 그려진다. "그 쭈그렁 할망구가 얼마나
끔찍한 위인이었는지 몰라요!" 엘사는 이런 시나리오를 상상했
다는 데 부끄러워진다. 하지만 아주 살짝만이다.

"브릿마리가 악의를 갖고 그러는 건 아니야. 그냥 중요한 사
람이 된 듯한 기분을 만끽하고 싶어서 그러는 거지." 엄마는 애
써 설명한다.

"그래도 잔소리밖에 모르는 늙다리 참견쟁이예요." 엘사는
중얼거린다.

엄마는 미소를 짓는다.

그러고는 베개 위에서 편안하게 자리를 잡자 엘사는 베개
하나를 밀어서 허리를 받쳐준다. 엄마가 엘사의 뺨을 어루만지
며 속삭인다.

"괜찮으면 이야기를 듣고 싶은데. 미아마스에서 만든 동화
말이야."

엘사는 이야기를 듣고 싶으면 눈을 반쯤 감아야 된다고 한
다. 엄마가 시키는 대로 하자 엘사는 묻고 싶은 질문이 천 가지
지만 한 가지도 묻지 않는다. 대신 구름 동물과 앙팡과 리그레
터와 사자와 트롤과 기사와 노벤과 울프하트와 눈천사와 바다
천사와 꿈 사냥꾼에 대해 이야기한다. 그리고 나서 미플로리스
왕국의 공주와 공주를 놓고 싸운 소군주 형제와 공주의 보물을

훔친 마녀 이야기를 시작하지만 그 무렵 엄마와 반쪽이는 이미 잠이 들었다.

엘사는 여전히 묻고 싶은 게 천 가지지만 한 가지도 묻지 않는다. 엄마와 반쪽이에게 이불을 덮어주고 엄마의 뺨에 입을 맞추고 억지로 용기를 낸다. 할머니가 당부한 대로 성을 지키고 가족을 지키고 친구들을 지켜야 하기 때문이다.

일어나서 나가려고 할 때 엄마가 엘사의 손을 잡고 잠결에 속삭인다.

"너희 할머니 방 천장에 붙어 있는 사진들 말이야. 그 사진 속 아이들. 오늘 장례식에 왔어. 이제 다들 어른이 돼서. 너희 할머니가 구해줘서 어른으로 자랄 수 있었던 거야……."

이 말을 끝으로 엄마는 다시 잠이 든다. 그게 잠꼬대였는지 아니었는지 엘사로서는 확신이 서지 않는다.

"노 슛, 셜록." 엘사는 중얼거리고는 스탠드를 끈다. 낯선 사람들이 누구였는지 파악하는 건 그다지 어려울 게 없었다. 그들을 용서하는 것, 그게 어려울 따름이었다.

엄마는 입가에 미소를 머금고 잠이 들었다. 엘사는 조심스럽게 문을 닫는다.

집 안에서는 행주 냄새가 나고 예오리는 커피 잔을 치우고 있다. 장례식이 끝난 뒤에 낯선 사람들이 여기로 와서 커피를 마셨다. 다들 엘사를 보며 딱하다는 듯이 미소를 지었는데 엘사는 그게 싫었다. 그들이 자기보다 먼저 할머니를 알았다는 게 싫었다. 엘사는 할머니네 집으로 건너가서 할머니 침대에 눕는다. 가로등 불빛이 천장에 붙은 사진들 위로 어른거리는데, 엘사는 다른 아이들을 구하겠다고 엄마를 혼자 내버려둔 할머니를 용서할 수 있을지 여전히 자신이 없다. 엄마도 그걸 용서할 수 있을지 모르겠다. 노력하는 눈치긴 하지만.

엘사는 주차장에 있는 워스에게 가보려고 집을 나선다. 하지만 바닥에 힘없이 주저앉는다. 그렇게 앉아서 한참 동안 시간을 보낸다. 생각을 해보려고 하지만 평소에 생각들이 있었던 곳에는 공허와 정적만 흐른다.

몇 층 아래에서 걸어 올라오는 발소리가 들린다. 길을 잘 모르는 사람처럼 가만가만 부드럽게 계단을 밟고 있다. 까만 치마를 입고 다니는 여자는 민트 냄새를 풍기며 하얀색 줄에 대고 이야기하던 시절엔 자신 있고 힘차게 걸었는데 지금은 그렇지 않다. 이제 그 여자는 청바지를 입고 다닌다. 하얀색 줄도 사라졌다. 여자는 열 계단쯤 아래에서 걸음을 멈춘다.

"안녕." 여자가 인사한다.

작아 보인다. 피곤한 목소리지만 평소의 피곤함과는 다르다. 이번에는 좋은 피곤함이다. 게다가 민트나 와인 냄새도 나지 않는다. 샴푸 냄새만 난다.

"안녕하세요." 엘사도 인사한다.

"오늘 묘지에 다녀왔어." 여자가 느릿느릿 말한다.

"장례식장에 왔다고요?"

여자는 미안한 듯 고개를 젓는다. "거기에는 안 갔고. 미안. 갈…… 수가 없었어." 여자는 말을 삼킨다. 자기 손을 내려다본다. "아이들…… 무덤에 다녀왔어. 아주 오랜만에."

"도움이 되었나요?" 엘사가 묻는다.

여자의 입술이 사라진다.

"글쎄."

엘사는 고개를 끄덕인다. 계단을 비추던 불이 꺼진다. 눈이 어둠에 적응할 때까지 기다린다. 마침내 여자가 용기를 내서 미소를 짓는다. 이번에는 입가가 예전처럼 심하게 갈라지지 않는다.

"장례식 어땠어?" 여자가 묻는다.

엘사는 어깨를 으쓱한다.

"평범했어요. 사람들이 너무 많았고요."

"가끔은 잘 모르는 사람들과 슬픔을 나누기가 힘들 때도 있지. 하지만…… 너희 할머니를 좋아한 사람들이 워낙 많았을 거야."

엘사는 머리칼을 늘어뜨려 얼굴을 가린다. 여자는 목을 긁는다.

"그래…… 힘들다는 거 나도 알아. 할머니가 집을 버리고 모르는 사람들…… 그러니까 나 같은 사람들을 도우러 떠났다는 걸 알게 돼서."

엘사는 살짝 의심스러워하는 표정을 짓는다. 여자가 자기 생각을 읽기라도 한 것 같기 때문이다.

"그런 걸 '광차 문제'라고 하지. 윤리학적인 개념이야. 대학생들이 배우는. 그러니까…… 많은 사람들을 구할 수 있다면 한 사람을 희생시켜도 도덕적으로 문제가 없는가, 뭐 그런 거야. 위키피디아에서 찾아보면 나올 거야."

엘사는 아무 반응도 보이지 않는다. 여자는 안절부절못하는 기미를 보인다.

"화가 난 것 같구나."

엘사는 어깨를 으쓱하고 뭐 때문에 가장 화가 나는지 정하려고 한다. 목록이 워낙 길다.

"아줌마 때문에 화난 거 아니에요. 바보 같은 브릿마리 아줌마 때문에 화난 거지." 결국 이렇게 말한다.

여자는 살짝 당황한 표정으로 손에 쥔 물건을 내려다본다. 손가락으로 그 물건을 두드린다.

"괴물하고 싸우지 마. 그러다 너도 괴물이 될 수 있으니까. 심연을 한참 동안 들여다보면 심연이 너를 들여다본다잖니."

"그게 무슨 소리예요?" 엘사가 불쑥 묻는다. 여자는 자기를 어린애 대하듯 하지 않아서 속으론 기분이 좋다.

"미안. 그건…… 니체가 한 말이야. 독일 철학자. 내가 잘못 인용한 걸 수도 있지만…… 너를 미워하는 사람을 미워하다보면 그 사람이랑 점점 똑같아질 수 있다는 뜻으로 해석할 수도 있다고 봐."

엘사는 어깨가 귀에 닿을 정도로 으쓱한다.

"할머니가 그랬어요. '발로 똥 차지 마라. 온 사방이 똥 천지가 될 테니까!'"

까만 치마를 입고 다니다가 이제는 청바지를 입고 다니는 여자가 웃음을 터뜨린다. 엘사는 여자의 웃음소리를 처음 듣는다.

"그래, 그래. 그런 식으로 표현하는 게 더 나을 수도 있겠다."

웃음을 터뜨리자 여자가 예뻐진다. 웃는 얼굴이 잘 어울린다. 여자는 두 계단 더 올라오더니 멀찌감치 간격을 유지한 채 최대한 팔을 뻗어서 쥐고 있던 봉투를 내민다.

"우리 아이들…… 그 아이들…… 비석 위에 이게 있었어. 누가…… 놓았는지 모르겠는데 아마 너희 할머니가— 내가 언젠가는 올 줄 알고……."

엘사는 봉투를 건네받는다. 봉투를 보고 고개를 들기도 전에 청바지를 입은 여자는 계단 너머로 사라진다. 봉투에는 이렇게 적혀 있다. '엘사! 이 편지를 레나르트와 마우드에게 전해줘!'

이렇게 해서 엘사는 할머니가 남긴 세 번째 편지를 입수한다.

레나르트는 커피 잔을 든 채 문을 열어준다. 마우드와 사만타가 아주 다정한 모습으로 그의 뒤를 지키고 있다. 그들에게서 비스킷 냄새가 난다.

"두 분한테 드릴 편지가 있어요." 엘사가 선언한다.

편지를 받은 레나르트가 뭐라 말하려고 하지만 엘사는 하던 이야기를 계속한다.

"우리 할머니가 쓴 거예요! 아마 미안하다면서 안부 전한다고 하신 걸 거예요. 편지마다 그렇게 쓰셨거든요."

레나르트는 순순히 고개를 끄덕인다. 마우드는 그보다 더 순순히 고개를 끄덕인다.

"너희 할머니가 그렇게 되신 거 참 안타깝게 생각한다, 엘사. 하지만 정말로 아름다운 장례식이었어. 그런 자리에 초대받아서 얼마나 기쁜지 몰라. 들어와서 꿈 하나 먹어. 알프가 그 코코아도 갖다줬는데." 마우드가 얼굴을 환히 빛내며 말한다.

사만타가 짖는다. 그 소리마저 다정하게 들린다. 엘사는 마우드가 내민 깡통에서 꿈을 한 개 집는다. 깡통에 꿈이 한가득 차 있다. 엘사는 동조하는 뜻에서 마우드를 보며 미소 짓는다.

"제 친구 중에 꿈을 정말 좋아하는 녀석이 있거든요. 하루 종일 혼자 지내는데 그 친구를 데려와도 될까요?"

마우드와 레나르트는 두말하면 잔소리라는 듯이 고개를 끄덕인다.

24
꿈

몇 분 뒤, 워스가 부엌 깔개 위에 자리를 잡고 앉자 마우드는
반신반의하는 표정을 짓는다. 녀석이 부엌 깔개를 통째로 독차
지하고 앉아 있으니 더욱 그렇다.

"제가 얘기한 꿈을 좋아한다는 애가 바로 이 녀석이에요."
엘사는 명랑한 목소리로 소개한다.

마우드는 아무 말 없이 고개를 끄덕인다. 레나르트는 이루
다 말할 수 없을 정도로 겁에 질린 사만타를 무릎 위에 앉히고
서 식탁 저쪽 끝에 앉아 있다. 워스는 한 번에 열댓 개씩 꿈을
먹어 치운다.

"품종이 뭐니?" 워스가 들으면 기분 나빠 할까봐 겁이 나는
지 레나르트가 아주 조그만 목소리로 묻는다.

"워스요!" 엘사는 뿌듯한 목소리로 외친다.

레나르트는 고개를 끄덕인다. 무슨 말인지 전혀 모르는 사람의 끄덕임이다. 마우드는 꿈이 담긴 새 깡통을 열어서 발끝으로 조심스럽게 민다. 워스는 침을 흘려가며 세 입 만에 몽땅 해치우더니 고개를 들고 타이어 휠 캡만 한 눈으로 마우드를 빤히 쳐다본다. 마우드는 두 통을 더 꺼내며 우쭐한 표정을 애써 감추려고 하지만 잘 되지 않는다.

엘사는 할머니가 쓴 편지를 쳐다본다. 편지는 펼쳐진 채로 식탁 위에 놓여 있다. 엘사가 지하실로 워스를 데리러 간 동안 레나르트와 마우드가 읽은 모양이다. 레나르트는 시선을 알아차리고 엘사의 어깨에 손을 얹는다.

"네 말이 맞았어, 엘사. 너희 할머니께서 미안하다고 하시네."

"뭣 때문에요?"

마우드는 워스에게 시나몬 번과 롤케이크 반 덩이를 준다.

"목록이 제법 길었어. 너희 할머니가 워낙―"

"특이하셨죠." 엘사는 말참견을 한다.

마우드가 활짝 웃으며 워스의 머리를 쓰다듬는다.

레나르트는 턱으로 편지를 가리킨다.

"무엇보다 너무 자주 야단쳐서 미안하대. 그리고 화를 너무 자주 낸 것도. 옥신각신하고 물의를 일으킨 것도. 사과할 일도 아닌데. 누구나 가끔은 그러잖니!" 레나르트는 할머니의 사과에 대해 사과하는 사람처럼 이렇게 말한다.

'아저씨네는 안 그러면서.' 엘사는 이렇게 생각한다. 그래서 이들이 좋다. 마우드가 키득거리기 시작한다.

"그러더니 실수로 발코니에서, 그걸 뭐라고 하더라? 아, 페인트 폭탄 총! 그걸로 레나르트를 쏜 것도 미안하다고 하셨어."

엘사는 갑자기 당황한 기색이다.

"맞니? 페인트 폭탄 총?"

실은 틀렸지만 엘사는 끄덕인다. 마우드는 뿌듯해한다.

"한번은 너희 할머니가 브릿마리를 맞힌 적도 있었어. 그래서 꽃무늬 재킷에 큼지막한 분홍색 얼룩이 남았지. 브릿마리가 좋아하는 재킷이었는데. 게다가 표백제로 빨아도 얼룩이 안 지워지지 뭐니! 진짜야!"

마우드는 킥킥거린다. 그러다 대역 죄인 같은 표정을 짓는다.

"할머니가 또 뭐에 대해서 미안하대요?" 엘사가 묻는다. 누군가가 페인트 총으로 브릿마리를 쏜 이야기를 더 듣고 싶은 심정이다. 하지만 레나르트는 입을 떡 벌리더니 마우드를 쳐다본다. 마우드가 고개를 끄덕이자 레나르트가 엘사를 돌아본다.

"우리더러 너에게 모든 자초지종을 밝히는 임무를 맡겨서 미안하다고 하셨어. 네가 알아야 할 모든 걸 알려주는 임무를 맡겨서."

엘사는 "무슨 자초지종요?" 하고 물으려다 문득 뒤에 서 있는 누군가의 기척을 느낀다. 의자에 앉은 채로 몸을 돌려보니 무슨 증후군을 앓는 남자아이가 사자 인형을 안고 문 앞에 서 있다.

아이는 엘사를 쳐다보다가 엘사가 자기를 돌아보자 엘사도 가끔 그러는 것처럼 머리칼로 이마를 덮는다. 그 아이가 한 살 정도 어린데 둘이 키는 거의 똑같고, 머리의 모양과 색도 거의 똑같다. 단 한 가지 차이점이 있다면 엘사는 특이하고 그 아이는 무슨 증후군을 앓고 있다는 것인데, 아주 특별한 차이점이 긴 하다.

아이는 아무 말도 하지 않는다. 평소에도 말을 하는 법이 없다. 마우드가 아이의 이마에 입을 맞추고 "나쁜 꿈 꿨니?"라고 속삭이자 아이는 고개를 끄덕인다. 마우드는 큼지막한 잔에 따른 우유와 꿈 한 통을 들고 "당장 나쁜 꿈 쫓아내러 가자!"라고 씩씩하게 외치며 아이의 손을 잡아 다시 방으로 데리고 들어간다.

레나르트가 엘사를 돌아본다.

"너희 할머니는 내가 이 이야기를 맨 처음부터 시작해주길 바라셨을 거야."

이렇게 해서 그날, 엘사는 무슨 증후군을 앓는 남자아이의 이야기를 들었다. 지금까지 한 번도 들은 적 없는 얘기였다. 너무 끔찍해서 있는 힘껏 자기 몸을 감싸 안고 싶어지는 얘기였다. 레나르트는 아이의 아버지에 대해 들려준다. 아이의 아버지는 한 사람 안에 어떻게 그게 가능할까 싶을 만큼 엄청난 증오심으로 똘똘 뭉친 사람이었다. 거기다 약물 중독자였다. 레나르트는 이 대목에 이르자 엘사가 혹시 겁먹지는 않을까 걱정되는지 말을 끊지만 엘사는 허리를 꼿꼿이 펴고 워스의 털 속에 손을 묻으며 괜찮다고 말한다. 레나르트가 약물이 뭔지 아느냐고 묻자 위키피디아에서 읽은 적 있다고 대답한다.

레나르트는 마약을 하면 아이의 아버지가 어떤 식으로 달라졌는지 설명한다. 어떤 식으로 영혼이 검게 물들었는지. 아이의 어머니가 임신했을 때 아버지가 되기 싫다며 어떤 식으로 부인을 구타했는지. 레나르트는 눈을 깜빡이는 속도가 점점 더 느려지더니, 어쩌면 아버지는 자식이 자기처럼 될까봐, 증오와 폭력으로 가득한 인간으로 자랄까봐 두려워서 그랬을지 모른다고 말한다. 그래서 아이가 태어났을 때 장애가 있는 것으로 밝혀지자 아이의 아버지는 분노로 이성을 잃었다. 아버지는 아이가 남들과 다르다는 사실을 받아들일 수 없었다. 다른 거라면 뭐든 싫어해서 그랬을까. 아이를 보면 남들과 다른 자신의 면모가 모조리 눈에 들어와서 그랬을까.

그래서 그는 술을 마셨고, 위키피디아에 나온 그 물건에 점점 더 탐닉했고, 아무에게도 행선지를 밝히지 않고 며칠 동안,

어떨 때는 몇 주 동안 자취를 감췄다. 그러다 평온하고 멀쩡하게 집으로 돌아올 때도 있었다. 분노가 가실 때까지 사람들과의 접촉을 피하느라 그런 거였다고 고래고래 고함을 지를 때도 있었다. 그를 탈바꿈시키려는 검은 그림자가 자기 안에 도사리고 있어서 힘든 싸움을 벌이고 있기라도 한 것처럼. 그러고 나면 몇 주 또는 몇 달 동안은 조용히 지냈다.

그러던 어느 날 밤, 그가 검은 그림자의 손아귀로 넘어갔다. 그는 아이와 부인을 움직일 수도 없을 정도로 때리고 때리고 또 때렸다. 그러고는 도망쳤다.

레나르트가 남긴 부엌의 정적을 마우드의 목소리가 조용히 가른다. 무슨 증후군을 앓는 아이는 방에서 코를 골고 있다. 엘사는 그 아이가 내는 소리를 처음 듣는다. 마우드가 싱크대에 놓인 빈 비스킷 깡통 사이를 손끝으로 더듬는다.

"우리가 두 사람을 발견했지. 아이를 데리고 떠나라고 오래전부터 엄마를 설득했는데 무서워서 꼼짝도 못하고 있었거든. 다들 아이 아버지를 무서워했어. 아주 위험한 사람이었거든." 마우드가 속삭인다.

엘사는 워스의 털을 좀 더 세게 움켜쥔다.

"그래서 어떻게 했어요?"

마우드는 식탁 옆에 주저앉는다. 엘사가 들고 온 것과 똑같은 편지 봉투를 손에 쥐고 있다.

"우리는 전부터 너희 할머니하고 아는 사이였어. 병원에 계셨을 때부터. 당시에 우리는 의사들을 상대로 카페를 운영했는데 너희 할머니가 날마다 오셨거든. 꿈 열댓 개, 시나몬 번 열댓 개를 사 가셨지, 하루도 빠짐없이! 어쩌다 일이 그렇게 됐는지는 모르겠어. 하지만 너희 할머니는 이런저런 이야기를 나누고 싶은 사람이잖아. 내 말 무슨 뜻인지 알지? 샘을 어떻게 하면 좋을지 모르겠더라. 누구한테 도움을 청하면 좋을지도 모르겠고. 우리 전부 다 무서워서 죽을 것 같았거든. 그래서 너희 할머니에게 연락했더니 오래돼서 녹이 슨 차를 한밤중에 몰고 오시더니ㅡ"

"르노!" 엘사는 큰 소리로 외친다. 왠지 모르겠지만 그들을 구출하러 간 녀석인데 이름을 제대로 불러줘야 할 것 같았다. 레나르트는 헛기침을 하고 서글픈 미소를 짓는다.

"그래, 르노. 너희 할머니께서 우리와 아이, 아이 엄마를 여기로 데리고 오셨어. 그러고는 아파트 열쇠를 주셨지. 무슨 수로 열쇠를 입수했는지 모르겠지만 집주인들과 얘기가 됐다고 하시더구나. 그 뒤로 우리는 죽 여기서 살고 있지."

"그럼 아이 아버지는요? 모두 떠난 걸 그 사람이 알게 됐을 때 아무 일 없었어요?" 엘사는 알고 싶지 않지만 궁금하긴 하다.

레나르트가 마우드의 손가락을 잡는다.

"우리도 몰라. 너희 할머니께서 알프를 데리고 이 집으로 찾아와서는 이 사람이 알프인데 아이의 소지품을 전부 다 챙겨올 거라고 하셨거든. 그러고는 알프와 함께 그 집을 다시 찾아갔을 때 아이 아버지가 들이닥쳤는데 그 무렵 그 사람은⋯⋯ 어두운 그림자, 그 자체였어. 마음속 깊숙한 곳에서 생겨난 어두운 그림자 말이야. 아이 아버지가 알프를 끔찍한 둔기로—"

레나르트가 갑자기 말을 멈춘다. 이야기 상대가 어린아이라는 사실을 문득 깨달은 것이다. 그래서 한참 앞으로 건너뛴다.

"두말하면 잔소리지만 경찰이 도착했을 때 그자는 이미 도망가고 없었지. 그리고 알프는, 어휴, 모르겠다. 병원에서 치료를 받고 직접 차를 몰고 집으로 와서는 두 번 다시 그날의 일을 입에 담지 않았어. 이틀 뒤부터 다시 택시 운전을 시작했고. 강철 인간이야."

"아이 아버지는 어떻게 됐는데요?" 엘사가 끝까지 물고 늘어진다.

"사라졌어. 벌써 몇 년째야. 끝까지 우리를 찾으려 들 거라고 생각했지만 이젠 워낙 오래된 일이라 포기한 줄 알았더니—" 레나르트는 단어들이 너무 무거워서 혀끝에 머금고 있지 못하는 사람처럼 말끝을 흐린다.

"그런데 우리를 찾은 것 같아." 마우드는 레나르트를 대신해서 말을 맺는다.

"무슨 수로요?" 엘사가 묻는다.

레나르트의 시선이 식탁을 따라 움직인다.

"알프 말로는 너희 할머니의 부고를 본 것 같대. 그 부고를 통해서 장의사를 알아냈겠지. 그리고 장례식장에서—" 레나르트는 다른 뭔가가 또 생각난 사람처럼 말을 하다가 멈춘다.

"나를 본 거예요?" 엘사는 침을 꿀꺽 삼킨다.

레나르트는 고개를 끄덕이고 마우드는 그의 손을 놓고 달려가서 엘사를 안아준다.

"사랑하는 엘사! 그 남자는 자기 아들을 오랫동안 보지 못했잖니. 그런데 네가 키도 비슷하고 머리색도 똑같으니까 우리 손주로 착각한 거야."

엘사는 눈을 감는다. 관자놀이가 화끈거리고, 하나도 졸리지 않은 상태에서 난생처음 분노로 이글거리는 순수한 의지만으로 깰락말락나라로 날아간다. 그 어느 때보다 강력한 상상력을 동원해서 구름 동물을 소환하고 미아우다카스로 날아간다. 용기를 주워 담을 수 있는 만큼 최대한 주워 담는다. 그런 다음 억지로 눈을 떠서 레나르트와 마우드를 쳐다본다.

"그러니까 두 분이 아이의 외할머니, 외할아버지예요?"

레나르트의 눈물이 창턱을 때리는 빗물처럼 식탁보 위로 떨어진다.

"아니. 친할머니, 친할아버지란다."

엘사는 눈을 가늘게 뜬다.

"친할머니, 친할아버지라고요?"

마우드는 가슴을 들썩이며 워스의 머리를 쓰다듬다 초콜릿 케이크를 가지러 간다. 사만타가 조심스럽게 워스를 쳐다본다. 레나르트는 커피를 좀 더 가지러 간다. 손을 하도 심하게 떨어서 의자에 커피를 쏟는다.

"아버지한테서 아이를 빼앗다니 얼마나 끔찍하게 들릴지 나도 안다, 엘사. 그것도 자기 아들한테 그런 짓을 저지르다니. 하지만 손주가 태어나면 손주를 최우선시하게 되거든……." 속삭이는 목소리가 슬프다.

"세상 그 어떤 것보다 손주가 더 귀하지. 암! 그렇고말고!" 마우드가 두 눈을 이글거리며 단호하게 외친다. 마우드가 그런 눈빛을 보일 수 있다니 엘사는 상상도 못 했다.

그러더니 마우드는 방에서 들고 나온 편지 봉투를 엘사에게 건넨다.

할머니의 글씨가 적혀 있다. 엘사가 모르는 이름이지만 아마 아이 엄마일 것이다.

"여기로 이사 오면서 아이 엄마가 이름을 바꿨어." 마우드가 설명하고는 세상 어느 누구보다 부드러운 목소리로 덧붙인다. "너희 할머니가 몇 달 전에 맡긴 편지야. 네가 편지를 찾으러 올 거라고 하시더구나. 네가 올 줄 알고 계셨어."

레나르트가 서글픈 분위기를 풍기며 숨을 들이마신다. 그러고는 마우드와 시선을 다시 맞추고 설명을 시작한다.

"하지만 우리 아들 이야기부터 해야 하지 않을까 싶구나. 샘에 대해서. 너희 할머니가 편지에서 그 부분에 대해서도 사과를 하셨어. 샘을 살린 게 유감스럽다고……."

마우드의 목소리가 갈라져서 작게 휘파람을 부는 것처럼 들린다.

"그러고는 유감스럽다고 해서 미안하다고, 우리 아들을 살린 걸 후회해서 미안하다고 하셨지. 살릴 만한 아이인지 몰라서 미안하다고. 의사인데도 몰랐다고……."

창밖의 길거리에 밤이 찾아온다. 부엌에는 커피와 초콜릿케이크 냄새가 난다. 그리고 엘사는 샘의 이야기를 듣는다.

세상에서 가장 다정한 부모 밑에서 태어났지만 어느 누구도 이해 못 할 만큼 사악하게 자란 아들. 무슨 증후군을 앓는 아들, 아버지가 전부 다 짊어지고 아들에게는 하나도 물려주지 않은 것처럼 어느 누구도 상상 못 할 만큼 악한 구석이라곤 없는 아들의 아버지. 엘사는 샘이 어린아이였을 때 오랫동안 아이를 손꼽아 기다렸던 마우드와 레나르트가 어떤 식으로 부모의 사랑을 쏟았는지 들었다. 모름지기 부모라면 아주, 아주 못된 인간말짜라도 어느 시점에 이르면 자식을 사랑하게 되어 있다. 마우드의 표현에 따르면 이렇다. "왜냐하면 그래야 인간이 될 수 있거든. 인간이 되는 다른 방법이 뭐가 있을지 나는 모르겠어." 마우드는 아이가 못되게 태어날 수 있다는 상상조차 하지 못한 자신에게 잘못이 있다고 주장한다. 한때는 그리도 조그맣고 혼자서는 아무것도 할 수 없던 아이가 그렇게 끔찍한 인간으로 자란 건 어미의 잘못일 수밖에 없다고 단언한다. 엘사가 할머니는 그냥 똥 같은 인간이 있다고, 그건 똥의 잘못이지 누구의 잘못이겠느냐고 늘 입버릇처럼 말했다고 하는데도 그런다.

"그런데 샘은 항상 부아를 냈거든. 그 부아가 다 어디서 나온 건지 모르겠다. 내 안에 어두운 그림자가 있어서 그 아이한테 물려준 걸 텐데, 어디서 나온 건지 내가 모르겠다니." 마우드는 상심한 얼굴로 이렇게 속삭인다.

소년으로 자란 아이는 학교에서 싸움질을 일삼고 친구들을 괴롭히고 특이한 애를 쫓아다녔다. 어른이 된 뒤에는 전쟁에 대한 갈증을 달랠 생각으로 입대해서 머나먼 곳으로 떠났고 거기서 친구를 사귀었다. 처음으로 사귄 진정한 친구였다. 본 사람들마다 친구 덕분에 아이가 달라졌다고, 착해졌다고 했다. 친구도 군인이었지만, 아이와는 다르게 전쟁을 목말라 하지 않았다. 둘은 바늘과 실처럼 지냈다. 샘 말로는 그 친구가 지금까지 본 전사들 중에서 가장 용감하다고 했다.

샘을 자기 집으로 초대한 친구가 알고 지내던 여자를 소개해 줬을 때 그 여자는 샘에게서 남들은 보지 못한 매력을 느꼈고, 레나르트와 마우드도 잠깐이나마 다른 사람이 된 아들을 언뜻 느낄 수 있었다. 검은 그림자에서 벗어난 샘을 느낄 수 있었다.

"우리는 그 아이가 우리 아들을 구원해줄 거라고 생각했고, 구원해주길 간절히 바랐지. 그럼 동화 같을 거 아니니. 사람이 어두운 그늘 속에서 하도 오랫동안 살다보면 동화를 믿을 수밖에 없거든." 마우드가 이렇게 실토하는 동안 레나르트는 손깍지를 낀다.

"그러다 몇 가지 사건이 벌어졌지." 레나르트는 한숨을 쉰다. "동화에서처럼 말이다. 어쩌면 샘의 잘못이 아니었을지 몰라. 어쩌면 전적으로 샘의 잘못이었을 수도 있고. 각자 자기 행동에 완벽하게 책임을 지고 있는지 어떤지는 나보다 더 현명한 사람들이 판단할 문제일지도 모르지. 아무튼 샘은 다시 전쟁터로 돌아갔고 전보다 더 사악해져서 돌아왔단다."

"예전에는 이상주의자였거든." 마우드가 우울한 목소리로 끼어든다. "그렇게 증오와 분노로 들끓었어도 이상주의자였어. 군인이 되고 싶어 했던 것도 그 때문이었고."

그 소리를 듣고 엘사는 컴퓨터 좀 쓸 수 있겠느냐고 묻는다.

"만약 컴퓨터가 있다면요!" 엘사는 이 부탁을 울프하트에게 했다가 괜히 옥신각신했던 일을 떠올리며 변명조로 덧붙인다.

"당연히 있지." 레나르트가 어리둥절해하며 대답한다. "요즘 세상에 컴퓨터 없는 집이 있겠니?"

'그러게 말이에요.' 엘사는 이렇게 생각하며, 다음번에 울프하트를 만나면 그가 한 말을 전하기로 마음먹는다. 다시 만날 일이 있을지 모르겠지만.

레나르트가 침실을 지나서 앞장선다. 저쪽 끝의 조그만 서재에 컴퓨터가 있는데 워낙 오래된 물건이라 인내심을 발휘해야 한다고 설명한다. 테이블 위에 지금까지 엘사가 본 중에서 가장 큼지막한 컴퓨터가 놓여 있고 컴퓨터 뒤에 거대한 상자가, 바닥에도 또 다른 상자가 있다.

"저건 뭐예요?" 엘사는 바닥에 있는 상자를 가리키며 묻는다.

"그게 실제 컴퓨터야." 레나르트가 대답한다.

"그럼 저건 뭐고요?" 엘사가 이번에는 다른 상자를 가리키며 묻는다.

"그건 모니터고." 레나르트는 바닥 위에 놓인 상자에 달린 큼지막한 버튼을 누르며 덧붙인다. "켜지려면 1~2분쯤 걸릴 테니까 좀 기다려야 한단다."

"1분이라고요?!" 엘사는 이렇게 외치고서 중얼거린다. "와. 진짜 오래된 컴퓨터네요."

하지만 레나르트는 오래된 컴퓨터가 켜진 뒤에도 여러 가지 조건을 달아가며 망설인 끝에 인터넷에 접속시켜준다. 엘사는 찾던 걸 알아본 다음 다시 부엌으로 돌아가 마우드의 맞은편에 앉는다.

"그러니까 꿈을 꾸는 사람이라는 뜻이네요? 이상주의자 말이에요. 그게 꿈을 꾸는 사람이라는 뜻이군요."

"그래, 그래. 그렇다고 볼 수 있겠지." 마우드가 다정하게 미소를 지으며 대답한다.

"그렇다고 볼 수 있는 게 아니라 실제로 그런 뜻이에요." 엘사는 짚고 넘어간다.

그 말에 마우드는 더 다정하게 고개를 끄덕인다. 그러고는 냉소주의자가 되어버린 이상주의자의 이야기를 들려주는데, 엘사는 냉소주의자가 무슨 뜻인지 안다. 예전에 유치원 선생님이 엘사를 그렇게 부른 적이 있기 때문이다. 엘사의 엄마가 그 소식을 전해 들었을 때 한바탕 난리가 벌어졌지만 선생님은 자기 주장을 고수했다. 자세한 정황은 기억나지 않지만 아마 엘사가 다른 친구들에게 소시지가 어떤 식으로 만들어지는지 알려주었을 때 벌어졌던 일 같다.

엘사는 이런저런 생각들이 떠오르는 게, 이 이야기가 너무 사실적이라서 발동되는 일종의 방어 기제인지 궁금해진다. 조금 있으면 여덟 살이 되는 아이에게는 그런 상황이 자주 벌어진다.

마우드가 샘이 참전한 또 다른 전쟁 이야기를 시작한다. 그는 친구와 함께 떠났고, 그들은 알 수 없는 이유로 그 마을 주민들을 몰살하려는 사람들을 상대로 몇 주 동안 마을을 지켰다. 결국엔 마을을 포기하라는 명령이 전달됐지만 샘의 친구가 거부했다. 그 친구는 안전해질 때까지 마을을 사수하자며 샘과 다른 병사들을 설득한 뒤 부상당한 아이들을 최대한 많이 차에 싣고 인근 병원으로 향했다. 그 병원에 있는 여의사가 세상에서 가장 솜씨가 좋은 외과의사로 명성이 자자했기 때문이다.

그들은 사막을 지나다 지뢰를 밟았다. 폭발의 여파는 인정사정없었다. 총탄과 핏줄기가 비처럼 쏟아졌다.

"죽은 사람 있어요?" 엘사는 물어보면서도 사실 대답을 듣고 싶지 않다.

"전부 다." 레나르트는 큰 소리로 얘기하길 원치 않는다. 샘의 친구와 샘만 예외였다. 샘은 의식을 잃었지만 친구가 총탄의 사정권 밖으로 끌고 나갔다. 친구가 구할 수 있었던 사람은 샘한 명뿐이었다. 친구는 얼굴에 파편이 박혔고 끔찍한 화상을 입었지만 발포 소리를 듣고 매복 공격에 당했음을 알아차리자마자 소총을 들고 사막으로 달려나가서 숨을 헐떡이며 피를 흘리는 자신과 샘만 사막에 남을 때까지 총격을 멈추지 않았다.

샘의 친구에게 총을 겨눈 상대는 아이들이었다. 그들이 살리려고 했던 아이들과 똑같은 아이들이었다. 샘의 친구는 양손이 그들의 피로 범벅이 된 채 시신을 내려다보았을 때 그 사실을 알아차렸다. 그 뒤로 샘의 친구는 예전의 모습을 되찾지 못했다.

친구가 어찌어찌 샘을 끌고 사막을 빠져나와 병원에 다다르자 엘사의 할머니가 달려나왔다. 할머니가 샘을 살렸다. 평생 한쪽 다리를 살짝 절 테지만 그래도 샘은 목숨을 건졌다. 샘이 할머니와 같은 상표의 담배를 피우기 시작한 것도 그 병원에서부터였다. 할머니는 편지에서 그 부분에 대해서도 사과했다.

마우드는 감정을 느끼는 조그만 생명체라도 되는 것처럼 앨범을 조심스럽게 엘사 앞에 내려놓는다. 무슨 증후군을 앓는 아이의 엄마가 찍힌 사진을 가리킨다. 아이의 엄마는 웨딩드레스를 입고 레나르트와 마우드 사이에 서서 웃고 있다. 셋이 다 같이 웃고 있다.

"내가 보기엔 샘의 친구가 이 아이를 좋아했던 것 같아. 그런데도 샘에게 소개했고 둘은 첫눈에 반해버렸지. 샘의 친구는 절대 아무 말도 하지 않았을 거야. 그 둘은 형제나 다름없었거든. 진짜로! 그 친구는 하도 착해서 자기 감정을 입 밖으로 내지도 않았을 거야. 무슨 뜻인지 이해하지?"

엘사는 이해한다. 마우드는 미소를 짓는다.

"정말이지 순한 아이였어. 시인의 영혼이 깃들어 있지 않을까 싶을 정도로. 그 친구하고 샘은 서로 정말 달랐지. 샘을 살리려고 그 친구가 저지른 짓은 상상만으로도 너무 끔찍하지 않니? 그런 상황에 처했었기 때문에 그렇게 무시무시한……."

마우드는 슬픔이 북받쳐서 한참 동안 말을 잇지 못한다.

"전사가 됐을 수도 있었겠지만." 앨범을 넘기고 마우드는 이렇게 읊조린다.

엘사는 굳이 확인하지 않아도 누구 사진인지 알 수 있다.

샘이다. 군복을 입은 샘이 목발을 짚고 사막 어딘가에 서 있다. 청진기를 목에 건 할머니가 샘의 옆에 서 있다. 그리고 그 사이에 샘의 가장 친한 친구가 서 있다. 울프하트다.

25
가문비나무

그림자들이 미모바스 왕국에 몰래 들이닥쳐 선택된 자를 납치하려고 했을 때 그를 살린 건 구름 동물들이었다. 미아마스가 환상으로 이루어진 왕국이라면 미모바스는 사랑으로 이루어진 왕국이다. 사랑이 없으면 음악이 있을 수 없고 음악이 없으면 미모바스가 있을 수 없는데 선택된 자로 말할 것 같으면 온 왕국을 통틀어서 가장 많은 사랑을 받은 사람이었다. 따라서 선택된 자가 그림자들에게 납치되면 결국에는 깰락말락나라의 몰락으로 이어질 수 있었다. 미모바스가 무너지면 미레바스가 무너지고, 미레바스가 무너지면 미아마스가 무너지며, 미아마스가 무너지면 미아우다카스가 무너지고, 미아우다카스가 무너지면 미플로리스가 무너지기 때문이다. 음악이 없으면 꿈이 생길 수 없고, 꿈이 없으면 동화가 생길 수 없으며, 동화가 없으면 용기가 생길 수 없고, 용기가 없으면 어느 누구도 슬픔을 감당할 수 없으며, 음악과 꿈과 동화와 용기와 슬픔이 없으면 깰락말락나라에 남는 왕국은 단 하나, 미바탈로스뿐이다. 하지만 미바탈로스는 홀로 서기가 불가능하다. 싸워서 지켜야 하는 다른 왕국이 없으면 그곳의 전사들도 무용지물이 될 테니 말이다.

할머니는 싸워서 지켜야 하는 뭔가가 있어야 한다는 부분도 해리 포터에서 슬쩍했다. 하지만 제법 그럴듯했기 때문에 엘사는 용서하기로 했다. 솜씨가 그럴듯하면 도용도 허용된다.

미모바스의 골목길을 살금살금 움직이는 그림자들을 보았을 때 구름 동물들은 주특기를 발휘했다. 구름 동물들이 화살처럼 내리꽂히다 다시 함선처럼 부상하며 단봉낙타, 사과, 시가를 피우는 늙은 어부로 변신하자 그림자들은 함정에 걸려들었다. 누굴 쫓고 있었는지 금세 알 수 없게 되어버린 것이다. 그러자 구름 동물들은 당장 사라졌지만 그중 하나가 선택된 자를 태우고 미아마스까지 날아갔다.

이렇게 해서 끝없는 전쟁이 시작되었다. 만약 구름 동물들이 없었더라면 전쟁은 그날, 그 자리에서 그림자들의 승리로 막을 내렸을 것이다.

엘사는 밤새도록 깰락말락나라에 있다. 이제는 언제 그런 일로 골머리를 앓은 적이 있었냐는 듯 아무 때나 거기로 날아갈 수 있다. 어쩌다 그렇게 됐는지 모르겠지만 이제는 더 이상 잃을 게 없어서가 아닐까 싶다. 그림자가 현실 세계에 등장했고 엘사는 그림자와 할머니와 울프하트의 정체를 안다. 그 세 사람이 어떤 식으로 얽혔는지 안다. 이제는 더 이상 두렵지 않다. 엘사도 알다시피 전쟁이 불가피한데, 그걸 알고 있다는 사실만으로도 이상하게 마음이 평온해진다.

깰락말락나라는 꿈속에서처럼 화염에 휩싸이지 않았다. 어딜 가든 변함없이 아름답고 고요하다. 그러다 잠에서 깬 다음에야 미아마스 안으로는 들어가보지 않았다는 사실을 깨닫는다. 다른 다섯 개 왕국은, 심지어 끝없는 전쟁이 벌어지기 전에 미바탈로스가 있던 폐허까지 모두 둘러보았다. 그런데 미아마스에는 한 번도 간 적이 없다. 할머니가 거기서 사는지 알고 싶지 않기 때문이다. 할머니가 거기서 살지 않는지 알고 싶지 않기 때문이다.

아빠가 방문 앞에 서 있다. 엘사는 누가 콧구멍에 대고 멘톨을 쏘기라도 한 것처럼 곧바로 번쩍 눈을 뜬다. (여담이지만 누굴 깨울 때 이 방법을 쓰면 효과 만점이다. 엘사 할머니 같은 사람을 할머니로 두면 알 수 있다.)

"뭐예요? 엄마가 아파요? 반쪽이 때문이에요?"

아빠는 수상쩍은 표정을 짓고 있다. 거기다 살짝 당황한 눈치다. 엘사는 열심히 눈을 깜빡이며 잠기운을 쫓다가 엄마가 회의 때문에 병원으로 출근하는 길에 자기를 깨웠지만 자는 척했던 기억을 떠올린다. 부엌에는 예오리가 있다. 조금 전에 예오리가 달걀 요리를 먹겠느냐고 물어보러 왔을 때에도 엘사는 자는 척했다. 그래서 엘사는 혼란스러워하며 아빠를 쳐다본다.

"오늘 아빠 만나는 날 아니지 않아요?"

아빠는 헛기침을 한다. 예전에는 아빠가 딸을 위해서 하던 일인데 이제는 딸이 아빠를 위해서 하는 일로 바뀌었다는 걸 문득 깨달았을 때 아빠들은 헛기침을 한다. 양쪽의 경계선은 실오라기와도 같다. 그래도 그 선을 넘은 순간을 아빠도 딸도 죽을 때까지 잊지 못한다.

엘사는 머릿속으로 날짜를 세어보다가 곧 기억해내고는 당장 사과한다. 엘사 말마따나 오늘은 아빠를 만나는 날이 아니다. 하지만 오늘은 크리스마스 전날인데 어떻게 깜빡할 수가 있었을까. 크리스마스 전날은 아빠와 함께 보내는 날이다. 크리스마스트리의 날이다. 엘사가 잘못을 했다.

이름에서도 알 수 있다시피 오늘은 엘사와 아빠가 크리스마스트리를 사는 날이다. 엘사가 진짜 나무를 사지 않겠다고 거부하는 터라 보나 마나 플라스틱 트리를 살 것이다. 플라스틱 트리긴 하지만 연례행사를 워낙 좋아하는 아빠를 생각해서 해마다 새로 산다. 특이한 전통이라고 생각하는 사람들도 있지만 할머니는 "이혼한 집안의 아이들은 가끔 우라지게 엉뚱한 짓을 저지를 권리가 있다"고 했다.

엄마는 진짜 가문비나무에서 나는 냄새를 좋아하기 때문에 할머니가 엘사를 속여서 플라스틱 트리를 사게 했다고 분개했다. 미아마스의 크리스마스트리 춤 이야기를 엘사에게 들려준 사람은 할머니였는데 그 이야기를 듣고 나면 누구라도 손과 발이 잘려서 노예로 팔린 가문비나무를 살 수 없다. 미아마스에서 가문비나무는 (침엽수인데도 불구하고) 주택 설계에 대한 관심이 터무니없이 지대하며 사고 능력을 갖춘 생물체다.

그들은 숲이 아니라 요즘 들어 상당히 인기가 높아진 미아마스의 남쪽 지구에 살고 주로 광고업계에서 일하며 실내에서도 목도리를 하고 다닌다. 그리고 1년에 한 번, 첫눈이 내린 직후에 성 앞 대형 광장에 다 같이 모여서 누구네 집에서 크리스마스를 보낼 권리가 있는지를 놓고 경쟁을 벌인다. 일반적인 경우와는 반대로 가문비나무들이 크리스마스를 보낼 집을 선택하며 댄스 경연으로 선택권의 행방이 가려진다. 예전에는 결투를 벌였지만 대부분의 가문비나무들은 총질에 소질이 없어서 시간이 너무 오래 걸렸다. 그래서 이제는 가문비나무 춤을 추는데 가문비나무들은 발이 없기 때문에 춤이 좀 특이하다.

춤추는 가문비나무를 흉내 내고 싶은 사람이라면 누구든지 위 아래로 점프만 하면 된다. 특히 붐비는 댄스플로어에서 아주 유용하다.

엘사가 그렇다는 걸 아는 이유는 아빠가 섣달그믐에 샴페인 을 한 잔 반 마시면 가끔 부엌에서 리세트와 가문비나무 춤을 출 때가 있기 때문이다. 물론 아빠에게는 그게 가문비나무 춤 이 아니라 그냥 '춤'이지만 말이다.

"죄송해요, 아빠. 오늘이 무슨 날인지 알아요!" 엘사는 외치 며 청바지와 점퍼와 재킷으로 갈아입고 문밖으로 달려 나간다. "뭐 하나만 먼저 처리할게요!"

엘사는 어젯밤에 워스를 르노 안에 숨겼다. 마우드가 준 시 나몬 번이 담긴 들통을 챙겨 워스를 데리고 내려가서 누가 주 차장 안으로 들어오는 소리가 들리면 뒷좌석 담요 아래로 숨 으라고 했다. "옷 더미 아니면 텔레비전, 뭐 그런 거인 척해야 해!" 엘사가 일렀지만 워스는 확신할 수 없다는 눈치였다. 그 래서 엘사는 하는 수 없이 마우드에게 꿈 한 부대를 받아 왔고 그제야 워스는 고분고분 담요 밑으로 숨었다. 그래도 텔레비전 비슷하게 보이지는 않았다.

엘사는 워스에게 잘 자라고 인사하고 살금살금 다시 계단을 올라가서 무슨 증후군을 앓는 아이와 아이의 엄마가 사는 집 앞에 섰다. 초인종을 누를 생각이었는데 누를 수가 없었다. 더 이상 아무 이야기도 듣고 싶지 않았다. 그림자와 어둠에 대해서 알고 싶지 않았다. 그래서 현관문 틈새로 편지를 넣고 도망쳤다.

오늘은 그 집 현관문이 잠겨 있다. 다른 집들도 전부 다 마찬가지다. 일어난 사람들은 전부 다 외출했다. 나머지는 아직 자고 있다. 그래서 몇 층 위에서 속삭이는 켄트의 목소리가 엘사의 귀에까지 전해진다. 계단통의 음향 효과가 그 정도다. 엘사가 '음향 효과'를 아는 이유는 단어 항아리에 넣은 단어이기 때문이다. 켄트가 속삭이는 소리가 들린다. "알았어, 오늘 밤에 다시 갈게." 하지만 엘사가 워스와 울프하트네 집과 무슨 증후군을 앓는 남자아이네 집을 지나서 마지막 계단에 다다르자 켄트가 갑자기 고래고래 소리를 지르기 시작한다. "예즈, 클라우스! 인 프랑크푸르트! 예즈, 예즈, 예즈!" 그러더니 고개를 돌리고 옆에 서 있는 엘사를 그제야 알아차린 척한다.

"뭐하세요?" 엘사는 의심스럽다는 듯이 묻는다.

켄트는 클라우스에게 끊지 말고 기다리라고 한다. 그런 식으로 클라우스라는 사람과 통화하는 척한다. 켄트는 가슴팍에 숫자와 말을 타는 조그만 남자가 박힌 럭비 셔츠를 입고 있다. 켄트 말로는 이런 셔츠를 사려면 천 크라운도 넘게 든다던데, 할머니는 셔츠에 박힌 말에 이 셔츠를 입은 사람은 머저리일 가능성이 높다는 제조업체의 경고가 담겨 있으니 훌륭한 셔츠라고 입버릇처럼 말했다.

"뭐야?" 켄트가 빈정거리는 투로 묻는다.

엘사는 켄트를 뚫어지게 쳐다본다. 그러다가 켄트가 계단에 드문드문 놓고 있는, 붉은 고기가 담긴 작은 그릇들로 시선을 옮긴다.

"그건 뭐예요?"

켄트가 손을 하도 급하게 내젓는 바람에 하마터면 클라우스가 벽에 내동댕이쳐질 뻔한다.

"그 사냥개가 계속 이 안에서 돌아다니면서 집값을 떨어뜨리고 있잖아!"

엘사는 고기가 담긴 그릇에 시선을 고정한 채 조심스럽게 뒷걸음질을 친다. 켄트는 조금 세련되지 못하게 자기 생각을 전달했다는 생각이 드는지 그 정도 연배의 남자가 엘사 또래의 여자아이에게 설명할 때 씀 직한 말투를 동원한다.

"브릿마리가 계단에서 개털을 발견했거든. 무슨 말인지 알지, 아가? 야생 짐승이 건물 안을 돌아다니도록 내버려두면 쓰니? 그러면 집값이 떨어질 텐데 말이야." 켄트는 아랫사람 대하듯 미소를 짓는다. 자기 휴대전화를 불안하게 흘끗거리는 시선이 엘사의 눈에 포착된다. "죽이려는 건 아니야! 그냥 잠깐 동안 재우는 거지. 자, 이제 착하게 엄마가 있는 집으로 가야지?"

엘사는 안 좋은 예감이 든다. 켄트가 "재우는 거"라고 하면서 손가락으로 따옴표를 만드는 것도 마음에 안 든다.

"누구랑 통화하는 중이에요?"

"독일의 사업 파트너 클라우스."

켄트가 대답한다. 전혀 딴짓을 하는 사람들이 그런 식으로 대답하듯 말이다.

"그러시겠죠."

엘사의 말을 듣자 켄트의 눈썹이 팔자 모양이 된다.

"너 지금 내 앞에서 까부는 거니?"

엘사는 어깨를 으쓱한다.

"이제 엄마가 있는 집으로 달려가는 게 좋을 것 같다만."

켄트가 약간 위협적인 투로 같은 말을 반복한다. 엘사는 그릇을 가리키며 묻는다.

"그 안에 독약 넣었어요?"

"잘 들어라, 꼬맹아. 떠돌이 개는 해충이란다. 해충이 이 건물과 지하실의 고철 덩어리와 온갖 쓰레기를 헤집고 다니도록 내버려두면 되겠니? 그러면 집값이 떨어진단 말이야, 알겠어? 모두를 위해서 이 방법이 최선이야."

하지만 엘사는 '고철 덩어리'라고 하는 켄트의 목소리에서 불길한 기운을 감지하고 그를 밀치며 지하실로 달려 내려간다. 창고 문을 벌컥 열고 그 자리에 서서 부들부들 떨리는 손과 온몸을 두드리는 심장박동을 느낀다. 한 걸음 옮길 때마다 무릎이 계단에 부딪쳤다가 다시 위로 올라간다.

"르노 어디 있어요! 르노를 도대체 어떻게 한 거예요!"

엘사는 켄트에게 고함을 지른다. 그를 향해 주먹을 휘두르지만 잡힌 거라고는 클라우스뿐이라서 클라우스를 지하실로 내려가는 계단에 내동댕이친다. 유리 액정과 플라스틱 케이스가 박살 나자 깨진 조각들이 산사태 나듯 창고를 향해 와르르 쏟아진다.

"너 씨― 망할…… 미쳤냐, 이 멍청아! 저 전화기가 얼마짜리인지 알아?" 켄트는 고함을 지르더니 우라질 8천 크라운이라고 한다.

엘사는 얼마짜리거나 아니거나 관심 없다고 말한다. 그러자 켄트는 눈을 잔인하게 번뜩이며 르노를 어떻게 했는지 알려준다.

엘사는 아빠를 부르러 계단을 달려 올라가다가 끝에서 두번째 층에서 갑자기 걸음을 멈춘다. 브릿마리가 자기 집 앞에 서 있다. 맞잡은 손을 배 위에 얹고서 땀을 흘리고 있다. 크리스마스 음식 냄새가 풍기는 부엌을 등지고 큼지막한 브로치가 달린 꽃무늬 재킷을 입고 있다. 분홍색 페인트 총 자국이 이젠 거의 보이지 않는다.

"켄트 아저씨더러 죽이지 말라고 해요." 엘사는 눈을 휘둥그레 뜨고 애원한다. "제발요, 아줌마. 내 친구예요……."

브릿마리가 엘사의 눈을 쳐다보는 순간, 인간미 같은 게 비친다. 엘사의 눈에 똑똑히 보인다. 하지만 계단에서 독약을 더 가져오라는 켄트의 목소리가 들리자 평소의 브릿마리로 돌아간다.

"켄트의 아이들이 내일 오거든. 그 애들이 개를 무서워해." 이렇게 딱 잘라서 설명한다.

브릿마리는 있지도 않은 치맛자락의 주름을 펴고 꽃무늬 재킷에서 보이지 않는 뭔가를 털어낸다.

"내일 우리 집에서 전통적인 크리스마스 저녁 식사를 할 거야. 일반적인 크리스마스 음식으로. 교양 있는 가족답게. 우리는 야만인이 아니거든."

그 말을 끝으로 브릿마리는 문을 쾅 닫는다. 엘사는 그 자리에 멍하니 서 있다가 아빠는 이 문제를 해결할 수 없다는 사실을 깨닫는다. 우유부단은 이런 비상사태에 썩 쓸모 있는 초능력이 못 된다. 증원군이 필요하다.

문을 1분도 넘게 두드린 다음에야 알프가 발을 질질 끌며 걸어오는 소리가 들린다. 그는 커피 잔을 든 채로 문을 연다. 냄새가 어찌나 진한지 커피에 숟가락을 넣으면 들러붙을 것 같다.

"자고 있었는데." 알프가 툴툴거린다.

"아저씨가 르노를 죽인대요!" 엘사는 흐느낀다.

"죽인다고? 이 집에서 누가 누굴 죽인다고 그래. 그깟 빌어

393

먹을 차 한 대 가지고 뭘 그러냐." 알프는 커피를 한 모금 마시고 기지개를 편다.

"그냥 차가 아니에요! 르노라고요!"

"도대체 누가 르노를 죽이겠다는데?"

"켄트 아저씨가요!"

엘사가 르노의 뒷좌석에 뭐가 있는지 설명하기도 전에 알프는 커피 잔을 내려놓더니 신발을 신고 계단을 내려가기 시작한다. 알프와 켄트가 서로 어찌나 끔찍하게 고함을 지르는지 귀를 막아야 할 지경이다. 둘이서 뭐라고 하는지 잘 들리진 않지만 욕설이 난무한다는 것과 켄트가 집값을 운운하며 주차장에 '고철 덩어리'를 세워놓으면 사람들이 이 집에 '사회주의자들'이 득시글거리는 줄 안다고 하는 건 알아들을 수 있다. 켄트는 '빌어먹을 바보 천치'를 사회주의자라고 표현하는 모양이다. 그 말에 알프는 "빌어먹을 바보 천치"라고 있는 그대로 정확하게 고함을 지른다. 알프는 복잡한 표현을 안 좋아한다.

잠시 후에 알프가 분노로 이글거리는 눈빛으로 요란하게 계단을 다시 올라오더니 중얼거린다.

"저 자식이 차를 견인시켰네. 아빠 계시냐?"

엘사는 고개를 끄덕인다. 알프는 아무 말 없이 쿵쾅거리며 계단을 올라간다. 그리고 몇 분 뒤, 엘사는 내키지 않아 하는 아빠와 함께 택시를 타고 달린다.

"이게 과연 잘하는 짓인지 모르겠다." 아빠가 말한다.

"그 썩을 르노를 집까지 몰고 올 사람이 있어야 할 거 아니요." 알프가 툴툴거린다.

"켄트 아저씨가 르노를 어디로 보냈는지 어떻게 알아내요?" 엘사가 묻는다. 그 와중에 아빠는 불안한 속내를 드러내지 않으려고 무진장 애를 쓰고 있다.

"내가 이 망할 택시를 30년째 몰고 있잖냐." 알프가 말한다.

"그래서요?" 엘사가 나지막이 쏘아붙인다.

"그러니까 어디로 가면 견인된 르노를 찾을 수 있는지 우라지게 잘 안단 말이지!"

20분 뒤에 그들은 시외 폐차장에 도착하고 엘사는 구름 동물을 끌어안듯이 온몸으로 르노의 보닛을 끌어안는다. 뒷좌석에서 텔레비전이 부스럭거리며 자기부터 안아주지 않은 데 대해 상당히 불만스러워하지만, 조금 있으면 여덟 살이 되는 아이가 르노에 타고 있는 워스를 깜빡하고 안아주지 않았다면 그건 우연히 그 녀석을 발견한 딱한 폐차장 직원보다 녀석에 대한 걱정이 덜하기 때문이다.

알프와 상당히 뚱뚱한 십장이 르노를 도로 가져가는 비용을 놓고 잠깐 실랑이를 벌인다. 그런 다음 엘사가 르노 열쇠가 없다고 진작 얘기하지 않은 이유를 놓고 알프와 한참 동안 실랑이를 벌인다. 그런 다음 십장이 그 주변을 돌아다니며 모페드

를 조금 전에 이 근처에 두었는데 도대체 어디 갔는지 모르겠
다고 중얼거린다. 그런 다음 알프와 뚱뚱한 십장이 르노를 다
시 집까지 견인해 가는 비용을 놓고 흥정을 벌인다. 그런 다음
아빠가 비용을 지불한다.

아빠가 지금까지 엘사에게 준 선물 중에서 최고다. 심지어
빨간 사인펜보다 더 좋다.

알프는 르노를 브릿마리의 자리가 아니라 할머니의 자리에
주차하도록 확실히 단속한다. 서로 인사를 시키자 아빠는 충
치 치료를 앞둔 사람 같은 표정으로 워스를 빤히 쳐다본다. 워
스도 거만한 표정으로 노려본다. 엘사는 녀석의 눈빛이 너무
거만하다는 생각이 들어서 폐차장 십장의 모페드를 먹었느냐
고 캐묻는다. 그 말에 워스는 거만한 눈빛을 거두고 담요 밑으
로 들어가서 눕는데, 시나몬 번을 좀 더 넉넉히 줬으면 모페드
가 없어질 일이 없었을 것 아니냐고 생각하는 눈치다.

엘사가 이제 그만 나가 아우디에서 기다리면 된다고 하자
아빠는 한시름 놓은 듯한 표정을 짓는다. 엘사와 알프는 계단
에 놓인 붉은 고기 그릇을 깡그리 수거해서 커다랗고 까만 쓰
레기봉투에 넣는다. 그걸 목격한 켄트가 우라질 독약을 사는
데 6백 크라운이 들었다며 노발대발한다. 브릿마리는 잠자코
서서 구경한다.

그러고 나서 엘사는 아빠와 함께 플라스틱 트리를 사러 간다.

브릿마리는 착각하고 있지만 엘사의 가족은 야만인이 아니다. 그리고 정확하게는 야만인이 아니라 '야-만-인'이다. 가문비 나무들이 살아 있는 나무를 잘라서 노예로 팔아넘기는 현실 세계의 미련한 인간들을 부를 때 '야-만-인'이라고 부른다.

"3백 드릴게요." 엘사가 가게 주인에게 말한다.

"아가, 우리 가게에서는 깎아주고 그런 거 없어." 가게 주인이 가게 주인다운 말투로 이야기한다. "495크라운이다."

"그럼 250 드릴게요."

남자는 비웃음을 흘린다. 그러자 엘사가 응수한다.

"이젠 2백밖에 못 드리겠네요."

가게 주인은 엘사의 아빠를 쳐다본다. 아빠는 자기 구두를 쳐다본다. 엘사는 가게 주인을 쳐다보며 진지하게 고개를 젓는다.

"우리 아빠는 아무 도움도 안 될 거예요. 2백 드릴게요."

가게 주인은 귀엽지만 멍청한 아이를 대할 때 어울림 직한 표정을 짓는다.

"여기서는 그런 거 안 통한다니까."

엘사는 어깨를 으쓱한다. "오늘 몇 시에 문 닫아요?"

"5분 뒤에." 가게 주인은 한숨을 쉰다.

"그럼 여기 창고 넓어요?"

"그게 이거랑 무슨 상관이냐?"

"그냥 궁금해서요."

"아니. 창고가 아예 없는데."

"그럼 크리스마스이브에 문 열어요?"

가게 주인은 잠깐 고민한다. "아니."

엘사는 놀란 척 입을 비죽 내민다.

"그럼 트리는 남았고, 창고는 없고, 내일이 무슨 날인지 아시죠?"

엘사는 2백 크라운에 트리를 넘겨받는다. 발코니를 장식할 전구 한 상자와 비정상적으로 큰 크리스마스 엘크도 같은 값에 구입한다.

"다시 들어가서 돈 찔러주면 안 돼요!" 엘사가 물건들을 아우디에 싣는 아빠에게 경고한다. 아빠는 한숨을 쉰다.

"딱 한 번 그랬다, 엘사. 딱 한 번. 그때는 사실 네가 점원한테 유난히 땍땍거렸잖아."

"흥정도 하고 그러면서 살아야죠!"

그건 할머니에게 배운 태도다. 아빠는 예전엔 엘사와 함께 쇼핑하는 걸 싫어했다.

아우디가 집 앞에서 멈춰 선다. 엘사가 자기 음악을 들을 필요가 없도록 평소처럼 아빠가 카스테레오 볼륨을 줄여놓았다. 알프가 도와주려고 나오지만 아빠가 혼자 들고 가겠다고 고집을 부린다. 아빠가 딸을 위해서 트리를 집까지 옮겨다주는 게 전통이기 때문이다. 엘사는 아빠와 헤어지기 전에, 반쪽이가 태어나면 아빠와 좀 더 많은 시간을 보냈으면 좋겠다고 얘기하고 싶다. 하지만 아빠가 심란해지는 건 싫기 때문에 결국 아무 말도 하지 않고 "트리 고마워요, 아빠" 하고 속삭인다. 아빠는 좋아하며 리세트와 그녀의 아이들이 기다리는 집으로 떠난다. 엘사는 그 자리에 선 채로 떠나는 아빠를 지켜본다.

아무 말도 하지 않으면 아무도 심란해질 일이 없다. 조금 있으면 여덟 살이 되는 아이라도 그건 안다.

26
피자

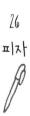

미아마스에서는 크리스마스 파티를 전날 저녁에 벌인다. 그
때 크리스마스 이야기를 들려준다. 미아마스에서는 모든 이야
기가 보물로 간주되지만 크리스마스 이야기는 정말로 특별하
다. 일반적인 이야기는 재미있거나 슬프거나 흥미진진하거나
무섭거나 극적이거나 감상적이면 되지만 크리스마스 이야기
는 이 모든 요소를 갖추어야 한다. "크리스마스 이야기는 자기
의 모든 실력을 동원해서 써야 하지." 할머니는 그렇게 얘기하
곤 했다. 그리고 해피엔드여야 하는데 그 조건은 전적으로 엘
사 스스로 판단한 거다.

엘사는 바보가 아니다. 이야기 초반에 용이 나오면 이야기가
끝나기 전에 다시 등장하게 되어 있다. 그 전에 더 암울하고 끔

찍혀져야 막판에 모든 게 잘 마무리될 수 있다. 가장 훌륭한 이야기들이란 다 그런 식이다.

싸우는 게 지긋지긋하더라도 엘사는 싸워야 한다. 이 동화를 해피엔드로 끝내려면 그래야 한다.

그래야만 한다.

계단을 내려가는데 피자 냄새가 그리워진다. 할머니가 말하길 미아마스에서는 크리스마스 때 피자를 먹어야 한다고 법으로 정해져 있다고 했다. 물론 할머니는 얼토당토않은 소리를 남발했지만 엘사는 피자를 좋아하고 채식주의자 입장에서 보자면 크리스마스 음식이 좀 구리기 때문에 그 말에 동조했다.

게다가 피자를 주문하면 계단에 냄새가 남아서 브릿마리를 격분하게 만들 수 있다는 보너스가 추가된다. 크리스마스 때 항상 켄트의 아이들이 오기 때문에 브릿마리는 "모두를 위해서 계단을 근사하게 꾸미고 싶다"며 자기 집 현관문에 크리스마스 장식을 달아놓는다. 그런데 크리스마스 장식에서 1년 내내 피자 냄새가 나게 생겼으니 발끈해서 할머니를 "야만스럽다"고 비난할 수밖에 없는 거다.

"그 늙은 잡것이 감히 야만인을 운운해? 나보다 더 교양 있는 사람이 어디 있다고!" 할머니는 이렇게 콧방귀를 뀌며 해마다 몰래 내려가서 브릿마리의 크리스마스 장식에 잘게 조각낸

칼초네*를 거는 연례행사를 치렀다. 그러고는 크리스마스 날 아침에 브릿마리가 엄마와 예오리의 집으로 찾아와서 모든 말을 두 번씩 반복해가며 분통을 터뜨리면 "모두를 위해 근사하게 꾸미고 싶어서 피자를 크리스마스 장식으로 썼을 뿐"이라고 항변했다. 한번은 할머니가 브릿마리네 우편물 투입구에 칼초네를 통째 투하하자 브릿마리는 화가 머리끝까지 차서 꽃무늬 재킷을 깜빡한 채 크리스마스 날 아침에 들이닥쳤다.

어떻게 칼초네 한 판을 통째로 투입구에 투하할 수 있었는지는 아무도 알아내지 못했다.

엘사는 계단에 서서 침착하게 두세 번 심호흡을 한다. 엄마가 말하길 화가 나면 그렇게 하라고 했다. 엄마는 정말이지 할머니라면 절대 하지 않았을 일들을 한다. 예컨대 엘사를 보내서 다른 이웃 주민들뿐 아니라 브릿마리와 켄트까지 크리스마스 저녁 식사에 초대하는 것만 해도 그렇다. 할머니라면 절대 그런 이벤트를 벌이지 않았을 거다. 엄마가 그러자고 하면 "내 눈에 흙이 들어가기 전에는 절대 안 된다!"라며 으르렁거렸을 거다. 생각해보면 이제 할머니 눈에 흙이 들어가버렸으니 더 이상 그렇게 으르렁댈 수 없겠지만 그래도 이건 원칙의 문제

---

* 밀가루 반죽에 여러 재료와 치즈를 넣고 오븐에 구워 만드는 이탈리아식 피자.

다. 만약 할머니가 살아 있었다면 그렇게 얘기했을 거다.

하지만 엘사는 엄마에게 싫다고 할 수 없는 상황이다. 엄마를 끈질기게 들볶아서 크리스마스 연휴 동안 할머니네 집에 워스를 숨겨도 좋다는 허락을 받아냈기 때문이다. 켄트가 녀석을 죽이려 했다고 하면 엄마는 요즘도 한숨을 쉬면서 엘사더러 너무 '오버'하는 거 아니냐고 하지만, 워스를 집에 들여도 좋다고 허락한 엄마에게 대들기는 쉽지 않다.

한편 예오리를 만나자마자 워스가 한눈에 싫은 티를 내는 걸 보고 엘사는 얼마나 기뻤는지 모른다. 예오리를 싫어하는 누군가가 있어야 한다는 건 아니지만 다들 예오리를 좋아하는 마당에 분위기 전환도 되고 좋다.

무슨 증후군을 앓는 아이와 아이 엄마가 할머니네 집으로 이사하려고 한다. 엄마, 예오리, 알프, 레나르트, 마우드가 오후 내내 부엌에서 쑥덕거리는 동안 엘사가 그 아이와 열쇠 숨기기 놀이를 했기 때문에 안다. 당연히 그들은 아니라고 잡아떼지만 엘사는 비밀을 숨기는 목소리가 어떤 건지 안다. 조금 있으면 여덟 살이 되는 아이라면 알 수 있다. 엘사는 엄마가 자기한테 뭔가 숨기는 게 싫다. 누군가 자기 앞에서 뭔가 숨기면 바보가 된 기분이 드는데 그런 기분을 좋아하는 사람이 어디 있을까. 다른 사람도 아니고 엄마가 그걸 모르면 안 된다.

엘사도 알다시피 그들은 할머니네 집에 있어야 샘이 들이

닥쳤을 때 방어하기 더 수월하다는 이야기를 하고 있다. 샘이 조만간 찾아오면 엄마가 꼭대기 층에 할머니의 군대를 소집할 것이다. 엘사가 워스와 함께 레나르트와 마우드네 집에 있었을 때 엄마는 마우드에게 대수롭지 않은 일인 양 "필요한 물품을 챙겨놓으라"고 했다. 그 소리에 마우드와 워스가 집에 있는 비스킷 깡통이란 깡통은 모조리 다 찾아서 큼지막한 가방에 넣었는데 엄마는 그걸 보더니 한숨을 쉬며 "마우드, 필요한 것만 챙기라니까요!" 했다. 그러자 마우드는 어리둥절한 표정으로 엄마를 보며 "비스킷이 필요한 물품인데"라고 했다.

워스는 그 말을 듣고 행복하게 아르릉거리더니 화가 났다기보다 실망한 얼굴로 엄마를 쳐다보고는 보란 듯이 초콜릿과 땅콩 비스킷을 가방에 더 챙겼다. 둘이서 그걸 할머니의 집으로 옮기자 예오리가 다들 와서 멀드 와인*을 마셔보라고 불렀다. 워스가 멀드 와인을 가장 많이 마셨다. 이제 어른들은 다 같이 우리 집 부엌에 앉아서 비밀을 공유하고 있다.

브릿마리와 켄트의 집 현관문은 크리스마스 장식들로 가득하지만 엘사가 초인종을 눌러도 아무 대꾸가 없다. 알고 보니 브릿마리는 공동 현관문 바로 앞 통로에 있다. 깍지 낀 손을 배에 얹고 여전히 난간 기둥에 묶여 있는 유모차를 심란한 표정

---

* 레드 와인에 설탕, 레몬, 향신료 등을 넣어 데운 와인.

으로 쳐다보고 있다. 브로치가 달린 꽃무늬 재킷을 입고 있다. 벽에 새로운 공고문이 붙어 있다.

맨 처음엔 유모차를 거기 두면 안 된다는 공고문이 붙어 있었다. 그런데 누가 그 공고문을 떼어냈고, 이제 또 누가 새로운 공고문을 게시했다. 유모차는 여전히 그 자리에 묶여 있다. 게다가 가까이 다가가서 보니 공고문이 아니다. 십자말 퀴즈다.

브릿마리는 엘사를 보고 화들짝 놀란다.

"너는 이게 재미있다고 생각하겠지." 브릿마리가 말문을 연다. "너랑 너희 가족은. 이 건물에 사는 나머지 사람들을 우스갯거리로 만드는 걸 말이야. 하지만 누가 이런 짓을 저질렀는지 내가 끝까지 찾아내고야 말 거야. 장담해도 좋아. 그리고 유모차를 계단에 묶어놓고 벽에 계속 공고문을 붙여두면 실제로 화재의 위험이 있다고! 종이에서 불이 날 수도 있잖니!"

브릿마리는 브로치에 묻은 보이지 않는 얼룩을 문지른다.

"나 사실 바보 아니야, 아니고말고. 차지권자 조합원들이 다들 내 뒤에서 수군거리는 거 알아. 알다마다!"

엘사는 그때 자기 가슴속에서 무슨 일이 벌어졌는지 모르겠지만 아마 '바보 아니야' 하고 '내 뒤에서'의 조합이 불러일으켰을 감정을 느낀다. 기분 나쁘고 시큼하고 고약한 냄새가 나는 뭔가가 목구멍으로 스멀스멀 올라오는데 엘사는 한참이 지난 다음에야 넌더리를 내며 그게 연민임을 시인한다.

바보가 된 기분을 좋아하는 사람이 어디 있을까.

그래서 엘사는 시도 때도 없이 그렇게 나대면 어느 누가 말을 붙여주겠느냐는 둥 그런 말은 하지 않는다. 아직 차지권자 조합도 없지 않느냐는 말도 하지 않는다. 모든 자존심을 버리고 그냥 이렇게 중얼거린다.

"엄마하고 예오리가 내일 저녁때 크리스마스 파티 한다고 아줌마랑 켄트 아저씨도 오래요. 이 건물의 식구들이 모두 모인다고."

브릿마리의 눈빛이 잠깐 흔들린다. 엘사는 오늘 아침에 목격했던 인간적인 눈빛을 잠깐 떠올리지만 브릿마리는 금세 정신을 차린다.

"글쎄다, 그런 초대에는 응할 수가 없네. 켄트는 지금 회사에 갔고, 이 건물에 사는 사람 모두 다 할 일이 없는 건 아니거든. 어머니한테 그렇게 전해. 아무나 크리스마스 내내 *시간*을 낼 수는 없는 거라고. 게다가 켄트의 아이들이 내일 오는데 그애들은 다른 집 파티에 참석하고 그러면서 돌아다니는 걸 좋아하지 않거든. 켄트랑 나랑 같이 집에 있는 걸 좋아하지. 그리고 우린 교양 있는 가족답게 평범한 크리스마스 음식을 먹을 거야. 암, 그렇고말고. 어머니한테 그렇게 전해!"

브릿마리는 씩씩대며 사라진다. 엘사는 그 자리에 가만히 서서 고개를 저으며 중얼거린다. "맹꽁이, 맹꽁이, 맹꽁이." 그러고는 유모차 위에 나붙은 십자말 퀴즈를 쳐다본다. 누가 붙였는지 모르겠지만 자기는 왜 그럴 생각을 못 했는지 후회가 된다. 그걸 보고 브릿마리가 뚜껑이 열린 모양이다.

엘사는 다시 계단을 올라가서 까만 치마를 입고 다니던 여자네 집 현관문을 두드린다.

"내일 저녁에 저희 집에서 크리스마스 파티가 있어요. 시간 되면 오세요." 엘사는 이렇게 말하고 덧붙인다. "브릿마리 아줌마랑 켄트 아저씨는 안 온다니까 사실 분위기가 제법 좋을 수도 있어요!"

여자는 얼어붙는다.

"나는…… 사람들하고 잘 못 어울리는데."

"알아요. 하지만 혼자 있는 것도 잘 못하잖아요."

여자는 천천히 머리를 쓸어내리며 한참 동안 엘사를 쳐다본다. 엘사는 단호한 표정으로 여자를 빤히 쳐다본다.

"어쩌면…… 갈 수 있을지 모르겠다. 잠깐……만이라도."

"피자 주문해도 돼요! 크리스마스 음식이 싫다면." 엘사는 기대에 찬 목소리로 외친다.

여자는 미소를 짓는다. 엘사도 미소로 화답한다.

엘사가 계단을 올라가는데 마침 알프가 할머니네 집에서 나온다. 무슨 증후군을 앓는 아이가 살짝 춤을 추며 알프의 주변을 즐겁게 뱅글뱅글 돌고, 엘사를 본 알프는 한 손에 들고 있던 어마어마한 공구 상자를 감추려 한다.

"뭐하세요?" 엘사가 묻는다.

"아무것도 아니다." 알프는 대답을 피한다.

아이는 엄마와 예오리네 집으로 깡총 들어가서 산타 초콜릿이 든 큼지막한 그릇으로 돌진한다. 알프가 지나가려고 하지만 엘사가 앞을 막아선다.

"그거 뭐예요?" 엘사는 공구 상자를 가리키며 묻는다.

"아무것도 아니라니까!" 알프는 똑같은 말을 반복하며 상자를 등 뒤로 숨기려고 한다.

이제 보니 알프에게서 풍기는 대팻밥 냄새가 코를 찌른다.

"당연히 아무것도 아니겠죠!" 엘사는 팩팩거린다.

바보가 된 기분을 떨쳐보려고 애를 쓰지만 잘 되지 않는다.

엘사는 집 안에 있는 아이를 쳐다본다. 산타 초콜릿이 가득든 큼지막한 그릇 앞에 선, 조금 있으면 일곱 살이 되는 아이답게 행복해하고 있다. 아이가 산타 초콜릿이 아니라 진짜 산타를 기다리는 건지 궁금해진다. 엘사는 당연히 산타가 없다고 생각하지만 산타가 있다고 믿는 사람들을 무척 신뢰한다. 엘사는 예전에 해마다 크리스마스가 되면 산타에게 편지를 보냈다. 받고 싶은 선물 목록을 써서 보낸 게 아니라 정식 편지를 보냈다. 크리스마스 얘기는 별로 없었고 주로 정치 얘기를 했다. 산타가 사회적인 문제에 별로 관심이 없는 눈치라, 해마다 아이들이 탐욕스러운 편지를 보내는 가운데 그런 부분에 대해서도 짚어주는 사람이 있어야겠다고 생각했기 때문이다. 누군가는 일말의 책임감을 발휘해야 하지 않겠는가. 코카콜라 광고를 본 해에는 산타를 '영혼 없는 배신자'라고 비난하는 내용이 주를 이루었다. 어린이 노동 착취를 다룬 텔레비전 다큐멘터리를 본 직후에 상당수의 크리스마스용 미국 코미디를 시청한 해에는 산타가 말하는 '요정'이 고대 스칸디나비아의 전설에 등장하는 그 요정인지, 톨킨의 작품에 나오는 숲 속의 그 요정인지, 아니면 그냥 '난쟁이'를 가리키는 건지 알 수가 없어서 정확한 정의를 당장 답장으로 알려달라고 산타에게 부탁한 적도 있었다.

아무리 기다려도 산타는 답장이 없었다. 엘사는 길고 긴 분노의 편지를 다시 보냈다. 그 이듬해에 구글에서 검색하는 법을 배운 다음에야 산타가 절대 답장을 안 하는 이유는 산타가 존재하지 않기 때문이라는 걸 알아차렸다. 그래서 더 이상 편지를 보내지 않았다. 다음 날 엄마와 할머니에게 산타는 없다고 말하자 엄마는 너무 당황해서 멀드 와인을 마시다가 사레가 들렸고, 그걸 본 할머니는 더 당황한 척하며 말했다. "야, 그런 소리 하지 마! 현실이랑 환상을 분간 못 하는 맹추도 아니고."

엄마는 그 말을 듣고 전혀 웃지 않았고 그러거나 말거나 할머니는 신경 쓰지 않았다. 하지만 엘사는 깔깔대고 웃어서 할머니를 엄청 기쁘게 했다. 그리고 크리스마스 전날, 산타의 편지를 받았다. "싸가지 없게 굴었다"며 나무라더니 "이 고마워할 줄 모르는 잡것"이라고 부르며 엘사가 더 이상 산타를 믿지 않는 바람에 요정들이 그해 단체 연봉 협상에 실패했다고 열변을 토했다.

"이거 할머니가 쓴 편지라는 거 알아요." 엘사는 할머니에게 나지막이 쏘아붙였다.

"아니 왜?" 할머니는 엄청 화가 난 척했다.

"아무리 산타가 멍청해도 '단체'를 '단채'라고 쓰겠어요?"

할머니는 화를 풀며 미안하다고 했고, "얼마나 걸리는지 한번 보자"고 꼬드기며 가게에 달려가서 라이터를 사 오라고 했다. 하지만 엘사는 그 수법에 넘어가지 않았다.

그러자 할머니는 투덜투덜하며 새로 산 산타 옷을 꺼냈고, 두 사람은 할머니의 친구가 근무하는 어린이 병원에 갔다. 할머니가 하루 종일 돌아다니며 끔찍한 병을 앓는 아이들에게 이야기를 들려주는 동안 엘사는 따라다니며 장난감을 나눠주었다. 엘사가 기억하는 최고의 크리스마스였다. 할머니는 매년 크리스마스마다 이렇게 보내자고 약속했지만 그 이듬해에 세상을 떠나고 말았으니 엉터리 약속이 되고 말았다.

엘사는 무슨 증후군을 앓는 아이를 쳐다보다가 알프 쪽으로 시선을 옮겨서 빤히 쳐다본다. 토끼 초콜릿이 든 그릇을 발견한 아이가 안쪽으로 사라지자 엘사는 현관문 너머로 슬그머니 들어가 문 앞에 놓인 궤짝에서 산타 옷을 꺼낸다. 그걸 들고 다시 층계참으로 나와서 알프의 품에 밀어넣는다.

알프는 산타 옷이 간지럼이라도 태우는 것처럼 내려다본다.

"이게 뭐냐?"

"뭐 같아 보여요?"

"됐다!" 알프는 거부하며 옷을 다시 엘사 쪽으로 떠민다.

"됐다고 할 생각은 집어치워요!" 엘사는 이렇게 말하면서 더 세게 떠민다.

"너희 할머니 말로는 네가 얼어 죽을 산타를 믿지도 않는다던데." 알프가 중얼거린다.

엘사는 눈을 부라린다.

"맞아요. 하지만 세상 모든 게 내 위주로 돌아가는 건 아니잖아요?"

엘사는 집 안을 가리킨다. 아이가 텔레비전 앞 바닥에 앉아 있다. 알프는 아이를 보며 끙 하는 소리를 낸다.

"산타 분장은 레나르트가 하면 안 되겠냐?"

"레나르트 아저씨는 마우드 아줌마한테 비밀이 없잖아요." 엘사는 짜증 섞인 목소리로 대답한다.

"그게 이거랑 무슨 상관인데?"

"무슨 상관이냐면요, 마우드 아줌마는 아무한테도 비밀이 없잖아요!"

알프는 눈을 가늘게 뜨고 엘사를 쳐다본다. 그러다 그건 맞는 말이라고 마지못해 중얼거린다. 정말로 마우드는 비밀을 지키지 못한다. 이날 저녁에 예오리와 엘사가 무슨 증후군을 앓는 아이와 열쇠 찾기 게임을 했을 때도 계속 따라다니면서 "책꽂이에 있는 화분 속을 찾아보면 어떨까?" 하고 소곤거렸다. 숨긴 열쇠를 찾는 게 그 게임의 묘미라고 설명하는 엄마에게 마우드는 심란해하며 "열쇠를 찾는 애들 표정이 너무 슬퍼 보이잖아. 애들이 슬퍼하는 건 싫어"라고 했다.

"그러니까 아저씨가 산타로 변장해야 해요." 엘사가 결론을 내린다.

"예오리는?"

"키가 너무 크잖아요. 그리고 산타 옷 위에다 조깅용 반바지를 입을 테니까 누가 봐도 티가 날 테고요."

알프는 그게 무슨 대수냐는 표정이다. 그러고는 못마땅해하며 현관으로 들어가서 궤짝 안을 들여다본다. 더 나은 대안을 찾기 위해서인데, 그 안에 든 거라고는 침대 시트와 엘사의 스파이더맨 옷밖에 없다.

"저건 뭐냐?" 알프는 혹시라도 물릴지 모른다고 생각하는 사람처럼 조심스럽게 옷을 찌르며 묻는다.

"내 스파이더맨 옷요." 엘사는 끙 소리를 내며 궤짝 뚜껑을 닫으려고 한다.

"저런 옷은 언제 입는 거냐?" 알프는 스파이더맨 데이의 정확한 날짜를 알아낼 기세다.

"새 학기에 입을 생각이었어요. 발표 수업이 있었거든요." 엘사는 쾅 소리가 나게 궤짝을 닫는다. 알프는 산타 옷을 든 채로 그 자리에 서 있는데 그 역할에 관심이 없는 눈치다. 사실, 영 관심이 없는 눈치다. 엘사는 끙 소리를 낸다.

"꼭 알-고-싶-다-면 알려드릴게요. 전 스파이더맨 하지 않을 거예요. 여자는 스파이더맨이 될 수 없다고 해서요! 하지만 그러거나 말거나 상관없어요. 이 사람, 저 사람하고 번번이 싸울 기운도 없거든요!"

알프는 이미 계단 쪽으로 다시 발걸음을 옮긴 참이다. 엘사가 말하면서 울음을 삼켜서 알프는 못 들었을 거다. 그런데 들은 걸까. 알프가 난간 모퉁이에서 걸음을 멈춘다. 산타 옷을 구겨서 손에 쥔다. 한숨을 쉰다. 뭐라고 중얼거리지만 엘사에게는 들리지 않는다.

"뭐라고요?" 엘사는 짜증 섞인 투로 묻는다.

알프는 더 크게 한숨을 쉰다.

"너희 할머니라면 네가 우라질 아무나 마음에 드는 대로 변장하길 바랐을 거라고 했다." 알프는 고개를 돌리지도 않고 무뚝뚝하게 했던 말을 반복한다.

엘사는 주머니에 손을 넣고 바닥을 내려다본다.

"학교에서 다른 친구들이 여자는 스파이더맨이 될 수 없다고 해서……."

알프는 발을 질질 끌며 두 계단을 내려간다. 그러다 걸음을 멈춘다. 엘사를 바라본다.

"너희 할머니한테 그런 소리를 한 개자식들이 많았을 것 같지 않냐?"

엘사는 알프를 빤히 쳐다본다.

"할머니가 스파이더맨으로 변장했어요?"

"아니."

"그럼 그게 무슨 소리예요?"

"의사로 변장했다는 소리다."

"사람들이 할머니더러 의사 하면 안 된다고 했어요? 여자라서?"

알프는 공구 상자에서 뭔가를 꺼내더니 산타 옷 안에 쑤셔넣는다.

"여러 가지 다양한 이유에서 우라지게 많은 것들을 하면 안된다고 했겠지. 그래도 너희 할머니는 하고 싶은 대로 했다. 너희 할머니가 태어나고 몇 년 뒤에도 사람들은 여자들이 무슨 빌어먹을 투표냐고 했지만 지금은 여자들도 투표를 하잖냐. 너더러 이건 된다, 저건 안 된다 하는 개자식이 있으면 그런 식으로 맞서 싸우는 거야. 그러거나 말거나 오지게 밀어붙이는 거야."

엘사는 자기 신발을 쳐다본다. 알프는 자기 공구 상자를 쳐다본다. 잠시 후에 엘사는 집으로 들어가 산타 초콜릿을 두 개 가지고 나와서 하나는 자기가 먹고 하나는 알프에게 던진다. 알프는 남는 손으로 초콜릿을 받고 어깨를 살짝 으쓱한다.

"너희 할머니라면 네가 우라질 아무나 마음에 드는 대로 변장하길 바랐을 거다."

그 말을 끝으로 알프는 사라진다. 알프가 자기 집 현관문을 열었다가 닫자 이탈리아 오페라가 들리다가 끊긴다. 엘사는 집 안으로 들어가서 산타 초콜릿을 그릇째 들고 나온다. 그런 다음 아이의 손을 잡고 워스를 부른다. 셋은 할머니네 집으로 건너가 할머니가 죽은 뒤로 더 이상 커지지 않는 마법의 옷장 속으로 기어 들어간다. 안에서 대팻밥 냄새가 난다. 신기하게도 옷장은 두 아이와 워스가 들어가기에 딱 알맞은 크기로 커졌다.

무슨 증후군을 앓는 아이는 주로 눈을 감고 있다. 엘사는 아이를 깰락말락나라로 데려간다. 하늘에서 여섯 개의 왕국을 모두 구경하고 미모바스로 방향을 돌렸을 때 아이가 거기가 어딘지 알아차린다. 아이는 구름 동물에서 뛰어내려서 달리기 시작한다. 성문 앞에 다다랐을 때 미모바스의 음악이 쏟아져 나오자 아이는 춤을 추기 시작한다. 근사한 춤을 추기 시작한다. 엘사도 아이와 함께 춤을 춘다.

27

멀드 와인

용변이 마려워진 워스가 나중에 엘사를 깨운다. 엘사는 그러게 멀드 와인을 왜 그렇게 마셨느냐며 졸린 목소리로 웅얼거리고는 다시 꿈나라로 떠나려고 한다. 하지만 워스가 그리핀도르 목도리 위에다 싸려는 기미를 보이자 잽싸게 목도리를 치우고 하는 수 없이 데리고 나가기로 한다.

옷장 밖으로 나가보니 엘사네 엄마와 무슨 증후군을 앓는 아이의 엄마가 그때까지 잠자리를 마련하고 있다.

"쉬 마렵대요." 엘사는 피곤한 목소리로 설명한다. 엄마는 마지못해 고개를 끄덕이면서 알프와 함께 나가라고 한다.

엘사는 고개를 끄덕인다. 무슨 증후군을 앓는 아이의 엄마가 엘사를 보고 미소 짓는다.

"너희 할머니께서 쓰신 편지를 네가 어제 우리 집 우편물 투입구에 넣었을 거라고 마우드 아줌마가 그러더라."

엘사는 자기 양말만 빤히 쳐다본다.

"초인종을 누르려다가 안 눌렀어요. 방해되거나 할까봐요."

아이의 엄마는 또 미소를 짓는다.

"미안하다고 하시더라. 너희 할머니가 말이야. 우리를 더 이상 지켜주지 못해서 미안하다고. 그리고 너를 믿으라고 하셨어. 영원히. 그리고 너도 나를 믿게 만들라고 하셨고."

"버릇없는 질문일 수도 있겠지만 뭐 하나 여쭤봐도 돼요?" 엘사는 자기 손바닥을 찌르며 용기를 낸다.

"그럼."

"어떻게 계속 바들바들 떨면서 살아갈 수 있어요? 샘 같은 사람한테 쫓기면서 말이에요."

"엘사, 아가……." 엘사네 엄마가 나지막이 속삭이며 미안하다는 듯 아이의 엄마를 향해 웃어 보이지만, 아이 엄마는 괜찮다는 뜻으로 손사래를 친다.

"너희 할머니가 예전에 그러셨어. 가끔 위험한 일을 저질러야 할 때도 있다고. 그래야 우리가 진정한 인간인 거라고."

"『사자왕 형제의 모험』에서 슬쩍하셨네요." 엘사가 말한다.

아이의 엄마가 엘사의 엄마를 돌아보는데 화제를 바꾸고 싶은 듯한 표정이다. 아마 자기가 아니라 엘사를 위해서 그러는 것 같다. "아들인지 딸인지 알아요?"

엄마는 죄를 지은 사람처럼 씩 웃으며 고개를 젓는다.

"미리 알고 싶지 않아서요."

"그래서 그냥 우리 아이라고 부르고 있어요." 엘사가 알려준다. 엄마는 당황스러워한다.

"나도 미리 알고 싶지 않았어요." 아이 엄마가 다정하게 말한다. "그런데 태어나니까 당장 그 아이의 모든 게 알고 싶어지더라고요!"

"맞아요, 내 말이 그 말이에요. 건강하기만 하면 아들이건 딸이건 무슨 상관이에요?"

그 말을 내뱉자마자 엄마의 얼굴 위로 죄책감이 번진다. 엄마는 엘사를 지나 아이가 누워서 자고 있는 옷장 쪽을 흘긋 쳐다본다.

"미안해요. 내가……." 엄마가 더듬더듬 말문을 열자 아이의 엄마가 당장 말허리를 자른다.

"아, 미안해할 것 없어요. 괜찮아요. 사람들이 뭐라 그러는지 알아요. 하지만 우리 아이는, 건강해요. 모든 면에서 살짝 넘칠 뿐이죠."

"나도 모든 면에서 넘치는 거 좋아해요!" 엘사는 신나게 외쳤다가 부끄러워하며 중얼거린다. "퀸버거는 빼고요. 토마토를 늘 빼고 먹거든요."

이 말에 두 엄마가 어찌나 깔깔대고 웃는지 웃음소리가 벽을 울린다. 두 엄마에게 가장 필요한 게 그것인 듯하다. 그래서 엘사는 의도했던 바는 아니지만 그래도 뿌듯해하기로 한다.

알프가 계단에서 엘사와 워스를 기다리고 있다. 그들이 온다는 걸 무슨 수로 알았는지 모를 일이다. 집 밖에 깔린 어둠이 어찌나 빽빽한지 눈덩이를 던지더라도 장갑 낀 손을 떠나기 전부터 안 보일 지경이다. 그들은 워스가 들키지 않게 브릿마리의 발코니 아래를 살금살금 지난다. 워스는 덤불 안으로 뒷걸음쳐서 들어가더니 신문이나 뭐 그런 게 있었으면 하는 표정을 짓는다.

엘사와 알프는 예의상 고개를 돌린다. 엘사가 헛기침을 한다.

"르노 되찾는 거 도와줘서 고마워요."

알프는 뭐라고 구시렁댄다. 엘사는 재킷 주머니에 손을 쑤셔 넣는다.

"켄트 아저씨는 쓰레기예요. 독약을 먹고 죽어야 할 사람은 그 인간인데!"

알프가 천천히 고개를 돌린다.

"그런 소리 하지 마라."

"네?"

"그런 빌어먹을 소리 하지 말라고."

"왜요? 쓰레기 맞잖아요."

"그럴지도 모르지. 하지만 내 앞에서는 그렇게 부르지 마."

"아저씨는 그 사람을 계속 '우라질 머저리'라고 부르잖아요!"

"그래. 나는 그래도 되니까. 하지만 너는 안 돼."

"왜요?"

알프의 가죽 재킷에서 찍찍 소리가 난다.

"나야 내 동생한테 얼마든지 싫은 소리 할 수 있지만 너는 아니잖냐."

여러 종류의 영원이 수없이 흐른 다음에야 엘사는 그 말뜻을 이해한다.

"몰랐어요." 엘사는 가까스로 말한다. "형제지간에 왜 그렇게 서로 잡아먹지 못해서 안달이에요?"

"형제는 선택할 수 없으니까." 알프는 중얼거린다.

뭐라고 대답하면 좋을지 알 수가 없다. 엘사는 반쪽이를 떠올렸다가 생각하고 싶지 않아서 화제를 바꾼다.

"아저씨는 왜 여자친구가 없어요?"

"이런 썩을. 네가 뭔 상관이냐?"

"누굴 사랑해본 적 있어요?"

"내가 우라질 어린애도 아니고 당연히 해봤지. 살다보면 누구나 누군가를 사랑하게 돼 있다."

"몇 살이었어요?"

"첫사랑을 했을 때?"

"네."

"열 살."

"두 번째 사랑을 했을 때는요?"

가죽 재킷에서 찍찍 소리가 난다. 알프는 손목시계를 확인하더니 집 쪽으로 발걸음을 옮기기 시작한다.

"두 번째는 없었다."

엘사가 뭔가 물어보려는 찰나, 그 소리가 들린다. 그들이 들었다기보다 워스가 들은 것이다. 비명 소리다. 그 소리가 들리자 덤불에서 튀어나온 워스가 까만 창처럼 어둠 속으로 돌진한다. 그때 엘사는 녀석이 짖는 소리를 처음 듣는다. 예전에 짖는 소리인 줄 알았던 그건 착각에 불과했다. 지금 짖는 소리에 비하면 여태까지 들은 소리는 깨갱거리거나 낑낑대는 소리에 지나지 않는다. 그 소리에 건물 주춧돌이 흔들린다. 전쟁의 함성이다.

엘사가 먼저 도착한다. 알프보다 엘사가 달리기를 더 잘한다.

브릿마리가 하얗게 질린 얼굴로 문에서 몇 미터 떨어진 곳에 서 있다. 음식이 담긴 쇼핑백이 눈 위에 떨어져 있다. 막대 사탕과 만화 잡지들이 쏟아져 나왔다. 거기서 엎어지면 코 닿을 곳에 샘이 서 있다.

손에 칼을 들고.

위스가 눈 속에 콘크리트 기둥처럼 앞발을 박고 으르렁거리며 그 둘 사이에 굳게 서 있다. 샘은 꼼짝 않고 서 있지만 엘사는 망설이고 있다는 걸 눈치챈다. 샘이 천천히 고개를 돌려 엘사를 쳐다보자 그 시선에 엘사의 등뼈가 가루처럼 변한다. 무릎이 어찌나 후들거리는지 눈 속에 파묻혀 사라질 기세다. 칼이 가로등 불빛을 받아 반짝인다. 샘의 손이 허공에 머무르고 몸은 증오로 딱딱하게 굳는다. 차갑고 사나운 눈빛이 엘사에게 꽂힌다. 하지만 칼이 향한 방향은 엘사 쪽이 아니다.

브릿마리가 흐느껴 우는 소리가 들린다. 그런 본능 내지는 용기가 어디선가 나왔는지 아니면 그냥 멍청해서 그런 건지 모르겠지만—할머니가 입버릇처럼 말하길 자기랑 엘사는 알고 보면 머리가 모자라서 언젠가는 큰코다칠 거라고 했다—엘사는 달려간다. 샘에게 똑바로 달려간다. 그를 향해 뛰어온 순간 샘이 자신만만하게 칼을 몇 센티미터 내리더니 엘사를 붙잡으려고 다른 쪽 손을 갈고리처럼 쳐든다.

하지만 엘사는 거기까지 다다르지도 못하고 메마르고 까만 무언가에 부딪친다. 건조한 가죽 냄새가 난다. 찍찍거리는 알프의 가죽 재킷 소리가 들린다.

알프가 똑같이 험악한 분위기를 풍기며 샘의 앞에 서 있다. 재킷 소매에 들어 있던 망치가 손바닥으로 미끄러져 내려온다. 알프가 망치를 좌우로 흔든다. 샘의 칼은 움직이지 않는다. 두 사람은 서로에게서 시선을 떼지 않는다.

엘사는 두 사람이 얼마나 오랫동안 그렇게 서 있었는지 모른다. 이야기의 영원이 얼마나 흐를 동안 그렇게 서 있었는지 모르겠다. 죽기에도 충분한 시간처럼 느껴진다. 공포로 심장이 찢어지는 것 같다.

"곧 경찰이 도착할 거다." 마침내 알프가 나지막이 내뱉는다. 이 자리에서 담판을 짓지 못하는 걸 아쉬워하는 듯한 말투다.

샘은 알프에게서 워스에게로 침착하게 시선을 옮긴다. 워스는 털을 세우고 허파에서 천둥 같은 소리를 내며 으르렁거린다. 견딜 수 없을 정도로 긴 시간 동안 샘의 입가에 희미한 미소가 스치고 지나간다. 잠시 후에 샘이 뒤로 한 걸음 물러서자 어둠이 그를 집어삼킨다.

경찰차가 들이닥치지만 샘은 이미 오래전에 사라지고 없다. 엘사는 옷 속에 있던 무언가가 증발하기라도 한 것처럼 눈 위로 털썩 주저앉는다. 엘사를 붙잡는 알프의 손길이 느껴지고 경찰 눈에 띄기 전에 계단 위로 튀라고 워스에게 나지막이 쏘아붙이는 알프의 목소리가 들린다. 브릿마리가 숨을 헐떡이는 소리와 경찰이 눈을 밟는 소리도 들린다. 하지만 정신이 이미 가물가물하다. 엘사는 이렇게 겁에 질린 게 창피해서 눈을 감고 무의식의 세계로 피신한다. 지금껏 공포로 이렇게까지 얼어붙어버린 미아마스의 기사는 없었다. 진정한 기사라면 허리를 꼿꼿하게 펴고 제자리를 지켜야지 잠 속으로 도망치면 안 되는 거다. 하지만 어쩔 수가 없다. 조금 있으면 여덟 살이 되는 아이가 감당하기엔 너무 엄청난 현실이다.

눈을 떠보니 할머니네 집 침실이다. 따뜻하다. 워스가 엘사의 어깨에 코를 대고 머리로 툭툭 치는 게 느껴진다.

"너 정말 용감하다." 엘사가 속삭인다.

워스는 그렇다면 비스킷을 먹을 만하지 않냐는 표정을 짓는다. 엘사는 땀으로 젖은 시트에서 빠져나온다. 흙빛이 된 얼굴로 복도에 서 있는 엄마가 문밖에 보인다. 머리끝까지 화가 나서 눈물을 흘려가며 알프에게 미친 듯이 고함을 지르고 있다. 알프는 잠자코 서서 듣기만 한다. 엘사는 엄마의 품속으로 달려든다.

"알프 아저씨랑 워스 잘못 아니에요! 나를 보호하려고 그랬던 거예요!" 엘사는 흐느껴 운다.

브릿마리의 목소리가 엘사의 울음소리를 가른다.

"아니야. 누가 봐도 그건 내 잘못이었어! 내가 잘못한 거야! 전부 다 내 잘못이었어, 울리카."

엘사가 브릿마리 쪽으로 고개를 돌려보니 마우드와 레나르트와 무슨 증후군을 앓는 아이의 엄마도 복도에 있다. 모두들 브릿마리를 쳐다보고 있다. 브릿마리는 깍지 낀 손을 배 위에 올려놓는다.

"그 남자가 문 앞에 숨어 있었는데 그 담배 냄새가 나지 뭐야. 그래서 내가 우리 차지권자 조합에서는 흡연을 용인하지 않는다고 했더니 그 물건을 꺼내서……."

브릿마리는 '칼'이라는 말을 차마 하지 못하고 또다시 말끝을 흐린다. 맨 마지막에야 비밀을 알게 된 사람답게 기분이 상한 얼굴이다.

"당연히 다들 그 남자의 정체를 알았겠지! 그런데 아무도 나한테 알려줄 생각을 하지 않았어. 내가 이 입주민 협의회의 공지 담당인데도!"

브릿마리는 치마에 잡힌 주름을 편다. 이번에는 진짜 주름이다. 막대 사탕과 만화 잡지가 든 쇼핑백이 발치에 놓여 있다. 마우드가 브릿마리의 팔에 다정하게 손을 얹으려고 하지만 브릿마리는 뿌리친다. 마우드는 아쉬움이 담긴 미소를 짓는다.

"켄트는 어디 있어요?" 마우드가 부드럽게 묻는다.

"회의 갔어요!" 브릿마리가 매섭게 쏘아붙인다.

알프는 브릿마리를 쳐다보다가 슈퍼마켓에서 들고 온 쇼핑백을 쳐다보고선 다시 브릿마리를 쳐다본다.

"이 늦은 밤에 밖에서 뭐하고 있었어요?"

"켄트의 아이들이 크리스마스 때 오면 막대 사탕하고 만화 잡지를 줘요! 늘! 그래서 슈퍼에 다녀왔어요!"

"미안해요, 브릿마리. 어떤 식으로 말하면 좋을지 몰라서 그랬던 거예요. 저기, 오늘 밤만이라도 여기 있는 게 어때요? 다 같이 모여 있으면 더 안전하지 않을까요?"

브릿마리는 코끝 너머로 그들을 살핀다.

"집에서 잘 거예요. 켄트가 오늘 밤에 온단 말이에요. 켄트가 오면 내가 항상 집에서 맞는다고요."

초록 눈의 여경이 브릿마리의 뒤에서 계단을 걸어 올라온다. 브릿마리가 홱 하니 고개를 돌린다. 초록 눈이 브릿마리를 예의 주시한다.

"딱 때가 되니까 나타나네." 브릿마리가 말한다. 초록 눈의 여경은 아무 말도 하지 않는다. 그 뒤에 서 있는 다른 경찰은 엘사와 엄마를 보자마자 당황한 얼굴이다. 병원까지 앞장섰는데 병원에 도착하자마자 엘사와 엄마가 줄행랑을 놓은 게 생각난 모양이다.

레나르트가 들어와서 커피 한잔하라고 하니 여름방학 인턴 경찰은 경찰견을 데리고 이 일대를 수색하느니 커피나 마시는 게 낫겠다고 생각하는 눈치지만 상관이 단호한 눈빛으로 노려보자 고개를 푹 숙이고 도리질한다. 초록 눈의 여경은 굳이 목청을 높이지 않아도 방 안을 쩌렁쩌렁 울릴 만한 목소리로 말문을 연다.

"그자를 찾겠습니다." 여경은 시선을 계속 브릿마리에게 고정한 채 이야기한다. "그리고 켄트가 어제 개 문제로 연락을 했는데요, 브릿마리. 당신이 계단에서 개털을 봤다고요. 오늘 밤에 녀석을 보셨습니까?"

엘사는 숨을 죽인다. 초록 눈의 여경이 켄트와 브릿마리의 이름을 왜 허물없이 부르는지 의아해하는 것조차 깜빡 잊을 정도로 숨을 죽인다. 브릿마리는 엘사와 엄마와 마우드와 레나르트와 무슨 증후군을 앓는 아이의 엄마를 차례대로 쳐다본다. 마지막으로 알프를 쳐다본다. 그의 얼굴엔 아무 표정도 없다. 초록 눈의 여경이 복도를 훑어본다. 엘사는 떨리는 손을 진정시키려고 주먹을 쥐었다 폈다 하는데 손바닥이 땀투성이다. 엘사도 알다시피 워스는 몇 미터만 가면 나오는 할머니 방에서 자고 있다. 쫄딱 망하게 생겼는데 어쩌면 좋을지 모르겠다. 계단 입구에 경찰들이 그렇게 모여 있는데 워스를 데리고 탈출할 방법 같은 건 없을 거다. 아무리 워스라도 그걸 뚫지는 못할 거다. 경찰이 총을 쏠 거다. 녀석을 죽일 거다. 그림자가 처음부터 계획한 일 아닐까. 감히 워스와 싸울 수 없어서. 워스가 없으면, 울프하트가 없으면 성은 무방비다.

브릿마리는 자기를 빤히 쳐다보는 엘사와 눈이 마주치자 입술을 오므린다. 배 위에 올려놓은 손의 위치를 바꾸고 느닷없이 자신감 충만한 눈빛으로 초록 눈의 여경을 쳐다보며 콧방귀를 뀐다.

"켄트하고 내가 잘못 본 모양이에요. 개털이 아니라 다른 걸수도 있겠어요. 요즘 들어 이상한 사람들이 하도 계단을 오르내리니 그럴 만도 하죠." 반은 사과조로, 반은 힐난조로 이렇게 말하며 꽃무늬 재킷에 달린 브로치를 바로잡는다.

초록 눈의 여경은 엘사를 흘긋 쳐다본다. 그러고 나서 이제 그 문제는 해결됐다는 듯이 무뚝뚝하게 고개를 끄덕이고 건물 주변에서 밤샘 경계를 서겠다고 약속한다. 두 경관은 누가 무슨 말을 꺼낼 겨를도 없이 순식간에 계단을 내려간다. 엘사의 엄마가 숨을 헐떡이며 브릿마리에게 손을 내밀자 브릿마리는 뒤로 물러선다.

"나한테 다 숨기고 그러면 재미있는 모양이지? 날 바보로 만들면 재미있는 모양이야."

"브릿마리, 그러지 마요." 마우드의 말에도 브릿마리는 고개를 젓고는 쇼핑백을 들고 쿵쿵 발소리를 내며 나가버린다. 상냥하게.

하지만 엘사는 나가는 브릿마리를 알프가 어떤 눈빛으로 쳐다보는지 포착한다. 방문 앞으로 나온 워스도 엘사와 같은 표정을 짓고 있다. 이제야 엘사는 브릿마리의 정체를 파악한다.

엄마도 계단을 내려가는데 왜 그러는지 엘사는 이유를 모른다. 레나르트가 커피를 따른다. 예오리는 달걀을 꺼내고 멀드와인을 좀 더 만든다. 마우드는 비스킷을 돌린다. 무슨 증후군을 잃는 아이의 엄마는 아들을 찾으러 옷장 속으로 들어가고 잠시 후에 아이의 웃음소리가 들린다. 그 아이는 한 가지 훌륭한 초능력을 지니고 있다.

알프가 발코니로 나가자 엘사가 쫓아간다. 한참 동안 머뭇거리며 뒤에 서 있다가 옆으로 다가가서 난간 너머를 내다본다. 초록 눈의 여경이 눈밭에 서서 엄마에게 무슨 얘기를 하고 있다. 예전에 경찰서에서 할머니를 보며 미소 지었던 것처럼 이번에는 엄마를 보며 똑같은 미소를 짓고 있다.

"둘이 서로 아는 사이예요?" 엘사는 놀란 목소리로 묻는다. 알프는 고개를 끄덕인다.

"예전부터. 네 나이 때 제일 친한 친구였다."

엘사는 엄마를 지켜보는데 아직까지 화가 안 풀린 것 같다. 잠시 후에 엘사는 알프가 발코니 바닥 한구석에 던져놓은 망치 쪽으로 시선을 돌려서 망치를 빤히 쳐다본다.

"샘을 죽일 생각이었어요?"

알프는 미안하면서도 정직한 눈빛이다.

"아니."

"그런데 엄마가 아저씨한테 왜 그렇게 화를 냈어요?"

알프의 가죽 재킷이 살짝 들썩인다.

"자기가 망치를 들고 나섰어야 했는데 그러지 못해서."

엘사의 어깨에서 힘이 빠진다. 으슬으슬해진 몸을 감싸 안는다. 알프가 가죽 재킷을 걸쳐준다. 엘사는 그 안에서 몸을 웅크린다.

"누가 샘을 죽여줬으면 좋겠다는 생각을 가끔 하곤 해요."

알프는 아무 대꾸도 하지 않는다. 엘사는 망치를 쳐다본다.

"그러니까…… 어떻게든 처치해주었으면 하는 생각이요. 그 누구도 죽어 마땅하다고 생각하면 안 된다는 거 알아요. 하지만 샘을 살려두고 싶다고 생각하는 사람이 과연 있을지 모르겠는데……."

알프는 발코니 난간에 몸을 기댄다.

"인간이니까 그렇지."

"인간이라서 누가 죽었으면 좋겠다고 생각하는 거라고요?"

알프는 차분하게 고개를 젓는다.

"인간이라서 잘 모르는 거라고."

엘사는 몸을 더 심하게 웅크린다. 용감해지려고 애를 쓴다.

"무서워요." 엘사가 속삭인다.

"나도 그렇다." 알프가 말한다.

그 뒤로 두 사람은 더 이상 아무 말도 하지 않는다.

모두들 잠자리에 들었을 때 두 사람은 워스를 데리고 몰래 빠져나가지만 엘사는 엄마가 지켜보고 있다는 걸 안다. 초록 눈의 여경도 분명 지켜보고 있을 거다. 어둠 속 어딘가에서 불침번을 서고 있을 거다. 울프하트가 있었더라면 울프하트가 불침번을 섰을 텐데. 엘사는 같이 있어주지 않는 울프하트를, 계속 지켜주겠다고 해놓고서 실망시킨 울프하트를 원망하지 않으려고 한다. 하지만 잘 되지 않는다.

엘사는 알프에게 아무 말도 하지 않는다. 알프도 아무 말 하지 않는다. 크리스마스이브 밤인데 모든 게 이상하게 느껴진다.

나갔다가 돌아와서 계단을 다시 올라오는 도중에 알프가 브릿마리네 집 현관문 앞에서 잠깐 걸음을 멈춘다. 엘사는 알프가 어떤 눈빛으로 문을 쳐다보는지 포착한다. 첫사랑은 있었지만 두 번째 사랑은 없었던, 이후로 아무것도 없었던 사람의 눈빛이다. 엘사는 올해 처음으로 피자 냄새가 나지 않는 크리스마스 장식을 쳐다본다.

"켄트 아저씨네 아이들은 몇 살이에요?" 엘사가 묻는다.

"다 컸어." 알프는 쓸쓸하게 대답한다.

"그런데 브릿마리 아줌마는 그 아이들이 왜 만화랑 막대 사탕을 좋아한다고 했어요?"

"브릿마리는 해마다 크리스마스 때 저녁을 먹으러 오라고 초대하는데 그 애들은 절대 오지 않아. 마지막으로 왔을 때 나이가 어렸고 막대 사탕이랑 만화 잡지를 좋아했지." 알프가 멍하니 대답한다.

그러고선 발을 질질 끌며 다시 계단을 올라간다. 엘사도 뒤

따라가는데 워스는 그 자리에 남는다. 그렇게 똑똑한 엘사인데 이유를 파악하기까지 왜 그렇게 오랜 시간이 걸렸는지 모를 일이다.

미플로리스 왕국의 공주를 끔찍이 사랑한 두 형제는 공주의 사랑을 두고 싸우다 서로를 미워하게 되었다. 공주는 예전에 마녀에게 보물을 도둑맞은 적이 있고 지금은 슬픔의 왕국에서 산다.

그리고 워스가 공주의 성문을 지킨다. 워스들이 하는 일이 그것이기 때문에.

28

감자

엘사는 엿듣지 않았다. 엘사는 엿듣고 그러는 사람이 아니다. 특히 크리스마스 날 아침에는 정말 안 그런다.

다음 날 아침 일찍 어쩌다보니 그 계단에 서 있었고 그러다 브릿마리와 켄트의 대화를 들었을 뿐이다. 일부러 그런 건 아니었다. 엘사는 워스와 그리핀도르 목도리를 찾으러 나선 참이었다. 그리고 켄트와 브릿마리네 집 현관문이 열려 있었다. 엘사는 그 앞에 서서 잠깐 두 사람의 대화를 듣다가 이제 와서 문앞을 지나가면 그들 눈에 띌 테고, 그러면 그때까지 계단에 서서 일부러 엿듣고 있었던 것처럼 보이기 십상이라는 사실을 깨달았다. 그래서 가만히 있었다.

"브릿마리!" 안에서 켄트가 고함을 질렀다. 목소리가 울리는 걸 보면 켄트가 있는 곳은 욕실이고 소리의 크기로 보면 브릿 마리는 아주 멀찌감치 있었다.

"왜?" 브릿마리가 대답하는데 꽤 가까이 있는 것 같았다.

"내 엠병할 전기면도기 어디 있어?" 소리 질러서 미안하다고 사과하기는커녕 또 소리를 질렀다. 엘사는 그래서 켄트가 정말 싫다. 게다가 '엠병할'이 아니라 '염병할'이다.

"두 번째 서랍에." 브릿마리가 대답했다.

"왜 거기 넣어? 원래 첫 번째 서랍에 뒀잖아!"

"원래 두 번째 서랍에 뒀는데?"

두 번째 서랍이 열렸고 이윽고 전기면도기 소리가 들렸다. 하지만 켄트가 고맙다고 하는 소리는 전혀 들리지 않았다. 브릿마리는 복도로 나와서 켄트의 양복을 들고 현관문 밖으로 고개를 내밀었다. 재킷 한쪽 팔에서 보이지 않는 보풀을 털어냈다. 브릿마리는 엘사를 보지 못했다. 적어도 엘사가 느끼기엔 그랬다. 하지만 확실하지 않았기 때문에 엘사는 서 있는 자리에서 볼일이 있는 척해야 했다. 난간의 상태를 살피러 나왔다거나 뭐 그런 척 말이다. 엿듣고 있지 않은 척해야 했다. 상황이 복잡하게 됐다.

브릿마리는 다시 집으로 들어갔다.

"다비드랑 페르닐라한테 얘기했어?" 묻는 브릿마리의 목소리가 명랑했다.

"어, 어."

"그래서 언제 온대?"

"내가 어떻게 알아."

"하지만 언제 뭘 만들지 계획을 세워야 하는데……."

"애들이 오면 그때 먹으면 되지. 여섯 시 아니면 일곱 시에."
켄트는 대수롭지 않다는 듯 대꾸했다.

"몇 신데?" 브릿마리가 초조한 목소리로 물었다. "여섯 시야,
아니면 일곱 시야?"

"아, 진짜. 브릿마리, 그게 무슨 상관이야."

"별 상관 없다면 여섯 시 반으로 생각하고 있음 될까?"

"그래. 좋을 대로 해."

"우리가 평소엔 여섯 시에 저녁을 먹는다고 얘기했어?"

"우리는 항상 여섯 시에 먹잖아."

"그런데 다비드랑 페르닐라한테 그 얘기 했느냐고."

"우리는 지구의 역사가 시작된 날부터 여섯 시에 저녁을 먹
었어. 그러니까 걔들도 지금쯤은 알고 있겠지." 켄트가 한숨을
쉬며 말했다.

"알았어. 혹시 이제 와서 갑자기 거기에 불만이 생긴 거야?"

"아냐, 아냐. 그럼 여섯 시로 하지. 그때까지 안 오면 안 오는
가보다 하고." 켄트는 몇 시로 정하든 아이들은 오지 않을 거라
고 확신하는 투였다. "이제 나가봐야 해. 독일이랑 회의가 있어

서." 욕실에서 나오면서 켄트가 이렇게 덧붙이자 브릿마리가 말했다.

"나는 온 가족을 위해서 근사한 크리스마스를 준비하려는 것뿐이야, 켄트." 풀 죽은 목소리였다.

"애들이 오면 만들어놓은 음식을 데워 먹으면 되잖아!"

"몇 시에 오는지만 알면 도착하는 시간에 맞춰서 따뜻하게 음식을 낼 수 있으니까 그렇지."

"그게 그리도 우라지게 중요하면 다 모였을 때 먹음 되겠네."

"그러니까 언제 다 모이느냐 이거야."

"망할! 나도 모른다고! 걔들이 어떤지 당신도 알잖아. 여섯 시에 올 수도 있고 여덟 시 반에 올 수도 있다고!"

브릿마리는 몇 초의 섬뜩한 시간이 흐를 동안 아무 말이 없었다. 그러다 한숨을 쉬고, 속으로 고함을 지르고 있다는 걸 들키고 싶지 않은 사람처럼 애써 목소리를 가다듬었다.

"크리스마스 저녁을 여덟 시 반에 먹을 수는 없지, 켄트."

"나도 알아! 그러니까 아이들은 몇 시가 됐든 왔을 때 먹는 수밖에 더 있느냐고!"

"그런 식으로 퉁명스럽게 말할 필요 없잖아." 브릿마리가 살짝 퉁명스럽게 대꾸했다.

"내 빌어먹을 커프스단추 어디 있어?" 켄트는 묶다 만 넥타이를 늘어뜨리고 집 안을 비척비척 돌아다니기 시작했다.

"서랍장 두 번째 서랍에."

"원래 첫 번째 서랍에 두지 않았나?"

"원래 두 번째 서랍에 뒀어⋯⋯."

엘사는 그 자리에 가만히 서 있다. 그들의 대화를 엿듣는 건 절대 아니다. 하지만 현관문 바로 안쪽 복도에 큼지막한 거울이 달려 있어서 계단에 서 있으면 거기 비친 켄트의 모습이 보인다. 브릿마리가 셔츠 칼라로 넥타이를 깔끔하게 덮고 양복 재킷의 옷깃을 부드럽게 털고 있다.

"몇 시에 퇴근해?" 브릿마리가 나지막이 묻는다.

"망할. 내가 어떻게 알겠어? 독일 사람들이 어떤 식인지 알잖아. 기다리지 마." 켄트는 대충 얼버무리고 브릿마리의 손에서 탈출해 문 쪽으로 걸음을 옮긴다.

"집에 들어오면 곧바로 셔츠를 세탁기에 넣어줬으면 좋겠어." 브릿마리는 터벅터벅 따라나와서 켄트의 바짓부리에 묻은 뭔가를 털어낸다.

켄트는 아주 비싼 시계를 찬 남자들이 시계를 볼 때 짓는 표정을 지으며 손목시계를 확인한다. 켄트가 엘사네 엄마에게 자기 시계가 기아 차보다 더 비싸다고 말한 적이 있기 때문에 엘사도 안다.

"세탁기에 넣어달라고, 켄트! 퇴근하자마자 곧바로!"

켄트는 아무 대꾸도 하지 않고 층계참으로 나선다. 그러다 엘사를 발견한다. 엿듣고 있었다고 생각하진 않는 눈치지만 그렇다고 반가워하지도 않는다.

"요!" 켄트는 아이들이 그런 식으로 인사한다고 착각하는 어른답게 씩 웃으며 외친다.

엘사는 아무 대꾸도 하지 않는다. 그런 식으로 말하고 싶지 않기 때문이다. 켄트의 전화벨이 울린다. 이제 보니 새 휴대전화다. 켄트는 얼마짜리인지 말하고 싶어 하는 눈치다.

"독일에서 온 전화란다!" 엘사에게 이렇게 말해놓고는 어제 지하실 계단에서 원래 쓰던 휴대전화를 못 쓰게 만든 주범이 엘사였다는 사실을 뒤늦게 깨달은 표정을 짓는다.

독약과 그 독약을 사느라 얼마가 들었는지도 생각난 눈치다. 엘사는 해볼 테면 해보라는 듯이 어깨를 으쓱한다. 켄트는 새 휴대전화에 대고 "예즈, 클라우스!"라고 고함을 지르며 계단 아래로 사라진다.

엘사는 계단 쪽으로 몇 걸음 걸어가다 문 앞에서 멈춰 선다. 복도에 달린 거울을 통해 욕실이 보인다. 그곳에 선 브릿마리는 전기면도기에 달린 전선을 조심스럽게 돌돌 만 다음 세 번째 서랍에 넣고 있다.

그러곤 복도로 나온다. 엘사를 본다. 깍지를 껴 배 위에 올려놓는다.

"아, 이제 보니, 이제 보니⋯⋯." 브릿마리가 말문을 연다.

"엿듣지 않았어요!" 엘사가 당장 외친다.

브릿마리는 복도 옷걸이에 걸린 외투의 주름을 펴고 손등으로 켄트의 코트와 재킷을 조심스럽게 턴다. 엘사는 손가락을 청바지 주머니에 찔러 넣고 중얼거린다.

"고마웠어요."

브릿마리는 놀라서 고개를 돌린다.

"뭐라고?"

엘사는 끙 소리를 낸다. 조금 있으면 여덟 살이 되는데 고맙다는 인사를 두 번 하게 되면 누구라도 그럴 거다.

"고마웠다고요. 경찰이 물어봤을 때―" 엘사는 "워스"라는 단어를 말하기 직전에 입을 다문다.

브릿마리는 알아들은 눈치다.

"그 끔찍한 동물에 대해서 나한테 미리 알려줬어야지."

"끔찍한 동물 아니에요."

"사람을 물기 전까진 그렇겠지."

"절대 아무도 물지 않을 거예요! 그 녀석이 아줌마를 샘한테서 구해줬잖아요!" 엘사는 바락바락한다.

브릿마리는 뭐라고 말을 하려는 기미를 보이다가 만다. 맞는 말이라는 걸 알기 때문이다. 엘사도 무슨 말을 하려다가 만다. 브릿마리가 은혜를 갚았다는 걸 알기 때문이다.

엘사는 거울을 통해서 집 안을 들여다보고는 묻는다.

"왜 전기면도기를 엉뚱한 서랍에 넣었어요?"

브릿마리는 치맛자락을 털고, 털고, 또 턴다. 깍지를 낀다.

"무슨 소린지 모르겠구나." 엘사가 보기에 무슨 소리인지 빤히 아는 눈치인데도 그녀는 이렇게 대답한다.

"켄트 아저씨가 원래 첫 번째 서랍에 두지 않느냐고 하니까 아줌마는 원래 두 번째 서랍에 둔다고 했잖아요. 그런데 아저씨가 나가니까 이번에는 세 번째 서랍에 넣었잖아요."

그 소리에 브릿마리는 잠깐 멍한 표정을 짓는다. 그러다 이번에는 다른 표정을 짓는다. 아마도 외로움일 것이다. 잠시 후에 브릿마리가 중얼거린다.

"그래, 그래. 내가 아마 그랬을 거야. 아마도 내가 그랬겠지."

엘사는 고개를 모로 비튼다.

"왜 그랬어요?"

그러자 이야기의 영원 동안 정적이 흐른다. 그러고 나서 브릿마리는 자기 앞에 서 있는 엘사를 잊은 듯한 투로 속삭인다.

"그이가 큰 소리로 내 이름을 부르면 좋으니까."

이 말을 끝으로 브릿마리는 문을 닫는다.

엘사는 문 밖에 서서 브릿마리를 싫어하려고 애를 쓴다. 하지만 잘 되지 않는다.

29

머랭

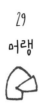

믿음이 있어야 해. 할머니는 입버릇처럼 그렇게 말했다. 믿음이 있어야 동화를 이해할 수 있다. "뭘 믿는진 중요하지 않고 다만 뭐라도 믿는 게 있어야 한다. 그러지 않을 거면 차라리 전부 다 잊어버리는 게 낫지."

결국 이 모든 사태의 핵심은 그것일지 모른다.

엘사는 그리핀도르 목도리를 집 밖 눈밭에서 찾는다. 전날 밤에 샘에게 돌진하던 와중에 떨어뜨린 모양이다. 초록 눈의 여경이 몇 미터 옆에 서 있다. 이제 겨우 태양이 고개를 내민 시각이다. 눈 위를 걷자 팝콘 터지는 소리가 난다.

"안녕하세요." 엘사는 인사를 건넨다.

초록 눈은 말없이 고개만 끄덕인다.

"말수가 없는 모양이네요?"

초록 눈이 웃는다. 엘사는 목도리를 두른다.

"우리 할머니랑 아는 사이였어요?"

여경은 아파트 벽과 골목길을 살핀다.

"너희 할머니야 모르는 사람이 없었지."

"우리 엄마하고는요?"

초록 눈은 다시 고개를 끄덕인다. 엘사는 눈을 가늘게 뜨고 쳐다본다. "알프 아저씨 말로는 두 분이 절친한 친구였다던데 요." 여경은 다시 고개를 끄덕인다. 엘사는 그게 어떤 기분일지 궁금해진다. 절친한 또래 친구가 있다는 건 어떤 기분일까.

엘사는 여경 옆에 아무 말 없이 서서 떠오르는 태양을 쳐다 본다. 지금까지 온갖 일들이 벌어졌지만 아름다운 크리스마스 이브가 될 거다. 엘사는 헛기침을 하고는 공동 현관문 쪽으로 걸어가다가 문손잡이에 손을 얹은 채로 걸음을 멈춘다.

"밤새도록 여길 지켰어요?"

여경은 다시 고개를 끄덕인다.

"샘이 다시 오면 죽일 거예요?"

"그럴 일은 없었으면 좋겠다."

"왜요?"

"사람을 죽이는 건 내 일이 아니니까."

"그럼 아줌마 일은 뭔데요?"

"보호하는 것."

"그 사람을요, 아니면 우리를요?" 엘사는 나무라는 투로 묻는다.

"둘 다."

"위험인물은 그 사람인데요. 우리가 아니라."

초록 눈은 미소를 짓지만 유쾌해 보이지는 않는다.

"내가 어렸을 때 너희 할머니가 그러셨어. 경찰이 되면 누굴 보호할지 선택할 수 없다고. 모든 사람을 보호하려 노력해야 한다고."

"우리 할머니는 아줌마가 경찰이 되고 싶어 한다는 걸 알았어요?" 엘사가 묻는다.

"너희 할머니를 보면서 내가 경찰의 꿈을 키웠지."

"어째서요?"

초록 눈은 미소를 짓는다. 이번에는 진짜 미소다.

"나는 어렸을 때 뭐든 무서워했거든. 그때 너희 할머니가 가장 무서워하는 일을 하라고 했어. 공포를 비웃어야 한다고."

엘사는 이로써 이미 알고 있던 사실이 입증되었다는 듯 고개를 끄덕인다.

"아줌마랑 우리 엄마였죠? 노벤과 공포들로부터 이야기의 산을 지켜내고 미아우다카스를 건설한 두 명의 황금빛 기사가.

아줌마랑 우리 엄마 맞죠?"

여경은 보일락 말락 하게 눈썹을 치켜세운다.

"너희 할머니 이야기 속에서 우리는 여러 인물로 등장할걸?"

엘사는 문을 열고 한쪽 발을 들여놓은 뒤 멈춘다.

"우리 엄마랑 할머니 중에 누굴 먼저 만났어요?"

"너희 할머니."

"할머니 방 천장에 붙어 있는 사진 중에 아줌마 사진도 있죠?"

초록 눈은 엘사를 똑바로 쳐다보며 또다시 진짜 미소를 짓는다.

"똑똑하네. 지금까지 만난 아이 중에서 너처럼 똑똑한 아이는 본 적이 없다고 하셨는데."

엘사는 고개를 끄덕인다. 등 뒤로 문이 닫힌다. 결국 아름다운 크리스마스이브로 마무리된다. 그 모든 일에도 불구하고.

엘사는 워스를 찾으려고 창고와 르노를 뒤지지만 양쪽 모두 비어 있다. 할머니네 집 옷장도 비어 있을 테고, 엄마와 예오리네 집에 있을 리도 없다. 몸이 불편한 환자가 아닌 이상, 크리스마스 아침에는 아무도 그 집에 있을 수가 없다. 엄마는 크리스마스가 되면 평소보다 더 능률적이다.

엄마는 보통 매년 5월에 크리스마스 쇼핑을 시작한다. 엄마가 '체계적인' 성격이라서 그렇다고 하면 할머니는 그게 아니라 '너무 깐깐해서' 그런 거라고 했고, 그러면 엘사는 상당히 오랫동안 헤드폰을 끼고 있어야 했다. 하지만 올해엔 엄마가 자유분방하고 몰상식해지기로 마음먹어서 8월 1일까지 기다렸다가 엘사에게 크리스마스 선물로 뭘 받고 싶으냐고 물었다. 엘사가 답변을 거부하자 엄마는 분개했다. 조금 있으면 여덟 살인 아이가 반년 새 인간적으로 얼마나 달라지는지 모르느냐고 분명하게 물었는데도 그랬다. 그래서 엄마는 평소 하던 대로 했다. 가게에 가서 자기 마음대로 선물을 산 것이다. 엄마의 선택은 평소처럼 폭망이었다. 엘사는 엄마가 선물을 어디 숨기는지 알기 때문에 그게 폭망이라는 걸 알았다. 조금 있으면 여덟 살이 되는 아이의 선물을 5개월 전에 미리 사놓으면 어떻게 될지 뻔하지 않은가.

엘사는 올해 크리스마스 선물로 해리 포터 시리즈의 다양한 인물과 이렇게 혹은 저렇게 연관이 있는 책을 세 권 받게 될 거다. 선물은 엘사가 아주 좋아하는 포장지로 싸여 있다. 엘사가 그걸 아는 이유는, 엄마가 맨 처음으로 산 선물이 워낙 아무짝에도 쓸모가 없어서 엘사가 10월에 그에 대한 평가를 내렸다가 서로 한 달 동안 옥신각신한 적이 있었기 때문이다. 결국엔 엄마가 포기하고 엘사에게 돈을 주면서 가서 "뭐든 마음에 드는 걸 사!"라고 했고, 엘사는 마음에 드는 걸 사다가 아주 좋아하는 포장지로 쌌다. 그런 다음 비밀이라고 할 수 없는 그곳에 갖다놓고, 자기가 올해에 뭘 받고 싶은지 정확하게 파악하다니 어쩌면 그렇게 생각이 깊고 세심할 수가 있느냐며 엄마를 칭찬했다. 그 소리를 듣고 엄마는 엘사를 '그린치'*라고 불렀다.

엘사는 이런 전통에 극도로 집착하게 됐다.

엘사가 초인종을 대여섯 번 누르자 알프가 문을 열어준다. 가운을 입은 채로 짜증 난 표정에 유벤투스 커피 컵을 들고 있다.

"뭐냐?" 알프가 호통을 친다.

"메리 크리스마스!" 엘사는 묻는 말엔 대답하지 않고 이렇게 외친다.

"자고 있었는데." 알프는 툴툴거린다.

"크리스마스 날 아침이잖아요." 엘사가 알려준다.

"나도 안다."

"그런데 왜 자고 있어요?"

"어젯밤에 늦게 잤으니까."

"뭐하느라요?"

알프는 커피를 한 모금 마신다.

"어쩐 일이냐?"

"내가 먼저 물었잖아요." 엘사는 생떼를 쓴다.

---

* 크리스마스를 싫어하는 그린치가 후빌 마을 사람들의 크리스마스를 빼앗으려다 크리스마스 정신을 깨닫게 된다는 내용을 담은 미국의 영화 〈그린치는 어떻게 크리스마스를 훔쳤을까〉의 주인공.

"나라면 한밤중에 너희 집에 찾아가지 않겠다!"

"지금은 한밤중 아니잖아요. 그리고 크리스마스고요!"

알프는 커피를 홀짝 마신다. 엘사는 그 집 발깔개를 신경질적으로 찬다.

"워스를 못 찾겠어요."

"그럴 줄 알았다." 알프는 태평하게 고개를 끄덕인다.

"어째서요?"

"여기 있으니까."

덜 마른 페인트를 깔고 앉기라도 한 것처럼 엘사의 눈썹이 하늘로 치솟는다.

"워스가 여기 있어요?"

"어."

"왜 얘기 안 했어요?"

"이런 망할. 좀 전에 했잖아."

"왜 여기 있어요?"

"켄트가 오늘 새벽 다섯 시에 들어오는 바람에 계단에 앉혀 둘 순 없어서 그랬다. 이 녀석이 아직 이 아파트 안에 있는 걸 알면 켄트가 우라질 경찰을 부를 거 아니냐."

엘사는 알프네 집 안을 빼꼼 들여다본다. 워스가 바닥에 앉아서 큼지막한 철 그릇에 든 뭔가를 게걸스럽게 핥고 있다. '유벤투스'라고 적혀 있다. 철 그릇 위에 말이다.

"켄트 아저씨가 몇 시에 들어왔는지 어떻게 알아요?"

"그 염병할 BMW를 몰고 들어왔을 때 내가 주차장에 있었으니까." 알프가 짜증 섞인 투로 대답한다.

"주차장에서 뭐하고 있었어요?" 엘사는 짜증 섞인 투로 묻는다.

알프는 그런 바보 같은 질문도 있느냐는 듯한 표정이다.

"그 친구를 기다렸지."

"얼마 동안요?"

"좀 전에 다섯 시까지라고 했잖냐." 알프가 툴툴거린다.

엘사는 알프를 안아주려다 관둔다. 워스가 철 그릇에 얼굴을 박은 채 엄청나게 행복한 표정으로 올려다본다. 시커먼 뭔가가 녀석의 코에서 뚝뚝 떨어진다. 엘사는 알프를 돌아본다.

"아저씨, 워스한테…… 커피 줬어요?"

"어." 알프는 그게 뭐가 잘못인지 모르겠다는 표정을 짓는다.

"동물이잖아요! 동물한테 어떻게 커피를 줘요?"

알프는 민머리를 긁는다. 알프로선 그게 머리를 긁는 것과 마찬가지다. 그러더니 가운을 제대로 여민다. 알프의 가슴을 가로지른 두툼한 흉터가 엘사의 눈에 띈다. 알프는 시선을 알아차리고 언짢아한다.

그러더니 방으로 들어가서 문을 닫고, 택시회사 로고가 찍힌 가죽 재킷으로 갈아입고 나온다. 크리스마스이브인데도 그런다. 이제는 워스를 주차장으로 데리고 나가서 오줌을 뉘여야 한다. 건물 주변을 지키는 경찰의 숫자가 더 많아졌는데 아무리 워스라도 커피를 한 사발이나 마셨는데 오래 참지는 못할 테니 말이다.

주차장에서 오줌을 뉘여야겠다고 하면 할머니는 아주 좋아했을 거다. 브릿마리를 미치게 만들 수 있을 테니 말이다.

올라가보니 엄마와 예오리네 집에서 스위스머랭과 베어네이즈 소스를 넣은 파스타그라탱 냄새가 난다. 엄마가 올해 크리스마스는 이 건물 사람들이 다 같이 보내야 한다고 결정을 내렸기 때문인데, 엄마의 의견에 반대한 사람은 없었다. 좋은 생각인 데다 엄마의 의견에 반대하는 사람이 원래 없기 때문이다. 그러자 예오리가 각자 좋아하는 음식을 만들어서 크리스마스 뷔페를 차리면 어떻겠느냐고 했다. 예오리가 그렇게 착하다. 그래서 엘사는 분통이 터진다.

무슨 증후군이 있는 아이가 좋아하는 음식이 스위스 머랭이라 아이 엄마가 그걸 만들었다. 사실 재료 꺼내놓기는 아이 엄마가, 만들어진 머랭을 정리하는 일은 레나르트가 맡았고, 실제 스위스머랭은 마우드가 만들었다. 그동안 아이와 아이 엄마는 춤을 추었다.

그러고 났더니 마우드와 레나르트는 까만 치마를 입고 다니는 여자도 동참할 수 있어야 한다며 특별히 만들고 싶은 음식이 있느냐고 물었다. 두 사람이 그렇게 착하다. 까만 치마를 입고 다니는 여자는 저쪽 끝에 놓인 의자에 붙박인 듯 앉은 채로 당황해서 어쩔 줄 몰라 하는 표정을 지으며 몇 년 동안 요리다운 요리를 해본 적이 없다고 중얼거렸다. "혼자 살면 요리를 잘 안 하게 되거든요." 그러자 마우드는 심란해하며 자기가 질문을 너무 무신경하게 했다고 사과했다. 그러자 까만 치마를 입고 다니는 여자는 마우드한테 미안해져서 베어네이즈 소스를 넣은 파스타그라탱을 만들었다. 두 아들이 좋아하던 음식이라고 했다. 그래서 그들은 다 같이 스위스머랭과 베어네이즈 소스를 넣은 파스타그라탱을 먹으며 일종의 크리스마스 분위기를 낸다. 그 모든 일에도 불구하고.

마우드는 워스에게 시나몬 번 두 양동이를 선물하고, 예오리는 엘사가 어렸을 때 썼던 아기 욕조를 창고에서 들고 와 그 안을 멀드 와인으로 채운다. 이런 인센티브가 주어지자 워스는 할머니네 집 옷장에 한 시간 동안 숨어 있기로 합의하고, 엄마는 그 틈에 1층으로 내려가서 건물 밖을 지키고 있던 경찰들을 초대한다. 초록 눈이 엄마 옆에 앉는다. 둘이서 박장대소한다. 여름방학 인턴 경찰도 온다. 그는 스위스머랭을 거의 다 먹어 치우고는 소파에서 잠이 든다.

까만 치마를 입고 다니는 여자는 아무 말 없이 식탁 저쪽 구석에 앉아 있다. 식사가 끝나자 예오리는 설거지를 하고, 마우드는 식탁을 닦고, 레나르트는 언제든 마실 수 있도록 커피 잔을 들고 스툴에 앉아서 퍼컬레이터가 말썽을 일으키진 않는지 확인해가며 커피가 끓길 기다리고, 무슨 증후군을 앓는 아이는 집 안을 헤집고 다니다가 층계참을 가로질러서 할머니네 집으로 들어간다. 돌아온 아이는 입가가 온통 시나몬 번 부스러기 투성이고 점퍼에는 워스 털이 어찌나 덕지덕지 묻어 있는지 코스튬 파티 초대를 받고 카펫으로 변장하기로 했나 싶을 정도다. 아이는 엘사의 방에서 담요를 한 장 꺼내 들고 까만 치마를 입고 다니는 여자에게 다가가서 한참 동안 쳐다보더니 까치발을 하고 손을 뻗어 여자의 코를 꼬집는다. 깜짝 놀란 여자는 펄쩍 뛰고, 아이의 엄마는 아이가 생판 모르는 남의 코를 꼬집었을 때 엄마들이 냄 직한 비명을 지르며 아이에게 달려간다. 하지만 마우드가 가만히 여자의 팔을 잡아서 말리고, 아이가 집게손가락과 가운뎃손가락 사이로 엄지를 내밀자 까만 치마를 입고 다니는 여자를 쳐다보며 명랑한 목소리로 설명한다.

"지금 장난치는 거예요. 그쪽 코를 훔친 척하면서."

여자는 마우드를 빤히 쳐다본다. 아이를 빤히 쳐다본다. 코를 빤히 쳐다본다. 그러다 아이의 코를 훔친다. 아이가 어찌나 큰 소리로 깔깔대며 웃는지 창문이 흔들릴 정도다. 그러더니 담요로 몸을 감은 채 여자의 무릎에서 잠이 든다. 아이 엄마가

"원래는 이렇게 속내를 드러내는 아이가 아닌데"라며 사과의 미소와 함께 아이를 안아서 데려가려고 하자 까만 치마를 입고 다니는 여자는 떨리는 손으로 아이 엄마의 손을 건드리며 속삭인다.

"저기…… 괜찮으면 내가…… 조금만 더 안고 있어도 될까요……?"

아이 엄마는 양손으로 여자의 손을 감싸며 고개를 끄덕인다. 여자는 아이의 머리칼에 이마를 대고 속삭인다.

"고마워요."

예오리가 멀드 와인을 더 만들어 오고 모든 게 거의 정상으로 돌아간 듯한 느낌이 든다. 이제는 전혀 무섭지가 않다. 경찰들이 저녁 잘 먹었다고 인사하고 다시 계단을 내려가자 마우드는 슬픈 표정으로 엘사를 돌아보며 크리스마스이브에 경찰이 집으로 찾아오면 아이 입장에서 얼마나 무서울지 이해한다고 얘기한다. 하지만 엘사는 마우드의 손을 잡고 이렇게 말한다.

"걱정 마세요, 이건 크리스마스 이야기잖아요. 그러니까 해피엔드로 끝날 거예요."

마우드는 그 말을 믿는 눈치다.

믿을 수밖에 없다.

30
향수

크리스마스이브 밤이 깊어갈 무렵, 한 사람이 심장마비로 쓰러진다. 하지만 이로 인해 두 사람의 가슴이 찢어진다. 그리고 이 아파트는 두 번 다시 예전의 모습으로 돌아가지 못한다.

모든 건 아이가 배가 고파 오후 늦게 잠에서 깬 시점부터 시작된다. 멀드 와인을 다 마신 워스와 사만타가 옷장에서 우당탕 뛰쳐나온다. 엘사는 알프의 주변을 얼쩡대며 이제 산타로 변장할 시간이 됐다고 무언의 암시를 준다. 엘사와 워스는 알프를 따라서 주차장으로 내려간다. 알프가 택시에 올라탄다. 엘사가 조수석 문을 열어 고개를 들이밀고 뭐 하는 거냐고 묻자 알프가 시동을 걸며 투덜거린다.

"하루 종일 산타 옷을 입고 있어야 한다면 그 전에 신문 좀 사 오려고 그런다."

"내가 나가면 엄마가 싫어할 텐데."

"누가 너더러 같이 가자고 했냐?"

엘사와 워스는 그 말을 무시하고 차에 올라탄다. 알프가 남의 차에 그렇게 타면 되느냐고 나무라자 엘사는 이건 남의 차가 아니라 택시고 택시는 원래 그냥 타는 거 아니냐고 되받아친다. 알프가 험상궂게 요금기를 두드리며 택시를 타려면 돈을 내야 된다고 하자 엘사는 크리스마스 선물로 택시를 태워달라고 얘기한다. 그 소리에 알프는 한참 동안 인상을 쓰지만 결국엔 엘사의 크리스마스 선물을 위해 출발한다.

알프는 크리스마스이브에도 문을 여는 가두 매점을 알고 있다. 거기서 알프는 신문을 산다. 엘사는 아이스크림을 두 개 산다. 워스가 한 개 반을 먹는다. 워스들이 얼마나 아이스크림을 좋아하는지 감안했을 때 엘사를 상당히 배려한 처사다. 녀석이 뒷좌석에 아이스크림을 좀 흘렸지만 알프는 10분 정도 소리를 지르고 끝이다. 워스들이 택시 뒷좌석에 아이스크림을 흘리는 걸 알프가 얼마나 싫어하는지 감안했을 때 녀석을 상당히 배려한 처사다.

"뭐 하나 물어봐도 돼요?" 이 역시 질문에 해당한다는 걸 알면서도 엘사는 이렇게 묻는다. "브릿마리 아줌마가 워스를 경찰한테 불지 않은 이유가 뭐예요?"

"가끔 잔소리가 심할 때가 있긴 하지만 나쁜 사람은 아니다." 알프가 설명한다.

"그래도 개를 싫어하잖아요." 엘사는 물고 늘어진다.

"아, 무서워서 그러는 거야. 예전에 너희 할머니가 이사 오면서 주인 없는 개들을 잔뜩 데리고 왔거든. 브릿마리랑 켄트랑 내가 아직 코흘리개였을 때. 그런데 개 한 마리가 브릿마리를 무는 바람에 브릿마리네 어머니가 아주 난리도 아니었다." 알프의 설명치고 충격적일 정도로 장황하다.

택시가 길가에 멈춰 선다. 엘사는 할머니에게 들은 미플로리스 왕국의 공주 이야기를 떠올린다.

"그래서 아저씨는 열 살 때 브릿마리 아줌마한테 반한 거예요?"

"어." 알프는 빤한 것 아니냐는 듯 대답한다. 그 대답에 화들짝 놀란 엘사는 자초지종을 듣고 싶으면 기다리는 수밖에 없다는 걸 알기에 알프를 쳐다보며 기다린다. 조금 있으면 여덟 살이 되는 아이라면 그런 것쯤은 이미 파악하기 마련이다.

엘사는 끝까지 기다린다.

빨간불 신호 앞에서 두 번 멈춰 선 뒤에야 알프는 이야기를 좋아하지 않는 사람이 이야기를 하게 됐을 때 그러듯 체념한 분위기를 풍기며 한숨을 쉰다. 그러고는 브릿마리 이야기를 털어놓는다. 의도한 바는 아닐지 몰라도 그 와중에 자기 이야기 까지 털어놓는다. 욕이 난무하고, 엘사는 문법적인 오류를 바로 잡아주고픈 욕구를 꾹 참는다. 하지만 알프는 '만약'과 '하지만' 과 '망할'을 남발한 끝에 지금 살고 있는 아파트에서 켄트와 어머니와 함께 어린 시절을 보냈다고 설명한다. 알프가 열 살이 었을 때 윗집에 한 가족이 이사를 왔는데 그 집 딸 둘이 알프네 형제와 나이가 같았다. 그 집 어머니는 유명한 가수였고 아버지는 정장을 입고 늘 출근했다. 큰딸 잉그리드는 누가 봐도 노래에 소질이 다분했다. 그 집 어머니가 알프네 어머니에게 말하길 잉그리드는 스타가 될 거라고 했다. 작은 딸 브릿마리에 대해서는 일언반구도 없었다. 그래도 알프와 켄트는 브릿마리를 본 적이 있었다. 보지 않으려야 보지 않을 수 없었다.

의대에 재학 중이던 여대생이 언제 그 아파트에 등장했는지 정확하게 기억하는 사람은 아무도 없다. 어느 날부터 여대생은 그 당시 아파트 꼭대기 층 전체를 독차지했던 어마어마하게 넓은 집에서 살기 시작했다. 알프네 어머니가 그렇게 넓은 집에서 혼자 사는 이유에 대해서 캐묻자 여대생은 "포커를 쳐서 땄다"고 대답했다. 두말하면 잔소리지만 여대생은 집에 잘 안 붙어 있었고 항상 특이한 친구들을 몰고 다녔다. 가끔 주인 없는 개들과 함께 등장할 때도 있었다. 어느 날 저녁, 여대생은 덩치 큰 검둥개를 데려왔는데 알프가 보기엔 그 녀석도 포커로 딴

게 분명했다. 알프, 켄트, 그리고 윗집 딸들은 놀고 싶은 마음에 개가 잠든 줄 모르고 녀석을 건드리고 말았다. 알프도 장담하건대 녀석은 브릿마리를 물려고 했던 게 아니라 깜짝 놀라서 그런 반응을 보인 거였다. 깜짝 놀라기는 브릿마리도 마찬가지였다. 그날 이후로 그 개는 자취를 감추었다. 하지만 브릿마리네 어머니는 그 이후로도 여대생을 계속 미워했고 옆에서 누가 뭐래도 절대 생각을 바꾸지 않았다.

그러던 어느 날, 아파트 바로 앞에서 교통사고가 났다. 브릿마리네 어머니가 화물 트럭을 보지 못해서 낸 사고였다. 그 충격으로 아파트 전체가 흔들렸다. 비틀거리며 운전석에서 내린 어머니는 몇 군데 찰과상만 입었을 뿐 멀쩡했지만 뒷좌석에서는 아무도 내리지 않았다. 어머니는 낭자한 선혈을 보고 소름 끼치는 비명을 질렀다. 여대생이 시나몬 번 부스러기로 범벅이 된 얼굴을 하고 잠옷 차림으로 달려 나와서 뒷좌석에 앉아 있는 두 딸을 봤다. 여대생은 차가 없었기에 딱 한 명만 병원으로 옮길 수 있었다. 쇠지렛대로 차 문을 열고 보니 한 아이는 숨을 쉬고 있었지만 다른 아이는 아니었다. 여대생은 숨이 붙어 있는 아이를 업고 달렸다. 병원까지 달렸다.

여기서 알프의 이야기가 끊긴다. 엘사는 다른 아이는 어떻게 됐느냐고 묻는다. 알프는 빨간불이 세 번 나올 동안 아무 말도 하지 않는다. 그러다 마침내 쓸쓸한 목소리로 대답한다.

"부모 입장에서 아이를 잃는다는 건 우라지게 끔찍한 일이
야. 그 가족은 두 번 다시 원래 모습을 되찾지 못했다. 그 집 어
머니의 잘못은 아니었어. 염병할 교통사고가 나서 그런 거지,
어느 누구의 잘못도 아니었다. 하지만 그 어머니는 아마 끝까
지 충격을 떨치지 못했을 거야. 그리고 너희 할머니를 죽을 때
까지 원망했을 테고."

"왜요?"

"너희 할머니가 엉뚱한 애를 살렸다고 생각했거든."

엘사는 빨간불을 백 번쯤 지나는 시간 동안 아무 말도 하지
않는다. 그러다 마침내 이렇게 묻는다.

"켄트 아저씨도 브릿마리 아줌마를 좋아했어요?"

"형제잖냐. 형제는 원래 경쟁하는 법이다."

"그 경쟁에서 켄트 아저씨가 이겼고요?"

알프의 목구멍에서 무슨 소리가 난다. 기침 소리인지 웃음소
리인지 알 길이 없다.

"설마. 내가 이겼지."

"그러고 나서 어떻게 됐어요?"

"켄트가 독립하고, 너무 어린 나이에 인간말짜랑 결혼해서
쌍둥이 다비드와 페르닐라를 낳았다. 아이들은 사랑했지만 그
여자 때문에 우라지게 불행했지."

"아저씨랑 브릿마리 아줌마는 어떻게 됐는데요?"

빨간불이다. 또 빨간불이다.

"우리는 젊었지. 젊은 사람들은 다들 우라지게 바보 같거든. 나는 떠났어. 브릿마리는 여기 남았고."

"어디로 떠났는데요?"

"전쟁터로."

엘사는 알프를 빤히 쳐다본다.

"아저씨도 군인이었어요?"

알프는 얼마 남지 않은 머리칼을 쓸어 넘긴다.

"내 나이가 몇이냐, 엘사. 산전수전 다 겪었다."

"그럼 브릿마리 아줌마는 어떻게 됐는데요?"

"내가 제대하던 날에 말이다, 브릿마리가 나를 놀라게 하려고 몰래 마중을 나왔다가 다른 여자와 함께 있는 나를 봤지."

"아저씨가 바람을 피운 거예요?"

"어."

"왜 그랬어요?"

"사람들은 누구나 젊었을 때는 우라지게 바보 같거든."

다시 빨간불이다.

"그래서 아저씨는 어떻게 했어요?"

"떠났지."

"얼마나 오랫동안요?"

"우라지게 한참 동안."

459

"켄트 아저씨는요?"

"이혼해서 엄마가 사는 집으로 들어갔지. 브릿마리는 계속 거기서 살고 있었고. 그래, 아무려면 어떠냐. 켄트는 예전부터 브릿마리를 사랑했는걸. 그래서 브릿마리네 부모님이 돌아가셨을 때 그 집으로 들어갔지. 집주인들이 차지권 아파트로 건물을 일괄 매도할지 모른다는 소식을 접하고는 대박을 노리며 버티는 중이었고. 두 사람은 결혼했고, 브릿마리는 아이를 원했을지 몰라도 켄트는 쌍둥이면 우라지게 충분하다고 생각했지. 그래서 지금 이렇게 된 거다."

엘사는 택시의 조수석 서랍을 열었다가 닫는다.

"전쟁터에 나갔다가 왜 돌아온 거예요?"

"전쟁이 일부 끝나서. 그리고 엄마가 편찮으시기도 해서 돌볼 사람이 필요했고."

"켄트 아저씨가 돌보면 안 되는 거였어요?"

알프는 한참 동안 닫혀 있던 문을 열며 기억 사이를 헤집을 때 그러듯이 손끝으로 이마를 문지른다.

"켄트는 엄마가 정정하셨을 때 잘 돌봐드렸지. 그 자식이 바보일지는 몰라도 효자거든. 그건 인정해줘야 한다. 정정하셨을 때 엄마는 뭐 하나 부족한 게 없었거든. 그래서 살날이 얼마 안 남으셨을 때 내가 간호를 맡은 거지."

"그런 다음에는요?"

알프는 머리를 긁적인다. 뭐라고 대답하면 좋을지 잘 모르는 눈치다.

"그런 다음에 내가 그냥…… 눌러앉았다."

엘사는 진지한 눈빛으로 알프를 쳐다본다. 결론의 의미가 담긴 심호흡을 하고 이렇게 이야기한다.

"나는 아저씨를 많이 좋아해요. 그런데 그런 식으로 떠나버렸다니 좀 개떡 같았네요."

알프는 또다시 기침인지 웃음인지 모를 소리를 낸다.

그러고는 다음번 빨간불 앞에서 중얼거린다.

"너희 할아버지가 돌아가셨을 때 브릿마리가 너희 어머니를 보살폈어. 너희 할머니가 계속 여기저기 돌아다니는 동안에 말이다. 예전부터 그렇게 잔소리가 심하지는 않았다."

"알아요."

"할머니가 얘기하든?"

"어떻게 보면요. 슬픔의 왕국에 사는 공주랑 그 공주를 너무 사랑해서 서로 미워하게 된 소군주 형제 이야기를 들려주셨거든요. 그리고 공주의 부모님이 쫓아냈지만 전쟁이 벌어지자 공주가 다시 불러온 워스 이야기랑 공주에게서 보물을 빼앗은 마녀 이야기도요."

엘사는 말을 멈춘다. 팔짱을 낀다. 알프를 쳐다본다.

"내가 보물이었어요, 그렇죠?"

알프는 한숨을 쉰다.

"나는 동화를 별로 좋아하지 않아서."

"그래도 노력은 해볼 수 있잖아요!"

"브릿마리는 집에 들어올 줄 모르는 남자를 기다리고 남의 아이들의 사랑을 구하는 데 평생을 바쳤지. 너희 할아버지가 돌아가시고 너희 어머니를 챙기게 됐을 때 아마 처음으로……."

알프는 알맞은 표현을 찾는 눈치다. 엘사가 알려준다.

"필요한 존재가 된 기분을 느꼈겠죠."

"그래."

"그러다 우리 엄마가 어른이 되어버렸나요?"

"떠났다. 대학교로. 아파트가 우라지게 오랫동안 우라지게 고요했지. 그러다 너희 어머니가 너희 아버지를 데리고 임신한 몸으로 돌아왔다."

"어떻게 보면 나는 브릿마리 아줌마한테 두 번째 기회겠네요." 엘사는 나지막이 중얼거리며 고개를 끄덕인다.

"그런데 너희 할머니가 돌아왔다." 알프는 일단정지 표지판 앞에서 멈춰 선다.

두 사람은 그 부분에 대해서 더 이상 별 얘기를 하지 않는다. 더 이상 할 얘기가 별로 없으면 그렇게 되는 법이다. 알프는 재킷 안쪽이 가려운 사람처럼 잠깐 가슴에 손을 얹는다.

엘사는 지퍼를 쳐다본다.

"그 흉터는 전쟁터에서 생긴 거예요?"

알프의 시선이 약간 방어적으로 변한다. 엘사는 어깨를 으쓱한다.

"가슴에 엄청난 흉터가 있던데요. 아저씨가 가운 입고 있을 때 봤어요. 그나저나 가운 새로 사야겠던데요?"

"나는 그런 전쟁터로 나간 게 아니었어. 나한테 총질한 사람은 없었다."

"그래서 아저씨는 망가지지 않은 거예요?"

"누구처럼 망가지지 않았다는 거냐?"

"샘요. 그리고 울프하트도."

"샘은 군인이 되기 전부터 망가졌다. 모든 군인이 그렇게 되는 건 아니야. 하지만 그런 엿 같은 광경을 보고 나면 돌아왔을 때 도움이 필요하지. 그런데 이 우라질 나라는 무기나 전투기에는 돈을 쏟아붓는데, 엿 같은 광경을 보고 집으로 돌아온 아이들의 이야기는 단 5분도 들어주는 사람이 없어."

알프는 침울한 눈빛으로 엘사를 쳐다본다.

"인간은 누구나 자기 얘기를 털어놓아야 한다, 엘사. 그러지 않으면 숨이 막혀 죽을 거야."

"그럼 어쩌다 그 흉터가 생겼는데요?"

"심박 조율기인데."

"아!"

"그게 뭔지 아냐?" 알프가 미심쩍어하며 묻는다.

엘사는 살짝 기분 나빠 한다.

"너 진짜 오지게 특이한 아이로구나."

"특이한 건 좋은 거예요."

"나도 안다."

고속도로를 달리는 동안 엘사는 일종의 심박 조율기를 달고 다니는 아이언맨이라는 슈퍼 히어로에 대해 들려준다. 그런데 사실은 심박 조율기라기보다 전자석이다. 아이언맨의 심장 근처에 파편이 박혀 있어서 전자석이 없으면 파편으로 심장에 구멍이 뚫려서 죽는다. 알프는 이야기의 묘미를 완벽하게 이해하진 못하는 눈치지만 그래도 묵묵히 듣는다.

"그런데 제3부 말미에서 수술로 전자석을 없애요!" 엘사는 흥분해서 외치다가 헛기침을 하고 살짝 겸연쩍어하는 얼굴로 덧붙인다. "스포일러 주의보네요. 죄송해요."

알프는 개의치 않는 눈치다. 솔직히 자동차 부품이라면 모를까, '스포일러'가 뭔지도 모르는 것 같다.*

다시 눈이 내리고, 엘사는 좋아하는 사람들이 예전에 개떡 같았다 하더라도 계속 좋아할 방법을 찾기로 마음먹는다. 한 번 개떡 같았다고 사람들을 쳐내기 시작하면 금세 남은 사람이

---

* 차가 고속으로 달릴 때 들리지 않도록 해주는 기류 조정기도 스포일러라고 부른다.

한 명도 없게 될 거다. 엘사는 그게 이 이야기의 교훈이 되어야 한다고 생각한다. 크리스마스 이야기에는 교훈이 있어야 한다.

좌석 사이에 달린 콘솔박스에서 알프의 휴대전화가 울린다. 알프는 액정에 켄트의 번호가 뜬 걸 확인하고 받지 않는다. 다시 전화벨이 울린다.

"안 받을 거예요?" 엘사가 묻는다.

"켄트야. 회계사와 나눈 이야기랑 차지권 전환 문제를 놓고 헛소리를 늘어놓으려는 모양이지. 요즘 온통 그 생각뿐이니까. 내일 떠들어대라고 해." 알프가 중얼거린다.

전화벨이 다시 울린다. 알프는 받지 않는다. 이번이 세 번째다. 엘사는 짜증이 나서 알프가 욕을 하는데도 전화를 받는다. 어떤 여자의 목소리가 들린다. 울고 있다. 엘사는 휴대전화를 알프에게 건넨다. 귀에 닿은 휴대전화가 떨린다. 알프의 얼굴이 새하얘진다.

크리스마스이브다. 택시가 유턴을 한다. 두 사람은 병원으로 향한다.

알프는 빨간불 신호를 단 한 번도 지키지 않는다.

엘사는 복도에 놓인 벤치에 앉아서 엄마와 통화하고, 알프는 병실 안에서 의사와 이야기한다. 간호사들이 엘사가 환자의 손녀인 줄 알고 할아버지가 심장마비를 일으켰지만 괜찮아질 거라고 알려준다.

병실 앞에 젊은 여자가 서 있다. 울고 있는데 얼굴이 예쁘다. 향수 냄새가 독하다. 젊은 여자가 엘사를 보며 희미하게 미소를 짓자 엘사도 미소로 화답한다. 밖으로 나온 알프가 무뚝뚝한 얼굴로 젊은 여자에게 고개를 끄덕인다. 여자는 알프의 시선을 피하며 문 밖으로 사라진다.

알프는 아무 말도 하지 않고, 엘사를 뒤에 거느린 채 뚜벅뚜벅 출입문을 지나서 주차장으로 걸어갈 따름이다. 엘사는 그제야 브릿마리를 목격한다. 영하의 날씨인데도 꽃무늬 재킷 한 장만 걸치고 벤치에 우두커니 앉아 있다. 브로치를 깜빡하고 달지 않았다. 페인트 총 자국이 눈에 확 들어온다. 브릿마리는 새파래진 볼을 하고 앉아서 손가락에 낀 결혼반지를 빙빙 돌린다. 무릎에 켄트의 셔츠가 놓여 있다. 새로 빨아서 완벽하게 다린 셔츠다.

"브릿마리?" 알프의 쉰 목소리가 어둑어둑한 저녁을 가른다. 알프는 1미터 앞에서 걸음을 멈춘다.

브릿마리는 아무 대꾸도 하지 않는다. 무릎에 놓인 셔츠 칼라 위로 손만 움직인다. 거기서 보이지 않는 무언가를 털어낸다. 조심스럽게 한쪽 소매를 접어서 다른 쪽 소매 밑으로 넣는다. 있지도 않은 주름을 편다.

그런 다음 턱을 든다. 나이 들어 보인다. 지금까지 내뱉은 모든 말이 얼굴 위에 일말의 흔적을 남긴 느낌이다.

"나는 사실 지금까지 완벽하게 연기를 하고 있었어요, 알프." 브릿마리가 단호한 어조로 속삭인다.

알프는 대꾸하지 않는다. 브릿마리는 눈밭을 내려다보며 결혼반지를 돌린다.

"다비드하고 페르닐라는 어렸을 때 나더러 이야기를 너무 못 만든다고 했어요. 늘 책에 있는 이야기만 읽어주려고 했거든요. 아이들은 입버릇처럼 '하나 만들어서 들려주세요!' 했지만 처음부터 끝까지 모든 게 적혀 있는 책이 있는데 왜 이야기를 만들어야 하는지 이해를 못 하겠어요, 정말로."

브릿마리는 설득력 있게 들리게 하려는 사람처럼 언성을 높인다.

"브릿마리—" 알프가 나긋이 부르지만 브릿마리는 차갑게 말허리를 자른다.

"켄트는 아이들한테 내가 상상력이 없어서 이야기를 만들지 못하는 거라고 했지만 그건 아니에요. 나도 상상력이 뛰어난 사람이에요. 연기를 얼마나 잘한다고요." 알프는 손끝으로 이마를 문지르며 한참 동안 눈을 깜빡인다. 브릿마리는 무릎에 놓인 셔츠가 이제 막 잠이 들려는 갓난아이라도 되는 것처럼 어루만진다. "밖에서 그이를 만날 일이 있으면 늘 새로 빤 셔츠를 들고 나와요. 나는 향수를 뿌리지 않으니까."

목소리가 점점 잦아든다. "다비드하고 페르닐라는 크리스마스 때 저녁을 먹으러 온 적이 없어요. 바쁘대요. 바쁜 거 이해해요. 몇 년째 바쁘다고 하니까. 그래서 켄트가 전화해서 몇 시간 더 사무실에 있다가 오겠다고 했어요. 몇 시간이면 된다고, 독일이랑 화상회의를 할 게 있다고. 독일도 지금 크리스마스인데. 그런데 아무리 기다려도 오지 않더라고요. 그래서 전화를 걸었죠. 받지 않더군요. 그래서 메시지를 남겼어요. 결국 전화가 왔는데 켄트가 아니었어요."

브릿마리의 아랫입술이 떨린다.

"나는 향수를 뿌리지 않지만 그 여자는 뿌리죠. 그래서 항상 그이의 셔츠를 갈아입혀요. 내 부탁은 그저 하나뿐이에요. 집에 들어오면 셔츠를 곧바로 세탁기에 넣어달라는 거. 그게 무리한 부탁인가요?"

"브릿마리, 이러지 말고……."

브릿마리는 간간이 침을 삼키며 결혼반지를 돌린다.

"심장마비였대요. 그 여자가 전화로 얘기해줘서 알았어요. 그 여자가 전화를 했더라고요. 감당할 수가 없어서, 그래서. 나도 모르는 새 켄트가 죽을 수도 있는데 병원에 가만히 앉아 있을 수가 없더래요. 그걸 감당 못 하겠더래요……." 브릿마리는 한 손을 다른 손 위에 포개고 눈을 감은 다음 떨리는 목소리로 덧붙인다.

"사실 나는 상상력이 풍부한 사람이에요. 아주 풍부해요. 켄트는 매번 독일 사람들이랑 저녁을 먹는다, 눈 때문에 비행기가 연착됐다, 잠깐 사무실에 나가본다, 그랬어요. 그러면 나는 믿는 척했죠. 하도 연기를 잘해서 나조차 속아 넘어갈 정도였어요."

벤치에서 일어나 몸을 돌린 브릿마리는 셔츠를 벤치 모서리에 정성스럽게 건다. 이런 상황에서도 새로 다린 셔츠에 대고 감정을 토할 순 없다는 듯이.

"나는 연기를 정말 잘해요." 브릿마리가 속삭인다.

"알아요." 알프가 속삭인다.

셔츠를 벤치에 걸어두고 그들은 집으로 간다.

눈이 멎었다. 그들은 아무 말 없이 집으로 간다. 공동 현관문까지 마중을 나온 엄마가 엘사를 끌어안는다. 브릿마리도 끌어안으려고 하지만 브릿마리가 곁을 주지 않는다. 격렬하지는 않지만 단호하게 거리를 유지한다.

"나는 그 여자 미워하지 않아, 울리카." 브릿마리가 말한다.

"알아요." 엄마는 천천히 고개를 끄덕인다.

"그 여자도 미워하지 않고 그 개도 미워하지 않고 그 차도 미워하지 않아."

엄마는 고개를 끄덕이며 브릿마리의 손을 잡는다. 브릿마리가 눈을 감는다.

"절대 미워하지 않아, 울리카. 정말이야. 그냥 네가 내 말을 들어주길 바랐어. 너무 무리한 부탁이었니? 네가 그 차를 내 자리에 내버려두는 게 싫었을 뿐이야. 네가 와서 내 자리를 차지하는 게 싫었을 뿐이야." 브릿마리는 결혼반지를 돌린다.

엄마는 꽃무늬 재킷 위로 단단하게, 하지만 다정하게 팔을 두르고 브릿마리를 데리고 올라간다. 알프가 자취를 감추고 산타가 등장한다. 무슨 증후군을 앓는 아이는 아이스크림과 불꽃놀이와 나무 타기와 물웅덩이에서 물을 튀기며 노는 이야기를 들은 아이처럼 눈을 반짝인다.

마우드가 식탁에 자리를 하나 더 마련하고 그라탱을 좀 더 내온다. 레나르트는 커피를 좀 더 따른다. 예오리는 설거지를 한다. 선물을 주고받은 뒤 아이와 까만 치마를 입고 다니는 여자는 바닥에 앉아서 텔레비전에서 나오는 〈신데렐라〉를 본다.

브릿마리는 엘사와 나란히 소파에 살짝 불편하게 앉아 있다. 두 사람은 서로를 빤히 쳐다본다. 둘 다 아무 말도 하지 않지만 어쩌면 그게 적대 관계의 종식을 의미하는 걸지 모른다. 그래서 산타 초콜릿을 너무 많이 먹으면 배가 아플 거라는 엄마의 말을 무시하고 엘사가 계속 먹는데도 브릿마리는 아무 소리도 하지 않는다.

〈신데렐라〉에 못된 계모가 등장하자 브릿마리는 조용히 일어나서 치마에 잡힌 주름을 펴고 눈물을 흘리러 현관 앞으로 나간다. 엘사도 따라 나간다.

두 사람은 궤짝에 걸터앉아서 함께 산타 초콜릿을 먹는다.

속상할 때 초콜릿을 먹으면 속상해하기가 훨씬, 훨씬, 훨씬 더 어렵기 때문이다.

31

땅콩 케이크

다섯 번째 편지가 엘사의 무릎 위로 떨어진다. 말 그대로 그렇다.

다음 날 아침 눈을 뜬 엘사는 할머니의 마법 옷장 안에 있다. 무슨 증후군을 앓는 아이는 음매-총을 끌어안고 꿈으로 둘러싸인 채 자고 있다. 워스가 엘사의 점퍼에 침을 살짝 흘렸는데 시멘트처럼 딱딱하게 굳었다.

엘사는 어둠 속에 한참 동안 누워서 대팻밥 냄새를 들이마신다. 할머니가 깰락말락나라에서 만든 이야기를 해주면서 슬쩍 도용한 해리 포터의 한 구절을 떠올린다. 아이러니하게도 『해리 포터와 불사조 기사단』에 나오는 말인데, 뭐가 아이러니하다는 건지 이해하려면 해리 포터 책과 해리 포터 영화의 차이

점에 대해서 상당히 빠삭하게 알고 있어야 할 뿐 아니라 '아이러니하다'는 게 무슨 뜻인지도 빠삭하게 알고 있어야 한다.

〈해리 포터와 불사조 기사단〉은 엘사가 가장 별로라고 생각하는 해리 포터 영화인데, 거기에 엘사가 가장 좋아하는 구절이 나온다. 해리가 자기와 친구들은 볼드모트에겐 없는 걸 가지고 있기 때문에 코앞까지 닥친 전쟁에서 볼드모트보다 유리하다면서 "싸워서 지킬 만한 무언가"가 있다고 하는 부분이다.

그런데 그게 왜 아이러니하느냐면 비록 엘사가 해리 포터 시리즈 중에서 가장 좋아하는 작품은 아니지만 그래도 영화보다 훨씬 좋아하는 책에는 없는 구절이기 때문이다. 그런데 곰곰이 생각해보면 전혀 아이러니하지 않은 일일 수도 있다. 엘사는 위키피디아에서 제대로 찾아봐야겠다는 생각을 하며 일어나서 앉는다. 그때 편지가 엘사의 무릎 위로 떨어진다. 옷장 천장에 테이프로 붙어 있었던 편지다. 얼마나 오랫동안 붙어 있었는지 모를 일이다.

하지만 이런 일이 동화에서는 말이 된다.

1분 뒤 알프가 자기 집 현관문 앞에 서 있다. 커피를 마시고 있는데 밤새 한숨도 못 잔 것 같은 얼굴이다. 알프는 편지 봉투를 쳐다본다. 겉면에 쓸데없이 큼지막한 글씨로 '알프'라고만 적혀 있다.

"옷장 안에서 찾았어요. 할머니가 쓴 편지예요. 뭔가에 대해 사과하고 싶으신가봐요." 엘사가 전한다.

못마땅하게도 알프는 "쉿" 하고 속삭이면서 자기 뒤에 있는 라디오를 가리킨다. 교통 정보가 나오고 있다. "고속도로에서 우라질 사고가 난 모양이야. 시내로 나가는 길이 몇 시간째 꽉 막혀 있어." 알프는 엘사가 관심을 보일 만한 정보라도 되는 양 이렇게 말한다. 하지만 엘사의 관심은 온통 편지에 쏠려 있다. 어마어마하게 들볶인 다음에야 알프는 편지를 읽는다.

"뭐래요?" 알프가 편지를 다 읽은 눈치를 보이자마자 엘사가 묻는다.

"미안하대."

"그렇겠죠. 하지만 뭣 때문에 미안하다고 하느냐고요."

알프는 한숨을 쉰다. 알프는 요즘 들어서 계속 그렇게 엘사에게 대고 한숨을 쉬고 있다.

"이거 내 편지 아니냐?"

"아저씨가 발을 끌며 걸어서 신발이 심하게 닳는 거라고 입버릇처럼 말했던 거 미안하대요?"

"내 신발이 어때서?" 알프가 자기 신발을 내려다보며 묻는다. 편지에 그런 말은 없었던 모양이다.

"5년도 넘게 신고 있는데!"

"아주 멋져요." 엘사는 거짓말을 한다.

알프는 그 말을 믿지 않는 눈치다. 그러더니 미심쩍어하는 눈빛으로 다시 편지를 내려다본다.

"너희 할머니가 돌아가시기 전에 나랑 대판 싸운 적이 있다. 입원하기 직전에. 나한테 전기 드라이버를 빌려가서 그대로 꿀꺽해놓고 돌려줬다고 오지게 우기지 뭐냐. 나는 절대 받은 기억이 없다는 걸 아는데."

엘사는 한숨을 쉰다. 엘사는 요즘 들어서 계속 그렇게 알프에게 대고 한숨을 쉬고 있다.

"욕하다 죽은 남자 이야기 들어봤어요?"

"아니." 알프가 대답한다. 엘사의 질문을 진지하게 받아들인 투다.

엘사는 눈을 부라린다.

"그래서 할머니가 전기 드라이버에 대해서 뭐라고 썼는데요?"

"잃어버려서 미안하다고."

알프는 편지를 접어서 다시 봉투에 넣는다. 엘사는 끝까지 꿈쩍하지 않는다.

"또요? 뭐라고 더 적혀 있는 거 봤어요. 나 바보 아니라고요."

알프는 편지를 모자용 선반에 넣는다.

"이것저것 많이 미안하다는데."

"내용이 복잡해요?"

"네 할머니 인생에 복잡하지 않은 게 뭐가 있겠냐."

엘사는 주머니에 더 깊숙이 손을 집어넣는다. 목도리에 박힌 그리핀도르의 상징을 내려다본다. 학교에서 아이들이 찢는 바람에 엄마가 꿰매준 부분을 내려다본다. 엄마는 지금도 할머니가 동물원 담벼락을 넘다가 찢어진 거라고 생각한다.

"사후 세계를 믿어요?" 엘사는 알프를 보지도 않고 묻는다.

"나야 모르지." 알프는 불쾌하지는 않지만 그렇다고 유쾌하지도 않은, 딱 자기다운 말투로 대답한다.

"제 말은 그러니까, 혹시…… 천국이나…… 뭐 그런 걸 믿느냐고요." 엘사가 중얼거린다.

알프는 커피를 마시더니 고민한다.

"얼마나 우라지게 복잡하겠냐. 병참학적으로 말이다. 사람들이 그렇게 열나게 많은 곳이 천국일 순 없는데." 알프는 마침내 이렇게 중얼거린다.

엘사는 곰곰이 생각해본다. 일리가 있다. 결국 엘사에게는 할머니가 있는 곳이 천국이겠지만, 브릿마리에게는 할머니가 절대 없는 곳이 천국일 것이다.

"아저씨는 가끔 심오할 때가 있어요." 엘사가 말한다.

알프는 커피를 마시고 여덟 살짜리가 쓰기에는 다소 어려운 말이 아닌가 하는 표정을 짓는다.

엘사는 편지에 대해서 좀 더 물어보려고 하지만 그럴 겨를이 없다. 나중에 돌아볼 때 엘사가 선택을 달리했더라면 이날이 그렇게 끔찍한 날이 되진 않았을 거라고 생각할 거다. 하지만 이미 엎질러진 물이다.

게다가 아빠가 엘사의 뒤에 서 있다. 숨을 헐떡이면서.

전혀 아빠답지 않은 행동이다.

아빠를 본 순간 엘사는 눈을 휘둥그레 뜨고 잠시 후 알프네 집을 쳐다본다. 동화에 우연은 없다. 그리고 예전에 러시아의 극작가는 제1막에서 벽에 총이 걸려 있으면 작품이 끝나기 전에 쓰여야 한다고 했다. 엘사도 그 말을 들은 적이 있다. 엘사가 어떻게 그런 것들을 아는지 아직까지 이해 못 한 사람들은 관심이 부족해서 그런 거다. 따라서 엘사는 라디오에서 흘러나온 뉴스와 고속도로에서 난 교통사고가 그들이 등장한 이 이야기와 연관이 있다는 걸 안다.

"엄마…… 때문이에요?" 엘사는 간신히 묻는다.

아빠는 고개를 끄덕이며 초조한 눈빛으로 알프를 흘끗 쳐다본다. 엘사의 얼굴에 경련이 일기 시작한다.

"병원에 계세요?"

"응, 오늘 아침에 회의에 참석하라는 연락을 받았거든. 그런데─" 엘사가 말허리를 자른다.

"교통사고 당했죠? 고속도로에서 난 사고 말이에요."

어리둥절해하는 아빠의 표정이 볼만하다.

"사고라니?"

"교통사고요!" 엘사는 참지 못하고 소리를 버럭 지른다.

"아니…… 아니야!" 아빠는 미소를 짓는다. "너한테 이제 동생이 생겼어. 엄마가 회의 도중에 양수가 터졌거든!"

엘사는 얼른 이해하지 못한다. 누가 봐도 그런 표정이다. 하지만 엘사는 양수가 터지면 어떻게 되는지는 아주 잘 안다.

"하지만 교통사고는요? 교통사고하고는 무슨 상관인데요?" 엘사는 중얼거린다.

아빠는 어마어마하게 머뭇거린다.

"아무 상관 없는데. 무슨 뜻에서 묻는 말인지 모르겠다만."

엘사는 알프를 쳐다본다. 아빠를 쳐다본다. 얼마나 열심히 머리를 굴렸던지 콧속까지 압박감이 느껴질 정도다.

"예오리는 어디 있는데요?" 엘사가 묻는다.

"병원에." 아빠가 대답한다.

"어떻게 거기까지 갔대요? 라디오에서 시내로 들어가는 고속도로가 꽉 막혔다고 하던데!"

"뛰어갔어." 남자들이 전처의 새 남자에 대해서 좋은 이야기를 할 수밖에 없는 상황에 처하면 그러듯 아빠도 살짝 짜르르한 아픔을 느낀다.

그 말에 비로소 엘사는 미소를 짓고 속삭인다. "예오리는 그런 면에서 착해요."

"맞아." 아빠도 인정한다.

이쯤 됐으면 라디오도 이 동화에서 제 몫을 충분히 했다고 엘사는 결론을 내린다. 그러고는 걱정하는 투로 버럭 소리를 지른다.

"그런데 고속도로가 꽉 막혔으면 무슨 수로 병원에 가요?"

"구 도로로 가면 되지." 알프가 짜증 섞인 목소리로 알려준다. 아빠와 엘사는 알프를 쳐다본다. 알프가 가공의 언어를 쓰기라도 한 것 같은 표정이다. 알프는 한숨을 쉰다. "구 도로 말이오, 젠장. 예전 도살장을 지나면 나오는 길. 개자식들이 온갖 시설을 아시아로 옮기기 전에 열교환기를 만드는 공장이 있던 곳. 그 길로 병원에 가면 돼요. 요즘 젊은 사람들은 온 세상이 우라질 고속도로로 덮인 줄 안다니까."

순간 엘사는 워스를 데리고 택시를 타고 갈까 고민한다. 그러다 그냥 아우디를 타고 가기로 한다. 아빠가 속상해하는 건 싫다. 만약 엘사가 이때 생각을 바꾸지 않았더라면 그날이 이렇게 역겹고 끔찍한 날로 기록되지 않았을지 모른다. 끔찍한 일이 벌어지면 누구나 '만약 내가 그때 그러지 않았더라면……' 하는 생각을 하기 마련인데, 나중에 돌아보면 이때가 결정적인 순간으로 밝혀질 것이다.

마우드와 레나르트도 병원에 따라가겠다고 한다. 마우드는 비스킷을 챙기고, 레나르트는 공동 현관문에 다다랐을 때 올라가서 커피 퍼컬레이터를 들고 오겠다고 한다. 병원에 커피 기계가 없으면 어쩌나 걱정되고, 기계가 있더라도 버튼이 잔뜩 달린 현대식일 수 있기 때문이다. 레나르트의 퍼컬레이터는 버튼이 딱 하나뿐이다. 레나르트는 그 버튼을 정말 좋아한다.

무슨 증후군을 앓는 아이와 아이 엄마도 따라가겠다고 한다. 청바지를 입고 다니는 여자도. 그들은 이제 삼인일조 비슷한 게 되었다. 엘사로서는 얼마나 기쁜지 모른다. 어제 엄마가 말하길 할머니의 아파트에 이렇게 많은 사람이 살다니 엘사가 계속 떠들어대는 엑스맨들이 사는 집처럼 느껴진다고 했다. 엘사는 브릿마리네 집 초인종도 누른다. 하지만 아무 대답이 없다.

엘사는 나중에 이 순간을 돌아볼 때 계단에 묶여 있는 유모차 앞에서 잠깐 걸음을 멈췄던 게 생각날 것이다. 십자말 퀴즈가 적힌 공고문이 아직도 벽에 붙어 있다. 그런데 누가 그걸 풀어놓았다. 모든 칸마다 답이 적혀 있다. 연필로.

만약 엘사가 이 부분에 대해서 잠깐 생각해봤더라면 상황이 많이 달라졌을지 모른다. 하지만 엘사는 그러지 않았다. 그래서 상황도 달라지지 않았다. 워스가 브릿마리네 집 앞에서 잠깐 머뭇거렸을 수도 있다. 그랬더라도 엘사는 이상하게 여기지 않았을 거다. 워스들은 이 작품에선 누굴 보호해야 하는 건지 헷갈릴 때 가끔 그런 행동을 보이기도 한다. 사실 일반적인 동화에서 워스들은 공주를 보호하는데, 아무리 깨락말락나라의 기준으로 따진다 해도 엘사는 기사에 불과했다. 하지만 워스는 망설임을 느꼈다 한들 겉으로 드러내지 않고 엘사를 따라갔다. 친구란 그런 것이기 때문이다.

만약 녀석이 엘사를 따라가지 않았더라면 상황이 많이 달라졌을지 모른다.

알프는 "모든 게 아무 이상 없는지 확인해달라"며 경찰에게 그 블록을 한 바퀴 돌아보게 한다. 정확하게 어떤 말로 구슬렀는지 엘사로서는 알 길이 없지만, 알프는 마음만 먹으면 상당히 설득력 있는 인물이 된다. 눈 위에 찍힌 발자국을 봤다고 했을까? 아니면 맞은편 집에 사는 사람에게 무슨 소리를 들었다고 했을까. 알 수 없는 일이지만 아무튼 여름방학 인턴 경찰이 경찰차에 오르고 초록 눈의 여경도 오랜 고민 끝에 뒤따라 탄다. 잠깐 엘사와 초록 눈의 시선이 마주치고, 그때 엘사가 워스에 대해서 솔직히 실토했더라면 모든 게 백팔십도 달라졌을지 모른다. 하지만 엘사는 실토하지 않았다. 워스를 보호하고 싶었으니까. 엘사는 그런 친구니까.

알프는 다시 집 안으로 들어갔다가 택시를 가져오러 주차장으로 내려간다.

경찰차가 길모퉁이 저쪽 끝으로 사라진 순간, 워스와 무슨 증후군을 앓는 아이가 총총히 공동 현관문을 빠져나오고 길 건너편에 주차되어 있던 아우디로 향한다. 아이가 먼저 올라탄다.

워스는 타다 말고 멈춘다. 털을 곤두세운다.

불과 몇 초가 흘렀을 뿐인데 영원처럼 느껴진다. 나중에 기억을 돌이켜보면 엘사는 시간이 많아서 수만 가지 생각을 할 수 있을 것 같기도 하고 시간이 없어서 아무 생각도 할 수 없을 것 같기도 했다.

엘사는 아우디에서 나는 냄새를 맡고 놀라우리만치 마음이 편안해진다. 왜 그런지 이유는 알 수 없다. 엘사는 열린 창문 너머로 워스를 쳐다보지만 무슨 일이 벌어지려고 하는지 알아차리지 못하고 아파서 차에 타지 않으려고 하는 건가 생각한다. 녀석은 분명 아파하고 있다. 임종 직전에 할머니가 온몸에 느꼈던 그런 통증을 느끼고 있다.

엘사는 주머니에서 비스킷을 꺼내려고 한다. 워스의 진정한 친구라면 비상시에 대비해 비스킷 한 조각 정도는 챙겨야 하는 법이다. 하지만 엘사는 비스킷을 꺼내지 못한다. 아우디에서 나는 냄새의 원인을 깨달았기 때문이다.

아우디의 뒷좌석에 있던 샘이 달려들어 엘사의 입을 막자 입술에 닿는 샘의 차가운 손이 느껴진다. 목젖을 짓누르는 샘의 근육에 힘이 들어가고, 그리핀도르 목도리 사이로 자갈처럼 까칠까칠한 샘의 털이 느껴진다.

남자아이를 보고 순간 당황하는 샘의 눈빛이 엘사의 눈에 들어온다. 바로 그 순간 자기가 엉뚱한 아이를 추격하고 있었음을 알아차린 것이다. 그때 엘사는 깨닫는다. 동화 속의 그림자들은 선택된 자를 죽이려 하지 않았다. 그를 납치해서 자기들 것으로 만들려고 했다. 누구든 앞을 가로막는 자가 있으면 죽여가며.

샘이 남자아이를 잡으려고 손을 내민 순간, 워스가 다른 쪽 손목을 문다. 샘은 고함을 지른다. 옭아맨 손이 풀리자 엘사에게 순식간이나마 대응할 여지가 생긴다. 백미러에 비친 칼이 엘사의 눈에 들어온다.

그 이후로는 모든 기억이 깜깜하다.

달리는 자신의 몸과 자기 손을 잡은 남자아이의 손이 느껴진다. 어떻게든 공동 현관문까지 도망쳐야 한다. 아빠와 알프가 알아차릴 수 있게 비명을 질러야 한다.

엘사의 발이 움직이고는 있지만 자기 지시에 따라 움직이는 게 아니다. 몸이 본능적으로 달리고 있다. 계단을 대여섯 개 올라갈 수 있겠다는 생각이 들었을 때 워스가 끔찍한 고통으로 울부짖는 소리가 들린다. 아이가 엘사의 손을 놓았는지 엘사가 아이의 손을 놓았는지 모르겠다. 심장이 하도 쿵쾅거려서 눈으로 맥박이 느껴질 정도다. 손이 스르르 풀리고 아이가 바닥에 쓰러진다. 아우디 뒷문이 열리는 소리가 들리고 샘의 손에 들린 칼이 보인다. 칼에 묻은 핏자국이 보인다. 엘사는 자기가 할 수 있는 딱 한 가지 일을 한다. 아이를 어떻게든 들쳐 업고 최대한 빨리 달린다.

엘사는 달리기를 잘한다. 하지만 그것만으로는 부족하다는 걸 안다. 샘이 바로 뒤에서 힘을 주는 소리가 들리고 팔이 끌려가는 느낌과 함께 아이가 떨어져 나간다. 심장이 철렁 내려앉고 엘사는 눈을 감는다. 그다음으로 기억하는 건 욱신거리는 이마다. 그리고 마우드의 비명 소리. 아빠의 손. 딱딱한 계단 바닥. 온 세상이 눈앞에서 위아래로 흔들리며 빙글빙글 돌고 엘사는 죽으면 이런 식일 거라고 생각한다. 알 수 없는 무엇 안으로 추락하는 기분이 들 거라고 생각한다.

쾅 하는 소리가 나지만 어디서 나는 소리인지 알 수가 없다. 그리고 나서 메아리가 들린다. '메아리.' 엘사는 잠깐 생각한 끝에 자기가 있는 곳이 실내라는 사실을 깨닫는다. 눈 안에 자갈이 들어간 듯한 느낌이다. 계단을 달려 올라가는 아이의 가벼운 발소리가 들린다. 이런 일이 벌어질 줄 오래전부터 알고 있었던 아이나 낼 수 있는 발소리다. 아이를 따라 달리며 애써 냉정과 이성을 되찾으려고 하는 아이 엄마의 겁에 질린 목소리도 들린다. 자연스럽게 공포에 익숙해진 엄마만 할 수 있는 행동이다.

그들의 뒤에서 할머니네 집 현관문이 잠긴다. 엘사를 일으키는 게 아니라 일어나지 못하게 누르는 아빠의 손이 느껴진다. 왜 그러는진 모르겠다. 하지만 이때 공동 현관문에 달린 유리창 너머로 그림자가 보인다. 샘이다. 꼼짝 않고 문 밖에 서 있다. 그런데 워낙 샘답지 않은 표정을 짓고 있어서 순간 엘사가 상황을 착각한 건가 하는 생각이 들 정도다.

샘은 겁먹은 표정을 짓고 있었다.

눈을 감았다 떠보니 다른 누군가의 그림자가 위에서부터 서서히 다가오고 있다. 하도 커서 샘의 그림자가 그 안으로 완전히 집어삼켜진다. 울프하트가 그 어떤 동화를 동원해도 표현할 수 없을 만큼 격렬하고 난폭하고 사납게 묵직한 주먹을 마구 휘두른다. 때리는 정도가 아니라 두들겨 패서 샘을 눈밭 위로 쓰러뜨린다. 공격을 저지하거나 보호하려는 게 아니라 죽일 기세다.

아빠가 엘사를 안고 계단을 달려 올라간다. 아무것도 볼 수 없게 엘사를 재킷에 대고 꼭 끌어안는다. 안에서 문이 열리고 그만하라고, 그만하라고, 그만하라고 울프하트에게 애원하는 마우드와 레나르트의 목소리가 들린다. 하지만 우유 통을 바닥에 떨어뜨렸을 때 나는 둔탁한 소리가 계속 이어지는 걸 보면 주먹질은 계속되고 있다. 울프하트는 마우드와 레나르트가 애원하는 소리를 듣지 못한다. 동화 속에서 울프하트가 끝없는 전쟁이 시작되기 전에 한참 동안 어두컴컴한 숲 속에 숨어 있었던 이유도 자신의 능력을 알기 때문이었다.

엘사는 아빠의 품을 뿌리치고 계단을 달려 내려간다. 계단 맨 아래 칸에 도착하기도 전에 마우드와 레나르트의 비명은 이미 멎었다. 울프하트가 나무망치처럼 생긴 주먹을 어찌나 높이 치켜들었는지 샘을 향해 다시 내리꽂을 때 팔을 뻗은 구름 동물들의 손끝을 스치고 지나갈 정도다.

그런데 울프하트의 주먹이 중간에서 멈춘다. 너무 작고 연약해서 바람도 그냥 통과할 것 같은 여자가 울프하트와 피로 범벅이 된 남자 사이를 가로막고 선 것이다. 그 여자는 건조기에서 나온 파란색 공 모양의 조그만 보풀 뭉치를 한 손에 들고 있는데 결혼반지를 꼈던 자리에 가늘고 하얀 자국이 남아 있다. 온몸의 세포가 도망치라고 소리를 지르고 있는 듯한 분위기를 풍긴다. 그런데도 그 여자는 그 자리에 서서, 잃을 게 아무것도 없는 사람다운 단호한 눈빛으로 울프하트를 뚫어지게 쳐다본다.

그 여자는 건조기에서 나온 보풀 뭉치를 한쪽 손바닥에 얹어서 다른 쪽 손과 맞잡고 양손을 배 위에 올려놓은 채 울프하트를 쳐다보며 권위 실린 목소리로 딱 잘라서 말한다.

"우리 차지권자 조합에서는 사람을 죽을 때까지 구타하는 건 용납하지 않아요."

울프하트의 주먹이 허공에서 계속 부들부들 떨린다. 가슴이 오르락내리락한다. 하지만 그는 천천히 팔을 내린다.

브릿마리가 여전히 울프하트와 샘 사이에 서 있었을 때, 괴물과 그림자 사이에 서 있었을 때 끼이익 소리와 함께 경찰차가 등장한다. 경찰차가 멈추기 한참 전에 초록 눈의 여경이 무기를 들고 차에서 뛰어내린다. 울프하트는 무릎을 꿇으며 눈밭 위에 주저앉는다.

엘사가 문을 열고 밖으로 달려나간다. 경찰들이 울프하트에게 고함을 지른다. 경찰이 막으려고 하지만 엘사는 오그린 손에 담긴 물처럼 경찰의 손가락 사이를 빠져나간다. 왜 그랬는지 앞으로도 오랫동안 이해하지 못할 테지만, 그 순간 예전에 엘사가 자는 줄 알고 엄마가 예오리한테 했던 말이 생각난다. 그때 엄마는 어른이 되기 시작한 딸아이의 엄마 노릇이 이런 거라고 했다.

아우디와 공동 현관문의 중간쯤에 워스가 꼼짝도 않고 쓰러져 있다. 눈알이 붉다. 엘사의 곁으로 가려고 아우디에서 나와 기어오다가 쓰러진 거였다. 엘사는 재킷과 그리핀도르 목도리를 풀어 녀석에게 덮어주고 눈밭 위에 웅크리고 앉아 녀석을 꼭 끌어안는다. 녀석이 숨 쉴 때마다 땅콩 케이크 냄새가 나는 것 같다고 생각하며 녀석의 귀에 대고 "이제 무서워할 것 없어, 이제 무서워할 것 없어"라고 계속 속삭인다. "이제 무서워할 것 없어, 이제 무서워할 것 없어. 울프하트가 용을 물리쳤거든. 어떤 동화든 용을 물리쳐야 끝이 나잖아."

안아 올리는 아빠의 부드러운 손길이 느껴지자 엘사는 이미 깰락말락나라로 반쯤 넘어간 상태일지라도 워스가 들을 수 있도록 고래고래 소리를 지른다.

　"죽으면 안 돼! 내 말 들리지?! 크리스마스 이야기는 전부 다 해피엔드니까 죽으면 안 돼!"

32

유리

죽음은 이해하기 어려운 일이다. 사랑하는 누군가를 떠나보내는 것도 어려운 일이다.

할머니와 엘사는 종종 저녁 뉴스를 같이 봤다. 그럴 때 엘사는 가끔 왜 어른들은 저렇게 바보 같은 짓을 서로에게 저지르느냐고 물었다. 그러면 할머니는 어른들도 대부분 인간인데 인간들은 대부분 개떡 같기 때문이라고 대답했다. 엘사는 어른들이 바보 같은 짓을 저지르는 와중에 우주를 탐사하고 유엔, 백신, 치즈 가는 강판 같은 좋은 것들도 많이 만들어내지 않았느냐고 반박했다. 그러면 할머니는 어느 누구도 백 퍼센트 개떡은 아니고 어느 누구도 백 퍼센트 안 개떡은 아닌 게 인생의 묘미라고 했다. '안 개떡'인 쪽으로 최대한 치우칠 수 있도록 노력하는 게 인생의 과업이다.

한번은 엘사가 세계 곳곳에서 안 개떡인 사람들은 숱하게 죽는데 개떡인 사람들은 숱하게 목숨을 부지하는 이유가 뭐냐고 물은 적이 있었다. 개떡이건 아니건 인간은 누구나 죽어야 하는 이유가 뭐냐고 물은 적이 있었다. 할머니는 아이스크림으로 엘사의 정신을 산만하게 만들어서 화제를 돌리려고 했다. 할머니는 죽음보다 아이스크림을 더 좋아했다. 하지만 엘사가 고집을 부렸다 하면 아무도 못 말릴 정도였기에 결국 할머니는 포기하고, 한 사람이 자리를 내줘야 다른 사람이 그 자리를 차지할 수 있기 때문인 것 같다고 했다.

"버스에 앉아 있는데 할머니 할아버지가 타면 자리를 양보해야 하는 것처럼요?" 엘사가 물었다. 그러자 할머니는 그렇다고 하면서 아이스크림을 줄 테니 다른 이야기로 넘어가지 않겠느냐고 물었다. 엘사는 그러자고 했다.

미아마스에서 만든 가장 오래된 이야기에서 워스는 가슴이 찢어질 때만 죽는다고 한다. 그게 아닌 다른 이유로는 죽지 않는다고 한다. 공주를 문 죄로 깰락말락나라에서 쫓겨났을 때 워스들을 죽일 수 있게 된 것도 그 때문이었다. 보호하고 사랑하던 사람들의 손에 쫓겨났기 때문이었다. "그래서 끝없는 전쟁의 마지막 전투가 벌어졌을 때 워스들이 목숨을 잃은 거지." 할머니는 이 마지막 전투에서 수백 마리의 워스가 죽은 이유를 이렇게 설명했다. "전쟁을 겪으면 누구든 가슴이 찢어질 수밖에 없거든."

엘사는 동물병원 대기실에 앉아서 기다리는 동안 그 말에 대해서 생각한다. 브릿마리가 깍지 낀 손을 무릎에 얹고 엘사의 옆에 앉아서 맞은편 우리에 든 앵무새를 구경하고 있다. 브릿마리는 앵무새에게 별 관심이 없는 것 같다. 엘사는 앵무새의 감정 표현에 대해 아는 게 전혀 없지만 서로 마찬가지인 듯하다.

"저랑 같이 기다려주지 않아도 돼요." 엘사는 슬프고 화가 나서 잠긴 목소리로 이렇게 얘기한다.

브릿마리는 재킷에서 보이지 않는 씨앗을 몇 톨 털어내고 앵무새에게 시선을 고정한 채 대답한다. "괜찮아, 엘사. 부담스럽게 생각하지 않아도 돼. 정말 괜찮아."

엘사는 그 말이 기분 나쁘라고 한 소리가 아니라는 걸 안다. 아빠와 알프는 지금 경찰의 신문을 받고 있다. 브릿마리의 신문이 맨 먼저 끝났기에 수술이 끝나고 워스가 어떻게 됐는지 밝혀질 때까지 엘사와 같이 있어주기로 했다. 브릿마리의 말투가 기분 나쁘게 들리는 이유는 단지 브릿마리가 말을 그렇게밖에 할 줄 모르는 사람이라서다.

엘사는 그리핀도르 목도리로 손을 감고 숨을 깊게 들이쉰다.

"울프하트하고 샘 사이를 막아서다니 정말 용감했어요." 엘사가 나지막이 이야기한다.

브릿마리는 앞에 놓인 테이블 위의 보이지 않는 씨앗과 보이지 않는 부스러기들을 쓸어서 손바닥에 담는다. 그걸 버릴 보이지 않는 쓰레기통이라도 찾는 것처럼 주먹에 쥐고서 앉아 있다.

"그 자리에서 말했던 것처럼 우리 차지권자 조합에서는 사람을 죽을 때까지 구타하는 건 용납하지 않으니까." 브릿마리는 얼마나 감정이 북받치는지 엘사가 알아채지 못하도록 속사포처럼 말을 쏟아낸다.

두 사람은 아무 말도 하지 않는다. 이틀 새 두 번째로 화해하지만 상대방에게 그걸 밝히고 싶지 않으면 그렇게 된다. 브릿마리는 대기실 소파 한쪽 모서리에 놓인 쿠션을 쳐서 푹신하게 만든다.

"난 너희 할머니를 미워하지 않았어." 브릿마리는 시선을 피한 채 이렇게 말한다.

"할머니도 아줌마 미워하지 않았어요." 엘사도 브릿마리를 쳐다보지 않는다.

"그리고 나는 차지권으로 전환하는 거 바란 적 없어. 켄트가 그러고 싶어 해서 그이가 좋아하는 걸 보고 싶을 뿐인데, 그이는 아파트를 팔아서 목돈을 챙기고 이사하고 싶어 해. 나는 그러기 싫고."

"왜요?"

"내 집이니까."

이런 생각을 하는 브릿마리를 싫어하기란 어려운 일이다.

"아줌마랑 할머니는 왜 항상 으르렁거렸어요?" 엘사는 답을 이미 알면서도 묻는다.

"너희 할머니가 나를…… 남의 일에 참견하기 좋아하는 잔소리꾼이라고 생각했거든." 브릿마리는 진짜 이유를 밝히지 않는다.

"그럼 아줌마는 왜 그랬어요?" 엘사는 공주와 마녀와 보물을 생각하며 이렇게 묻는다.

"인간은 관심을 쏟을 대상이 필요하거든, 엘사. 누가 뭐에든 신경 쓰기 시작하면 너희 할머니는 '잔소리'로 간주했지만 아무것에도 관심이 없는 사람은 살아 있는 사람이라고 볼 수가 없어. 그냥 존재하는 거지……."

"참 심오하네요, 브릿마리 아줌마."

"고마워." 브릿마리는 엘사의 점퍼 소매에서 보이지 않는 무언가를 털어내고 싶은 충동을 꾹 참는 눈치다. 대신 쿠션을 다시 한 번 쳐서 푹신하게 만드는 걸로 만족하지만, 그 쿠션은 마지막으로 솜을 넣은 지 몇 년은 되어 보인다. 엘사는 손가락을 하나씩 목도리로 감는다.

"사랑받을 수 없으면 그 대신에 미움받아도 상관없다는 어떤 노인에 대해서 쓴 시가 있는데요." 엘사가 말한다.

"〈닥터 글라스〉." 브릿마리가 고개를 끄덕이며 말한다.

"위키피디아에 실린 건데요." 엘사가 지적한다.

"아니야, 〈닥터 글라스〉에 나오는 거야." 브릿마리는 물러서지 않는다.

"인터넷 사이트예요?"

"연극이야."

"아."

"위키피디아가 뭐니?"

"인터넷 사이트요."

브릿마리는 무릎 위에 올려놓은 손을 맞잡는다.

"내가 알기로 〈닥터 글라스〉는 소설이야.* 읽어보지는 않았지만. 하지만 그걸 연극으로 만들었어." 브릿마리는 머뭇머뭇 이야기한다.

"아." 엘사가 말한다.

"나는 극장을 좋아하거든."

"저도요."

두 사람은 같이 고개를 끄덕인다.

---

* 스웨덴의 작가 얄마르 쇠데르베리가 쓴 소설이다.

"닥터 글라스라고 하면 슈퍼 히어로 이름으로 잘 어울리겠는데."

사실은 슈퍼 히어로의 숙적 이름으로 더 잘 어울리겠다는 생각이 들지만, 브릿마리가 고품격 문학작품을 정기적으로 읽지 않는 눈치라 숙적까지 운운하면 이해하기 너무 난해할 것 같다.

"'우리는 남들이 우리를 사랑해주길 바란다.'" 브릿마리가 읊는다. "'그게 안 되면 존경해주길. 그게 안 되면 두려워해주길. 그게 안 되면 미워하고 경멸해주길. 우리는 무슨 수를 써서라도 남들에게 어떤 감정이라도 불러일으키길 원한다. 우리의 영혼은 진공상태를 혐오한다. 무엇에라도 접촉하길 갈망한다.'"

엘사는 그게 무슨 뜻인지 잘 모르겠지만 그래도 고개를 끄덕인다. "그럼 아줌마는 어떤 걸 원해요?"

"어른이 된다는 건 가끔 복잡할 때가 있어, 엘사." 브릿마리는 은근슬쩍 얼버무린다.

"아이로 지내는 것도 뭐 그리 쉬운 일은 아니에요." 엘사는 호전적으로 맞선다.

브릿마리의 손끝이 다른 손 넷째손가락에 하얗게 남은 반지의 흔적을 조심스럽게 더듬는다.

"나는 이른 아침에 발코니로 나가 서 있곤 했어. 켄트가 일어나기 전에. 너희 할머니는 그걸 알았기 때문에 눈사람을 만든 거야. 그래서 내가 노발대발했던 거야. 너희 할머니가 내 비밀을 알고서 눈사람과 함께 나를 비웃는 것 같았거든."

"무슨 비밀요?"

브릿마리는 단단하게 손깍지를 낀다.

"나는 너희 할머니랑 전혀 달랐지. 나는 한 번도 여행을 떠나본 적이 없었어. 그냥 여기 있었지. 하지만 가끔 바람이 부는 날 아침에 발코니에 서 있는 게 좋았어. 그래, 한심한 짓이지. 그래, 모두들 그렇게 생각하는 거 알아." 브릿마리는 입술을 오므린다. "하지만 머리칼 사이로 바람 부는 느낌이 좋거든."

엘사는 그 모든 전적에도 불구하고 브릿마리가 백 퍼센트 개떡은 아닐지 모른다는 생각이 든다.

"아까 그 질문에 왜 대답 안 해요? 아줌마는 어떤 걸 원하느냐고요." 엘사는 손가락 사이로 목도리를 통과시키며 묻는다.

브릿마리의 손끝이 머뭇머뭇 치마 위에서 움직인다. 꼭 누군가에게 춤을 청하려고 댄스 플로어를 가로지르는 사람 같다. 브릿마리는 조심스럽게 한 마디씩 뱉는다.

"내가 존재했다는 걸 기억해주는 사람이 있으면 좋겠어. 내가 여기서 살았다는 걸 알아주는 사람이 있으면 좋겠어."

안타깝게도 엘사는 마지막 부분을 듣지 못한다. 수의사가 문을 열고 나왔기 때문인데 그의 표정을 본 엘사의 머릿속이 웅웅거린다. 엘사는 수의사가 말문을 열기도 전에 수술실 안으로 달려 들어간다. 뒤에서 고함 소리가 들리지만 복도를 돌진하며 문을 하나씩 열어젖힌다. 간호사가 붙잡으려고 해도 달리기를 멈추지 않고 문을 계속 열어젖힌다. 잠시 후에 워스가 울부짖는다. 엘사가 오고 있다는 걸 알아차리고 부르는 소리 같다. 마침내 방을 제대로 찾아서 들이닥쳐보니 녀석이 배에 붕대를 감고 차가운 수술대 위에 누워 있다. 사방이 피투성이다. 엘사는 녀석의 털 속 깊숙이 얼굴을 묻는다.

브릿마리는 대기실에서 계속 기다린다. 혼자서. 지금 떠나면 브릿마리가 거기 있었다는 사실을 기억할 사람이 아무도 없을 거다. 브릿마리는 그 점에 대해서 잠깐 생각하는 눈치더니 테이블 가장자리에서 눈에 보이지 않는 뭔가를 털어내고 치마 주름을 편 다음 일어나서 나간다.

워스는 눈을 감는다. 표정이 꼭 미소 짓는 것 같다. 녀석이 엘사의 목소리를 들을 수 있을까. 자기 살가죽 위로 떨어지는 엘사의 굵은 눈물방울을 느낄 수 있을까. "죽으면 안 돼. 내가 여기 이렇게 있는데 죽으면 안 돼. 너는 내 친구잖아. 진정한 친구는 그런 식으로 죽는 거 아니야. 알겠어? 친구는 자기 친구만 남겨두고 죽지 않아." 엘사는 워스보다 자기 자신에게 확신을 심어주려고 애를 쓰며 이렇게 속삭인다.

녀석은 알아듣는 눈치다. 따뜻한 콧김으로 엘사의 뺨을 말리려고 한다. 엘사는 할머니가 미아마스에 갔다가 자기랑 함께 돌아오지 않은 날 병원에서 그랬던 것처럼 수술대 위로 올라가 녀석의 옆에 웅크리고 눕는다.

한참 동안 그렇게 누워 있는다. 그리핀도르 목도리를 워스의 털 속에 묻고서.

점점 더 잦아드는 워스의 숨소리와 굵고 까만 털 안쪽에서 점점 더 느려지는 심장 소리 사이로 여경의 목소리가 들린다. 여경은 문 앞에 서서 초록 눈으로 여자아이와 짐승을 쳐다본다.

"네 친구를 경찰서로 데려가야 한다, 엘사." 엘사는 울프하트를 두고 하는 말이라는 걸 안다.

"감옥에 넣지 마세요! 정당방위였다고요!" 엘사는 소리를 지른다.

"아니야, 엘사. 정당방위가 아니었어."

여경은 이렇게 말하고 뒤로 물러선다. 그러고는 손목시계를 확인하며 당황한 척한다. 영판 다른 데서 아주 중요한 볼일이 있는 척한다. 경찰서로 당장 데려오라는 명령이 떨어진 남자가 워스를 잃게 생긴 아이와 잠깐 대화를 나눌 수 있도록 잠깐 자리를 비켜주는 게 얼마나 말도 안 되는 짓인지 방금 전에 깨달은 척한다. 사실 말도 안 되는 짓이기는 하다.

여경이 사라지고 울프하트가 문 앞에 등장한다. 엘사는 수술대에서 뛰어 내려와서, 울프하트가 집에 가면 알코젤로 목욕을 해야 하거나 말거나 상관하지 않고 와락 끌어안는다.

"워스가 죽으면 안 돼요! 워스더러 죽으면 안 된다고 얘기해 줘요!" 엘사는 속삭인다.

울프하트는 천천히 숨을 쉰다. 점퍼에 산성 물질을 쏟은 사람처럼 어정쩡하게 손을 내밀고 서 있다. 엘사는 울프하트의 외투가 아직 자기 집에 있다는 사실을 깨닫는다.

"아저씨 외투 돌려드릴게요. 엄마가 진짜 열심히 빨고 비닐 커버 씌워서 옷장에 걸어놨어요." 엘사는 변명조로 속삭이며 끌어안은 팔을 풀지 않는다.

울프하트는 팔을 풀어주면 정말 고맙겠다는 표정이다. 엘사는 아랑곳하지 않는다.

"하지만 다시는 싸우지 마요!" 엘사는 울프하트의 점퍼에 얼굴을 묻은 채로 명령을 내린 다음 고개를 들고 손목으로 눈물을 훔친다. "앞으로 절대 싸우면 안 된다는 건 아니에요. 그 문제에 대해선 아직 내 입장을 결정 못 했으니까. 그러니까 도의적인 입장 말이에요. 하지만 지금처럼 싸움을 잘하는 동안에는 싸우면 안 돼요!" 엘사는 흐느껴 운다.

그때 울프하트가 아주 희한한 반응을 보인다. 엘사를 안아준 것이다.

"워스. 나이 아주 많아. 나이 아주 많은 워스야, 엘사." 울프하트가 암호로 나지막이 으르렁거린다.

"계속 죽어버리면 어떻게 감당하라고." 엘사는 흐느낀다.

울프하트가 엘사의 손을 잡는다. 그러곤 잡은 손의 집게손가락을 지그시 누른다. 뜨겁게 달궈진 쇳조각이라도 들고 있는 것처럼 벌벌 떨지만, 어린아이들이 묻히고 다니는 세균보다 더 중요한 게 있다는 사실을 깨달은 사람답게 잡은 손을 놓지 않는다.

"아주 나이 많은 워스야. 이제는 아주 지쳤어, 엘사."

엘사가 히스테리 환자처럼 고개를 저으며 다시는 어느 누구도 자기가 보는 앞에서 죽으면 안 된다고 소리를 지르는 동안 울프하트는 한쪽 손을 놓더니 바지 주머니에서 쭈글쭈글한 종이를 꺼내 엘사의 손에 쥐여준다. 그림이다. 분명 할머니가 그린 거다. 할머니의 그림 솜씨는 글씨 쓰는 솜씨 못지않다.

"지도네요." 엘사는 눈물은 말랐지만 울음은 그쳐지지 않을 때 그러듯 훌쩍대며 종이를 편다.

울프하트는 양손을 맞대고 원을 그리며 부드럽게 비빈다. 엘사는 손가락으로 잉크를 더듬는다.

"일곱 번째 왕국의 지도네." 엘사는 혼잣말처럼 중얼거린다.

그러곤 다시 수술대 위로 올라가서 워스 옆에 눕는다. 녀석의 털이 점퍼를 뚫고 들어와서 따끔거릴 정도로 꼭 달라붙는다. 녀석의 차가운 코에서 뿜어져 나오는 따뜻한 콧김을 느낀다. 녀석은 잠이 들었다. 엘사는 녀석이 잠든 것이길 바란다. 엘사가 녀석의 코에 입을 맞추자 수염에 눈물이 맺힌다. 울프하트가 조용히 헛기침을 한다.

"편지 안에 들어 있었어. 할머니 편지 안에." 울프하트는 암호로 말하며 편지를 가리킨다.

"'미파르도누스'. 일곱 번째 왕국. 너희 할머니와 내가······ 건설하려던 왕국이야."

엘사는 지도를 좀 더 찬찬히 들여다본다. 사실상 깰락말락나라의 전도인데 비율이 엉망이다. 비율은 할머니의 전공 분야가 아니었다.

"이 '일곱 번째 왕국'은 폐허가 돼버린 미바탈로스하고 위치가 정확하게 일치하네요." 엘사가 속삭인다.

울프하트는 양손을 맞대고 비빈다.

"미바탈로스 위라야 미파르도누스를 건설할 수 있대. 너희 할머니 생각으로는."

"미파르도누스는 뜻이 뭐예요?" 엘사가 워스에게 뺨을 대고 묻는다.

"용서한다."

울프하트의 뺨을 타고 흘러내린 눈물방울은 크기가 수챗구멍만 하다. 무지막지하게 큰 손이 워스의 머리 위로 조심스럽게 내려앉는다. 워스가 아주 살짝 눈을 뜨고 울프하트를 올려다본다.

"아주 나이가 많아, 엘사. 이제 아주 지쳤어." 울프하트가 속삭인다.

울프하트는 워스의 두툼한 살가죽에 샘의 칼이 남긴 상처 위로 손가락을 가만히 얹는다.

사랑하는 누군가를 떠나보내기란 쉽지 않은 일이다. 조금 있으면 여덟 살이 되는 나이에는 특히 그렇다.

엘사는 워스 옆으로 바짝 기어가서 아주, 아주, 아주 있는 힘껏 끌어안는다. 녀석은 간신히 눈을 떠서 마지막으로 엘사를 쳐다본다. 엘사는 미소를 지으며 속삭인다. "너는 내가 처음으로 사귄 친구 중에서 최고였어." 녀석은 스펀지케이크 믹스 냄새를 풍기며 천천히 엘사의 얼굴을 핥는다. 엘사는 눈물을 쏟으며 깔깔대고 웃는다.

구름 동물들이 깰락말락나라에 착륙하자 엘사는 있는 힘껏 녀석을 끌어안고 속삭인다. "너는 임무를 완수했어. 이제는 성을 지키지 않아도 돼. 앞으로는 할머니를 지켜줘. 동화들을 지켜줘!" 녀석이 마지막으로 엘사의 얼굴을 핥는다.

그러고는 달려간다.

엘사가 고개를 돌리자 울프하트는 수많은 동화가 만들어지는 영원 동안 깰락말락나라에 발길을 끊은 사람이 그러듯 실눈을 뜨고 태양을 쳐다보고 있다. 엘사는 미바탈로스의 잔해를 가리킨다.

"알프를 데려오면 되겠어요. 뭐 만드는 거 잘하거든요. 다른 건 몰라도 옷장은 잘 만들어요. 일곱 번째 왕국에 옷장도 있어야 하잖아요, 안 그래요? 우리가 준비를 마치면 할머니가 미아마스의 벤치에 앉아 있을 거예요.『사자왕 형제의 모험』에서 할아버지가 그랬던 것처럼. 그런 제목의 동화가 있는데 내가 할머니한테 읽어줬어요. 그러니까 할머니가 벤치에 앉아서 기다리고 있을 거예요. 남의 이야기에서 그런 걸 슬쩍 베끼는 게 할머니의 주특기거든요. 게다가 내가『사자왕 형제의 모험』을 특히 좋아한다는 것도 알고요!"

엘사는 계속 울고 있다. 울프하트도 마찬가지다. 하지만 두 사람은 할 수 있는 일을 한다. 전투의 언어가 난무하는 폐허 위에 용서의 언어를 쌓는다.

워스는 엘사의 남동생이 태어난 날에 죽는다. 엘사는 남동생이 크면 전부 다 들려주기로 마음먹는다. 자신의 첫 번째 단짝 친구에 대해서. 가끔 다른 것이 들어올 수 있도록 자리를 비켜줘야 하는 때에 대해서. 버스에 타고 있던 워스가 반쪽이를 위해 자리를 양보하기라도 한 것처럼 된 일에 대해서.

그리고 그 일에 대해 슬퍼하거나 죄책감을 느끼면 안 된다고 반쪽이에게 어떤 식으로 반드시 짚고 넘어갈지 생각해둔다.

워스들은 버스를 싫어하니까 말이다.

33

갓난아이

　동화의 결말을 맺는 건 쉬운 일이 아니다. 물론 모든 이야기는 어느 시점에 이르면 끝이 나야 한다. 그런데 얼른 끝내지 못하고 질질 끄는 이야기도 있다. 예컨대 이 이야기만 해도 진작 그럴듯하게 결말을 맺고 끝낼 수 있었다. 문제는 막판에 주인공들이 어떤 식으로 "생의 마지막 날까지 행복하게 살았다"고 포장하느냐, 그것이다. 주인공들이 생의 마지막 날을 맞이하면 뒤에 남겨진 사람들은 그들 없이 살아야 하니 이야기 진행상 난감할 수밖에 없다.

　뒤에 남겨져 그들 없이 살아야 하는 사람의 역할은 아주, 아주 힘들다.

어둑해지고 나서야 그들은 동물 병원을 나선다. 예전에는 엘사의 생일 전날 밤에 집 앞에서 눈천사를 만들곤 했다. 할머니도 1년을 통틀어서 그날 밤만큼은 천사들에 대한 험담을 하지 않았다. 눈천사 만들기는 엘사가 좋아하던 집안의 전통이었다. 엘사는 알프의 택시를 타고 간다. 아빠와 같이 가기 싫어서 그런 게 아니라, 알프가 그런 일이 벌어졌을 때 엘사를 지켜주지 않고 주차장에 택시를 가지러 갔던 자기 자신에게 미친 듯이 화가 났다는 얘기를 아빠에게 전해 들었기 때문이다.

물론 택시를 타고 가면서 알프와 엘사는 대화를 거의 나누지 않는다. 할 말이 별로 없으면 그렇기 마련이다. 그렇게 한참을 달리다 엘사가 병원에 가기 전에 집에서 해야 할 일이 있다는 얘기를 꺼냈을 때 알프는 무슨 일이냐고 묻지 않는다. 그냥 운전만 한다. 알프는 그런 걸 잘한다.

"눈천사 만들 줄 알아요?" 택시가 집 앞에서 멈춰 서자 엘사가 묻는다.

"내 나이가 우라질 예순네 살이다만." 알프는 툴툴거린다.

"그건 대답이 아니잖아요."

알프는 택시 시동을 끈다. "내가 지금 예순네 살일지 몰라도 태어날 때부터 예순네 살은 아니었잖나! 당연히 눈천사 만들 줄 알지!"

이렇게 해서 두 사람은 눈천사를 만든다. 아흔아홉 개를 만든다. 두 사람은 눈천사를 만든 이후에도 별 대화를 나누지 않는다. 별 대화가 없어도 친하게 지낼 수 있는 그런 친구도 있기 때문이다.

청바지를 입고 다니는 여자가 발코니에서 그들을 구경한다. 그러면서 웃는다. 그 여자는 점점 잘 웃는다.

병원에 도착해보니 아빠가 입구에서 기다리고 있다. 엘사가 언뜻 본 듯한 의사가 지나간다. 그러고 나서 예오리가 눈에 들어오자 엘사는 대기실을 이쪽 끝에서 저쪽 끝까지 달려가서 품에 안긴다. 예오리는 레깅스 위에 반바지를 입고, 엄마에게 줄 얼음물 잔을 들고 있다.

"달려와줘서 고마워요!" 엘사는 예오리를 끌어안은 채로 외친다.

아빠가 엘사를 쳐다보는데 질투가 나지만 애써 감추려는 표정이다. 아빠는 그런 걸 잘한다. 예오리도 당황스러워하며 엘사를 쳐다본다.

"내가 달리기를 제법 잘하잖니." 예오리가 조용히 말한다.

엘사는 고개를 끄덕인다.

"알아요. 특이해서 그런 거잖아요."

그러고 나서 엘사는 아빠와 함께 엄마를 만나러 간다. 예오리는 얼음물이 결국 미지근해질 때까지 멀찌감치 떨어져 있다.

험상궂은 표정을 하고 병실 앞에 서 있던 간호사는 엄마가 난산을 했다며 면회를 제지한다. '난산'의 '난'을 강조해가며 아주 딱 잘라서 단호하게 제지한다. 엘사의 아빠가 헛기침을 한다.

"그나저나 새로 오신 모양이죠?"

"그게 무슨 상관인가요?" 간호사는 쩌렁쩌렁 울리는 목소리로 되묻는다. "오늘은 면회 금지예요!" 확신에 찬 말투로 쏘아붙인 간호사는 휙 돌아서 엄마가 있는 병실로 저벅저벅 들어간다.

아빠와 엘사는 그 자리에 서서 고개를 끄덕이며 기다린다. 조만간 사태가 해결되지 않을까 생각하기 때문이다. 엄마는 엄마이면서 동시에 할머니의 딸이기도 하다. 엘사가 태어나기 직전에 은색 차를 몰고 가던 남자가 당한 봉변을 여러분도 기억하지 않나. 아이를 낳을 땐 그 누구도 엄마를 건드리면 안 된다.

30초쯤 지났을까. 벽에 걸린 그림들이 흔들릴 정도로 복도가 쩌렁쩌렁 울린다.

"내 딸 당장 들여보내지 않으면 청진기로 당신 목을 조르고 이 병원을 폭삭 무너뜨릴 거예요. 알겠어요?"

30초라니 엘사와 아빠가 예상했던 것보다 한참 오래 걸렸다. 하지만 3~4초도 안 됐을 때 엄마가 다시 호통을 친다.

"상관없다니까! 이 병원을 이 잡듯이 뒤져서라도 청진기를 찾아내서 그걸로 당신 목을 조르고 말겠어요!"

간호사가 다시 밖으로 나온다. 이제는 좀 전처럼 자신감 넘치지 않는다. 엘사가 어디선가 본 듯한 의사가 뒤에서 등장하더니 다정한 목소리로 "이번 한 번은 예외를 허락해도 되지 않겠느냐"고 한다. 그러면서 엘사를 향해 미소를 짓는다. 엘사는 결연하게 심호흡을 하고 문지방을 넘는다.

엄마는 온몸 여기저기에 호스를 꽂고 있다. 두 사람은 호스가 하나도 뽑히지 않는 한도 내에서 있는 힘껏 끌어안는다. 엘사는 그중 하나가 전선이라서 뽑히면 엄마가 불처럼 꺼지진 않을까 걱정된다. 엄마는 엘사의 머리칼을 계속 쓸어 넘긴다.

"네 친구 워스가 그렇게 돼서 정말, 정말 속상해." 엄마는 다정하게 위로한다.

눈물이 마를 때까지 침대 근처에 한참을 말없이 앉아 있는 동안 엘사는 시간을 측정하는 전혀 새로운 방법에 대해 고민한다. 영원과 이야기의 영원으로 세는 방식은 조금 감당하기 어려워지고 있다. 예를 들면 눈 한 번 깜빡이는 동안이나 벌새가 날개를 한 번 젓는 동안처럼 좀 더 간단한 기준이 분명 있을 텐데. 엘사보다 먼저 고민한 사람이 있지 않을까. 엘사는 집에 가면 위키피디아에서 찾아보기로 한다.

엘사는 행복해 보이는 엄마를 쳐다보며 손을 토닥인다. 엄마는 엘사의 손을 잡는다.

"나도 내가 완벽한 엄마가 아니라는 거 알아."

엘사는 엄마의 이마에 자기 이마를 댄다.

"뭐든 다 완벽할 필요는 없어요, 엄마."

둘이 하도 몸을 딱 붙이고 있어서 엄마의 눈물이 엘사의 코 끝에 떨어진다.

"나는 일을 너무 많이 해. 절대로 집에 있을 줄 몰랐던 너희 할머니한테 그렇게 화가 났었는데 지금은 내가 똑같이 하고 있네……."

엘사는 그리핀도르 목도리로 두 사람의 코를 닦는다.

"세상에 완벽한 슈퍼 히어로는 없어요, 엄마. 괜찮아요."

엄마는 미소를 짓는다. 엘사도 따라서 미소를 짓는다.

"뭐 하나 물어봐도 돼요?"

"당연하지."

"나는 할아버지의 어디를 닮았어요?"

엄마는 멈칫한다. 딸이 어떤 질문을 할지 예상하는 데 이골이 났는데 어느 날 문득 예상이 빗나갔을 때 엄마들은 대개 그런 반응을 보인다. 엘사는 어깨를 으쓱한다.

"나는 할머니를 닮아서 특이하잖아요. 아는 체하는 건 아빠를 닮았고 이 사람, 저 사람하고 싸우고 다니는 건 할머니를 닮았고요. 그러니까 할아버지한테서는 뭘 물려받았어요? 할머니한테서 할아버지 얘기는 한 번도 듣지 못했거든요."

엄마는 얼른 대답하지 못한다. 엘사는 조마조마해하며 코로 숨을 들이쉰다. 엄마는 엘사의 뺨에 두 손을 얹고 엘사는 그리 핀도르 목도리로 엄마의 뺨을 닦아준다.

"내가 알기로는 너 모르게 할아버지 얘기를 하셨을 텐데?" 엄마가 속삭인다.

"그럼 내가 할아버지의 어디를 닮았어요?"

"웃는 걸 닮았지."

엘사는 점퍼 속으로 손을 넣는다. 그러고는 빈 소매를 앞쪽으로 천천히 흔든다.

"할아버지가 많이 웃었어요?"

"항상, 항상, 항상, 항상. 할아버지가 너희 할머니를 사랑했던 이유도 그 때문이었어. 온몸으로 웃게 했으니까. 온 영혼으로 웃게 했으니까."

엘사는 엄마의 옆으로 기어 올라가서 벌새가 십 억 번쯤 날갯짓을 하는 동안 누워 있다. "할머니는 백 퍼센트 개떡은 아니었어요. 백 퍼센트 안 개떡도 아니었고요."

"엘사! 입조심해야지!" 엄마는 그렇게 외치고 나서 깔깔대고 웃는다. 엘사도 웃는다. 할아버지처럼 웃는다.

두 사람은 그렇게 누워서 한참 동안 슈퍼 히어로 이야기를 한다. 엄마는 엘사에게 이제 누나가 되었다며 동생들 눈에 누나는 항상 우상처럼 보인다는 사실을 잊지 말라고 한다. 그러면서 그건 엄청난 능력이라고 덧붙인다. 엄청난 힘이라고.

"그리고 엄청난 능력에는 엄청난 책임이 따르는 법이지." 엄마는 속삭인다.

엘사는 침대에서 벌떡 일어나 앉는다.

"엄마, 〈스파이더맨〉 읽었어요?!"

"인터넷에서 검색해봤지." 엄마는 뿌듯해하며 씩 웃는다.

그러고 나서 잠시 후에 죄책감이 엄마의 얼굴을 뒤덮는다. 엄청난 비밀을 공개할 때가 됐음을 깨달았을 때 엄마들은 대개 그런 표정을 짓는다.

"엘사…… 우리 예쁜 딸…… 할머니가 쓴 첫 번째 편지 말이야. 그 편지를 받은 사람은 네가 아니었어. 네가 받은 편지 전에 한 통이 더 있었거든. 할머니가 나한테 주신 거. 돌아가시기 전날에……."

엄마는 모두가 지켜보는 가운데 높은 다이빙대 끝에 서 있다가 뛰어내리지 못하겠다는 결론을 방금 전에 내린 사람 같은 표정을 짓고 있다.

하지만 엘사는 침착하게 고개를 끄덕이고는 어깨를 으쓱한 다음, 몰라서 잘못을 저지른 어린애 대하듯 엄마의 뺨을 토닥인다.

"알아요, 엄마. 알아요."

엄마는 어색하게 눈을 깜빡인다.

"뭐? 안다니? 어떻게 알았어?"

엘사는 짜증을 누르며 한숨을 쉰다.

"그래요, 맞아요, 눈치채기까지 시간이 좀 걸리긴 했죠. 하지만 그게 무슨 양자물리학은 아니잖아요. 첫째, 아무리 할머니라도 엄마한테 먼저 알리지 않고 나한테 보물찾기를 맡길 만큼 무책임하지는 않겠죠. 둘째, 르노는 좀 특이한 차라서 운전할 줄 아는 사람이 엄마랑 나, 이렇게 둘뿐이에요. 나는 할머니가 케밥을 먹는 동안 가끔 운전대를 잡았고, 엄마는 할머니가 술을 마시면 가끔 운전대를 잡았으니까요. 그러니까 브릿마리 자리에 르노를 주차한 범인은 우리 둘 중 한 명일 수밖에 없잖아요. 그런데 나는 아니었거든요. 그리고 난 바보가 아니에요. 숫자도 잘 세요."

엄마가 어찌나 한참 동안 깔깔대고 웃는지, 벌새를 기준으로 삼는 것에 대해서 심각하게 고민이 되기 시작할 정도다.

"내가 아는 사람들 중에서 너만큼 예리한 사람은 없어. 그거 아니?"

그 말을 듣고 엘사는 뭐, 좋긴 한데 엄마도 세상 밖으로 나가서 사람들을 좀 더 만나볼 필요가 있겠다는 생각이 든다.

"엄마 편지에는 할머니가 뭐라고 썼어요?" 엘사는 묻는다.

엄마는 입을 다문다.

"미안하다고 쓰셨어."

"엄마 노릇을 잘 못해서요?"

"응."

"엄마는 할머니를 용서했어요?"

엄마는 미소를 짓는다. 엘사는 엄마의 뺨을 그리핀도르 목도리로 다시 닦아준다.

"우리 둘 다를 용서하려고 애를 쓰는 중인 것 같아. 나도 르노랑 비슷해서 브레이크 반응 속도가 느리거든." 엄마가 속삭인다.

엘사는 벌새가 포기하고 다른 볼일을 보러 날아가버릴 때까지 엄마를 안아준다.

"너희 할머니가 아이들을 구하러 나선 이유는 할머니도 어렸을 때 구원을 받았기 때문이야. 나는 몰랐는데 할머니가 편지에 쓰셨더라. 고아였다고." 엄마가 나지막히 말한다.

"엑스맨들처럼 말이죠." 엘사는 고개를 끄덕인다.

"다음 편지가 어디쯤에 숨겨져 있는지 알지?" 엄마가 웃으며 묻는다.

"그냥 '어디에'라고 해도 돼요." 엘사는 참지 못하고 이렇게 짚고 넘어간다.

하지만 엘사는 안다. 당연히 안다. 예전부터 알고 있었다. 엘사는 바보가 아니다. 그리고 이게 이야기 속에서 벌어지는 아주 예기치 못한 사태도 아니다.

엄마는 다시 폭소를 터뜨린다. 못된 간호사가 쿵쾅거리며 들어와서 지금 당장 그치지 않으면 호스에 문제가 생길 거라고 으름장을 놓을 때까지 웃는다.

엘사는 자리에서 일어난다. 엄마는 엘사의 손을 잡고 입을 맞춘다.

"반쪽이 이름을 뭘로 할지 결정했어. 엘비르가 아니라 다른 이름으로 부를 거야. 예오리하고 내가 아이를 본 순간 떠오른 이름이 있었거든. 너도 마음에 들 거야."

엄마의 말이 맞다. 마음에 든다. 아주 마음에 든다.

몇 분 뒤에 엘사는 조그만 방에서 유리창을 사이에 두고 동생을 만난다. 동생은 조그만 플라스틱 상자 안에 누워 있다. 아니면 아주 큼지막한 도시락일 수도 있겠다. 둘 중 어느 쪽인지 가늠이 잘 되지 않는다. 온몸에 호스가 꽂혀 있고, 입술은 파랗고, 얼굴은 엄청난 맞바람을 가르며 한참 동안 달린 것 같은데, 간호사들 말로는 위험한 상태가 아니라고 한다. 엘사는 못마땅하다. 사실은 위험한 상태라는 걸 그보다 더 단적으로 보여주는 증거가 또 어디 있을까.

엘사는 건너편에 있는 동생이 들을 수 있도록 손을 오그려서 유리창에 대고 속삭인다. "무서워할 것 없어, 반쪽아. 이제 누나가 있거든. 좋아질 거야. 전부 다 괜찮아질 거야."

그런 다음 암호로 바꿔서 속삭인다.

"너를 질투하지 않도록 노력할게. 너를 미치도록 오래전부터 질투했는데 내 친구 중에 알프 아저씨라고 있거든. 남동생이랑 한 백 년째 서로 으르렁거리고 그랬대. 그러니까 우리는 처음 만난 순간부터 서로 좋아하도록 노력해보자, 알았지?"

반쪽이는 알아들은 눈치다. 엘사는 유리창에 이마를 댄다.

"너한테는 할머니도 있어. 슈퍼 히어로야. 퇴원하면 내가 할머니에 대해서 전부 다 들려줄게. 아쉽게도 음매-총은 1층에 사는 남자애한테 줘버렸지만 또 하나 만들면 돼. 내가 깰락말락나라로 데려가줄 테니까 같이 꿈을 먹고 춤추고 웃고 울고 용감해지고 사람들을 용서해주자. 구름 동물들이랑 함께 날아가면 할머니가 미아마스의 벤치에 앉아서 담배를 피우며 우리를 기다리고 계실 거야. 나중에는 할아버지도 찾아올 테고. 온몸으로 웃는 분이라 멀리서도 할아버지 소리가 들릴 거야. 할아버지가 워낙 잘 웃는다고 하니까 할아버지를 위해서 여덟 번째 왕국을 건설해야 할지도 모르겠다. 울프하트한테 '웃는다'를 어머니의 모국어로 뭐라고 하느냐고 물어볼게. 깰락말락나라에는 워스도 있겠지. 너도 보면 좋아하게 될 거야. 이 세상에 워스보다 더 좋은 친구는 없거든!"

반쪽이가 플라스틱 상자 안에서 엘사를 쳐다본다. 엘사는 그리핀도르 목도리로 유리창을 닦는다.

"네 이름 멋져. 최고야. 너한테 그 이름을 물려준 남자애 얘기도 들려줄게. 너도 그 애를 좋아하게 될 거야."

엘사는 유리창 앞에 서 있다가 의도는 좋았을지 몰라도 벌써 측정법이 무리수였다는 걸 깨닫는다. 그래서 영원과 이야기의 영원으로 세는 법을 당분간 고수하기로 한다. 그 편이 더 간단하다. 할머니 생각도 나고.

엘사는 떠나기 전에 오그린 손에 대고 반쪽이에게 암호로 속삭인다.

"해리, 네가 태어난 게 내 평생 가장 엄청난 모험이 될 거야. 가장, 가장 엄청난 모험!"

할머니가 얘기한 대로 되고 있다. 점점 좋아지고 있다. 모든 게 괜찮아질 거다. 다시 병실로 돌아가보니 어디선가 본 듯한 의사가 엄마의 침대 옆에 서 있다. 의사는 엘사가 자기를 언제 보았는지 기억해내려면 시간이 좀 걸린다는 걸 아는 사람처럼 침착하게 기다리고 있다. 그러다 마침내 진실이 밝혀지자 다른 방법이 없었다는 듯 미소를 짓는다.

"아저씨, 회계사였잖아요." 엘사는 의심스러워하는 투로 불쑥 외치고는 덧붙인다. "교회 목사님이기도 했고요. 할머니 장례식 때 목사님 옷을 입고 있었잖아요!"

"나는 여러 가지란다." 의사는 명랑한 목소리로 대답하며 할머니 앞에서는 어느 누구도 짓지 못했던 표정을 짓는다.

"의사이기도 하고요?" 엘사는 묻는다.

"의사가 제일 첫 번째 직업이지." 의사는 이렇게 대답하고 손을 내밀며 자기소개를 한다.

"마르셀이다. 너희 할머니의 친구였고."

"저는 엘사예요."

"그래, 들었단다." 마르셀은 미소를 짓는다.

"할머니의 변호사였죠?" 엘사는 이 이야기의 도입부, 그러니까 두 번째 장 마지막 부분쯤에 들었던 통화 내용을 떠올린다.

"나는 여러 가지라니까." 마르셀은 같은 말을 반복하고는 엘사에게 종이 한 장을 건넨다.

컴퓨터 출력물인데 맞춤법이 완벽한 걸 보니 할머니가 아니라 마르셀이 작성한 거다. 하지만 맨 아래에 할머니의 글씨로 몇 자가 적혀 있다. 마르셀은 브릿마리처럼 양손을 포개서 배 위에 얹는다.

"네가 지금 사는 집의 주인이 너희 할머니란다. 이미 눈치챘을지도 모르겠다만. 포커 게임에서 딴 거라고 하는데 진짜인지는 나도 잘 모르겠어."

엘사는 종이에 적힌 글을 읽는다. 입을 쭉 내민다.

"그런데요? 이제 제 거라고요? 아파트 건물 전체가요?"

"네가 열여덟 살이 될 때까지는 어머니가 후견인 역할을 맡아주실 거란다. 하지만 네가 하고 싶은 대로 할 수 있도록 할머니가 조치를 해놓으셨어. 원하면 차지권으로 전환해서 아파트를 팔아도 돼. 싫으면 그러지 않아도 되고."

"그런데 왜 그때 와서 전원이 동의하면 차지권 계약으로 전환할 수 있다고 했어요?"

"네가 동의하지 않으면 엄밀히 말해서 전원이 동의한 게 아니니까. 너희 할머니는 이웃 사람들이 전부 다 동의하면 네가 그들이 하자는 대로 할 테고, 어느 한 사람한테라도 피해가 갈 수 있는 일은 하지 않을 거라고 믿으셨거든. 그래서 네가 유언장을 읽기 전에 그 아파트에 누가 사는지 면면이 파악할 수 있도록 조치를 취해놓으신 거란다."

마르셀은 엘사의 어깨에 손을 얹는다.

"엄청난 부담이겠지만 너희 할머니가 꼭 너에게 물려줘야 한다고 하셨어. 네가 '다른 머저리들을 전부 다 합친 것보다 훨씬 똑똑한 아이'라면서. 그리고 왕국은 그 안에 사는 사람들로 이루어지는 거라고 입버릇처럼 말씀하셨지. 너라면 그게 무슨 뜻인지 이해할 거라고 하셨고."

엘사는 서류 맨 아래에 적힌 할머니의 서명을 손끝으로 어루만진다.

"이해해요."

"내가 조목조목 자세하게 설명해줄 순 있다만 워낙 복잡한 서류가 돼놔서." 마르셀이 도움을 자청하고 나선다.

엘사는 얼굴을 덮은 머리카락을 쓸어올린다.

"사실 할머니가 복잡하지 않은 분은 아니었죠."

마르셸은 배꼽을 잡고 웃는다. 정말 그렇게밖에는 표현할 방법이 없다. 배꼽을 잡고 웃는다고. 그냥 웃었다고 하기엔 너무 소리가 크다. 엘사는 그 웃음소리가 무척 마음에 든다. 좋아하지 않으려야 좋아하지 않을 수 없다.

"아저씨랑 우리 할머니는 서로 연정을 느꼈나요?" 엘사가 느닷없이 묻는다.

"엘사!" 엄마가 끼어드는데, 하마터면 호스들이 빠질 만큼 곤란해한다.

엘사는 기분이 상해서 팔을 내젓는다.

"물어보지도 못해요?" 엘사는 따지듯이 마르셸을 돌아본다. "서로 연정을 느꼈어요?"

마르셸은 손을 맞잡는다. 그러고는 슬프고도 행복한 표정으로 고개를 끄덕인다. 엄청나게 큼지막한 아이스크림을 먹어치우고 이제 아이스크림이 남지 않았다는 사실을 깨달은 사람 같다.

"너희 할머니는 내 일생일대의 사랑이었지. 나뿐 아니라 많은 남자들에게. 솔직히 여자들한테도 마찬가지였고."

"아저씨도 우리 할머니한테 그랬어요?"

마르셸은 멈칫한다. 화난 얼굴은 아니다. 씁쓸해하지도 않는다. 그냥 살짝 질투할 따름이다.

"아니. 너희 할머니에게 일생일대의 사랑은 너였어. 처음부터 끝까지 너였단다, 엘사."

마르셀은 손주의 눈에서 사랑하는 사람의 모습을 발견한 사람들이 그러듯 다정하게 엘사의 뺨을 토닥인다.

엘사와 엄마와 할머니의 편지 사이에 정적이 흐르는 동안 몇 초, 몇 영원, 벌새가 몇 번 날갯짓하는 만큼의 시간이 흐른다. 그리고 나서 엄마가 엘사의 손을 어루만지며, 아주 중요한 거라기보다 어쩌다보니 생각난 질문인 양 이렇게 묻는다.

"나한테서는 뭘 물려받았니?"

엘사는 가만히 서서 아무 대답도 하지 않는다. 엄마는 낙담한 얼굴이다.

"난 그냥, 뭐, 알잖니. 이런 점은 할머니한테 물려받았고 이런 점은 아빠한테 물려받았다고 하길래 그냥 궁금해서……."

엄마는 입을 다문다. 딸이 자기에게 바라는 것보다 자기가 딸에게 바라는 게 더 많아지는 시기로 진입했다는 걸 깨달았을 때 엄마들이 그러듯 부끄러워진 것이다. 엘사는 엄마의 뺨 위에 손을 얹고 부드럽게 속삭인다.

"나머지 전부 다요, 엄마. 나머지 전부 다를 엄마한테서 물려받았죠."

아빠가 엘사를 집까지 태워다준다. 엘사가 아빠 취향의 음악을 듣지 않아도 되도록 아우디의 카스테레오를 끄고, 할머니네 집에서 하룻밤 머문다. 두 사람은 옷장에서 같이 잔다. 대팻밥 냄새가 나고, 아빠가 팔다리를 쭉 뻗고 누우면 손끝과 발끝이 양쪽 벽에 닿을 만큼 넓다. 그래서 그 옷장이 좋다.

아빠가 잠들자 엘사는 살금살금 계단을 내려온다. 공동 현관 문 안쪽에 아직까지 묶여 있는 유모차 앞에 선다. 엘사는 벽에 붙은 십자말 퀴즈를 쳐다본다. 누가 연필로 빈칸을 채워놓았다. 각 단어에서 한 글자씩 조합하면 네 글자짜리 한 단어가 된다. 다른 글자보다 굵직하게 적힌 글자를 조합하면 된다.

E. L. S. A.

엘사는 유모차에 달린 맹꽁이 자물쇠를 쳐다본다. 번호로 여는 자물쇠인데 네 군데에만 숫자가 아닌 글자가 적혀 있다.

엘사는 자기 이름을 조합해서 자물쇠를 연다. 유모차를 치운다. 그 아래 할머니가 브릿마리에게 보내는 열쇠가 있다.

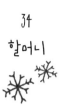

34
할머니

깰락말락나라에서는 절대 작별 인사를 하지 않는다. 그냥 "또 만나자"고 한다. 깰락말락나라의 주민들은 완전히 소멸하는 건 없다고 믿기 때문에 이런 식의 인사법을 중요하게 생각한다. 완전히 소멸하는 게 아니라 이야기로 개조돼서 약간의 문법적인 변화를 거치고, '지금'에서 '그때'로 시제가 바뀔 따름이다.

장례식이 몇 주 동안 이어지는 것도 이야기보따리를 풀기에 그보다 더 좋은 기회가 없기 때문이다. 솔직히 맨 첫날에는 이야기의 주제가 주로 슬픔과 상실이지만, 시간이 지날수록 도중에 웃음을 터뜨릴 수밖에 없는 이야기들로 점점 바뀐다. 지금은 고인이 된 사람이 살아생전에 얼굴에 바르던 크림 상자에 적힌 "얼굴에 바르되 눈가는 피해 바르시오"라는 문구를 보고, 극도로 짜증을 내며 제조사로 연락해 눈가가 바로 얼굴인데 어쩌라는 말이냐고 따졌다는 이야기. 성에서 으리으리한 파티가 열리기 전에 용을 불러다가 크렘브륄레의 윗면에 뿌린 설탕을 캐러멜로 녹이는 일을 맡겨놓고 용이 혹시 감기에 걸리진 않았는지 확인하는 걸 깜빡했다는 이야기. 아니면 가운을 펄럭이며 발코니에 서서 지나가는 사람들을 페인트 총으로 쏜 이야기.

미아마스 사람들의 웃음소리가 워낙 크다보니 오간 이야기들이 초롱처럼 무덤 주변으로 둥둥 떠오른다. 그래서 모든 이야기는 하나가 되고 모든 시제가 하나로 통일된다. 눈을 감을 때 우리가 남기는 것이 바로 이런 웃음이라는 사실을 어느 누구도 잊지 못할 만큼 다들 웃고 또 웃는다.

"알고 보니 반쪽이가 아들이었어요. 이름은 해리래요!" 엘사는 돌에 묻은 눈을 닦어내며 자랑스럽게 말한다.

"알프 아저씨 말로는 아들이라서 다행이래요. 우리 집안 여자들은 '제정신이 아니라서 안전상 위험'하다나?" 엘사는 허공에 따옴표를 그리고는 알프처럼 눈밭 사이로 발을 질질 끌며 키득거린다. 찬 공기가 뺨을 할퀸다. 엘사도 찬 공기를 마주 할퀸다. 아빠가 눈을 퍼서 치운 다음 흙에 대고 삽을 긁는다. 엘사는 그리핀도르 목도리를 단단히 여민다. 워스의 뼛가루를 할머니 무덤 위에 뿌리고 그 위에 굵은 시나몬 번 부스러기를 흩뿌린다. 그런 다음 묘비를 으스러져라 끌어안고 속삭인다.

"또 만나요!"

엘사는 둘의 이야기를 널리 전파할 작정이다. 아빠와 함께 아우디로 걸어가는 동안 이미 도입부를 몇 꼭지 이야기했다. 아빠는 열심히 귀를 기울인다. 엘사가 차에 타기도 전에 카스테레오 볼륨을 줄인다. 엘사는 아빠를 요모조모 뜯어본다.

"어제 내가 병원에서 예오리를 끌어안았을 때 속상했어요?" 엘사가 묻는다.

"아니."

"아빠가 속상해하면 싫은데."

"속상하지 않았어."

"조금도요?" 엘사는 기분이 나빠진다.

"속상해해도 되니?" 아빠는 궁금해한다.

"조금은 속상해해도 돼요."

"그래…… 조금 속상했어." 아빠가 표정을 바꾸자 정말로 속상해하는 것처럼 보인다.

"그러니까 너무 속상한 것처럼 보이는데요?"

"미안." 아빠는 스트레스를 받기 시작한 눈치다.

"내가 죄책감을 느낄 정도로 속상해하지는 말고, 전혀 상관하지 않는 것처럼 보이지 않을 만큼만 속상해하면 돼요!" 엘사가 설명한다.

아빠는 다시 표정을 바꿔본다. "이제는 *전혀* 속상해하지 않는 것처럼 보이는데!"

"속으로 속상해하는 거라면?"

엘사는 아빠를 요모조모 뜯어보고 나서 인정한다.

"딜Deal." 엘사는 영어로 이렇게 말한다.

아빠는 미심쩍은 듯이 고개를 끄덕이고, 모국어에 완벽한 대안이 있으면 영어를 쓰지 말아야 한다고 지적하려다가 참는다. 아우디가 고속도로로 진입하는 동안 엘사는 조수석 사물함을 열었다가 닫는다.

"제법 괜찮은 사람이에요. 예오리 말이에요."

"맞아." 아빠가 대답한다.

"진심이 아니라는 거 알아요." 엘사는 반항한다.

"괜찮은 사람이야." 아빠는 진심이라는 듯 고개를 끄덕인다.

"그런데 왜 한 번도 크리스마스를 같이 보내지 않았어요?" 엘사가 짜증 섞인 투로 중얼거린다.

"그게 무슨 소리니?"

"아빠랑 리세트가 예오리를 싫어해서 크리스마스 때 우리 집에 절대 안 오는 줄 알았단 말이에요."

"나는 예오리한테 아무 반감 없는데."

"그런데요?"

"그런데, 뭐?"

"그런데 여기서 '그런데'가 등장하는 거 아니냐고요. 이쯤에서 '그런데'가 등장할 것 같은데." 엘사는 중얼거린다.

아빠는 한숨을 쉰다.

"그런데 예오리하고 나는 뭐랄까…… 성격이 백팔십도 다른 것 같거든. 예오리는 아주…….'"

"재미있다고요?"

아빠는 다시 스트레스를 받는 눈치다.

"아주 외향적이라고 말하려고 했는데."

"그런데 아빠는 아주…… 내향적이고요?"

아빠는 초조한 듯 운전대를 손가락으로 두드린다.

"엄마 때문일 수도 있잖아. 엄마가 리세트를 좋아하지 않아서 우리가 크리스마스 때 찾아가지 않는 것일 수도 있잖니."

"그래요?"

아빠는 불편해한다. 거짓말에는 영 젬병이다. "아니, 리세트를 싫어하는 사람은 없지. 그건 나도 잘 알아." 동거인의 아주 짜증 나는 성격을 이야기하는 듯한 말투다.

엘사는 아빠를 한참 동안 쳐다보다가 이렇게 묻는다.

"그래서 리세트가 아빠를 사랑해요? 아빠가 아주 내향적인 성격이라서?"

아빠는 미소를 짓는다.

"솔직히 말해서 리세트가 나를 왜 사랑하는지 나도 잘 모르겠어."

"아빠는 리세트를 사랑해요?"

"엄청나게." 아빠는 주저없이 대답한다.

하지만 당장 머뭇거리는 기미를 보인다.

"엄마하고 내가 더 이상 서로를 사랑하지 않게 된 이유가 뭐였느냐고 물을 참이니?"

"아빠가 엄마를 사랑한 이유가 뭐였느냐고 물으려던 참이었어요."

"네가 보기에 엄마, 아빠의 결혼 생활이 아주 끔찍했니?"

엘사는 어깨를 으쓱한다.

"엄마랑 아빠는 서로 전혀 달라요. 그뿐이에요. 엄마는 애플이나 뭐 그런 걸 좋아하지 않죠. 아빠는 〈스타워즈〉를 좋아하지 않고요."

"〈스타워즈〉를 좋아하지 않는 사람이 얼마나 많은데."

"아빠, 아빠 말고는 한 명도 없어요!"

아빠는 거기에 대해서 이의를 제기할 생각이 없는 눈치다.

"리세트하고 나도 많이 달라."

"리세트는 〈스타워즈〉 좋아해요?"

"솔직히 물어본 적이 없어서 모르겠는데."

527

"어떻게 그걸 물어보지 않을 수가 있어요?!"

"다른 여러 면에서 다르거든. 거의 확실해."

"그런데 왜 같이 살아요?"

"서로를 있는 그대로 인정하기 때문이지 않을까?"

"아빠하고 엄마는 서로를 바꾸려고 했고요?"

아빠는 허리를 숙여서 엘사의 이마에 입을 맞춘다.

"가끔 네가 너무 똑똑해서 걱정될 때도 있어."

엘사는 열심히 눈을 깜빡인다. 심호흡을 한다. 용기를 내서 이렇게 속삭인다.

"크리스마스 방학이 시작되기 바로 전날에 엄마한테 받은 문자메시지 있잖아요. 나 데리러 가지 않아도 된다고 했던 거. 그거 사실 내가 보낸 거였어요. 할머니의 편지를 전하려고 거짓말 한 거—"

"알고 있었어." 아빠는 말허리를 자른다.

엘사는 미심쩍은 듯 눈을 가늘게 뜨고 아빠를 쳐다본다. 아빠는 미소를 짓는다.

"문법이 너무 완벽했거든. 한눈에 알아챘지."

눈이 계속 내린다. 영원히 끝나지 않을 듯한 황홀한 겨울날이다. 아우디가 엄마의 집 앞에서 멈춰 서자 엘사는 아주 심각한 얼굴로 아빠를 돌아본다.

"2주에 한 번이 아니라 그보다 더 자주 아빠랑 리세트네 집에 가고 싶어요. 아빠가 싫다고 해도요."

"엘사…… 얼마든지…… 얼마든지 자주 와도 돼." 아빠는 당황해서 말을 더듬는다.

"아뇨. 지금까지 2주에 한 번씩이었잖아요. 내가 특이한 아이라서 아빠네 '가정의 화목'을 해치기 때문에 그렇다는 거 알아요. 하지만 이제 반쪽이가 태어났잖아요. 그리고 엄마가 항상 모든 일을 떠맡을 순 없는 거예요. 항상 완벽한 사람은 없으니까요. 아무리 엄마라도!"

"가정의 화목이라니…… 그런 말은…… 어디서 배웠니?"

"어디서 읽었어요."

"너를 이 집에 있게 하려고 그런 거였어." 아빠는 속삭인다.

"엄마 곁에 있게 하려고요?"

"할머니 곁에 있게 하려고."

아빠의 마지막 말은 허공으로 흩어져서 아무 흔적도 남기지 않는다. 떨어진 눈송이가 아우디의 앞 유리창에 빽빽하게 쌓여서 눈앞의 세상이 사라진 것 같다. 엘사는 아빠의 손을 잡는다. 아빠는 엘사의 손을 더 힘껏 잡는다.

"내 아이를 모든 것으로부터 지켜줄 수 없다는 걸 인정하는 게 부모로서 얼마나 힘든지 아니?"

"아이도 그걸 인정하는 건 힘들어요." 엘사는 이렇게 말하고 아빠의 뺨을 토닥인다. 아빠는 엘사의 손가락을 붙잡는다.

"나는 양면적인 사람이야. 그래서 아빠로서 빵점이라는 거 알아. 내가 좀 더 정리된 사람이라야 네가 우리랑 좀 더 오래 지낼 수 있지 않을까, 예전부터 걱정했어. 그래서 그게 너를 위한 길이라고 생각했지. 부모들은 종종 그러는 것 같아. 이 모든 게 아이를 위한 일이라고 자기 자신을 설득하지. 부모가 다른 일로 아무리 바빠도 아이들은 기다려주지 않고 쑥쑥 커버린다는 걸 인정하려면 너무 괴롭거든……."

엘사는 아빠의 손바닥에 이마를 대고 속삭인다. "완벽한 아빠가 될 필요는 없어요, 아빠. 하지만 내 아빠라야 해요. 그리고 마침 엄마가 슈퍼 히어로라고 해서 엄마한테 부모 노릇을 더 많이 맡겨도 안 되고요."

아빠는 엘사의 머리칼에 코를 묻는다.

"집은 두 군데지만 어딜 가든 소외감을 느끼는 그런 아이로 키우고 싶지 않아서 그랬던 거야."

"그건 또 어디서 나온 말이래요?" 엘사는 콧방귀를 뀐다.

"어디서 읽었어."

"아빠랑 엄마는 똑똑한 사람치고 가끔 어처구니없게 안 똑똑할 때가 있다니까요." 엘사는 이렇게 말하고 미소를 짓는다. "하지만 나랑 지내면 어떻게 될까 걱정하지 마요, 아빠. 내가 장담하지만 정말 지루할 수도 있거든요!"

아빠는 고개를 끄덕이고, 엄마랑 예오리랑 반쪽이가 아직 병원에 있을 테니까 올해 생일 파티는 아빠와 리세트네 집에서 열겠다는 엘사의 말에 애써 당황하지 않은 척한다. 벌써 리세트에게 연락해서 말을 다 맞춰놓았다는 말에도 애써 스트레스 받지 않는 척한다. 하지만 초대장을 아빠가 만들어도 된다고 하자 평정심을 되찾은 듯하다. 그 말을 듣는 즉시 어떤 서체가 적합할지 고민하기 시작했는데 서체는 아빠에게 강력한 진정제 역할을 하기 때문이다.

"하지만 오늘 오후까지 만들어주셔야 해요!" 엘사가 말하자 아빠는 그러겠다고 약속한다.

초대장은 결국 3월이 되어서야 완성된다. 하지만 그건 별개의 이야기다.

엘사는 차에서 내리려다가 평소보다 더 우유부단하고 스트레스를 받은 듯한 아빠를 보고, 잠시나마 좋아하는 한심한 음악을 들을 수 있도록 카스테레오 볼륨을 높인다. 하지만 음악은 나오지 않고, 두세 페이지가 지난 다음에야 엘사는 그게 뭔지 깨닫는다.

"『해리 포터와 마법사의 돌』마지막 장이잖아요." 엘사는 간신히 말을 꺼낸다.

"오디오북이야." 아빠는 당황스러워하며 털어놓는다.

엘사는 카스테레오를 빤히 쳐다본다. 아빠는 운전대를 잡고 집중한다. 심지어 아우디마저 잠깐 동안 미동조차 않는다.

"네가 어렸을 땐 항상 우리 둘이서 함께 책을 읽었어. 그래서 네가 무슨 책의 어디쯤을 읽는지 알 수 있었지. 그런데 요즘은 네가 워낙 책을 금방 읽고 좋아하는 온갖 것들에 대해서 혼자 공부하잖니. 해리 포터를 아주 애지중지하는 눈치길래 네가 애지중지하는 걸 이해하고 싶어서." 아빠는 시뻘게진 얼굴로 클랙슨을 내려다보며 말한다.

엘사는 침묵을 지킨다. 아빠는 헛기침을 한다.

"네가 요즘 들어서 브릿마리하고 사이좋게 지내는 것도 사실 안쓰럽지 뭐야. 이 오디오북을 듣는 동안 나중에 적당한 기회가 되면 브릿마리를 '이름을 말해서는 안 되는 자'*라고 불러야겠다는 생각이 들었거든. 이 말을 들으면 네가 웃을 줄 알았는데……."

사실 좀 안쓰럽다. 지금까지 아빠가 한 말 중에서 제일 재미있는 농담이었는데 말이다. 이걸 계기로 말문이 터졌는지 아빠의 얼굴에 갑자기 화색이 돈다.

"해리 포터가 나오는 영화도 있더라. 그거 아니?" 아빠는 이렇게 물으면서 씩 웃는다.

엘사는 아빠의 뺨을 너그럽게 토닥인다.

"아빠. 나는 아빠를 사랑해요. 진심으로요. 그런데 아빠 혹시

---

* 해리 포터 시리즈에서 해리 포터의 숙적인 볼드모트의 별칭.

석기시대나 뭐 그런 시기에 살고 있어요?"

"이미 알고 있었어?" 아빠는 살짝 놀란 표정이다.

"모르는 사람이 없어요, 아빠."

아빠는 고개를 끄덕인다. "나는 영화를 안 보니까. 하지만 나중에 둘이서 같이 이 해리 포터 영화 보면 어떨까? 많이 기니?"

"책이 일곱 권이에요, 아빠. 영화는 여덟 편이고요." 엘사는 조심스럽게 알려준다.

그 말에 아빠는 다시 아주, 아주 스트레스를 받는 표정으로 돌아간다.

엘사는 아빠를 안아주고 아우디에서 내린다. 눈밭에 햇볕이 반사돼서 반짝인다.

알프가 눈삽을 들고, 밑창이 닳은 신발 때문에 넘어지지 않도록 어기적거리며 공동 현관문 앞을 걷고 있다. 엘사는 생일 때 선물을 나눠주는 깰락말락나라의 전통을 떠올리며 내년에는 알프에게 신발을 선물하기로 마음먹는다. 올해는 안 된다. 올해 선물은 전기 드라이버다.

브릿마리네 집 현관문이 열려 있다. 브릿마리는 꽃무늬 재킷을 입고 있다. 방에서 침대를 정리하는 모습이 복도에 달린 거울에 비쳐 보인다. 문지방 안쪽에 짐 가방 두 개가 놓여 있다. 브릿마리는 시트에 남은 마지막 주름을 펴고 한숨을 길게 쉰 다음 복도로 나선다.

브릿마리는 엘사를 쳐다보고 엘사는 브릿마리를 쳐다보지만 둘 다 아무 말도 못 하다가 동시에 말문을 연다.

"아줌마한테 드릴 편지가 있어요!"

"너한테 줄 편지가 있어!"

그러고 나서 엘사는 "네?"라고, 브릿마리는 "뭐?"라고 동시에 외친다. 조금 당황스러운 상황이다.

"할머니가 아줌마한테 전해달라고 한 편지가 있어요! 계단에 묶어놓은 유모차 아래 바닥에 붙어 있더라고요."

"그렇구나, 그렇구나. 나도 너한테 줄 편지가 있는데. 세탁실 건조기 필터 안에 들어 있었어."

엘사는 고개를 모로 비튼다. 짐 가방들을 쳐다본다.

"어디 가세요?"

브릿마리는 손깍지를 끼고 살짝 신경질적으로 배에 얹는다. 엘사의 재킷 소매에서 뭔가를 털어내고 싶어 하는 눈치다.

"응."

"어디요?"

"모르겠어." 브릿마리는 실토한다.

"세탁실에는 어쩐 일로 가셨는데요?"

브릿마리는 입술을 오므린다.

"나는 외출하기 전에 반드시 침대를 정리하고 건조기 필터를 청소해. 내가 외출한 동안 무슨 일이 벌어지면 어떡하니? 남들 눈에 야만인처럼 보일 수야 없지!"

엘사는 씩 웃는다. 브릿마리는 표정의 변화가 없지만, 속으로는 씩 웃고 있을지도 모른다.

"주정뱅이가 계단으로 나와서 소리를 질렀을 때 그 노래를 부르라고 가르쳐준 사람이 아줌마였죠? 그 노래를 부르니까 주정뱅이가 점점 조용해지더니 자러 들어갔잖아요. 아줌마의 어머니가 노래를 가르쳤고요. 그리고 주정뱅이들은 그런 식으로 노래 못 부르지 않아요?"

브릿마리는 더욱 세게 손깍지를 낀다. 결혼반지가 남긴 하얀 자국을 신경질적으로 문지른다.

"다비드하고 페르닐라가 어렸을 때 그 노래를 불러주면 좋아했거든. 물론 지금은 기억 못 하지만, 예전에는 아주 좋아했어. 정말로."

"아줌마도 백 퍼센트 개떡은 아니에요, 그렇죠?" 엘사는 미소 지으며 묻는다.

"고마워." 브릿마리는 난해한 질문이라도 받은 사람처럼 머뭇머뭇 대답한다.

그러고 나서 두 사람은 편지를 교환한다. 엘사의 편지 봉투에는 '엘사'라고 적혀 있다. 브릿마리의 편지 봉투에는 '잡것'이라고 적혀 있다. 브릿마리는 엘사가 부탁하지 않았는데도 편지를 낭독한다. 두말하면 잔소리지만 상당히 길다. 할머니가

535

사과해야 할 일들이 워낙 많기도 하거니와 오랜 세월을 거치는 동안 브릿마리만큼 사과를 받을 이유가 많이 쌓인 사람도 없을 테니 말이다. 할머니는 눈사람에 대해서 사과한다. 건조기에 방치한 담요 보풀에 대해서도 사과한다. 얼마 전에 산 페인트 총의 "성능을 좀 시험해보려고" 발코니로 나갔다가 그 총으로 브릿마리를 맞힌 것도 대해서도 사과한다. 한번은 브릿마리가 가장 아끼는 치마를 입고 나섰을 때 엉덩이를 맞혔는데 엉덩이에 묻은 페인트 총 자국은 브로치로 가릴 수도 없다. 할머니는 이제 그걸 알겠다고 했다.

하지만 가장 엄청난 사과는 편지 말미에 등장했고 그 부분을 읽는 동안 브릿마리가 목이 메어 말문이 막혀서 엘사가 고개를 빼고 직접 읽는 수밖에 없다.

"켄트보다 훨씬 좋은 남자를 만날 자격이 있다고 얘기한 적 없어서 미안해. 왜냐하면 자네는 그럴 자격이 있거든. 늙은 잡것이기는 해도 말이지!"

브릿마리는 네 귀퉁이가 정확하게 겹쳐지도록 편지를 조심스럽게 접고, 엘사를 보며 평범한 사람처럼 미소를 지어 보이려고 한다.

엘사는 브릿마리의 팔을 토닥인다.

"할머니는 아줌마가 계단에 붙은 십자말 퀴즈를 풀 거라고 내다봤어요."

브릿마리는 무슨 말을 해야 할지 모르는 사람처럼 할머니의 편지를 만지작거린다.

"내가 풀었다는 걸 어떻게 알았니?"

"연필로 답을 적었더라고요. 할머니는 아줌마더러 침대를 다 정리하기 전에는 휴가를 떠나지도 못하고, 와인을 두 잔 마시기 전에는 십자말 퀴즈에다 잉크로 정답을 적지도 못하는 사람이라고 입버릇처럼 그랬거든요. 그런데 아줌마가 와인을 마시는 건 본 적이 없으니까요."

그러고 나서 엘사는 브릿마리가 쥔 편지 봉투를 가리킨다. 안에 뭔가가 들어 있다. 뭔가 짤랑거리는 게 들어 있다. 브릿마리는 봉투를 열더니 할머니가 "와아아아아아아아!!!" 하고 고함을 지르며 뛰쳐나올지 모른다고 생각하는지 고개를 빼꼼 내밀고서 들여다본다.

그러다 손을 넣어서 할머니의 자동차 열쇠를 꺼낸다.

엘사와 알프가 브릿마리의 짐 가방들을 들어준다. 르노는 첫 방에 시동이 걸린다. 브릿마리는 엘사가 지금까지 본 중에서 가장 깊게 심호흡을 한다. 엘사는 조수석 안으로 고개를 들이밀고 요란한 엔진 소음 너머로 고함을 지른다.

"나는 막대 사탕이랑 만화 잡지 좋아해요!"

브릿마리는 대답을 하고 싶지만 목이 메서 못 하는 것 같은 표정을 짓는다. 그래서 엘사는 씩 웃으며 어깨를 으쓱하고 이렇게 덧붙인다.

"그냥 해본 말이에요. 혹시 남는 거 있나 해서요."

브릿마리는 꽃무늬 재킷 소매로 축축해진 눈가를 훔치는 눈치다. 엘사는 문을 닫는다. 브릿마리는 출발한다. 어디로 가면 좋을지 모르는 채로. 하지만 세상을 구경하고 머리칼 사이로 불어오는 바람을 느낄 것이다. 그리고 앞으로는 모든 십자말 퀴즈의 정답을 잉크로 적을 것이다.

하지만 모든 동화에서 그렇듯 그건 전혀 별개의 이야기다.

알프는 브릿마리가 시야에서 사라진 뒤에도 한참 동안 주차장에 남아서 쳐다본다. 그날 저녁과 다음 날 아침 내내 알프는 눈을 치운다.

엘사는 옷장에 들어가서 앉는다. 할머니 냄새가 난다. 집 전체에서 할머니 냄새가 난다. 할머니네 집에는 상당히 특별한 구석이 있다. 10년, 20년, 30년이 지나도 그 냄새는 잊지 못할 것이다. 할머니의 마지막 편지가 담긴 봉투에서도 집과 똑같은 냄새가 난다. 담배와 원숭이와 커피와 백합과 세정제와 가죽과 고무와 비누와 알코올과 단백질 바와 민트와 와인과 코담배와 대팻밥과 먼지와 시나몬 번과 담배 연기와 스펀지케이크 믹스와 양초 기름과 오보이와 행주와 꿈과 가문비나무와 피자와 멀드 와인과 감자와 머랭과 향수와 땅콩 케이크와 아이스크림과 갓난아이 냄새가 난다. 할머니 냄새가 난다. 가장 좋은 방향으로 제정신이 아니었던 사람의 가장 좋은 냄새가 난다.

봉투에 엘사의 이름이 거의 정자체로 적혀 있다. 할머니는 맞춤법을 틀리지 않으려고 사력을 다한 게 분명하다. 하지만 생각대로 잘 되진 않았다.

첫 문장이 이렇다. "주글 수밖에 없어서 미안해."

그리고 그날 엘사는 죽을 수밖에 없었던 할머니를 용서하기로 한다.

나의 기사 엘사에게.

주글 수밖에 없어서 미안해. 주거서 미안해. 나이 먹어서 미안해.

너를 두고 떠나서, 이 빌어먹을 암에 걸려서 미안해. 가끔 개떡 지수가 안 개떡 지수를 넘어서 미안해.

동와의 영원 10000개를 합친 것보다 더 너를 사랑해. 반쪽이한테 동와 들려줘! 그리고 성을 지켜! 네 친구들도 지켜. 그 친구들이 너를 지켜줄 테니까. 이제는 네가 성의 주인이야. 너보다 더 용가마고 똑똑하고 강한 사람은 없어. 너는 우리들 중에서 최고야. 어른이 돼서도 특이해야 하고 특이해지지 말라는 사람의 말은 절대 듣지 마. 슈퍼 히어로들은 전부 다 특이하니까.

사람들이 못 살게 굴면 두꺼비집을 날려버려! 살아 숨 쉬고 웃고 꿈꾸고 마마스에 새로운 동와를 소개하길 바란다. 거기서 기다릴게. 어쩌면 할아버지도 같이 기다릴지 모르겠다. 나도 잘은 모르겠다만. 하지만 어쨌든 엄청난 모험이 될 거야.

비정상이었던 거 미안해.

사랑한다.

우라지게 사랑한다.

할머니의 맞춤법은 정말이지 악명이 자자했다.

이야기의 에필로그도 쓰기 어렵다. 결말보다 훨씬 더 어렵다. 모든 해답을 알려줄 필요는 없지만 더 많은 궁금증을 불러일으키면 만족도가 살짝 떨어질 수 있다. 이야기가 끝나고 났을 때 인생이 아주 단순하면서 또 한편으로는 아주 복잡해질 수 있으니 말이다.

엘사는 아빠와 리세트와 함께 여덟 번째 생일을 자축한다. 아빠는 멀드 와인을 세 잔 마시고 가문비나무 춤을 춘다. 리세트와 엘사는 〈스타워즈〉를 본다. 리세트는 모든 대사를 외우고 있다. 무슨 증후군을 앓는 아이와 아이의 엄마도 같이 보면서 깔깔대고 웃는다. 그래야 두려움을 이겨낼 수 있기 때문이다. 마우드는 비스킷을 굽고 알프는 뚱하며 레나르트는 리세트와 아빠에게 새로 산 커피 퍼컬레이터를 선물한다. 아빠네 커피

541

퍼컬레이터에 버튼이 잔뜩 달린 걸 봤기 때문인데, 레나르트가 선물한 퍼컬레이터는 버튼이 딱 하나뿐이라서 좋다. 아빠는 레나르트의 관찰력에 고마워하는 눈치다.

그리고 점점 좋아지고 있다. 괜찮아질 것이다.

해리는 할머니와 워스가 묻힌 묘지 옆 조그만 예배당에서 세례를 받는다. 엄마는 밖에 눈이 내리는데도 누구든 들여다볼 수 있게 창문을 죄다 열어놓으라고 고집을 부린다.

"아이의 이름은 뭘로 하실 건가요?" 회계사이자 의사이자 알고 보니 부업으로 사서 일까지 하는 목사님이 묻는다.

"해리요." 엄마가 웃으며 대답한다.

목사님은 고개를 끄덕이고 엘사를 향해 윙크한다.

"대부나 대모는요?"

엘사는 요란하게 콧방귀를 뀐다.

"대부 대모는 필요 없어요! 누나가 있는걸요!"

현실 세계의 사람들은 그게 무슨 소리인지 이해 못 할 거다. 하지만 미아마스에서 갓 태어난 아이는 대부나 대모가 아니라 웃음꾼을 선물받는다. 미아마스에서는 아이의 부모와 할머니와 다른 몇몇 사람들(엘사에게 이 얘기를 들려주었을 때 할머니는 이 사람들을 그다지 중요하게 여기지 않는 눈치였다) 다음으로 아이의 인생에서 가장 중요한 사람이 웃음꾼이다. 그리고 웃음꾼은 부모가 고르지 않는다. 부모가 고르기에는 너무 중요한 존재이기 때문에 아이가 고른다. 그래서 미아마스에서는 아이가 태어나면 가족의 친구들이 전부 다 찾아와서 아기 침대를 에워싸고 동화를 들려주거나 우스꽝스러운 표정을 짓거나 춤을 추거나 노래를 부르거나 재미있는 이야기를 해준다. 이중에서 가장 먼저 아이를 웃게 만든 사람이 웃음꾼이 된다. 그들은 가능한 한 자주 그리고 크게, 최대한 여러 상황, 특히 아이 부모가 당황스러워할 만한 상황에서 아이를 웃길 의무가 있다.

물론 모두들 해리가 너무 어려서 아직은 누나가 어떤 존재인지 이해 못 한다고 할 것이다. 하지만 엘사가 자기 품에 안긴 해리를 내려다보았을 때 해리는 난생처음 웃음을 터뜨렸다고 두 사람 다 분명히 장담할 수 있다.

그들은 다시 집으로 돌아간다. 그곳에선 사람들이 계속 일상을 영위하고 있다. 알프가 2주에 한 번씩 마우드와 레나르트를 택시에 태우고 커다란 건물로 데려다주면 그들은 조그만 방에서 한참 동안 기다린다. 샘이 우람한 체구의 경비원 두 명과 함께 조그만 문을 지나서 들어오면 레나르트는 커피를 따르고 마우드는 비스킷을 꺼낸다. 그 무엇보다 비스킷이 중요하기 때문이다.

그래선 안 된다고, 샘 같은 인간은 비스킷을 먹기는커녕 목숨을 부지해도 안 된다고 생각하는 사람들이 많을지 모른다. 그리고 그 사람들의 생각은 옳을 수도 있고 틀릴 수도 있다. 하

지만 마우드는 자기로 말할 것 같으면 첫째로 할머니이고 둘째
로 시어머니이며 셋째로 어머니인데 할머니와 시어머니와 어
머니가 하는 일이 이런 거 아니겠느냐고 한다. 좋은 세상을 위
해서 싸우는 거 아니겠느냐고 한다. 그러면 레나르트는 커피를
마시면서 맞장구를 친다. 그러면 마우드는 비스킷을 굽는다. 어
둠이 너무 무거워서 감당이 안 되기에, 너무 많은 것들이 다시
는 고칠 수 없을 만큼 산산조각 났기에, 꿈이 아닌 다른 무엇을
무기로 쓸 수 있을지 알지 못하기에.

그래서 마우드는 비스킷을 굽는다. 한 번에 하루씩. 한 번에
한 꿈씩. 그걸 보고 잘한 거라는 사람도 있을 테고 잘못한 거라
는 사람도 있을 것이다. 그리고 어쩌면 두 사람의 생각이 다 옳
을지 모른다. 복잡하면서도 단순한 게 인생이니 말이다.

이 세상에 비스킷이 존재하는 이유가 그거다.

울프하트는 섣달그믐에 돌아왔다. 누구나 알다시피 울프하
트가 보호하려고 했던 대상은 자기 자신이 아니었지만, 경찰에
서 자기방어라고 결론을 내렸다. 거기에 대해서도 가타부타할
수 있겠다.

울프하트는 자기 집에 남는다. 청바지를 입고 다니는 여자도
자기 집에 남는다. 그들은 자기 집에서 자기들이 할 수 있는 일
을 한다. 자기 자신을 용서하는 법을 배우고, 그냥 존재하는 데
그치지 않고 살아가려고 노력한다. 그들은 회의에 참석한다. 자

기들 이야기를 들려준다. 이런 식으로 망가진 마음속의 모든 걸 고칠 수 있을진 아무도 모르지만 그래도 일말의 희망이 있다. 덕분에 그들은 숨을 쉴 수 있다. 그들은 매주 일요일마다 엘사와 해리와 엄마와 예오리와 저녁을 같이 먹는다. 그 건물의 모든 사람이 그런다. 가끔 초록 눈도 합류한다. 초록 눈은 의외로 이야기를 잘한다. 무슨 증후군을 앓는 아이는 여전히 말이 없지만 그들 모두에게 멋지게 춤추는 법을 가르쳐준다.

알프는 어느 날 아침에 목이 말라서 깬다. 일어나서 커피를 마시고 다시 침대에 누우려는 찰나 현관문 두드리는 소리가 들린다. 알프는 커피를 한 모금 꿀꺽 마시며 문을 연다. 오랜만에 동생의 얼굴을 마주한다. 목발을 짚은 켄트가 쳐다보고 있다.

"내가 그동안 우라질 바보 같았어." 켄트가 중얼거린다.

"어." 알프도 중얼거린다.

켄트는 목발을 짚은 손에 더욱 힘을 준다.

"회사는 6개월 전에 망했어."

그들은 험악한 정적이 흐르는 가운데, 평생 동안 빚어온 갈등을 사이에 두고 서 있다. 진정한 형제답다.

"커피?" 알프가 툴툴거리며 묻는다.

"끓여놓은 거 있으면." 켄트도 툴툴거리며 대답한다.

그들은 진정한 형제답게 커피를 마신다. 알프네 집 부엌에 앉아서 브릿마리에게 받은 엽서를 서로 비교한다. 브릿마리는 매주 두 사람에게 엽서를 보낸다. 브릿마리답다.

그들은 요즘도 1층 회의실에서 한 달에 한 번씩 회의를 한다. 늘 그렇듯 너도나도 옥신각신한다. 여기가 평범한 아파트라서 그렇다. 대체로 평범한 아파트라서 그렇다. 할머니도 그렇고 엘사도 평범하지 않은 아파트이길 바란 적은 없다.

크리스마스 방학이 끝나고 엘사는 학교로 돌아온다. 운동화 끈을 단단히 묶고 가방 끈을 조심스럽게 조인다. 엘사 같은 아이들은 크리스마스 방학이 끝나면 대개 그렇게 한다. 그런데 그날 알렉스라는 아이가 전학을 오는데 걔도 엘사 못지않게 특이하다. 엘사와 알렉스는 당장 단짝 친구가 되고(이제 막 여덟 살이 된 아이만 할 수 있는 거다) 두 번 다시 도망 다닐 필요가 없어진다. 이번 학기 들어서 처음으로 교장실에 불려갔을 때 엘사는 눈에 멍이 들었고 알렉스는 얼굴에 할퀸 자국이 나 있다. 교장선생님이 한숨을 쉬며 따님은 '튀지 않으려고 노력을 해야 된다'고 하자 알렉스네 엄마는 교장선생님에게 지구본을 던지려고 한다. 하지만 엘사네 엄마에게 선수를 빼앗긴다.

엘사는 그 이유 하나만으로도 영원히 엄마를 사랑할 것이다.

며칠이 지난다. 어쩌면 몇 주일 수도 있다. 아무튼 그 이후에 다른 특이한 아이들이 하나둘씩 운동장과 복도에서 알렉스와 엘사를 따라다니기 시작한다. 나중에는 아무도 감히 그들을 상대로 추격전을 벌이지 못할 만큼 특이한 아이들이 많아진다.

대부대가 된다. 특이한 사람들의 숫자가 어느 선을 넘으면 아무도 평범해질 필요가 없기 때문이다.

겨울이 되자 무슨 증후군을 앓는 아이가 학교에 입학한다. 아이는 코스튬 파티에 공주 옷을 입고 나타났다가 상급반 남학생들이 웃으며 놀리자 울음을 터뜨린다. 그걸 본 엘사와 알렉스가 아이를 주차장으로 데리고 나간다. 엘사의 전화를 받은 아빠가 쇼핑백 한 가득 새 옷을 들고 출동한다.

다시 안으로 들어갔을 때 엘사와 알렉스도 공주 옷을 입고 있다. 스파이더맨 공주다.

그 일이 있은 뒤에 두 사람은 그 아이의 슈퍼 히어로가 된다.

세상의 모든 일곱 살짜리에게는 슈퍼 히어로가 있어야 하기 때문이다.

거기에 동의하지 않는 사람은 정신과에서 검사를 받아보아야 한다.

네다. 여전히 세상 모든 것이 당신을 웃기기 위해 존재한다는 걸 잊지 않았으면 해. (욕실 바닥에 젖은 수건 내팽개친 건 미안.) 아쉬게탐.*

비정상적인 구석은 전혀 없지만 일곱 살짜리가 바랄 수 있는 한도 내에서 가장 맛있는 비스킷을 구워주셨던 외할머니.

무엇보다 나를 믿어주셨던 친할머니.

사자보다 더 강한 누이.

내게 글을 가르쳐주신 어머니.

나로 하여금 책을 사랑하게 만든 아스트리드 린드그렌.

내 어린 시절을 함께한 여러 사서. 높은 곳을 두려워하는 소년에게 날개를 빌려주었던 그분들.

그리고 또.

나의 오비완, 니클라스 나트 오크 다그. 담당 편집자, 욘 헤그블롬.

에이전트, 요나스 악셀손. 언어 공격조, 빈야 빈테르. (노벤이라는 이름을 빌려준) 프레드릭 쇠데를룬드.

(누구보다 먼저 알아차린) 요한 실렌. (예전에 어떤 아이에게 기회를 주었던) 체르스티 포르스베르그. 보니에르 오디오, 보니에르 에

---

* 페르시아어로 '사랑한다'는 뜻.

이전시, 트레 베네르, 파트너스 인 스토리스의 주최로 이 작품과 『오베라는 남자』를 놓고 멘포케트에서 열린 포럼에 참석한 모든 분. 그리고 일곱 개 왕국의 이름에서 문법적인 오류를 찾아내고야 말 언어학의 '귀재'들에게 (잔뜩 힘이 들어간 하이파이브와 함께) 미리 감사를.

그리고 무엇보다도 이 책을 택한 독자 여러분에게 가장 큰 감사를 드립니다. 여러분의 상당히 미심쩍은 판단력이 뒷받침되지 않는다면 저는 나가서 제대로 된 일자리를 찾아야 할 테니까요.

프레드릭 배크만

옮긴이의 말

『할머니가 미안하다고 전해달랬어요』(이하 『할.미.전.』)를 번역하던 중에 담당 편집자와 통화를 하며 흥분한 목소리로 이렇게 외친 적이 있었다. "이 작가 대박이에요! 앞날이 두고두고 기대되는 작가예요!" 프레드릭 배크만은 내게 그런 작가였다. 『오베라는 남자』와 비슷한 후속작을 예상했던 나를 비웃기라도 하듯, 전혀 성격이 다른 작품으로 뒤통수를 사정없이 가격하는 대박 작가였다. 처음에는 동화인 줄 알았던 이야기가 슬금슬금 꼭 그렇지만은 않다는 분위기를 풍기기 시작했을 때 얼마나 신선한 충격을 느꼈는지 모른다. 현실과 판타지의 경계를 그렇게 구렁이 담 넘듯 의뭉스럽게 넘나드는 작가의 역량이 그저 놀라울 따름이었다.

작가의 전작 『오베라는 남자』가 남자 이야기였다면 『할.미.전.』은 할머니와 손녀, 엄마와 딸이라는 관계로 이루어진 여자들의 이야기다. 하지만 내가 보기에 두 작품을 관통하는 주제는 비슷하다. 남들과 달라도 괜찮다는 것. 누군가의 겉모습만 보고 섣부르게 판단하지 말라는 것.

여기 아주 외로운, 엘사라는 아이가 있다. 나이에 비해 너무 성숙한데 되바라지기까지 해서 학교에서는 왕따요, 선생님들에게는 눈엣가시며, 주변 어른들에게는 적응이 안 되는 존재다. 그러니 당연히 친구도 없고 말상대라고 해봐야 엄마도 아니라 한 세대 건너뛴 할머니뿐이다. 그런데 이 할머니가 또 어디에서나 흔히 볼 수 있는 평범한 할머니가 아니다. 괴롭히는 아이들이 있더라도 신경 쓰지 말거나 그냥 피하라고 하는 겁쟁이가 아니다. 손녀를 위해서 라면 병원을 탈출해서 동물원 담치기도 불사하는 슈퍼 히어로다. 그랬던 할머니가 갑작스럽게 세상을 떠나자 엘사의 세상은 휘청거리지만 할머니가 남긴 편지들을 통해 새로운 관계가 싹트고 새로운 가능성이 열린다. 세상에 이보다 더 멋진 슈퍼 히어로가 어디 있을까.

웃음과 눈물과 반전과 오랫동안 기억에 남을 등장인물이 조화롭게 공존하는 작품을 참 오랜만에 만났다. 역자이기 이전에 한 명의 독자로서, 이 조화로운 공존을 널리 알리고 싶은 바람이 있다. 해외 인터넷 서점에는 이 작가의 다음번 출간 예정작이 벌써 소개되어 있는데 『할.미.전.』에 등장하는 인물 중 하나인 브릿마리가 주인공이다. 이번에는 또 어떤 이야기로 나를 들었다 놓았다 할지, 이번에도 역자이기 이전에 한 명의 독자로서 자못 궁금해진다.

2016년 3월
이은선

옮긴이 **이은선**

연세대학교에서 중어중문학을, 국제학대학원에서 동아시아학을 전공했다. 편집자, 저작권 담당자를 거쳐 전문 번역가로 활동 중이다. 옮긴 책으로는『불안한 사람들』『베어타운』『우리와 당신들』『나보다 소중한 사람이 생겨버렸다』『일생일대의 거래』『초크맨』『애니가 돌아왔다』『디 아더 피플』『불타는 소녀들』『하루하루가 이별의 날』『브릿마리 여기 있다』『위시』『미스터 메르세데스』『사라의 열쇠』『셜록 홈즈:모리어티의 죽음』『딸에게 보내는 편지』『11/22/63』『통역사』『그대로 두기』『누들 메이커』『몬스터』『리딩 프라미스』『노 임팩트 맨』등이 있다.

할머니가 미안하다고 전해달랬어요

초판 1쇄 발행 2016년 4월 4일
초판 22쇄 발행 2022년 11월 2일

지은이 프레드릭 배크만
옮긴이 이은선
펴낸이 김선식

경영총괄 김은영
책임편집 윤세미
콘텐츠개발2팀장 김보람 **콘텐츠개발2팀** 이은혜, 박하빈, 이상화, 채윤지
편집관리팀 조세현, 백설희 **저작권팀** 한승빈, 김재원, 이슬
마케팅본부장 권장규 **마케팅3팀** 권오권, 배한진
미디어홍보본부장 정명찬 **홍보팀** 안지혜, 김민정, 오수미, 송현석
뉴미디어팀 허지호, 박지수, 임유나, 송희진, 홍수경 **디자인파트** 김은지, 이소영
재무관리팀 하미선, 윤이경, 김재경, 안혜선, 이보람
인사총무팀 강미숙, 김혜진
제작관리팀 박상민, 최완규, 이지우, 김소영, 김진경, 양지환
물류관리팀 김형기, 김선진, 한유현, 민주홍, 전태환, 전태연, 양문현, 최창우

펴낸곳 다산북스 **출판등록** 2005년 12월 23일 제313-2005-00277호
주소 경기도 파주시 회동길 357 2, 3층
전화 02-704-1724 **팩스** 02-703-2219 **이메일** dasanbooks@dasanbooks.com
홈페이지 www.dasanbooks.com **블로그** blog.naver.com/dasan_books
종이 한솔피앤에스 **인쇄** 민언프린텍 **제본** 에스엘바인텍 **후가공** 평창P&G
ISBN 979-11-306-0788-7 (03850)